深圳新锐小说文库

主编　杨争光
总策划　邓一光　尹昌龙

但为君故

刘静好 / 著

海天出版社（中国·深圳）

图书在版编目（ＣＩＰ）数据

但为君故 / 刘静好著. — 深圳： 海天出版社，
2016.1
（深圳新锐小说文库）
ISBN 978-7-5507-1517-2

Ⅰ. ①但… Ⅱ. ①刘… Ⅲ. ①中篇小说－小说集－中
国－当代②短篇小说－小说集－中国－当代 Ⅳ.
①I247.7

中国版本图书馆CIP数据核字(2015)第280444号

但为君故
Danweijungu

出 品 人：聂雄前
书稿统筹：于爱成
责任编辑：涂 俏 蒋鸿雁
责任校对：钟愉琼
责任技编：蔡梅琴 梁立新
装帧设计：李松璋书籍设计工作室

出版发行：海天出版社
地 址：深圳市彩田南路海天综合大厦（518033）
网 址：www.htph.com.cn
订购电话：0755-83460293（批发） 83460397（邮购）
排版制作：深圳市思成致远创意文化有限公司 0755-82537697
印 刷：深圳市顺帆达印刷有限公司
开 本：787mm×1092mm 1/16
印 张：18.25
版 次：2016 年 1 月第 1 版
印 次：2016 年 1 月第 1 次
定 价：29.80 元

序 言

主编这套文库，是一种享受。

阅读十二位青年作家的作品，更是一种享受。

还有鼓舞。

边鼓边舞——兴奋！

十二位文学新锐，是从几十位符合条件的作家中推选出的，也许并不能代表深圳文学的高度，却能真切地感受到深圳文学滋养、生成的元气、生气、意气。有这三气在，新的高度是可以预见的——不仅是将来深圳文学的高度，也许还是将来中国文学的高度。

三十多年，能聚集如此整齐的文学集群——我实在不愿使用"新军"这个词，文学实在不是因为利益或信仰而生发的战争，文学群体也实在不是军事组织——也只有深圳能够。

我从来都认为，"文化沙漠"是对深圳的误判。面对这种误判，深圳以它包容开放的胸怀和着眼未来的视界，踏实、稳健地建设着自己的文化。来自五湖四海的深圳人，携带着他们各自的文化之根，就地栽培。移民，遗民，夷民，互不嫌弃，互不抵牾，欣然接纳，不拒杂交——深圳就是这么任性！养性之后的任性。现在完全可以说，深圳不仅是个经济奇迹，也创造了文化培育、积累和健康生长的奇迹。

文学是文化的组成部分，并处于文化最敏感、最精致的部位。深圳文学曾有过短暂的浮躁。浮躁是一种内在焦虑导致的精神和行为变形。很快，这种浮躁就成为浮云而升天，留下的是平稳的文学耕耘。而且，这种文学耕耘的主流是非职业的民间写作。本文库中的十二位小说新锐，都不是所谓的专业作家。仅凭这一点，不仅这十二位，整个深圳文学的生态，也可以是未来中国文学生态在当下的一个试水，或者说是一个示范也成。这就是深圳的见识。也是深圳的性格：有健康理性为根基的见识，就付诸行动，创造成果。

深圳有"打工文学""青春文学""网络文学"，但以为这就是深圳文学的标志，也是一种误判——对深圳文学的误判，正如"文化沙漠"说对深圳的误判一样。每一位作家都是打工者；许多作家都可能以"打工者"作为他们的文学形象。每一位作家都有或有过青春期；过了青春期的作家也可能叙写"青春"。在互联网时代，每一位作家都不可能或很难拒绝网络，"网络文学"作为一种瞬间现象，已经成为过去时。深圳文学将不在所谓的"打工文学""青春文学""网络文学"等等标签的框定里打转。

文学就是文学，不是别的。文学和"打工""青春""网络"遭遇，将是日常性的。深圳文学要的不是有形无义的标签，而是真正属于文学的品相。这品相既是深圳的，也是中国的、人类的。福克纳以一块"邮票大的地方"为文学地盘，写出了人类的精神境遇，以及充盈于胸的悲悯情怀。鲁迅以"未庄"为文学地盘，塑造出了可与堂吉诃德相媲美的人类精神形象。本丛书中的十二位作家，性格不同，文笔各异，却都有着不甘平庸的文学野心。他们守着深圳，一个现代与后现代并存、移民与遗民甚至夷民杂居、物质与精神厮杀、灵魂与肉体纠缠、解构与建构时刻都在发生的地盘上，文学野心能否成为文学现实，我不敢妄言，但深圳应该有着它足够的耐心，等待和期盼。

说得似乎高亢了点。那就降低调门，轻声说几句：由于先天性营养不足——比如，长期缺乏不断发展的自然科学和人文科学的后援与支持；比如，白话文写作至今也不足百年的实践，等等——从整体来说，中国的叙事文学，包括小说艺术的家底，并不丰厚。五千年中华文明固然伟大，但仅以此作为现代小说艺术的滋养，我以为是不够的，因为小说艺术要抵达的是整个人类。

鲁迅是清醒的："过去的生命已经死亡。我对于这死亡有大欢喜，因为我借此知道它曾经存活。死亡的生命已经腐朽。我对于这腐朽有大欢喜，因为我借此知道它还非空虚……"以汲取营养论，鲁迅是母奶和狼奶通吃的。正因为清醒，还在中国现代文学起步的时候，他的心血书写，创造了中国文学的高标。

精神荒芜，思想枯竭，是人的穷境，文学的死境。

在生命的关口，守住了人的底线，也就站在了人的高点。在文学的关口，守住了写作的底线，也就守住了文学的高地。

我愿以此与年轻的同道们共勉。

末了，还有几句说明：

本"文库"又称为"12+1"，即十二位文学新锐的作品，并一本文学批评专著。相信批评专著能对十二位青年作家作品——或许还有深圳文学，有精到的解析。

本"文库"由邓一光先生提议，他和尹昌龙先生任总策划，由我担任主编。具体的联络、协调及编务工作，是由工作室的几个年轻朋友做的。

本"文库"的作家年龄均在四十五岁以下（含四十五岁）。吴君、盛可以诸位应在此列，因事先议定的原则，未进入本文库，是一个遗憾。

本"文库"由深圳市宣传文化基金全额资助，海天出版社独家出版发行。

为深圳文学祝福。

杨争光

2015年6月26日

目录

编外爱人…………………… 001

换　届…………………… 019

无氧呼吸…………………… 037

晚了二十年…………………… 061

两只黄鹂鸣翠柳…………………… 087

玻璃樽…………………… 097

我的家庭我的生活…………………… 113

每天都在等死…………………… 126

耳　光…………………… 139

对　手…………………… 152

麻　花…………………… 167

像雨像雾像风…………………… 175

没有快乐只有痛…………………… 190

你给我一场戏…………………… 203

但为君故…………………… 246

后　记…………………… 279

编外爱人

1. 徒然的一座空城

通过安检后，李卫再一次回过头来，对黄线外站着的申月挥挥手，说道，回去吧。申月挤出一团古怪的笑，手舞在胸前，也朝他高频率、小幅度地挥了挥，旋即转身，迈步离去。

申月乘机场大巴原道返回。她拣了二排靠窗的位子坐下。车厢内的座位很密，空间显得局促。饶是她，不胖，也不高大，坐下后，膝盖也不可避免地顶着了前座的靠背。但这一刻，她很乐意这样待着，她甚至想，最好能缩成一团。蜷曲，似乎是人类在防御侵害时最本能的姿势。而此时，并没有外力要伤害她，她要抵御的，是她自身。

她双臂互抱，目光缥缈地落在窗外。窗外的景致时时在变。蓝天，云海，起降的铁鸟，整齐划一的电缆电杆；两岸有树、花卉，有辉煌的立交裤裆一般架在头顶，有气宇轩昂的高层建筑次第闪过，还有模型般你追我赶、无言穿过视野的一台台车。而她竟然觉得，眼前的城市，什么也没有，徒然的一座空城。

最近半年，她每月接待一次李卫。相见欢，明知不过是一晌之欢，却是欲罢不能的牵引。开端是雷同的，程式是既定的，收梢是老套的。事先付出满腔的期待，事中投入饱胀的激情，事后坠入无尽的煎熬。有多少繁华就有多少折坠。不得不信，世间万物，都有阴阳两极，都乃相克相生。她掐指倒数他的到来，享受短暂的甜蜜，再含苦忍悲地把他送走。送走他后，她的心就是潮湿的，如同梅雨季节晾在檐下的一块抹布，怎么也干不透。

李卫这次来，待了三天。她觉得三天也够了，他们也玩不出新花样了，但一旦他确凿地要走，她就止不住犯心绞痛。她不知道她是在不舍他的离去，还是为他们之间不知所终的关系痛楚。

有一次，他走后，她久久不能复原。她找一个有些交往的同事聊天，也没什么聊，就反复地叹气，同事见此，建议她去看心理医生，并帮她找到一个电话。她根本不相信心理医生这门行当，她的问题不复杂，复杂的是她不能按心中所想的去解决。但有个晚上，她实在扛不过内心的波涛汹涌，下意识地就翻出那个电话。她打电话也不是本着请人指教的心，她只是想找个人排遣一下情绪而已。她由此认识了阿蒙。

初次问诊发生在电话里。申月以忧伤唯美的叙述基调，避重就轻地道出了自己的故事概要。只说两人很相爱，却不能结合。阿蒙可不管她开了个什么头，走上来就为这一事件定了性。

阿蒙说，姑娘，我很难相信你的爱情。申月说，无论如何，我的确爱他，不然……阿蒙说，婚外恋？申月说，是的，各有婚姻。原本……阿蒙说，我跟你讲姑娘，婚外恋是你一个人的事，对男人而言，不过是婚外性。申月一下子就被击晕了，思维不得不跟着强悍的阿蒙转动起来。婚外性？她顿时觉得，没错呵，李卫热衷的，不正是与她交流身体么？

这样的定性对申月来讲并不愉快，相当于对她个人魅力的当头一闷棍。她很快放下电话，并决定不再打这电话。但隔天夜晚，她和李卫通了几条短信后又悲伤又愤怒，骂了几百个去他妈的，问候了李卫家的祖宗八代，情况仍无好转，电光火花一闪，她想到阿蒙，她马上就兴奋了，她要找阿蒙合作，把李卫分析推定成这世上最卑污猥琐的无耻人渣以绝后爱。结果她没能如愿以偿。阿蒙用一句话就打发了她。阿蒙说，姑娘，你不如离开他吧，你离开他，你也好受，他也好受。

上海宾馆有没有下？申月忽然听到乘务员在叫，马上从冥想中回过神来。阿蒙的家就在上海宾馆附近。申月想也没想就站起身来，仓促地叫了一声，有下。

大约一个月前，阿蒙和申月互相确认了朋友的地位。这里面有个可笑的误会值得一提。申月的同事当时是把阿蒙的电话当成心理专家的电话报给她的，所以申月理所当然地以为阿蒙是个心理医生。申月第一次通过电话联系摸上门来找阿蒙时非常惊奇，忍不住问道，呵，你就在这儿接待你的病人呀？

阿蒙一头雾水的样子，病人？什么病人？这儿是我的家呀，我就住这儿。

找心理医生看病的也叫病人吧？申月以为只是定义上出现差异。她之前打的那些电话，她一锤定音地想，一个心理医生的热线电话，收费肯定是声讯价吧。

阿蒙了解情况后大笑不止。她说谁他妈是心理医生啊，哀家自己还是个病人呢，还要看心理医生呢。我写专栏，情感类的，最欢迎情感困兽们找过来提问，这样我才有文章可做。我跟你们是互相利用的关系，打我小灵通收的是全城统一的话价。哈哈，看来我以后就算不写稿了也还有活路。

申月眼里，阿蒙无异人精，洒脱不羁，却又深谙世道人心，名牌院校金融系毕业，得自家亲戚扶持，挺进令人眼热的银行系统学以致用，她却不耐钱庄生活的繁复沉闷，不出两年就起身离席，扬长而去。目前，申月与阿蒙的认识不能算深入，但是，好感已经在各自心里明显种下了。

申月下车后沿路走了一段，拐进一条生活气息浓厚的小巷，路面油腻，一望而可知是条食街。她迷路了，不知道这是个什么地方。她继续前行，看到一个岔口，内心仍然悬疑万分，拐是去哪里，不拐又将去哪里？她终于掏出手机，拨通阿蒙的电话。很快她理清了方向，并与阿蒙敲定了见面的地点。

半小时后，她们在绿野仙踪坐下。

放下包，阿蒙就问，把你的爱人送走了？

申月撇撇嘴，有些难为情地说，是啊。

又不痛快了吧？阿蒙边问边掏出烟盒，自顾自点上一支。

是啊，申月说，所以赶过来送给你做心理辅导。

哈哈，阿蒙大笑，说，别迷信我，我们可以互导，我活得也不是那么明白的。

申月关切地看着阿蒙。

阿蒙被她看得不自在了，掸着烟灰连连摆手说，哎呀，这世上谁没一肚子苦水呵，谁不是被现实给压迫病了？都是病人，正常的我就没见过。

申月有些不知所措。

说你吧，阿蒙拿烟手指着她，发出邀请，说你想怎么办？你的编外爱人走了，你的城也空了，你也不能老这么病着，得想个治病的方案。

我想离开他，申月认真地说，犹如在党旗下宣誓，一脸庄严肃穆。

2．原本是一盘好菜

对李卫而言，想起与申月初次见面时的情景，是饶有趣味的事。具体时日已经模糊不清了，但从相关当事人的着装可以推断，应该是个隆冬季节。那日晚，江北小城南通，著名的人民路上，一间云蒸霞蔚的火锅店大堂，所有桌面都在投入地打着边炉，空气里弥漫着浓烈呛人的麻辣热气。蒋小辉带着申月出现在他面前。蒋小辉身着一件深蓝呢外套。李卫记得那件外套的袖口很阔，因为尚没有坐下，蒋小辉就撩起他阔大的袖口，探出缩在里面不事稼穑的雪白嫩手，指着一旁的申月说，这是我爱人。

其时的李卫，浸淫商海数年，对爱人一词久违已久，本能不适，稍一愣怔便大笑起来，边笑边举手邀请当时的贤伉俪入席，说，请坐请坐，说，对对对，共产党人对自己的另一半都称爱人。

其时的蒋小辉，确系一名共产党员，城区某局税吏，年轻有为的国家干部。国家干部也是人，也需要娶妻生子交朋友的，对吧！追究起来，李卫与蒋小辉的建交，走的正是现下社会最具代表性的路子。可用，或可留待后用，往往是男人跟男人走向饭店包间的主要动机，也是男人社交链越拉越长的基本驱动力。李老板认识张三，张三认识李四，李四又认识蒋公务员，某个七拼八凑的饭局上，二人得遇，几杯下肚，义干云天地拍着肩膀认了兄弟。一段合作胜利闭幕后，两人也就自然地疏了往来，也可能他们自此就要在对方生活里消失了，这时候申月适时地介入进来。

李卫犹记得那天的申月，一袭黑棉袄长至腿弯，围一条鹅黄绒线围巾，同色尖顶帽子，浑身就露出巴掌大一块脸孔，裹得跟坐月子的女人一样严实。李卫事后得知，当时的申月，也的确是刚坐完月子不久。

那是李卫首次见过申月。没有不良印象，也没有眼前一亮。申月言语不多，他和蒋小辉聊，她充当听客，要了一个易拉罐的露露，不时呷一下。蒋小辉在火锅里发现牛蛙腿，就会夹给她，她也一律接受，默默地吃掉。由此李卫知道，蒋小辉的爱人申月，是一个牛蛙腿肉的爱好者。

这一幕过去后大约一年半时间——为何是一年半时间而不是一个整数时间，李卫自有记住它的理由。这第二次得见，申月才真正引起了李卫的注意。李卫上次光知道她热爱吃牛蛙腿肉，而再次得见，他着实小小一震，并当即思忖，难道真的是吃什么补什么？李卫发现她，确凿地具备了一双修长健美的蛙腿。

初次见是个冬天，申月全副武装，曼妙的身材就如一个老奸巨猾的特务，隐匿甚深。而再次见却是初夏，姑娘们才刚刚开始露胳膊曝腿，男人们的眼睛也经过了整整一个冬季的薄待，非常需要滋养，也容易得到慰藉，何况申月的双腿，无论造型还是色泽，可谓越挑剔越认可。申月当时穿一条牛仔短裙，平底短靴，中间一截藕腿，匀称笔直，性感青春，透着玉的光滑润泽。李卫一看之下神思就受到干扰。

但凡人都有一颗骚心，区别仅在于有的人闷骚，有的人明骚。一个不懂得欣赏女人之美的男人，可以想见他的乏味无趣。李卫从来就不是这样的男人，他的太太沈红霞当年就是如花美眷。李卫追她时，并无财力相佐，凭的是勇气，拼的是脸皮，最后他赢了，这一胜利令他意气风发，骁勇倍增，他由此而成为一个更加自信的人。沈红霞是他的收山之作，娶了她后，李卫从情场淡出，宛若武林高手厌倦江湖之争，飘然隐退。

李卫不再追逐美女不代表戒了欣赏美女的爱好。第二次得见蒋小辉的爱人申月，他为她的美腿折服，也暗叹蒋小辉的艳福。但是，也就仅此而已。

此番之后半年，传来李卫将南下深圳办厂的消息，蒋小辉求证后得到确认，于是电话里约定设宴为他壮行。这是两家人首度聚到一起，蒋小辉携申月做东，李卫携沈红霞准时赴约。酒宴最后以两个男人的酩酊大醉收场。李卫事后说，他不记得当晚开第二瓶茅台后的任何细节，却唯独记得申月替他戴上玉观音的那一幕。他每次说起这个，申月就会忍不住眼眶发热。

申月年轻时爱过诗。席慕蓉风靡大陆的时候，她读中学，心情激荡地加入进粉丝团，把一本钢笔字帖的诗选翻得稀巴烂。那本诗选的第一首诗叫作《一棵开花的树》，那里面的句子她相信她不用回忆就可以一辈子不忘。

> ……
>
> 佛于是把我化作一棵树
>
> 长在你必经的路旁
>
> 阳光下慎重地开满了花
>
> 朵朵都是我前世的盼望
>
> ……

她有时候会开玩笑地问李卫，我们谁是谁的树，到底是你是长在我路旁的树，还是我是长在你路旁的树呢？李卫就会似笑非笑地反问她，这有区别么？

家庭首聚之后，申月和沈红霞一度还成了往来密切的朋友。两对夫妻，两男两女，男人和男人做哥们，女人和女人做闺蜜，这本是相当完美的结合，结合之初还曾举办过联谊活动，一次自驾游，一次公园烧烤，其融洽愉快令旁观者羡慕不已。此外两家还分别育有一个儿子，相差不到五岁，在双方父母的撮合下，很像那么回事地认了兄弟。然而，就是这么一盘好菜，一盘本来是作为供菜陈列着的精致美肴，有些不信邪的人，有些胃口大开的人，终于扛不住食欲的诱惑，率先向其下箸了。

3. 是谁搞坏了这盘菜?

裤衩、袜子、衬衣、长裤、剃须刀、相机、相机充电器、手机充电器、保济丸，沈红霞逐一清点过后，放心地合上箱盖。李卫从卫生间出来，挎上随身的背包，拎上箱子，准备出发。沈红霞送他到玄关处，微笑地说，我要不要学学人家有思想觉悟的太太，先生出门前，体贴主动地送上小礼一份？

李卫一时没能会意，停身问道，什么小礼？

沈红霞笑意更深了，把他往出推，边说，不知道就算了，看来你很纯洁啊，你有那么纯洁么？

李卫想了想，试探地问，说的什么，小雨衣？

沈红霞一本正经地问，要么，要就给你备上？

李卫转身把沈红霞抱了抱，道，不用备那个，有机会带上你才是，看什么时候你放假，带你去出差，一起去玩玩。

李卫走了，独自去机场，上天落地，同样的一身装备，出现在深圳某高层公寓的某单元前。门铃响过，应声而出的是申月，她欣喜地把李卫延至屋内，迅速地关上门。

扔掉行李，节目永远是传统的，拥抱，热吻，无须矜持地跨上卧榻。快到顶点时，她低声叫道，不要停，不要停。他心领神会，以更为猛烈的攻势，接近完美地把二人一同推向高潮。

事毕，李卫留在床上小憩，申月简单地收拾过现场后也在一旁躺下。她摸摸他的耳朵，亲亲他的脸蛋，暗中叹一口气，她原谅了自己的摇摆不定。他那么吸引她，离开他，谈何容易？

上次，她对阿蒙表明了分手的决心，可是，她并没有通知他。她想，做就好了，做到了再说。因为她知道，她未必做得到。果然，这次，他下来，和她一说，她就开始期待。她跟自己说，这是最后一次，最后一次接待他，最后一次水乳交融，最后一顿大餐。事实上，她渐渐也知道了，只要他不主动中止，要她先撤，可能比蜀道还难十倍。以前的诗人说，蜀道难，难于上青天，现在上青天早不难了，一张机票就能上。她却不能与时俱进，潇洒地离开他。

每次一见到他，她就思维搁浅，抛开全盘的疑虑、自制、不甘和想要撤退的决心，奋不顾身地迎合应接他，而一旦下床，她的那些自尊、理智就开始恢复。原本还以为自己是个性冷淡的，怎么转眼就变成一个体操爱好者了？在她和李卫的纠缠不清里，性和爱，究竟是谁成全了谁，还是彼此促进，共同提高？她无数次地介意和追问过。

回视来路，申月感到，自己性意识的觉醒是个缓慢的过程。少女时是不懂性的，注重的是精神爱恋。结婚后，仍然是不懂享受性的，不过是配合丈夫，尽法定义务。现在和李卫，她仍然觉得他是她感情中男女私情那部分的全部指向，可她也从与他的鱼水之欢中获得了意外的渴慕与惊喜。她的灵与肉，历史性地达到了同步，但一贯的道德定势仍让她摆脱不了羞耻感，她是在享受性爱吗，她怎么能沦为肉欲的俘虏呢？

李卫在床心沉沉睡去，申月望着他，目光飘忽地再次堕入往事。

今年初春，申月离婚了。她勇敢地抛夫弃子，摇身一变，成了李卫的专职情妇。情妇是她自称的，李卫叫她编外妻，她不屑这种花好月圆的自欺，坚持说，情妇就是情妇，不用替我难堪，做都做了，还怕一个称号吗？

申月在离婚时表现得相当果敢干脆，房子儿子家当她一样不要，净身出户（当然，她还是分得了部分存款）——这一般是已婚男人在为家庭以外的真爱附体后才做得出的壮举。申月作为一介女流，难能可贵地做到了。

离婚不易。首先她得有打破旧体制的决心，其次她要为革命理想付出艰苦努力。宛若跳水皇后的夺冠一跃，她身手利落地完成了以上要件。事实上她只要开个头，往后就是被革命的潮水推动着向前的。她唯有英勇向前，一切已经由不得她来掌控，遑论撤退。

离婚后，申月在租来的房子里逗留了三个月，这三个月如同炼狱，差点把她熬干。儿子、情人，她最爱的两个男人，她统统无法任意接近。她无法不怀疑她自身存在的意义。为了缓解内心的悲伤焦虑，她尝试过复习考研，并身体力行地买了参考书，伟大的计划勉强推进了半个月，她就明白了她不是那块料，记忆力不行，心境不行，果断放弃。然后有一天，她接到李卫从深圳打来的电话，一个大胆的决策诞生了。

半年前，传说中的深圳，平生第一次展现在申月面前。那么华丽现代，那么包容热忱。申月很快就在人才市场找了份工作，说是做采购，并没有话事权，实际就是个跟单文员。李卫替她租下这套公寓，缴了一年的房租。未来，毫无疑问是茫然的；李卫，毫无疑问是有重大瑕疵的。想到此处，她用力甩甩头，强迫自己从混乱的思绪里退出。她捡起手机看时间，傍晚了，她下床步出，去厨房做饭。

李卫一觉醒来，申月做好晚饭，坐在沙发上看电视等他。从进门开始，到办完第一要务，到现在，他们几乎没有语言交流。申月期待能在吃饭时，和他尽兴聊一聊。跟他讲想分手吗？不，她舍不得，要讲也只能等他离去后，她不能破坏眼前的和谐气氛，他能属于她的时间太短，机会太少。

申月摆好饭菜碗筷，李卫满意地坐下，爱怜地抚抚她的头，一如从前他们竭力抗拒牵引，想出以兄妹相待时的惯有礼节一样。

她问他，要不要喝点酒？

算了，他说，你又不喝。

她笑，我喜欢喝事前酒。

他也笑，拱手作揖，道，拜托，我不是二十岁的小伙子了。

她手一挥，轻轻赏了他一个爆栗子，说，不错了，比二十岁的没得差。

你偷着吃过了？他狐疑地望着她，似笑非笑地问。

你才偷着吃过了呢。她迅速反驳，又说，我说错了，你不用偷，你们都是体制内的。

他知道她在说什么，一脸悻悻的样子，不作争辩，不予安慰。

两个人默默地吃饭夹菜喝汤。李卫很快就吃完了，放下碗筷开始打电话，向各路神仙通报自己的到来。

李卫和另外两个朋友合伙在深圳开了一间电子厂，专门生产一种叫作咪头的扬声器配件。李卫并不精通这一行，他的能耐就在于会忽悠，能接单，有启动资金，所以他是股东之一。但他并不介入具体生产和日常管理，只每个月来检查工作一次，看看财务报表，请客户吃吃饭，仅此而已。申月南下后，看申月也就成了主要项目之一，即便工作上无须务必亲临，他也是要来的。

见李卫吃毕，申月也不再有胃口继续吃，搁下餐具，垂手坐在一旁看李卫打电话。李卫在约人出来喝酒，申月内心的委屈又开始滋生蔓延扩张。她想他连一个晚上都不肯好好陪她，而她为了他，是做出了捏毙一个社会细胞的壮举的。这么一想，她忽然就止不住地悲从中来。她站起身，转进书房上网，事实上她只是怕自己会当场落下眼泪。她开始刻意去想儿子，这一想就如发动机接上电源，对儿子的思念，迅速以排山倒海之势将她淹没，她的眼泪瞬间落了一脸。

李卫走了进来，从后侧按住她的肩，忽然发现她在哭，顿时紧张。

怎么了？他把她从座位里拖起身，扳向他，抱住，柔声问道。

她不出声，勾住他的脖子任泪水肆意横流。少顷，她发现他肩头的衣服脏了，遂松开手臂，挣脱他的怀抱，去卫生间洗脸，又拿了湿毛巾出来，在他肩头擦了擦。

怎么了？他再次问。

没什么，她道，想我儿子。

李卫明显一怔，表情即刻变得莫测起来，半晌方道，那，回去看看他？

申月又涌出了新的眼泪，深深地叹口气说，我不知道，回去了也不一定能见到他。

"十一"长假，申月刚回去过，处境之尴尬令她始料不及，也令她大受其伤，这伤害至今难以愈合。作为一个离婚女人，婆家她是回不去的，而娘家人，虽没有明白表示，但离了婚的女儿回家面对街坊总是个难堪，她能感觉到兄嫂乃至母亲，恨不得把她关在家里不出半步的焦急心理。

及至申月收住了眼泪，情绪也渐趋平稳，李卫征求她的意见说，去唱歌，好不好？袁刚在圣保罗订了K房，伟华、妖怪，还有几个人都去。

申月心里不反对去唱歌，唱歌是她喜欢的，但她还是作势推了推，李卫仿佛就要依着她了，结果那边兄弟又来电话催，申月于是装作顾全大局的样子，说，去吧，我陪你。

申月很快收拾好头脸，换了身既体现身材又不失端庄的衣服，跟着李卫出发了。

追根溯源，李卫与申月的编外合作，正是KTV包间给酿造的。作为商人的李卫，是K房常客，但作为灯泡厂会计的申月，只有单位偶尔搞活动才有机会一展歌喉。蒋小辉与朋友吃饭会叫上她，唱歌却不肯带，他说女人家去那儿容易学坏。蒋小辉一语成谶，申月果真从那里出发，一回首已是百年身。

万事都有第一次。李卫第一次请申月唱歌也是偶然，他本来要请的是蒋小辉，蒋小辉手机接不通，他转而打他家里的电话，接电话的是申月，问明情况后，申月说蒋小辉外地出差去了。李卫哦了一声，之后又礼节性地问说弟妹在家忙什么。申月说没忙什么，网上听歌。李卫闻言受到启发，刚好那次他要招待的是一名女客，而他的太太沈红霞素来不爱在那些场合出现，于是他问申月，愿不愿意出来唱歌。包厢作为培植基地的故事由此拉开帷幕。

作为一名K房拥趸，李卫惊喜地发现了人才，申月原来那么爱唱歌又那么会唱歌。往常，他想来个情歌合唱都苦于找不到对手，而申月，无论合唱独唱，老调新曲，简直就没有她不会的。除了会，唱得也好，况且现在的助唱设备，只要是会咳的就能唱。有了这样的开端，再约就成了轻松愉快、一拍即合的事。时间递增次数递增，眼里的别样意味也随着示意图的曲线一路攀升。酒精松懈理智，而头顶的射灯，自诞生起，即被赋予了制造暧昧的纲守职要。某次，某个不经意的瞬间，宛如青蛙舔食飞蛾，李卫一俯身，一甩脑袋，就把肘子旁申月的双唇给叼住了。

这样的回忆，在申月来讲是甜蜜美好的，也是痛楚的。她一直希望李卫能够更爱她一点，而她一直就觉得李卫对她热度不够。李卫却既不承认也不否认，逼急了就说自己不会花言巧语的那一套。阿蒙就问过她，你究竟爱这个男人什么呢？申月稍加思索后回答说，可能是他一贯的冷酷无情和偶尔的温柔多情。阿蒙就竖起大拇指夸了她一个字：贱。

李卫带着申月在K房坐下。与K人员基本都是申月认识的。申月不得不感叹男人之间的友谊，在桃色事件上作为攻守同盟的义气，那种理解互助的体恤情怀。申月与李卫好了这么几年，几年来从来没有回避过朋友的耳目。申月的存在和存在的方式，他的朋友圈里人尽皆知，却没有一个喉舌发痒地去捅给他夫人沈红霞的。他与她的交往并不私密，对沈红霞而言却一直是个天大的秘密。

李卫帮自己和申月点了首合唱，《好人好梦》。这一举动迅速安抚了申月的失意。她喜欢这首歌，她尤其喜欢其中的两句歌词——就算是人间有风情万种，我依然是情有独钟——她多么希望她和李卫的爱情就是这样的。一曲终了，申月的爱如潮水涌来，她想她不能提分手，她根本分不了手。她爱他。她离不开这个男人。有了这样的认识，直到再把李卫送去机场，她都表现得欢欢喜喜的。

送走李卫，她又顺趟去找了阿蒙。阿蒙在家里接待了她。她到时，阿蒙正拎着一只开水壶，把滚热的水往几只螃蟹身上浇，那几只张牙舞爪的活物，转眼就见了阎王。申月看得惊心动魄，问她干吗。她轻描淡写地说，给你做海鲜粥吃，它们那么凶，谁敢杀呀，只好先烫死它们算了。

吃粥时，申月说，我想和他分手。

我知道，阿蒙头也不抬地回答，呼哧呼哧地对付着她的烫海鲜粥。

我这次是真的，申月说。

你哪次不是真的了？阿蒙仍然头也不抬。

分不了就不要分吧，阿蒙又说，你一个人在这头瞎折腾，人家可是四平八稳地过着太平日子。你苦自己做什么呢？

阿蒙，申月由衷地问，你怎么总那么料事如神呢？你说得一点没错，我一遍遍地瞎折腾，弄伤的只是我自己，于人家一点关碍都没有。我的问题不在于我不知道如何做，而是我想请教你，我如何才能做到心中所想的？我不想再和这个男人纠缠了，我觉得自己太亏了。

你亏什么了？阿蒙终于抬起头来问。

多了，申月摇头，一言难尽，最不甘的还是感情上的，我已经感觉不到他对我的在意。

人类的恋爱大抵都是这样的，阿蒙说，一方潇洒了一方就难以潇洒，怪你自己命不好，没有当成潇洒的一方。

我命不好我承认，申月说，我不玩了，我撤退总可以吧。你那么聪明，你教我个法子，怎么撤？

谈个新男朋友，和他上床，新人自然就替换旧人了。阿蒙说。

你这法子别人也许行，我肯定不行，申月说，我现在根本接受不了别的男人。再说在上床这件事上，我一贯有自己的主张，我觉得女人还是少睡一个是一个，一个女人身上不宜留下太多男人的气味。

阿蒙盯着申月看了一会儿。

狭隘导致偏执，阿蒙说，你看你，所以你掉进去了就出不来。不过，我还是要表扬，说明你仍然是珍惜自己的。有些男人本质来讲就是病毒，病毒的作用就是通过软件来搞坏硬件，不慎沾上，系统就会大乱。病毒男人，他跑出城外来溜达，唯一的诉求就是搞。他通过身体让女人为他倾倒疯狂，但他绝不言爱，不泄露内心，他的心是紧紧关合着的，他存在意义就是让女人放纵、痛苦、斯文扫地、一反常态、绝望、堕落甚至自毁。你的编外爱人仿佛也有一点这样的倾向。

申月闻言深受打击，螃蟹粥是一口也吃不下去的了。良久，她叹气，缓缓说，他也有过柔情的时候，想当初，他也是一只婉转的百灵，关进我的笼子后就失声了。也许真的是我们玩得太久了，他开始腻味了。可我为什么就不腻味呢？

这方面女人通常都不及男人出息，阿蒙说，不幸你又是妇女中的杰出代表。

4．我们都回不去了

下班后，申月去买了一双新鞋，路经麦当劳，就顺便把晚饭吃了。吃着吃着，对面的一对母子吸引了她的目光。孩子很小，一岁多一点的样子，自己用勺子挖土豆泥吃，吃得一嘴一脸的，年轻的妈妈就不停地用纸巾替他擦拭，一面擦拭一面替孩子纠正，用右手拿勺子不要用左手。申月看入了神，许久才发现自己忘记了吃。年轻的妈妈也注意到她，指着她让孩子叫姨，孩子果然叫了，申月情绪激动，提出再去买点什么来请孩子吃，但年轻的妈妈说不用了，他太小，一个土豆泥都吃不完的。

回到住所，申月放下包就直扑电话。她把电话打去蒋家，接电话的是蒋家新妇，她早有心理准备，因而声音非常沉着地对话筒说，我找龙龙。那边仿佛是放下电话找人去了，她耐心等着，等了两三分钟，电波转变成短促的忙音。

这种情况她已经数次领教，以至于不会再有愤怒。她面容平静地放下电话，回身转到书房。她顶着书桌站靠着，几分钟后拨开椅子坐下。她抬起手不经意地抚了下脸颊，竟然是凉湿的。这一发现令她顿时堕入自伤，但她使劲把脖子往后仰。她不能做自己讨厌的人。她讨厌女人眼泪流不干的样子，真蠢，真傻，活脱脱一个弃妇。

她不能算是弃妇吧，婚是她要离的。她坚决地离了婚，为了从速，她甚至不计较她应得的财产缩了水。她那么急于腾出空间来，腾出空间后又如何呢？她虽然不必再弄虚作假、欺上瞒下，但是也并没能心想事成。最让她始料不及的是，她十月怀胎冒死诞下的儿子，随着一纸判决书的生效，和她从此成了两家人。

儿子得来不易。她和蒋小辉完婚后并没有似大多数年轻夫妻那样迅速地搞出人命。第一年，他们随遇而安，第二年，也只略为奇怪了一下，第三年才觉得是个问题，开始跑医院、跑特色门诊，情急之下，甚至电线杆上的老中医，都怀着侥幸心理偷摸着跑去问诊过。也说不清谁的问题，就是怀不上。后来终于怀上了。苦求得来的果实，总是让人加倍欣喜与珍惜的。

仿佛是为了洗刷个人魅力失败的耻辱，蒋小辉在离婚后迅速另结姻缘，娶了个卫校刚毕业的女学生。申月不得不感叹现如今女孩儿的魄力。据说蒋家这名新妇，年龄尚不满二十岁，然而其言其行之大胆泼辣，让申月都几回回无语凝噎。

申月打电话去第一次撞上她接，申月也不关心她是谁，直奔主题地说我找龙龙，对方中气十足地反问她，我是他妈，你有什么事？后来新夫人能识别申月的声音了，要么一句硬邦邦的他不在，要么搁下电话装得跟去找似的，一会儿电话却成了忙音。有一次申月实在气不过了，逮着蒋小辉提意见，让他劝劝新夫人适可而止。然蒋小辉已经洗心革面重新做人了，和新夫人是一派的，倒反口劝说申月不要老打电话找龙龙，这样影响孩子跟新妈妈建立感情。

申月思想过激了一阵后，放弃争吵纠缠，无言让步。她没能力把儿子带在身边。一个是她确实没能力，她要上班，时间不允许，精力顾不上；另一个是她的私心，她得为李卫的造访保留空间。她不得不承认，为着李卫，她伤害了儿子的权益。她一直在牺牲他。她是个无耻下作的母亲。如果她下场惨淡，那也是咎由自取，她想。若要问她有没有后悔过离婚，钟摆代表她的心。

感谢蒋小辉适时娶了个厉害角色，感谢蒋小辉面对强权垂首待命、完全不抵抗的态度，这些看似给她添堵的因素，实际却是她迷离失所的心灵的安慰剂——她果真不用后悔，蒋小辉凉薄至此，她所幸没有跟他厮守一生。然而，她可以骗过任何人，却骗不了她自己，她时时都在动摇，时时都在自问，她奋力争得的一切果真有意义吗？她对了吗？她错了吗？她没有过上想要的生活，却明明白白地失去了儿子。

离婚后，申月没有获得如释重负的预期快感，倒是实实在在地明白了什么叫作一无所有。这种一无所有和年轻时的一无所有无法并论，年轻时的一无所有完全构不成压力，那是普遍现象，而年过而立，再从一切拥有回到一无所有，那种荒凉感是常人无法想象的。而她不是要想象，而是要适应、接受。

谁人说过，人生就是由大痛苦和小快乐构成的。申月无比赞同这句话。她的痛苦是暂时克服不了的，她唯有先放下。她对她的人生并无确切规划，也规划不了。李卫说，我暂时还不能娶你，儿子就快上初中了，说懂事又不懂事，说不懂事又什么都懂，这时候遭受刺激，后果怕会很严重。

申月无言以对。她的内心并不为他的理由说服。她也有儿子，她儿子就不重要吗？但她什么都没有说，自尊心不允许她为此去同李卫争辩。她想，如果他足够爱她，一切的理由就均不能成为理由。

想到此处，申月体内突然冒出一股神勇。她抓起一旁的手机，快速地输入一行字，发送给了李卫。等了十来分钟，手机没有动静，再等，仍然是一片死寂。她不等了，去冲凉，洗衣，拖地，地拖到一半，寓所的电话铃响了。

怎么了，出什么事了吗？李卫在电话里问，声音极平静。

没有，申月回答。

那你怎么了？李卫问。

就想离开你，申月说，语气冷漠而坚定，因为你完全不值得。

那头陷入沉默。申月静待了半分钟，扣了话筒。

申月的心里一阵快慰，一鼓作气地把地拖完了，把衣服晾了。她想，她就要新生了。她清唱了两句《跟往事干杯》，热了一大杯牛奶喝下，蒙头大睡。

可是，这种故作的轻松，仅仅维持了两天，她就焦躁起来。李卫没给她打过一次电话，发过一条短信。她变得高度警惕，时时都在留意手机的动静，但它没有一次是因为李卫的请求叫起来的。她变得愤怒而悲伤。她发给他最后那条短信就几个字，我们分手吧。而他竟然真的就同意了，除了一个求证的电话，没有一句追问挽留。这样的男人这样的男人，她还倾家荡产地爱了，何其可怜可悲？

申月又跑去找了阿蒙。阿蒙正要去医院，说有人要换肾了，她去看看。这么不幸的大事，申月立马觉得自己的问题不算问题，支持她先撇下自己去看要换肾的人。阿蒙说不着急，人家的问题她解决不了，申月的问题她或许还能提供点参考意见。

从阿蒙家出来后，申月在街上徘徊良久。阿蒙说，你不如回老家看看，弄清楚你的编外爱人和他的编内妻在怎么生活？如果等待是有希望的，无妨等；如果等待是一眼塌陷的煤窑，你的青春也耗不起了，你应该对此有个了断。

申月流连到广场，又是孩子的身影牵住了她的视线，对龙龙的思念不可遏止地袭来。她陡然平添勇气，回家，对，回家看孩子，回家搞清真相。她迅速去订了返乡的机票。

下午到达南通，四点半，她在幼儿园门口顺利堵到龙龙。孩子奶奶来接孩子下学，开恩地让她领走。怜子之心得到抚慰后，她想到约见沈红霞。

申月和沈红霞几年前有过往来，但友谊终究是浮于表皮的，是作为两家男人的附庸建交的。她没有她的电话。但沈红霞在本市最大的商场上班，贵为老总秘书，她轻易就可以找到她。

和沈红霞比，申月是不自信的，造物主没把她造好，她觉得她一辈子也活不成沈红霞那一款式。申月眼里，沈红霞一直是滴水不漏的，她理性、坚定，却又锋芒不露，看似笑容可亲，随意且不拘小节，然只有谙熟她的人才知，她是如何的通透了得，眼波流转处，仿佛扫描仪，细枝末节，尽收眼底。据说李卫当年追她颇为不易，惨死了大量的脑细胞和肾激素。

带着这样的压力和心理落差，申月一连两天在商场转悠，也没勇气去找她，她希望能在她下班时装作与她不期而遇。结果她没能如愿。第三天是周末，她想她再不抓紧时机可能就要拖延到下周了，她跟深圳那边的公司也就请了一周的假。一着急，她倒生出急智，胆气也随之一壮。她咨询了门房保安，看电梯的阿叔，径自找去了沈红霞的办公室。

沈红霞热情接待了她，看得出是真热情。沈红霞承诺，申月要找的电器她一定尽快帮她联络，如果有，她一定设法帮她拿到公司内部价。申月表示感谢，顺势提出请她喝咖啡。沈红霞也非常乐意，连说我请我请。沈红霞打了几个电话，随后拎上坤包，和申月一起去了商场旁边的慕尼黑咖啡厅。

和沈红霞笑容满面地分手后，一转身，申月就觉得自己是一头五内俱焚的怪兽，一头想横扫一切，涤荡一切的冲动怪兽。一刻钟前，李卫的编内妻，沈红霞女士，一边抚着自己左手臂上的一根金属链子，一边并无蓄意地说，我睡眠不好，他去美国给我带回来这根链子，花了600美金，我说你是不是被人骗了呀，这不就是一根表带子吗？他说这根链子是用人体所需要的稀有金属制成的，有多种保健功效，可以助睡眠，防辐射，提高免疫力，促进血液循环，还有什么的，戴上这根链子我怕是要长生不老了，呵呵。

申月不允许自己哭，但还是有些固执的泪水自行地溢了出来，好在不多，冷风一吹，就干在了脸上，使得她的脸皮发生紧绷。她很快掉头往她下榻的招待所赶。她在招待所楼下看到儿子龙龙，旁边是她的前任婆婆。儿子衣着极不协调，上衣像麻袋一样松垮，裤脚却有些吊，看上去也不很干净。她不由分说地冲过去，一把抱住儿子，止不住地呜咽起来。

申月再次返回深圳，着手清理这里的一切，准备告别。

那天，前任婆婆到招待所来找她是有话要说的。前任婆婆说，蒋家又要添后了，新媳妇不肯再带着龙龙过，要把龙龙甩给她，她是愿意带龙龙的，就是年老体迈了，怕带不好，教不了孩子做作业，看申月的意思。

阿蒙来到申月的寓所，帮她一起收拾箱包。

阿蒙说真舍不得你走。阿蒙说回去的方案都定好了吧？

申月说都安排好了。申月说我亏欠儿子的太多，我已经委托我哥哥帮我找房，买一套小户型的二手房，以后就带着儿子过。

申月说，阿蒙，来深圳最大的收获就是认识了你，你有空要去看我，我也会常打电话给你的。

阿蒙回说好。阿蒙再说真舍不得你走。阿蒙又问，他后来没再联系你吧？

　　通过几条短信，申月冷笑地说，表情不觉狠了起来，他问我好不好，我说很好。他说我提出分手也许是对的，他不应该再耽误我。我真想问问他什么叫耽误我，但转念一想就放弃了，一切都已经毫无意义。

　　你恨他吗？阿蒙问。

　　申月正在逐一检查一堆纸片单据，该留的留，该扔的扔，忽然掉出来一张照片，李卫立在一幢大楼前举着手机打电话的样子。申月抄起手边上的剪刀当场给他开肠破肚，边干边说，我希望他被汽车撞死，被乱刀砍死，我咒他断子绝孙。

　　申月——阿蒙惊恐地叫住她，居然莫名其妙地淌出了眼泪。如果你不是真心想他死，你就不要咒他，人是可以被咒死的。

　　哪有那么容易？申月继续把照片剪成碎片，又把碎片扫进垃圾桶，他活得要多威风有多威风，死不了的，老天才不会那么帮我呢。

　　申月，你还记得我那个要换肾的朋友吗？阿蒙问。

　　对了，他怎么样了？申月停住手，转脸看阿蒙。

　　他死了。阿蒙泪如雨下。他曾经是我最爱的男人，我得不到他，我就诅咒他，我咒他早死，咒他全家死，我咒他生儿子没屁眼，现在，他真的死了。

　　瞬间，空气有如凝住，屋宇静到极致，两个女人冰雕一般矗着，仿佛头顶三尺，真的有神明在注视着她们。

换 届

1. 一个名牌男人的惆怅夜晚

一杯茶，一包烟，开启QQ聊半天。如此闲适人生，张道远偶尔也能过上。

网络是个好东西，QQ也是个好东西，尤其在后半夜，张道远有时需要到那里寻找慰藉。谁没有精神空虚的一刻呢？特别是一个习惯热闹的人，一不热闹他就容易犯惆怅。比如今夜的张道远，自一场觥筹交错的欢宴上撤回冷清的家中，妻子是熟睡着的，自己又亢奋不能成眠，这时候的网络，网络上的QQ，就该被请出来派上用场了。

张道远大小算个名人吧。尤其，新浪网把博客业务推广普及开后，甄别一个人是否出名就多了一条新依据。但凡有点名气的，新浪都是要请过去开博的，如果没有获得新浪的邀请，则证明还不够有名。自己跑过去的不算。

参照这条新标，张道远就是一个名人。他的大名，名家博客的排行榜上，天天都是晒着的。找到他的名字虽然要拉动鼠标到最底端，但那跟他知名度的高下无关，坐底的是他张字这个姓氏的声母。

大约有半年时间，田蓉每天要做的事情里头，有一桩就是把鼠标一拉到底，找到她心目中排行第一的名人。

田蓉是谁？这问题张道远最有解释权。但最近，张道远在念想到这个名字时，往往需要配合舒出一口长气。然他也终究承认，这姑娘，在从前的一段岁月，对他是做出过贡献的。虽然她现在的表现越来越偏离他的期待。她当然不是他包养的小蜜。他的收入、家庭背景、消费心理，注定他无法成为一个拥有小蜜的男人。

那么，张道远本人是从事什么工作的呢？名气又是打哪儿来的呢？这得从几年前说开去。几年前，张道远是一个媒人，一家大报的副刊编辑。这身份可能要令见多识广之士喷出不屑的鼻息了。可是，万丈高楼还要平地起呢，就算世贸大厦，也都得打地基吧？正因为张道远在他小编辑的位子上兢兢业业，把一个行将撤销的版面做得风生水起，成为当时办公室白领的阅报首选。同时他自己也在职余写下了不俗的篇章，并借此获得业内最高级别奖项，那几乎是他从业以来最为勤奋进取的一段岁月，由此筑下他日后的辉煌。

张道远早几年就从那个人困马乏的报纸编辑的苦差上洗脚上岸了，由国家相关机构以专业研究的名誉供养在一幢大楼的某个单间办公室里。办公室里有分机，有网线，有冷气，带独立卫生间。他不用坐班，办公室可去可不去。他如果不在会议场，不在酒桌，可能就在他的办公室，过着他完全没有工作压力又高度自主的在职生活。换个视角也可以说，他不在热闹就在寂寞。

其实说到辉煌，张道远自己是要暗自叹息的，那不过是假象。今天的张道远，看上去春风得意、马蹄甚欢，有不少光鲜头衔傍身，除了能经常性奔赴祖国各地，以专家的身份，把他千篇一律的备课笔记带到不同坛子开讲，煞有介事并获取有限劳务费，偶尔还能充当访问学者，到国际上走动走动。

但张道远自己最明白，他拥有的不过是一堆浮名。他的实际利益并不丰沛。至于他胸中的点墨，如果说他早年还算个读书人，用进废退，近年来的荒于嬉已使他的学养时常暴露出捉襟见肘的窘迫。在熟悉他又妒忌他的人看来，他无疑是一个深谙趋利避害之道的社会混子。

私底下，张道远的内心世界间或也是狼狈不堪的。但他颇懂自慰。他认为，浮世之人，没有几个是不狼狈的。他由此宽宥自己，并以此与偶尔扑上来绞杀自己的自我批判握手言好。

作为一个年岁接近不惑，又从事着文化名目本职工作的男人，张道远在婚恋家庭方面，自有他的一套主张。那句话不是他发明的，但基本代表了他的意见——和谁结婚都一样的。

在张道远的客观评审中，他妻子这一款式的，相对他这个级别的男人来讲，算得上是充当内子的最适配人选。不算丑也不算美——留在家里放心，带出去也不丢脸；性格不算好也不算坏——小事她做主，大事他做主——毕竟她也是受过高等教育的，也拿工资帮衬家庭，按照物质基础决定上层建筑的马克思主义社会经济学原理推导，也不可能要求她拥有唯夫命是从的美德。基本上，张道远对她担任妻子一角没有不满。并不是说她的表现有多好，而是他本身对婚姻的态度很冷静，不作过高观望。就如他安抚田蓉时强调的，那其实也是他的真实内心感言——好的感情，包括性爱，不一定要在婚姻内。通过实践，张道远更加觉得，好的性，一定不在婚姻内，至少他的个人际遇如此。

张道远在网上随便看了看新闻。各大网站仍然抓紧艳照门事件主角，多方阐述，赚取眼球吸引率。多款当事人清凉照，配合出现在标题栏，看得张道远不禁血脉贲张。他的妻子眼下就睡在他们共同的大床上，但他没有半点兴趣前往嬉戏。他现在最想见的是田蓉，甚至不需要真的见面，就陪他说几句骚包的话，满足一下他的低级趣味，他好顺利出货。

看看电脑右下角的时刻表，张道远知道，田蓉肯定睡了，而且就算她没睡吧，他也不能确定她是否肯再乖乖就范。这姑娘现在越来越有主见了，不要说随传随到地应他的约了，有时候几乎就不搭理他。这不是一个粉丝对待偶像该有的态度。念此，张道远不是没有失落感的。他和田蓉，曾经是偶像和粉丝的关系。一度，她崇拜他，对他像夏天一般火热。他则在指导她如何做好新闻记者之余不失风度地把她邀上卧榻小歇。

张道远长叹一息，拖拉鼠标，启动QQ聊天软件。他虽然一时缺少合作伙伴，但他还不至去网上乱找。网友丢财殒命的惨烈事迹警示着他，令他把牢有所为有所不为的界限。

张道远颇感意外的是，他的好友栏中，居然还有头像亮着。他不是一个随便添加好友的人，他的好友基本都是现实生活中的熟人，至少是有过一面之交的。那些用来坐而论道的同性，他现在没兴趣搭讪。想必他们也没有。他现在想找个异性聊聊。找谁呢？那得看他想聊什么。

简单过滤之后，张道远把矛头指向一个状态栏显示正在听歌的好友。当然是个女性。她听的歌目叫《神话》。电影《神话》的主题曲。这电影张道远看过。成龙、金喜善联袂主演的一出爱情悲剧。该女性好友还有个好听又有国学含量的昵称——念奴。念奴是古代名妓，才艺拔萃，容颜多娇，得风流才子捧赏，最终成就了万古流传的词牌名《念奴娇》。就这两点，已足以叫张道远选定她作为今夜的聊友。

如果张道远没有记错，她应该是他在一次诗歌沙龙集会上结识的。说结识也许不确切，因为那次约等于没有交谈。一般诸如此类的集会，张道远都是以专家的身份参与的，架子是端着的。他记得是她当时主动跑过来跟他要联络资料的。他记得他把电话号码往她提供的小本子上书写时，她问了一句，有没有QQ？他看了她一眼，加多一行数字给她。正是那一眼，让他对她留下较深印象。她的相貌不算出众，出众的是她的身材。有前有后，前凸后翘。

敲定了聊天人选，张道远把自己从隐身撤至在线，旋即给她发去一个笑脸。叫张道远为之一振的是，念奴火速做出反应，回给他一个惊喜交加的表情，一声标着感叹号的称呼，张老师！

晚间的酒意尚没有褪尽，此刻又有类似的神经麻醉剂远程辐射了他，张道远不禁有些晕眩，找到了几分做偶像的感觉。

还不休息？他问。

上晚班，念奴回复，张老师呢，怎么才上线？

赶篇稿子，他信口胡说，累了，上来看看。

哦，是这样呀。念奴打字飞快，几秒后又是一行字发来，张老师的文章我在学校时就特别爱读，我们很多同学都以您为偶像呢。

呵呵。他回复，我不值偶，你们后生可畏。你是什么星座的？

实际上，张道远对星座并无足够研究，也不真正关心任何人的星座。这是他聊天的常规项目。也是他所认为的，年轻时尚女性普遍来劲的话题。

如此，聊天顺利展开。由矜持到随意，由专业到发散。从年龄聊到身高，从体重聊到胖瘦。胖在哪儿，瘦在哪儿。高雅的公共话题神速搁浅，一个鹞子翻身如期切上私生活杂谈。

青葱女子总是自信的，也都是有几分虚荣的，何况面对的是自己精神为之一振的人物。张道远掐灭第二根烟蒂时，念奴主动向他发送了近照。他则顺势表达了他的欣赏、喜欢。

2. 有的人死了，他还活着

撇开生存压力、房价过高，五十岁以上长住居民肺部变黑等种种隐性弊端不谈，单从眼见为实的市容市貌上来讲，深圳的确堪称是一座豪华型大都会，一颗人力创造奇迹的地球明珠。特别是一些商业繁华地段，幢幢拔地而起的楼宇，分庭抗礼，直插云霄；街面宽阔、整洁、簇新，巨幅广告牌争奇斗艳，高级轿车满地爬。市面上肉眼得见的一切主料辅料，齐心合力，造就了一个神话般的摩登深圳，其现代化程度不逊于任何一座国际名城。

行走在深圳华强北的街面上，田蓉再一次得出以上结论。她吁出一口气，明确对自己说，能在这座城市生存、发展、生根、发芽、开花、结果，无疑是幸福的。

田蓉去赶一场约会。田蓉与万明媚约在歌丽亚寿司店见面，时间定在下午五点。田蓉正加紧步伐前往。田蓉到时，万明媚也差不多同一刻抵达，二人在店面前的台阶上相遇，会心一笑，相携入内。

约会是万明媚发起的，田蓉刚好得空，欣然应约。

田蓉与万明媚是同行，共同效力于特区媒体，但不属同家单位。二人初晤于一场体育用品公司的新产品发布会，回头建立了联系与稀疏的交往。

万明媚刚从高校毕业，入行不久，属媒坛新宿。万明媚眼里，田蓉是当然的资深前辈。田蓉的业务水准，万明媚在校时即有耳闻，因而初次得见，万明媚就向田蓉表达了她的钦佩，说出田蓉比较有影响的采访稿篇目，并以茶代酒，向她举了杯。

原本，田蓉有自己的交友原则。原则以外的，她一般是不交往的。比如年纪比她小的，不论男女，她认为他们对她没营养，交往就是浪费时间。然而，谁的心不曾柔软？何况面对的是如此乖巧有力、做足功课又不失诚意与分寸的示好。

田蓉与万明媚在歌丽亚寿司店喝了茶，吃了寿司，伴着第二壶茶的余香氤氲，田蓉始知，万明媚此番邀约，是有主题的。万明媚的主题就是，向她喜欢、信任的姐姐，道出心中的秘密。

万明媚的秘密，田蓉在乍听之下是提不起兴趣的。一是她看不起万明媚的年纪，小屁孩一个，小狗之恋而已；二是她对这城市的感情世故，相当不屑。无非是他爱她她不爱他，或者相反——痴男怨女间的无所谓无意义纠缠。包括她自己，都没能幸免于诸如此类的大俗剧。但十分钟后，田蓉怔住了。她甚至暗里掐了自己一把，要求自己保持镇定。后来的交流，以万明媚的讲述为主，田蓉则负责倾听，并发挥她做记者的本色，适当提问、导入，完成了一场历时三个半小时的非正式访谈。

出了歌丽亚寿司店的弹簧门，田蓉与万明媚分站在一高一低的台阶上，微笑道别，再分头离去。

转过身后，田蓉的笑容迅疾僵滞在脸上。她再转过身去，目送万明媚丰腴有致的背影确凿无疑地走远，消失。她再转过身来，向属于她的方向举步。她从包里摸出手机，捂在胸前凝眉思索了一阵。她一面走路一面让右手大拇指进入点击。她在编写短信息。身边是南来北往擦肩而过的行人，她几次几乎与他们相撞。

她往手机里输了一行字，输了又删了，又输，又删，折腾几个回合。她把右下唇包在嘴角咬了咬——这是她的习惯性小动作，之后果断合上手机翻盖，把手机灌进手袋，潇洒地一甩头，大踏步朝着她的方向前进。

她来到群星广场。广场喧哗，灯光璀璨，挎包男女犹如细胞内的核分子，自由运动，自他来的地方来，去他去的地方去。广场中间设了一排长椅供人歇脚。田蓉朝椅子看了一眼，把屁股搁下。一会儿，她再次摸出手机，再次劳动拇指。她面容平静沉默，眼神阴沉。她把手机举在眼前，深蓝色屏幕上亮着三个字——王八蛋。她低头思索了一阵，按下一串号码，她盯着号码看了一阵，最终按下了取消键。她再次把手机灌进手袋。十分钟后，她再次掏出手机，拼下一行文字——你真叫人恶心。没等按上传送号码她便把文字删了，把手机灌进手袋。她从长椅上起身离去。她没有打车。她决定靠两腿把自己运回家。

她的家，就在她供职的报社附近，全国评比选出的百家模范小区——莲花北村。她搬去也不是很久。房子是租的。租金不菲。从前她断是没有底气独资承租它的。林伟业说，如果有合适的，就在这个小区买一套。

林伟业，田蓉的现任男友，台湾同胞，台企内地分公司部门经理。此刻人在台湾，回台湾总公司述职去也。田蓉与他建交九个月，渐渐有了结婚意向。有了结婚的意向后，田蓉才策划搬家的。她有她的心意。尽管她甚至不能判断，她的心意，究竟是要保全过去，还是为尊重未来。但有一点相当明确，她无意让过去与未来发生感染。她力求把过去像坏死的肌肉一刀切除，让未来新生。林伟业强烈建议她搬到莲花北村，并不容分说替她垫付了押金与首月款。

深圳老姑娘过剩，这是不争的事实。林伟业条件不算十分优越，个子不高，性格讨喜指数中等，身腰粗壮，财力却偏羸弱，但终究瘦死的骆驼比马大，田蓉若与他成婚，房、车是不成问题的。田蓉与他不咸不淡地交往了几个月，对他始终感觉有限，而她看得出，他是越来越在意她的。田蓉思考再三，权衡利弊，权衡出利大于弊。参照深圳的地区婚恋现状，她有可能被剩下来，而林伟业则没有被剩的可能。由是，田蓉开始有意识地向新生活靠拢，搬迁即为其中革命性的一项举措。

回到家后，田蓉径自去了书房。她的书房雅洁可喜，伏案设备简单舒适。此项也是由林伟业主张，林伟业所为。

她在转椅上坐下，顺手按下电脑的开启键。大班台上的液晶显示器随即哗的一声进入运程。她又掏出手机来按开。手机无新斩获，没有来电，也没有来信。她叹出一口气，扔下手机，捉住案板上的鼠标。她点开浏览器，稍稍思忖，又点开新浪网，点开博客栏，拖动鼠标，进入了她想去的页面。

曾经，大约有半年时间，田蓉每天要做的事情里头，有一桩就是把鼠标一拉到底，找到她心目中排行第一的名人。最近几个月，田蓉又始重操旧业，企图心与从前正好相反。

田蓉时不时点击张道远的博客域名，看他加载到页面上的镜相、文字，目的只有一个，力图把张道远看下神坛，端详压榨出他皮袍下更多的小来。

现在，张道远的博客首页，图文并茂地晾在她的眼前。他的头像是一张大头照，五官清晰，一览无余地跳进她的视线。她不动声色地看着。她努力把他的脸往肉包子脸上靠拢。她的嘴角堆着嘲弄的笑。她向自己强调，他是猥琐的。有据可考的猥琐。她早就想蹬掉他了。这最近几个月，她一直做得不错。对他爱理不理。对他保持距离。实际行动对他进行冷处理，没有主动给他打过一次电话，发过一条短信。她认为，她很快就能从根本上摆脱他了。

然而，就在她强自镇定，在臆想中努力拔高自己的掌控能力之时，她顺手点击了他的好友链接。页面渐渐展开，一个熟悉的女性镜相，收腹挺胸地立在该栏目最底一行。目之所及，田蓉的心脏蓦然一阵刺痛。这刺痛让她放弃自欺，让她顷刻里明白，她错了。她以为有的人死了，其实他还真实无比地活着。

仰慕张道远时，田蓉年轻。这年轻不单是心理，也有饱满结实、水分充足的身体为证。其结果是，年轻的心理因为见识缺失而误入歧途，年轻的身体跟着受累。她身体力行地实践了诸如怀孕、堕胎之类的女性课题，并就此告别婴儿肥，走上骨感美之路。所幸她处在了一个以瘦为美的时代，从这点看，似乎还有些因祸得福的意味。但田蓉绝不会为此而感谢张道远。永远都不会。

田蓉而今贵庚接近而立，自她从新闻专业毕业踏足社会，一晃已是四年。她对她的四年有一句衷心评价——四年都长在狗身上了。由此可以得知，她是如何的想抹杀过去。但是她抹不去。她没有能力抹去。她杀不死那根眷念张道远的强大神经。她明知他不是个好人，不是个好爱人，还是要爱他，不能停止地爱他。伟大领袖毛主席说过，世上没有无缘无故的爱也没有无缘无故的恨。她对他的一切恨，归根结底是她无法抗拒对他的爱。

是真爱，还是犯贱，这疑问纠缠了她四年。四年未果。四年来不过是让她把相同的错误一犯再犯。四年来人事历练，她把张道远看得越来越透，把与他关系看得几近恶俗丑陋。如果说早先她还生过与他共结连理的心，那么这会儿那颗心早已死无全尸。不是她拥有不挖人墙脚的美德，而是她清楚她要的理想爱人绝不是张道远这一款的。

她常常给自己鼓励打气，疯狂踩扁看低他，以遏止内心对他风起云涌的牵恋。她把这些归结一股脑按在他头上——圆滑，世故，台前扮演正人君子，幕后彻底回归动物本能；从不为此内疚；为己开脱振振有词。跟谁结婚都一样的！田蓉想到这句就不禁惨然冷笑，原来你早就麻木了，那你怎么还要耽误我呢？我跟谁结婚可是完全不一样的。

3．几条短信的交际

七月一到，张道远迎来了他会议的旺季。他为此专门整饬了一箱行李，回家也不请出来，就让它们在里面待着，时刻准备着，如此出门前就省了不少琐碎，基本拉上拉杆就能走人。

七月是一个会议的旺季。历来如此。主办方、与会方心照不宣——炎夏酷暑，人难免心烦气躁，巧立一个主题，躲进四季如春的酒店开开会，见见同行，发发思古之幽情，喷喷针砭时弊之口沫，有吃有喝还有拿，有什么不好呢。所以，此段时间张道远基本都在外地开会，有时候家都不沾，直接从一个城市飞往另一个城市。

张道远有段时间没上网了，自然也就没机会上QQ。念奴在网上守株待兔了一阵，没逮着，忍不住发了短信问他。张道远回复短信告诉她，自己很忙，忙着和某某、某某某等的，都是业内名家，一起在何地开会。这时候念奴就会自动封口，想着不能打扰人家。但有时候，张道远又会主动给短信她，告诉她自己正在机场候机，这时候念奴就觉得自己派得上用场了，会搁下手中诸等事务，陪他发短信聊天消闲，直到他说他要登机了。

张道远今晚再遭闲置。几乎不参与社交的妻子今晚也破天荒出门去了——单位同事庆生，不去会被认为抠门。张道远在感觉到一股自由的气息扑面而来之时，也体会到一种措手不及的心慌——这么好的夜晚，无所作为地度过岂不是可惜了？张道远身边的泛泛之交不少，密友不多。他把这归结为人们对他的妒忌。对他心怀不善、不尊、甚至恶意的人，他又怎可能去交付真心？他又不求他们办事。

张道远坐在自己的书房里，电脑开着，面前也摊着书，但无论是网上的还是网下的，他进入不了他从前酷爱的阅读。他患阅读厌倦症不是一时半会儿了。

他的手机，在他眼前的桌面上搁着。手机是人类的新器官，这话不知是哪位高人讲的，但对张道远无比适用——他就是一个手机不离身的人，离开就恐慌，不幸忘记带了是哪儿也坐不住的。张道远把手机捡到手上，翻看通讯录，想查找一下什么人这会儿可以联系联系。

他一行一行地翻阅着那些一年半载都难得动用一次的名字。光标走过处，会让他略略停顿。他停顿下来思量这都是些什么人。然后有一行字让他彻底定住了——田蓉。他把手机扔了，拉开一侧的抽屉，摸出烟盒、火机。他点上一支烟，向椅背倒去。他屁股发力，把座椅向后驱动若干个厘米。他抬起一条腿，搁到桌面上，另一条腿则紧随其后地叠了上去。

张道远抽着烟，想着田蓉，想着田蓉就想到念奴，想到一件令他糟心的事。

十几天前，张道远正在北京开会，晚上忽然收到田蓉的一条短信。这对他简直是意外之喜。有一个有关爱情的规律是这么说的，爱情就像两个人拔河，受伤的总是不肯松手的那一方。甭管张道远、田蓉之间发生的属不属爱情，倒也符合以上规律。比如张道远，从前是凌驾于田蓉之上的，现在则对她很恭敬。

田蓉现在高傲得很，不仅从不主动联系他，他联系她时，她的回复也是极简型的，用语矜持、生分、礼貌，明显地拒人千里，和崇拜他时判若两人。

张道远当时正与一帮人喝茶、论道，看到信息报告下面的标签是田蓉时不禁心念一动，不惜撇下道友，避走安静一隅按开阅读。

田蓉在短信里说，听说你恋爱了，恭喜哦，加油哦。

张道远确信自己没有恋爱，除了田蓉，他当真还没有发展别的，至少发展到可以称之为恋爱的程度。所以他坦荡火速地回复了她的短信——瞎说什么，我恋旧。

隔了有半个小时之久，田蓉的第二条短信才传来——可是，我有幸聆听了一场有关你的报告，你追求真爱的事迹叫人感动！

张道远吃了一惊，委屈让他顾不得计较田蓉那半小时怠慢。他迅速给她回复道，哪个发花痴的瞎造谣啊，想男人想疯了吧。张道远对自己的行为是有把握的。成名之后，与人的交往他一直是端着的，他不可能做出低三下四的事情来，无论同性异性，所以追求一事纯属无稽。

田蓉这次很快就回复了他——没有这回事就算了，原本我相信她，现在我选择相信你。

张道远收到这条短信后反倒不踏实起来。竟然真有人跑去和田蓉讨论他了，讨论他不奇怪，他是名人嘛，讨论这一类的话题就不免叫他警惕了。那人是谁呢？张道远很快就排出了心中的人选。

这个得闲的夜晚，张道远再次把这件糟心事翻出来掂量。掂量的结果是对念奴产生了几分怨气——嘴巴这么不牢，都还没事呢，要有点什么事还不叫她捅得人尽皆知？这么一想，他就得出田蓉的好来。田蓉与他好了四年，四年来始终如一地守口如瓶。田蓉还有其他许多好处，不仅给他买这买那从不手软，他的家人她都帮着照顾。他出生乡下，父母是职业农民，其他兄弟姐妹也都混得不怎么样。他年迈的母亲如今依然日日到村口的小溪边淘米洗菜。田蓉得知这些情况后，不仅过年过节往他老家汇钱递物，还主动向他请命，利用自己的年休假去他老家带他老父亲去县城治胃病。

想到此处，张道远不禁长叹一声。如果离婚不是太累，他的岳母娘又不是那么真心实意地疼他夸他，除旧布新也是可以考虑的。但是，没有这样的如果。他怕累。他的岳母娘对他太好。况且田蓉好像也不想嫁给他。从前有一次，田蓉向他打听她的家庭，问他，你爱她吗？直接回答不爱显得太没水准，于是他小心说了一句，总得对她负责任吧。结果引来田蓉一顿嘲笑。田蓉说，你不负责任还好些，我担保那样她会过得比现在幸福。他不介意田蓉这样认定。他一贯认为纯粹为感情离婚是很傻的行为。田蓉无心嫁他与他的心意正好不谋而合。

忆海拾贝了一阵后，张道远向他的手机输入一行字，未作迟疑地摁下发送键。

晚上十点，田蓉加完班从报社大楼出来，感到一阵饥饿，琢磨着去吃点什么再回家。忽然，插在她牛仔裤后口袋里的手机震了，就一下，明显是接到一条新信息。她忙不迭地将其拔出，一面期待着是有人约她消夜。

看完短信，田蓉笑了，嘴角弯下去的，像半个括弧。小学课文《金杯之光》里的一句话回闪在她的脑海——笑在最后的才是笑得最美的。短信是张道远发给她的——你好吗？有空出来喝晚茶吗？——还真是约她消夜的呢。太阳是真是打西边出啊，她心里暗叹，从前他哪里会发这样的短信？他是名人，忙人，他的时间紧，上个床就刚刚好，喝茶吃饭聊天就不够了。贱货！她不禁狠狠地，带着得意之色地骂了他一句。从前这两个字她只是用来骂自己的。

没空呢，她简单直接地回复他，还有活儿要赶。

回复完短信，她迈着坚定的步伐回家了。回家后，放下包立即用电话叫了一个外卖，外卖送来时她刚好冲完澡，接上手就开始吃，一边打开电脑看各类八卦。她常去的一个虚拟社区，居然把张道远的论著大张旗鼓地放在首页推荐，配了图，配了肉麻的吹捧。当然，难说吹捧之辞就不是张道远本人提供的。田蓉也点开来看了看，不就是他新浪博客的翻版吗？

田蓉现在的品读标准高了，早看不上张道远的雄文了。早先她确实是仰慕过他的，就如这会儿在他博客后面勤奋留言的各路粉丝。她看着也觉得里头不乏伪粉丝，有时候留的言牛头不对马嘴的。她不禁想，这样费劲讨好他图个啥呢？不知道他除了虚名什么都没有吗？什么方便也不能行吗？这些留言的粉丝，女性比例占优，她从前还为此对张道远表示过醋意，说，那个老在你博客上留言的飞燕赵到底谁呵？瞧你跟她打得火热的。张道远说，那是个帮我校对稿子的朋友。田蓉哼哼着冷笑说，好吧，你的上半身就承包给她吧，我负责打理下半身。

半个月前，与万明媚一晤触发的过激情绪渐趋和缓，田蓉带着玩味的心情主动给张道远发去一条短信，表达了对他新恋情的祝愿。结果她得到了张道远的解释。张道远的解释就是彻底否认。这解释叫田蓉满意，一举平息了她残存的内心叛乱。

与万明媚寿司店详谈过后的当晚，田蓉一宿没落得好睡。我若开声，势必出恶言——这是著名才女张爱玲对其前夫出书编排到她时发表的态度，也是田蓉彼时的心情写照。后来经过持续数天的自我安慰与调节——诸如，反复反问自己，你不是正想蹭了他吗，那不正好吗？诸如，吃醋也轮不到你呵，你算他哪门子亲戚呢？诸如，世界上猥琐的男人那么多，何必在乎多他一个？等等。靠着这些强制性自我抚摩，她的心境才逐渐矫正过来。

半个月前短信交流的结果是，田蓉以无比相信、几近感动的心态结束对谈，她最后说，我原本相信她，现在我选择相信你。这确实是她当时的心态。当晚她睡了个心满意足的好觉，可是第二天醒过来后情况就发生了转变。人道傻人有傻福，这话不假，聪明人爱思虑，而生活、友谊、金钱、爱情，世间有太多东西都经不起推敲，一推敲就散架。比如田蓉，睡了一夜起床后，脑瓜子活络了，就开始推理了，推理的结果导致她再度置身于咬牙切齿的边缘——她不仅全盘推翻了对张道远供认的事实的信任，更为他拥有斩钉截铁撒谎的超能力感到齿冷。她已经不屑于向他求证——撒谎了吗？撒了哪些谎？为什么要撒谎？实际情况是怎样的——诸如此类的疑问，她相信他的如簧巧舌自会编给她一套理由。果然，不出田蓉所料，在此后不久的一场大型文化活动会上，他作为演讲嘉宾，她作为报道媒体，无约而遇了。他向她坦白个中隐情，并流露出适度的留恋、回忆、伤感等情绪，再一次打破她连日来苦心经营维护的风平浪静。

4. 偶 遇

外来的和尚会念经。这是深圳文化大讲堂的邀请嘉宾原则，鲜有例外。八月的一天，它例外了一次，它的例外直接促成了一对老相好的相遇。

那天，田蓉作为文化记者，受报社派遣去大讲堂作现场采访。令她断没有想到的是，她会遇上张道远。田蓉所属的平媒，一直把市民讲堂这条线交代给田蓉去跑，田蓉很清楚它的嘉宾来源，花团锦簇的主讲台上探出的脑袋，一直以来都是祖国各地的、各行各业的专家学者。很少有本土人士获此殊荣的。那天田蓉因为对塞车的估计乐观了点，还迟到了十来分钟。猫着腰溜进最后一排位子，刚一坐下就愣住了，主讲台上的人正是张道远。张道远也在同一时间把目光射向她，意味深长地一瞥之后，没有再管过她第二眼。

张道远的讲座开了一个半小时，之后留了半小时回答市民提问。张道远在九百六十万平方公里的疆域上走穴多年，如此场面根本难不倒他。他发挥得极好，现场气氛热烈友好，市民仿佛主办方安插在听众席上的托儿，隔几分钟就是一阵掌声。最后，张道远起身离席，面向台下，深深一鞠躬。热烈的掌声确凿地反映出，这突如其来的收梢，臻于完美，一个胸怀敬畏的谦谦学者形象刹那间定格人心。

田蓉也定格在最末一排位子上，良久无言。

晚饭是在龙泉酒店吃的。人不多，一桌没坐满。

席间，田蓉收到张道远的短信，一会儿到我房间坐坐吧。

田蓉很意外，不由自主地回复问他，你还有住？是这家酒店吗？

对的。张道远又回复她，1910房，吃完你自己上来好吗？采访我不也是你的工作吗。

吃完饭，田蓉去卫生间补妆，体内一直有一个小小的声音在提醒她，快走，快走，赶紧回家。当她按开电梯门，按上19的楼层号码时，那个声音又冒了出来，迫切地向她叫道，不要去不要去。但这一切都没能阻止到她，她如期出现在标号1910的房间。

一开始气氛有些拘谨，毕竟隔着大半年没见了。两人分坐在茶几两侧的海绵垫椅子上，坐下后张道远又起身替田蓉泡了杯茶。

田蓉不渴，但还是把杯子端上手小呷了一口，问道，怎么还有住？还有活动吗？

张道远在她对面的椅子上点上烟，吸一口，把烟灰掸进烟灰缸，回答道，是啊，外地还有几个学者今晚到，电视台牵头邀请的讨论会，要大家对组织去南非考察提提建议。

你也去吗？田蓉问。

去哪里？张道远反问。

南非。田蓉道。

我不去，张道远回答，我们都不去，媒体自己组织的考察团，有特定选题要做的，叫我们来，就是想综合一下社会各方面精英人士的智慧，让考察团多采点东西回来。

哦。田蓉点头，微笑。隔了会儿转换话题说，你今天讲座做得挺成功的，估计又要诞生一批粉丝了。

话题进行到此时，张道远没耐心陪田蓉玩矜持了。他咬着半截烟，直接从座位里站起身，走向田蓉，拽住她一条胳膊，把她拉起，毫不客气地拉进自己的怀抱。他把身子严丝合缝地贴住她，一边腾出手来把烟扔了，一边低下头凑在她耳朵边说，哪有人粉我呵，连你都不要我了。

田蓉没他烧得快，至少身体上这一刻还没到燃点。她按住他的手，问道，你能不能先回答我几个问题？

你讲。张道远一面舔着她的脖颈一面抽空回答。

田蓉有很多疑问。此前，她觉得，什么都不必问了，既然决定不再与他纠缠，那么少说一句是一句。但是，那些疑问始终是梗在她心里的，让她产生挫败感，也让她伤痛。

迄今最后一次的短信交流，当时让田蓉相信了张道远的清白，可是回头一推敲，她马上得出新的结论。她又不是傻子，相反她警惕，聪明，相信证据，会推理。对一切人事，她会参照既有信息形成自己的判断。

田蓉参照万明媚提供给她的种种细节，她觉得，那种行事风格太像张道远了，如果真像张道远自己说的那样，是人家发花痴编排他的，人家怎么能编得那么贴近他的个性？比如，谈到他老婆时会以一声叹息加一句一言难尽交待；比如，喜欢跟人聊QQ且在后半夜；比如，喜欢问人家星座；比如，喜欢在候机场大厅跟人发短信解闷；比如，喜欢发短信不喜欢打电话。这一系列证据都叫田蓉相信，张道远没他自己说的那么无辜。田蓉有理由相信，张道远的确对万明媚做过了什么。

张道远追求万明媚？这对田蓉来说，是感情一时难以承受之重。不要说她还对他余情未了，她还觉得万明媚傻里叭唧的，美貌才华都不能与她相提并论，她为此感到身受侮辱。但是，她又决定不追究此事，不堪明任何真相，保持无知，尊重一切可能。既然她已经决定与他了断，并且具体行动了，那么他诞生下一任又有何过错呢？

如果不是再次相遇，田蓉就她内心的疑问会一直保持沉默。但问题是他们相遇了，不仅是物理意义上的相遇，还产生了化学反应，她积攒了大半年之久的平静冷淡一朝尽弃，她再次受到他的蛊惑。

张道远把田蓉紧箍在臂弯里，嘴巴一刻没得闲地耕耘着，一面问道，你要问什么，你说。

你真的没有追求过别人吗？田蓉问。

我知道谁跟你胡说的，张道远毫不心慌地说，万明媚对吧？真是个人来疯，如果随便聊个天、发个短信、开个玩笑就叫追求，那这世界就乱套了。

哼，田蓉冷哼一声，你保证你没对人家动过邪念？

张道远停顿下来，看着田蓉的脸，从容不迫地反问道，你觉得搞圈子里的人有意思吗？

就这简单一句，一举把田蓉的理智拿下。她向他调皮一笑，清脆地应道，没意思。

事后田蓉回想起这一幕，觉得自己肯定不能从商，不仅耳根子软，心也软，根本不具备与人谈判的素质。她一概的聪明才智，只能事过境迁之后爆发。

田蓉回答过没意思后他们就直接合作了。不能叫上床，床就在边上，但他们没有上。站着的，那是他喜欢的方式。

他有喃喃自语的爱好。他喃喃低语，她小声附和。

他问她，你和他做过了吗？

她不回答他。

你一定和他做过了，他再说，他好吗，比我好吗？

她仍然沉默。

你要记住我，他说，把他想成是我。

如果说识时务者为俊杰，那张道远就摘取不了这顶桂冠了。他只顾自说自话，完全没有注意到田蓉脸上发生的微妙变化。直到合作被一方戛然中止，他才讶然问出一句，怎么啦？

田蓉面露悲愤地质问，你有过一点点爱我吗？你怎么可以一边跟我做爱一边问我跟别人的感受？

酷似一出黑色幽默。她匆匆套上衣服，拿上手包，留下一个目瞪口呆的他，冲刺出了房门。

5. 继续热爱生活

把茶杯端进书房，张道远在电脑前坐下。他最近在赶一篇论文，辛苦不堪，接近是一个字一个字地往出挤。每敲下一节文字他就得停下来做点小动作。他想写得好些，切实地为此付出努力。但像他这种浮在水面上的人物，写什么都有人说不好，遭人非议这些年他都习惯了。他好在成名早。他成名就是因为年轻，年轻时能拥有那些思想的武器别人就很吃惊，嗷地惊讶一声，捧他为才子。像他现在这把年纪，任何声音外界都不会觉得了得，相反还要挑刺。

时间已经是后半夜了，他虽然不犯困，却感觉到累，身累心也累，还寂寞。他有段时间没上QQ了，没时间，也没兴趣。自从被田蓉以那样的方式晾在酒店后，他对女人产生了短期的畏惧感，他觉得那不是个靠谱的物种。

可是，今夜，他心灵的创伤似乎愈合了，他希望由一个女人来消解他的疲劳、寂寞。他的妻子熟睡在他们的大床上，她从来没有理想也没有能力成为他此刻需要的角色。

田蓉结婚了。比这消息更早传进张道远耳朵的是田蓉辞职了。他不奇怪。年初她就对他宣布过，要离开他，过新生活。他没有立刻同意。他现在同意也不晚。他现在决定支持她的主张。他支持她的实际行动就是远远避开，不再对她造成任何形式的干扰。他决心这么干。他是真心喜欢过这姑娘的。她德艺双馨，身材相貌都属中上，不仅从不需要耗费他的金钱，她还倒贴他，一个多好的合作伙伴呀。他很舍不得她。可是，天下没有不散的宴席，地震一来，山川湖泊都能被粗暴抹平，何况区区一截男女关系。怪只怪，他与她的理想不同，彼此在婚恋家庭，以至两性关系的观点上分歧过大，这注定他们不能把合作继往开来。他是为她计，才忍痛放手的。

四年一届的奥运会马上就要在首都开幕了。四年一届，为什么是四年一届呢，包括多个国家的总统大选，也是四年一届。看来四年是一个人类行为的期限，所以他与田蓉的美妙流年，也逃不开这个久经考验的寿数。

张道远不无伤感地自由漫想着。突然，他放在桌旁的手机哗地响了一声，进来一条短信。他像挨了一记出手不重的耳光一样，顿时精神为之一振。

短信是念奴发来的。张老师，在忙什么？好久没见到你在线了，挂念。

类似的短信张道远接过好几回了，有时白天有时晚上。张道远想到念奴就难忘她的出卖。也许她的初衷并非出卖，却是一种炫耀，与他这样的牌子货发生点浪漫的事，对文艺女青年来说可能是件光荣的事。但张道远却为此后怕她，并不想太搭理她。但张道远又是个讲礼貌的人，一般短信他都是要回的。他回给念奴的短信一般就几个字，正在忙，再联系。这姑娘可见是个心胸宽广的人，不间断地续发短信证明她从没认为自己受到敷衍怠慢。

张道远回复短信问她，你在线？

在！几乎只间隔了一秒钟，念奴的回复就到达了他的手机。

爬上QQ之前张道远还是稍加思考了几十秒。田蓉职也辞了，婚也结了，连原手机号码都弃用了，一切的迹象都表明，她是铁了心要从他的视线里渣都不剩地蒸发掉。那么，他还有必要怀念她吗？还有必要因为下一届的候选人是她的朋友就剥夺她的参与权限吗——念奴就是万明媚。正应了那句话——天空那么大，世界却那么小，兜兜转转，原都是认得的。没办法，社会发达时代进步就是这样的，地球还一个村呢。

张道远最终胸怀坦荡地爬上了QQ。田蓉如期过上了她的新生活，他的生活却格局如故。热爱生活是生而为人的应有态度，那么，他为生活造就一点花絮，不正是遵从这样的人生态度的具体表现吗？

无氧呼吸

作为个体，邓秀美有她先天的特殊性。女人的生理周期正常是一月一例。她不，她半月一例。自初潮开始，植在她子宫壁用以输卵的管子就是乖张不逊的，每月要破两次。她的人生，单独此项，就要比正常人麻烦一倍。

五月的一天，早上，邓秀美在电梯口与超市保安发生争吵。争吵虽然历时不长，但分贝高、火力足，均有把问候送给对方亲属。赴早市的顾客眼看就要停脚围观了，邓秀美却忽然扔下一句，我不和你这种垃圾吵架，有失身份，说完涨红了脸冲上扶手电梯，扬长而去。

事后，邓秀美感到后悔，怒气在胸口盘桓许久才回旋离去。她觉得自己太软弱了，被狗仗人势的保安用对讲机的天线头点着鼻尖，喷着臭气，一嘴一个他妈的大声呵斥、威吓，竟然就那样逃了。按她事后设置的模式，她完全可以全面反击他，和他对骂，用更为恶毒的语言侮辱他。怕什么，超市属公共场所，还允许他打人不成？就算打，她也可以奉陪，做淑女从来不是她的梦想。她也不是手无寸铁之人。她十指尖削，指甲一律伸出指端以外，质地坚硬还锋利。只要她愿意，努力和争取，她就可以抓他个一指甲缝肉泥。她从前有过实战经验的，陆卫东就曾是她的爪下败将。当然，陆卫东后来学精了，一旦与她开战，必是第一时间把她的两手钳住，令她动弹不得，遑说放爪子了。但就一个新对手而言，她完全有可能借此攻其不备而夺取胜利。

超市是小区里的超市。邓秀美把儿子送去幼儿园后的下一站基本就是这家超市。现在好了，东西没买成，意外攒了一肚子怨气，邓秀美真后悔没乘机打一架，就算受伤也不怕。她最近肝火总是旺得出奇，老觉得全世界的人都在跟她唱反调，没忍住就想修理他们。

顶着早晨八九点钟的太阳沿街前行，邓秀美费劲想了想，才发现自己无处可去。她本来有一密友，姓王名芳，虽然也不是十足地气味相投，但本着宽容谅解，以及"没有最好，还成就行"的妥协宗旨，几年来两人倒也能把友谊之树长青下来。但几天前，友情陷入危机，起因是一道狗屁心理测试。

邓秀美从来不承认自己懒惰。不假，她的婆婆，也就是陆卫东的老娘，一直居心叵测地编排她的不是，其中就包括了说她懒。至于心理测试得出的另外一条结论，她就只有冷笑了。喜欢做那个？知不知道，为了表示抗议，有时是为了惩罚陆卫东，他们经常几个月都不来一次。

心理测试是王芳出给她做的。邓秀美是个没有城府的人，想什么说什么，不习惯三思而后行的祖宗训教。王芳把题目一出，她就抢答了，完全没有料到会得出如此侮辱人格的结果。

邓秀美学校教育程度不高。她一贯对人自称上到高中二年级，她想说明的是，虽然她没有高级中学的毕业证书，但事实上她是相当于那个水平的。不能怪她好表现，尤其是在她认为足以体现知识含量的时刻，她表现得尤为踊跃。她想告诉人们，虽然她没有文凭，但她懂的还不少。她渴望自己是一个饱读诗书的人，受人尊敬、爱戴，有体面的工作。事与愿违，她为此而痛苦，长时间地痛苦。

所以那天，王芳把题目一出，她就迫切抢答了。题目本身披着文化的外衣，尤其令她情绪亢奋，跃跃欲试。她完全忽略了这是一道心理测试，而不是一场智力竞赛。

王芳说，"日"字加一笔，你最先想到的是哪个字？

旦！邓秀美激动得脱口而出，且不禁为自己的反应之快暗暗喝彩，马不停蹄继续开动脑筋，又立刻想到第二个字，再次响亮报出：田！

王芳抬眼看向她，表情微妙生变。王芳说，你想到的字和别人不太一样。

在邓秀美的催促之下，王芳很快公布了答案。

白是最好的人；目是最倔的人；由是最善的人；电是最笨的人；旧是最毒的人；甲是最狠的人；申是最狡猾的人；旦是最懒的人；田是最想做爱的人。

由此，历史上的当天，邓秀美说了她有生以来次数最多、频次最密的"狗屁"一词。她说，狗屁，这算什么心理测试？狗屁，我才不懒呢，我每天很早就起床；狗屁吧，放狗屁的人才出这种混账狗屁题目。然后她问王芳，你第一个想到的是什么字？

王芳说第一个是白，第二个是目。

邓秀美有所怀疑地笑了，她说又不是我出给你做的，我怎么知道你？

此言一出，空气顿时紧张。邓秀美多少也明白自己这话过于挑衅，但是她认为，王芳吃饱了撑的，没事挖这么个坑瞅着她跳，王芳是要负责任的。而且眼下她是病人、伤员、弱势群体，说点过头话不能被原谅吗？如果王芳是她朋友，此时就应该担待她一点。但王芳酷爱吃肉，甚少吃素，这种人基本不具备开发出来当受气包的潜质。邓秀美的无礼冒犯她还就做不到装聋作哑。邓秀美的话直接诋毁了她的人品，不仅意味着她撒谎粉饰自我，还意味着她要在那一堆不堪的答案中间产生一个说明她属性的选项。邓秀美与王芳就此吵开了，起先还算克制，谨慎着不用过于刺激的字眼，几分钟后就升级了，越是七寸越捏。

王芳说，不客气地说，完全不笑地说，别以为每个人都像你……

邓秀美哑了，怔了……按捺住内心的愤怒，她大声责问王芳，什么叫像我？像我怎么了？我真的懒吗？我好来那个吗？你才是世上最狠毒的妇人，巴不得看到朋友倒霉，别以为我不知道，你这也叫朋友？

唏——王芳嗤之以鼻，冷笑着说，怎么对朋友的，你自己心里最清楚，说我巴不得看到朋友倒霉，说的是你自己吧？不就是一个测字的游戏吗，也可以让你眼红成那样？

我眼红你？邓秀美反问，拉倒吧你，你有什么值得我眼红的？你以为嫁个台湾佬了不起呵，你经常去台湾了不起呵？你老公在当地是困难户，穷得找不到老婆才来大陆捡到你的，情况稍微好一点点也就不用找你了。

王芳鼻子都要气歪了，胸口一起一伏地，无语噎住。

半晌，王芳说，你知道去年你婆婆回老家之前来找过我吗？她中午来的，我当时不在家，她就站在我家楼对面守了半天，直到我傍晚回家。

邓秀美被这枚过期的炸弹给击中了。她心里有数，她就是相信太阳从西边出，也不会相信万恶的跛子老太会对人讲半句她的好话。

邓秀美克制住对内容的取证，平心静气地对王芳提出反问，她为什么要找你说我坏话？她知道你是我的朋友，不是跟她同一阵营的，她为什么还要找你？

你怎么知道是来说你坏话的？王芳反问。

邓秀美冷笑，说，瘸子能讲我半句好话，我就能做到跟她把从前的恩恩怨怨一笔勾销。

你猜对了，王芳说，她是来讲你坏话的，没有半句好话，她所有的话总结起来就一个意思，娶了你是他们老陆家的家门不幸。

那一刻，邓秀美内心受到重创。那一刻，她恨透了王芳，恨透了跛子老太，连带着一起对陆卫东恨得咬牙切齿。如果不是陆卫东从不维护她的地位，不帮她主张女主人应获得的尊重，他的老娘岂敢如此轻视她，作践她，对她不仅毫无忌惮可言，简直要明目张胆地怂恿她儿子休了她另娶。

邓秀美发誓不原谅王芳，不原谅跛子老太。这些伤害她的人，她一个都不原谅。

与王芳舌战完的当晚，邓秀美回家后与陆卫东爆发了更大规模的内战。邓秀美坚决不同意她的婆婆跛子老太，按计划启程南下来他们家小住。这本是两口子讨论通过的家庭决议，但邓秀美在与王芳吵过架后决定推翻。

跛子老太老两口去年在她家住了三个月零十天，这三个月零十天对两代当事人都是刻骨铭心的噩梦。最后情况糟到什么程度呢？试举一例。如果外面忽然下雨了，老太婆会一跛一跛地到阳台上去收衣服，全家人的衣服她都收，就把邓秀美的衣服一件不落地留在外面淋雨。因为陆卫东坚决不偏袒邓秀美，最后她孤立无援只能自成一派，陆家老、青、幼三代每晚撇开她尽享天伦。直到有一天，乘陆卫东上班不在家，邓秀美决定扭转局面。和解是不可能的，那就鱼死网破吧，她大闹一场，直接把两个老东西轰去火车站了事。

邓秀美也有自我反省的时候。比如与公婆关系不睦，她还真的反省过。她承认自己有错，并就此当面向陆卫东展开过自我批评，表示就过往那些矛盾激化导致的战争风云，她愿意承担一半责任。她同时指出问题的症结，她说，就算我好好表现，听他们指挥，孝敬他们，你父母仍有可能对我不满意，我喜欢穿得体面，出门一定要化妆，我也不喜欢买便宜货……还有，最让他们不高兴的可能是我没工作，坐在家里吃你的闲饭……要不我去找一份工作，你看呢？

邓秀美还真去找工作了。斥资买了几套高档时装后，邓秀美找到一份保险业务员的工作。

邓秀美一手找工作，一手就找保姆，保姆到位了，她人也到保险公司走马上任去了。

邓秀美在人寿险的工作岗位上干了三个月，留下了极其难忘的回忆。第一个月，她丢了手机，第二个月她丢了第二只手机，第三个月，她下半夜往回走，手包遭人抢掠，她藐视劫匪体积小，奋起反抗，结果被连砍七刀，缝了十三针，睡了半个月病榻。那段时间，她唯一干对的事情就好像是找了一个保姆，真不敢想象，如果那半个月没有保姆辅助，她的日子还怎么过。永远让她悲从中来的是，陆卫东在她受伤住院期间对她不闻不问，指派他给儿子洗个澡，他也会回敬她，你不是把我父母赶走了吗，那你自己做啊。

邓秀美热衷照镜子，镜子是她离不开的伙伴。她就不明白，她的婆婆为什么就见不得她照镜子？照镜子既不耗电，又不污染环境，不占地方，不妨碍他人，也不像有些可利用资源一样，你多了它少了，过度开采了还会导致枯竭。照镜子几乎算得上是一项零成本、零投入、零风险的休闲项目，既经济实惠，又简单易行，且怡情修身——镜子跟前一杵，欣赏自己的妙处，提高自信，发现不足，加以弥补。况且像她邓秀美这样的大闲人，最怕日子难熬，在家照照镜子，一不留神大半天就过去了。她经常就是这样过来的。跛子老太有什么理由要求她把这一爱好给戒了？

邓秀美照镜子是可以获得自信的。她长相秀美，浓眉大眼，是美女的标准版。她的秀美除了镜子，也不乏人证，王芳就嫉羡交加地说过，你分明就是金喜善走失在中国的孪生妹妹嘛。金喜善？那可是韩国第一美女。

邓秀美不怀疑自己的美貌，特别是梳洗打扮定妆后的她。她不解的是，为何她的美貌没能转化成资本？除了一个对她的美貌早就严重疲劳，视她如隐形人的陆卫东，她连一个可心的约会异性都没有。她试着跟网友见过面，一个男人，年轻帅气，他没有被她的美貌打动，倒是被她的生活方式吸引，见她不用工作也能大把花钱，以为她是成功人士的小妾，于是婉约提出希望，希望能与她达成一种心照不宣的合作。

假如条件允许，邓秀美倒是很愿意把帅哥给包下来的。她与陆卫东堪称资深怨偶，长期互相敌视、冷漠，不在热战就在冷战。有个候补正是她所希望的。况且帅哥的形象让她喜欢。那段日子，她还真有点爱上帅哥了。她与帅哥交往两个月，两个月里她省吃俭用，儿子要吃麦当劳她也没请，就在路边摊上花一元钱买了一串烤羊肉串塞到他手心。她把陆卫东给的生活费全花在帅哥身上了。就那样她还嫌没够，又跟朋友借了钱，和他一起花。她不怨帅哥花钱多，反倒怨陆卫东给得少。她一直认为陆卫东太小气了，物价上涨，她的生活费却从不见涨，而且每个月从他手里接生活费，就有当一回叫花子的感觉。

如果，她的美貌产生了效应，她手里有一批可供挑拣的男人替补，她完全可以选择告别眼下忍辱负重的生活，至少对陆卫东的态度可以强硬一点。可惜她没有，离开了陆卫东，她甚至不知道明天的早餐在哪里。知识改变命运对她来说已经是不可能的任务了，她唯一的资本就剩下相貌，可是，就这资本也在日益流失，她却看不到半点希望。某段时间，她每天在网上蹲守，希图借此出现转机，然而结果要么没有结果，要么不堪提及。

她从网上认识的某徐先生，自称是深圳某区某局局座，他那一口大舌头的普通话让她基本不怀疑他是本地人。看在他官衔的分上，她和他保持着热线联系。他总是向她诉说着当官的苦楚，而她以罕见的耐心忍受着他的矫情。她的朋友不多，有地位的更少，她存着期待。有一次，陆卫东因一件小事，就用利箭般的傲慢态度和语言伤害她。陆卫东说，你想离开这个家随时可以走，只要把儿子留下来。陆卫东有次嫌她鞋买贵了，还说，以后我只管儿子的开支，你的费用你自己负责。

如果她是一个经济独立的女人，她就可以避免过这种屈辱的生活。她的经济如何才能独立呢？某一天，她突发奇想地想到加盟一家服饰店，实地暗访后，她计算了一下，一共大约需要不到六万的启动资金。她知道跟陆卫东商量是商量不出结果的，于是她把拉赞助的电话打向了徐局长。徐局长毫不扭捏地答复了她。他说，你想做女强人，对不起，我帮不了你。她对他说的最后一句是，那你滚吧，请以后不要再打电话给我。

邓秀美是一个外表强悍而内心常常痛苦虚弱的女人。她对自己的处境相当不满，时时感到局促，艰于呼吸，却又没有办法改变。她行事做人简单粗暴，却又常常心怀美好温馨梦想。比如一度，她期冀过与陆卫东把关系倒回从前。

一九九六年深秋的一个傍晚，深圳关外一个叫大浪的工业区，邓秀美作为万千打工妹中的一员，身着天蓝工服，挺胸凹肚地立在某烟熏火燎的烧烤摊前。晚霞当照，铺满邓秀美年轻圆润的后背，并在地面上投下一束剪影。从背影观察，邓秀美双肘前置，头部时有小幅度震摆，基本看不出所从事的活动。邓秀美忽然侧身朝一旁地面甩了一坨鼻涕，这时候才能看清她正在啃一只烤鸡腿。

邓秀美今天发工资了。她把其中的一半寄去老家给父母保管，另一半则自己留着当生活费。每次发工资她都会犒劳一下自己，今次也不例外，先是花十元钱买了一件和同厂阿花一模一样的T恤，了却一桩心愿；再就是请自己吃烤鸡腿。

邓秀美吸着冷气对摊主说，你辣椒粉撒太多了，我都快受不了了。

湖南人还怕辣？摊主一边翻动烧烤架一边回答她。

谁说我是湖南人了？邓秀美反问摊主。

你不是湖南人吗？

我当然不是，邓秀美说，我哪有一点湖南口音？

那倒是，摊主说，不过你长得挺像湖南妹子的，湖南妹子水灵嘛。

这句话中听，邓秀美高兴地笑了。

我不是湖南人，我是青海人，高原上的，你看我脸上的皮肤也该看得出，邓秀美指着自己脸颊上的两坨高原红坦诚地说。

青海的？不远处的旁边忽然插进一声问，一个坐在小塑胶凳上吃猪血汤的小伙子站了起来，双目放光，表情相当兴奋。又问，你们那儿是不是有很多草原，天天可以骑在马背上去草原上溜达？

是呵，邓秀美抽空回那人一嘴，抬眼好奇地看看他，看着看着语气就热情起来，我家里就养马，我们那儿的小孩从小就和马一块儿长大的。

那你会骑马吗？小伙子问。

当然了，邓秀美很不屑地回答，我们那儿谁都会骑的。

哎呀，那真是太好了，小伙子说，我最大的梦想就是去草原上骑马……可以认识你吗？将来去那儿好找你啊！

好呵，邓秀美说，我小时候还被马摔过一次呢，我骑在马背上，骑得靠前，马低头喝水，我一下子从马头上滑下去了。说着，邓秀美煞是妩媚地看了小伙子一眼，把她们车间的电话写在一张小纸片上给了小伙子。

小伙子就是十年前的陆卫东。那时他在大浪工业区里的某间五金厂当模具学徒，自小受香港一九八三版《射雕英雄传》蛊惑，对飞身剽悍骏马、驰骋广袤草原的境遇神往不已。

有人说，三十岁前的相貌是父母给的，三十岁后的相貌是自己给的。比照现实，这句话在多数俗人身上都能应验。一个人，无论自小到发育定型，有过一副多么叫人称颂的模胚，如果长到三十岁左右却并不知道感激造物主的恩赐，而是疏于自我管理，或者没能力、没条件自我管理，比如生计都成问题了，也就谈不上生活了；但更多人是因为热爱吃喝导致横向发展，如果再不爱惜皮肤，任它过早变粗变黑变松弛，穿戴再过于潇洒不羁，那么此人一定会有一副叫"亲者痛、仇者快"的新形象。不幸的是，陆卫东老兄，义无反顾踏上的正是这样一条路线。

十年前的陆卫东，五官端正、肩宽背阔、身形高大、肥瘦适中，堪称翩翩佳公子，单看外表，可以推荐到任何一家航空公司当空少。然而，十年间，他把自己从一个美男子折腾成一个老气横秋的模具老师傅。不错，他的经济地位始终在爬坡，如果做演示图，他的形象指数和他的经济指数刚好可以形成一个上浮下顿的交叉线。现在的陆卫东，月入逾万，而体态上最明显的特征就是全身都有了弧度，圆滚滚的，如果从哪里摔下来，只要不太高，相信骨折风险会降低至少两成。

邓秀美在追忆她的逝水年华时，从陆卫东身上遗失掉的男色是她痛惜疆图上的重要领地。邓秀美是重形象的，所以她没有允许自己发胖，这其中，照镜子是功不可没的一项基本方针。想起这，她就忍不住要批判她的跛子婆婆。如果她邓秀美也放任自己的体形，按她家现在的条件，她成天吃吃喝喝都不成问题，如果那样，她家床上每晚搁着的就不是一头猪而是一双猪了。

邓秀美爱美成性。邓秀美出身寒微。邓秀美童年饱受缺衣少食之苦。邓秀美只有在搭上陆卫东的顺风船后，随着陆卫东经济的渐趋瓷实，她的消费才一路看涨，物质生活才逐渐走上正轨并由此灿烂。她原先脸蛋上的两坨高原红，是陆卫东的月薪涨到二千五百元时，她去美容院通过做激光手术激掉的。由此可见，她是多么迫切渴望完成从灰姑娘到童话公主的蜕变。

一九九七年的夏天，邓秀美与陆卫东经历了第一次分手。她捡上属于她的私人物品，从他的出租窝里走出，叫了一辆摩的，去了一个叫杨复旦的男青年的出租窝。

邓秀美在遭遇王芳的人格侮辱地雷题之后曾思考过，她为什么不假思索地就想到"旦"字呢？莫非她潜意识里仍然在记挂着那个叫杨复旦的男人？

若论出现时辰的早晚，其实杨复旦要先于陆卫东来到邓秀美的生活。杨复旦也曾是他们所共同经历过的大浪工业区里的一员。杨复旦当时比较著名。他的著名全部要归功于他有一辆无牌摩托。他的无牌摩托有一个超级震撼的马达，五十米以外，人们就可以预测，杨复旦和他的车就要从这儿经过了。而外表羸弱的杨复旦却是一身虎胆，屁股一落在他那著名的座架上就习惯把油门一脚踩到底。于是，娇小的杨复旦，风驰电掣的高大旧摩托，这两种风格反差过于鲜明的组合出现在人口密集的工业区，引人眼球也就不足为怪了。

陆卫东出现后，杨复旦甘拜下风，不战而退，只把心中残存的爱化为一腔兄妹情泼洒到邓秀美身上。所以邓秀美始终觉得，过去、现在和未来永远会认为，杨复旦是一个爱她爱得最伟大的男人。

邓秀美后来失去了杨复旦的音讯。邓秀美和陆卫东变成合法夫妻的那年，杨复旦就彻底消失了，离开了他任水电安装工的电子厂，离开了大浪工业区，他留下的手机号码很快就成了空号。也许是杨复旦自己想躲起来回避他们，这两个看不到他伤痛的人，却一味要他帮着做和事佬，相信他一生都没有那么多那么密地替人化解过纠纷。

在陆卫东看来，他和邓秀美分分合合闹了五六个年头之后，还能走上红地毯，原因只有一个，邓秀美忽然死了父亲。邓秀美亲人不少亲戚众多，但她只对父亲有情。她父亲去世时，她恨不得把天哭塌了，正是那副少有的梨花带雨的脆弱彻底征服了陆卫东的怜悯之心，他下定决心与她完婚，照顾她。

邓秀美与陆卫东不属奉子成婚，但婚后不久，邓秀美就合法怀孕了。既然婚也结了，年龄也不算小了，经济上也转得过来，两人就轻易达成共识，把人命留下。

邓秀美和超市保安吵了半截子架的当天，一个人跑去街上瞎逛，停停走走、走走停停，沿街的玻璃橱窗多次映下她驻足而立的身影。直到她走累了，渴了，拿出手机来看时间，发现已经是下午两点了。她略加思索，踏进街边的一番拉面馆，叫了份招牌拉面。在面送上来之前，她用凉白开先把自己灌了个水饱，以至到吃面时，尽管她偷偷松开了裤扣子，把裤子拉链扯下一寸来长，一大碗面吃到一半就撑不下了。她坐在面馆里翻杂志，想着等胃里消停消停再吃一点，然后直奔幼儿园接儿子放学。

半碗面，经过时间的酝酿重新变回一碗面。邓秀美小试了两口，实在吃不下了，就叫来服务员埋单。服务员说二十八块。邓秀美叫了起来，她说不是十五块吗？服务员说你点的是一番招牌拉面，二十八块；十五块的是一番拉面，两种面的配料是不一样的。

邓秀美无言以对，也没有吵架的热情。她以为一番拉面就是一番招牌拉面，所以服务员向她求证一番招牌拉面时，她应了一声嗯她记得的。掏出钱包结账时，她终还是忍不住指着自己的剩面碗作为证据数落道，你看你们做的面，招牌的都这么难吃，不招牌的是喂猪还是喂狗的？她话音未落，邻座的一对男女就向她投来如炬目光。她沐浴着他们的愤怒，故作镇定地离馆而去。

把儿子从幼儿园接出后，他们没有立刻回家。儿子想玩溜冰，幼儿园一百米外就有一家小型旱冰场，她花五元钱把儿子扔进去，自己就立在一旁观看。站累了就在空椅子上坐下。儿子玩得满头大汗，走过来给她脱衣服，她忍不住亲了儿子一口。儿子愉快地回去场地，回头扬手丢给她一个飞吻。

邓秀美再次陷入深思，为自己的未来忧患难安。对她而言，陆卫东是靠不住的，他那么轻视她，瞎子都能感觉出来。家里的经济她没权过问，家中的大事小事，也都是听命于他，她就是他任命的一个部门主管，主管儿子和她自己的日常起居。换个角度看，甚至可以说她是母凭子贵，儿子就是她手中的王牌，如果没这个儿子，她恐怕连主管也当不上，陆卫东大可以请她走路。男人无情起来什么做不出？

她虽然有时也会对陆卫东表现出大不了离婚，谁怕谁。但其实她心底清楚，让她再回到流水线上去，根本就是不可能的任务。她宁可受气也不愿受累。可是，为什么就从来没个贵人对她拔刀相助呢，拔刀乱砍的倒是有过。自从被劫匪砍伤过之后，她除了怕走夜路，也深刻明白了，她的未来是毫无保障的。她没有工作，因而没有任何一家单位给她买保险，她个人也没有进行过任何方面的投保。陆卫东还每年参加公司的免费体检呢，每年拿回报告单指着说要多喝牛奶了，多喝骨头汤了，缺钙呢。想想看，她邓秀美都多少年没体检了，除了街区的几个老娘每年上门轰她去保健站做节育环检查，她就没查过别的。换句话说，她这么健康无病地活着，全靠自己的造化。哪一天她得了重病，她就是世上最可怜的人。

这么想着，邓秀美不由对天一声长叹。她思忖着，她得和陆卫东谈谈，要么陆卫东出面给她买保险，要么涨她生活费，她也好有点结余攒起来以防不测。

事实上邓秀美现在的生活费也不能算低，而且吧，说是她和儿子俩人的生活费，其实大头还是她用掉的。如果她有心攒私房钱，也老早可以攒上一笔的了。问题是她没能力攒钱，她控制不了自己的购买欲，逛街次数一多就得透支。王芳说她这是小时候穷落下的毛病，看见什么都是喜欢的，都想买下来。事实上，邓秀美不仅喜欢多买，还喜欢名牌。她的化妆品也是她每月支出的重要比例。可是，一个人的消费，档次一旦上去了，就很难下来，让她放弃她现在的吃的用的穿的，她会觉得生不如死。

儿子溜冰溜饿了，出来跟她要吃的。她跟儿子一商议，决定带儿子去吃肯德基。吃完肯德基回家，母子俩在楼梯上打打闹闹，儿子用吃套餐获赠的玩具枪射她，她则不时装作中弹身亡。一直玩到家门口，刚掏出钥匙，就见高大肥硕的陆卫东门神似的立在玄关处。

儿子立刻主动汇报情况，爸爸，妈妈带我去吃肯德基了。说着，把枪举起来，对着他老子的脑门嘭的放了一枪，紧接着吆喝道，快死呀快死呀。

陆卫东先没有吭声，待俩母子进屋后，他才虎着脸说，又带他去吃垃圾食品，就不能买点有营养的回来煮给他吃？

邓秀美把手包一放，回过身道，嫌我管得不好，那你就自己管吧。

陆卫东没词了，气鼓鼓地坐在一旁，懒得争辩。邓秀美这话明显是在胡搅蛮缠，他怎么可能有空亲自管儿子呢，他作为模具老师傅，黄金时间一律是奉献给工厂的，这情况邓秀美又不是不知道。

直到分头上床睡觉，两口子谁也没再搭理谁，配合默契地一个看电视另一个就去书房上网，争取不在一室待着。十点一过，邓秀美就把儿子带上床睡觉。儿子玩累了，很快进入梦乡，而她，突然就涌出了滚滚热泪。

邓秀美在家里翻箱倒柜地清理衣服，所有的柜门都是打开的，大床上的床垫子则被歪歪斜斜地拖在一旁，暴露出里面是一个大杂物箱的本质。地板上蹲着一只超级大的马甲袋，里面是抱成一团的衣服们，就快塞不下了。

邓秀美早上把儿子送去幼儿园后，舍了小区里的超市，跑去百佳华采购。到达后看到百佳华正在发动顾客募捐，不是捐钱，而是让把家里不穿的衣服打包提过去，由商场统一代劳，捐给贫困山区。这主意好，让捐钱一般人都要装没看见的；剩衣服就不一样了，谁家里都有，扔又舍不得扔，搁在家里又占地方，没有比捐出去更两全其美的法子了。邓秀美见状，急忙掉头回家。商场贴出公告，这活动搞到下午两点钟截止，她要参与就得抓紧时间。

邓秀美清出小山样的一堆衣服，其中最体现规模的是陆卫东的。那些衣服裤子看上去都还挺好的，无奈物是人非，它们再也装不下今时今刻的陆卫东了。

邓秀美在柜角落里冷不丁扯出一只陌生的大包袱，包袱布是曾被她扔掉过的旧窗帘。她马上明白了这是谁的杰作。她用手指在包袱上抠开一条缝，瞄了瞄，果然不出所料，全是跛子老两口的行头。她考虑要不要捐掉，突然就联想到一件事。

邓秀美扔下手里的包袱，扑到客厅的墙壁上看挂历。都过去两周了，那老两口竟然还没下来，难道是她的威胁产生了作用？这么一想，她倒有几分内疚了。刚刚得知婆婆忍着饥饿，顶着骄阳，不辞辛劳地跑去王芳家只为糟蹋她的形象时，她愤怒极了，她打算一辈子不原谅那老太婆。两周过去了，她的怒气开始瓦解，并在沮丧中进行过自我反省。婆婆对她也不尽是恶处，也有过让她感动的时候。虽然那些感动比起她的害处来简直不值一提。

邓秀美是怎么阻止公婆南下，怎么威胁陆卫东的呢？邓秀美对陆卫东说，好吧，你一定要叫你的父母下来也可以，你也知道，我不同意他们下来不是我容不下他们，是他们时间一长就看不惯我，我们天生处不来，就算我下决心努力和他们相处，也只能是一小段时间，我的脾气你知道的，不爆发则已，一爆发就天下大乱，如果到时你们再三个打我一个，我就把你儿子杀了。

陆卫东当时的表情可谓是一言难尽。她现在想，难道他真的相信了她会杀掉也是她自己的儿子？邓秀美内心真是又荒凉又悲哀，顿时像患上肌无力，手脚瘫软地滑坐到地板上。

邓秀美最终把包袱扔回柜角落。她是这么想的，他们终是陆卫东的父母，陆澄澄的亲爷爷亲奶奶，她没办法把父子俩的血管倒空了洗洗换管新的。她阻止他们下来，可能成功一时，不可能成功一世，所以那些衣服还得留着，不然他们下来后没得穿，还不是得出钱给买？

邓秀美踩着高跟鞋，把一只鼓鼓囊囊的大编织袋提到门外，又回屋从挂物架上取过手包，手探进包底一阵摸索，确认钥匙的存在后，正打算合上门直扑百佳华商场，客厅的茶几上忽然出现动静。邓秀美看清了，那是陆卫东的手机，一面呼叫一面震动，执着地响。她迟疑着没去管，机子就一直不依不饶地沿着原地打转。如此对峙了两三分钟，机子终于叫停，她立刻合上门走人。

陆卫东的手机落在家里，这事在过去也偶有发生。邓秀美从不好奇陆卫东的手机内容，他交友不广，如果有来电，也多半是一个模具师傅对另一个模具师傅的呼唤。她也不怀疑他有搞外遇的闲情，一个人可以不顾体面到陆卫东那个地步，就像著名诗人说的那样，有的人活着，却已经死了。

捐衣服的过程是一个愉快的过程。工作人员热情接待了她，迎上来帮她提大口袋，和她握手，让她在一个签名簿上签下她的大名，并向她真诚道谢。简单程序一完成，她仓促地离开了现场，她还不适应高调地做一个善人。之后她逛了商场。在商场里仍然有人惹她不开心。比如收银员不肯给她重达十斤的西瓜多套一个袋子。但她原谅她，微笑着没有一句争辩。

回到家后，她把买回的小商品分门别类地放好，洗了几颗荔枝搬到茶几上去吃。她一边吃荔枝一边就抄起一旁陆卫东的手机来看，三个未接来电。她没做多想，顺手就给反拨回去。

邓秀美与王芳在万佳百货商场的天美意专柜不期而遇。这偶遇说奇也不奇。两人一直都是这个牌子的拥趸，加之，鞋商搞促销，在周末安排了一小时疯狂抢购活动，就是让平时最低只能打八五折的鞋子，在周末的下午六点到七点这一小时之间，可以打对折，且把这个活动早早就通过商场海报广而告之了。

邓秀美和王芳，两人盯上同一款鞋。这也合理合情。作为好朋友，审美观在相互交往中同化是很正常的事。据说两个女人一起待久了，连经期都会赶在同一时段的。

不愉快的记忆已然淡去，两人对望一眼，都略显矜持地笑了笑。王芳说，你最近都忙什么，过得还好吧？

还好，你呢？邓秀美反问。

也还好，王芳说，对不起，上次是我不好。

我也有不对，邓秀美也马上说。

简单几句对话，两人即痛快冰释前嫌，互相鼓励着买下同一款爱鞋后，又约着去吃酸菜鱼。酸菜鱼吃到一半时，邓秀美请王芳帮她分析情况。

邓秀美说，前天陆卫东手机忘在家里，有电话进来，我着急出门就没接，回家后再反拨回去，结果是一个女的接的，我问她是谁，她反口就问我是谁，我信口开河说是他办公室小王，她马上说她是他女朋友，我呵了一声说我是他老婆，那边没声音了，一会说她是开玩笑的，又好像很熟悉我家情况地问我，你是阿美吧？——你说这女的有没有可能是陆卫东的姘头？

王芳沉思了一会，问邓秀美，你有没有探探你老公的反应？

邓秀美说有，说陆卫东也说是人开玩笑的，说那女的是他们单位的供应商。

蠢了，王芳说，如果真有不一般的关系，哪能轻易就让你给问出来的？

哈哈，邓秀美怪笑一声，说，老实跟你说，我一点不紧张他，我还巴不得他找个人玩玩呢，只要不把家里的钱拿去给她花。

哼，这可能吗？王芳冷笑一声反问，泡妞哪有不花钱的，女人像你这么傻的有几个？

邓秀美马上表情不自然起来，红着脸分辩着说，我那也不叫傻吧，好玩吧……后来还真没联系过，估计他也看出了我不是富婆，每月还得仰仗老公的鼻息过活。

你可真豁得出去你？王芳巨细无遗地熟知该事件，事过境迁仍不免责难她道，你自己才过上几天好日子呀，就开始搞事了。

我喜欢帅哥你又不是不知道，邓秀美说，没办法，老毛病了。

陆卫东形象也不算差，王芳说。

那是从前，邓秀美马上叫道，皱眉，再说，看他现在的样子，真是一点跟他逛街的兴趣都没有。

那可怎么好呦，王芳感叹说，结婚才几年，孩子才这么一点点小，往后还有好几十年的，可怎么熬呢？

我也不知道，邓秀美说，表情颇为茫然，他对我好我才能对他好，他对我不好，我不可能对他好，我不在外头胡来报复他就算好的了。

你不是胡来过吗？王芳不识时务地插了一句。

那算什么胡来？邓秀美翻出一大片眼白说，还没开始就结束了的。

邓秀美抱着电线柱子失声痛哭。她不停地默默自问，究竟是哪里出了问题，自己做人真有那么差劲吗？

晚饭后她带着儿子下楼散步。儿子在不远处的草地上玩滑板车，她在后面有气无力地跟着，内心充满阴霾。她今天一共吵了三场架，三场惊心动魄的好架，吵完最后一场，她身心俱疲，只想找个没人的地方大哭一场。

她的第一场架仍然是在小区超市吵的。她选了几样商品去收银台排队结账，清单显示，最后的找赎中应该有三毛钱零钱，收银员不征求她的意见就丢给她三颗奶糖。儿子牙不好她从不往家里买糖，所以她就对收银员说，找钱吧我不要糖。收银员像没听见。她一下就火了，音量提高了说，我不要糖，换成钱。收银员硬邦邦地说，没有。

架就这样对吵了起来。邓秀美说，没有零钱开什么超市？我愿意要糖才可以给糖，不想要的哪有强行摊派的？

旁边有等着埋单的顾客替收银员帮腔说，找糖你就拿着吧，回家给孩子吃不一样嘛。

邓秀美大声辩驳说，我家孩子牙齿不好不能吃糖，也不能拿回去给他看到，看到他就要吃，上回买东西他们也找我两粒奶糖，我随手放钱包里，结果过了几天全化在我钱包里了，害得我的钱包和一大堆重要凭证全受到污染。

这场架事，虽然最后以她的胜利闭幕，但却比没有胜利更叫人窝心。后面一个顾客结账时自备毛币，收银员在众目睽睽下把三枚一毛的硬币扔给她，把她的三颗奶糖重新丢回糖盒子，顺带对着与她相反的方向哼出一声超常规的鼻息，以示对她的鄙视。

你哼什么哼？她最后扔下一句，压抑着破口大骂的冲动转身离去，心里真恨不得往超市里扔颗炸弹。这家超市在小区里是独此一家，服务意识极差，和顾客吵架是家常便饭。邓秀美觉得自己没错，泥鳅也是鱼，三毛钱也是钱，凭什么要让她的三毛钱变成她不愿要的三颗糖？她不过是维护了自己的正当权益，可在那一伙人眼里，却变得跟死皮赖脸的叫花子似的。

邓秀美的第二场架是在电话里跟陆卫东吵的。早上她在超市吵了架，胀了一肚子气回家，气还没消呢，陆卫东的电话打进来了，她接起来听。他什么前因后果也没交代，就让她帮往他家里汇钱，汇的数目更让她恼火，远远超过了她跟儿子一个月的生活费。

她当即就反问他，语气里充满火药味，干吗汇钱，不是说要下来的吗？

陆卫东完全不理会她的情绪，硬邦邦地回她四个字：不下来了。

这是好事，邓秀美心里想，但是，要汇那么多钱，她就不能不多过问几句，干吗不下来了？她问。

怕你呀，陆卫东说。

陆卫东的语气里断然没有玩笑的意味，相反，纵然只是电话，邓秀美都能感觉到那来自于他的厌恶与嘲讽。

邓秀美嘿嘿冷笑一声，怕我就别汇钱了，汇了他们也不敢用的。

电话那头沉默了片刻，然后是一道从容不迫的男中音传来，我会跟他们说不用怕，钱是他们儿子赚的。

姓陆的，邓秀美当即爆发了，在电话里恶狠狠地吵起来，你算什么东西？你嫌我不上班没钱赚，我是不会上班、没上过班吗？是谁害得我三天两头往医院跑，三个月里做两次人流，命都差点搭上？我跟你的时候你算什么东西，你那时候工资比我高吗？我一直上班混到现在就一定比你差吗？

你不是人，你是狗娘养的……

电话架吵不下去了，因为陆卫东掐了线。当然，最终她是不可能去帮他汇款的。

邓秀美在家里转来转去气得不行，最后扑进厨房，拣了两个碗碟摔了才算缓过来点。她在床上直挺挺地躺了三个小时，中间起来过一次，想找点酒精麻醉一下自己，没找到。

快五点时，她从床上起来，洗洗漱漱，换身好衣服，跑去接儿子放学。她那会儿可没想到，竟然会再干一场大架。

把儿子接出教室后，儿子赖在园里不肯走，要求在游乐园区玩一会儿，她同意了。儿子玩她就站着等，间或有面熟的家长聊一两句。她忽然看到儿子被三个同样大小的孩子追赶，追上了那三个孩子就对他又踢又打的。她冲过去一声呼喝，把那三个孩子扯开来训问，为什么欺侮陆澄澄？陆澄澄自己说了，他说我们在玩超人的游戏，他们三个是超人，我是怪兽。

邓秀美弄明白情况后不允许他们再玩，把儿子和那三个小孩分开，指着旁边的滑梯对儿子说，去那上面玩。

邓秀美的眼光一直是管着儿子的，但她也没能阻止住儿子受伤。儿子在滑梯过道上和一个大班的小胖子争地盘，儿子粉嫩的小脸上被抓破一块皮，虽然只有米粒大一块，但看在当妈的眼里，却足够让她心如刀绞。她冲过去揪住那小胖子的头发一阵乱摇，晃得那小胖子七荤八素，松开手后她仍怒不可遏，又下不了手真的打人家小孩，就手一扬一扬地作势要打，那小孩也就脖子一缩一缩地避让，眼看就快哭了。这时候忽然冲上来一个人高马大的女人，对着她的身体中段使劲一搡，你干吗打我儿子？

邓秀美腰部吃痛，回头一眼又看到儿子脸上的抓伤，粉红色的抓痕在她瞳孔里放大放大，给了她无限的勇气，她忽然就歇斯底里了。她抬手就给了那小胖子一记耳光，不待那边做娘的反应过来，她先一头撞了过去。

有道是讲理的怕不讲理的，不讲理的怕不要命的，邓秀美的气势一举就把那边做娘的给镇住了，手上已经没了作为，只嘴里发出时断时续的咒骂，你个疯女人……你是不是疯了……你疯了，疯子、疯婆娘、神经病……

陆卫东回老家去了。邓秀美这才得知，陆母没按计划南下，并不是如陆卫东说的那样出于怕她，而是老太婆自己命不好，在家收拾稻种子时，被毒蜈蚣所伤，据说当时就休克了。老太婆轻易上不上医院，这次既然进了医院，她的女儿，也就是陆卫东的姐姐就坚持要她再做个全身检查，因为老太太经常声称胃不舒服。检查的结果显示，老太太的胃没问题，有问题的是子宫，子宫肌瘤，说是有娃娃头那么大个。

陆卫东回去后，邓秀美主动打了电话关心病情。电话是陆卫东的姐姐接的，她说情况还好，没有癌变，但确实大，打算把整个子宫都给端掉。邓秀美不认为这病有多严重，她家里也有亲戚得过这病，都十几年过去了，除了比平常人瘦一点外，那亲戚一直都活得挺精神的。

陆卫东突然不在家现身了，邓秀美还真有点不习惯，以前不管关系如何，他下班回到家，她仿佛觉得一天才完整了，她也可以在那时把儿子交给他管，自己下楼去遛遛。现在家里只剩下她跟儿子两人，夜深了时，她睡不着，起来上网，哪里一有响声，她的心就提到嗓子眼。

儿子上学她不用上班，许多光阴她就用来照镜子了。照得最满意时她就忍不住叹气，她想她那么美，却没有一个欣赏她的人，她成天关在家里，再美又有何用呢？

邓秀美终于想起还有一个杨复旦的存在，虽然失去音讯多年，她可是没有忘记过他。她要把他找出来，和他叙叙旧。谁让她无事呢，无事就要生非。

邓秀美找出尘封已久的旧电话本，翻出杨复旦老家的电话。一个苍老的男声报给她一串号码，她索着所得号码，轻易就从一根线里导出了失匿已久的杨复旦。

杨复旦从没离开过深圳，他一直生活在离她不远的地方。他不再是职业的水电安装工人。他做中介，专门承包工业区里整栋整栋的厂房，再转手分租给一些小工厂，从中赚取差价。

邓秀美能从电话线里感觉到，杨复旦接到她的电话时内心是荡漾的，那呼哧呼哧的非正常的气流声暴露了他的激动乃至渴望。他迫不及待地约她见面。她本来没条件应允，因为儿子始终都得她管，但她竟鬼使神差地同意了，时间地点都没有异议地采纳了他的主张。

邓秀美放下电话立马又拿起电话。她把电话打给王芳，委托她帮接儿子放学。交代完一天之中的唯一一件大事，她就着手准备约会了，她在镜子前反复审视检阅，直到肉眼看不出半点瑕疵。

王芳从台湾回来大陆，给邓秀美带了补水面膜，电话里联系过后，亲自为她送到府上。

邓秀美平躺在沙发上，由王芳往她脸上抹色彩极为诡异的泥巴状面膜糊糊。

邓秀美问，我不能说话了吗？

王芳说，现在还能说，一会儿发硬了就自动闭嘴。

那我问你一个问题，邓秀美说，你说杨复旦既然这么喜欢我，怎么这么多年都没找过我呢？

你凭什么说杨复旦喜欢你？王芳停了手里的活儿，问她，杨复旦今非昔比，有钱有闲，搞搞外遇谁不喜欢？何况是一坨从前没吃到嘴的天鹅肉？

我觉得他不是，邓秀美正色地说，还把自己的身子支起来半边，为的是向王芳投递她严肃的表情。邓秀美说，人都是有感觉的，他还送我手机了呢。

嚯，王芳冷笑一声，放下面膜碗，巴掌拍在她抬起来的一侧肩膀上，把她推回原位。姑娘，你不是无知少女了，不要那么好哄行不行？王芳，又问，他怎么忽然要送你手机？

陆卫东不是不肯替我买好手机吗？说我老弄丢，邓秀美撇着嘴说，我那破机子，一到通话的关键时刻就信号不好……杨复旦就说送我一只好的。

王芳马上提出疑问，你手里忽然多这么个新玩意儿，你老公都没审问你？

审问什么呀，邓秀美表情悻悻地说，我主动告诉他我自己买的，才几百块钱。

他也信？王芳讶异地问，他识不识货呀？

管他——邓秀美拖着长腔恨恨地说，在他眼里我还有什么吸引力可言？他料定我是小鱼一条，卷不起风浪的……有一晚我玩到天亮才回家，在楼梯上碰到他去上班，他也没过问我一句。

王芳愣住了，摇摇头，不可思议。她说，不是绝对的信任就是绝对的冷漠，不会有第三种选择。

抹毕面膜泥，邓秀美想接着说点什么的，感觉到脸上皮肤正在绷紧发硬，不得不且先住嘴。

二十分钟后，邓秀美对着卫生间的镜子，重新看到自己的脸。她用手指弹着脸颊，满意地对一旁的王芳说，这面膜还真不错，立刻就能看出效果。

王芳很欣慰，高兴地说，我推荐给你的东西，首先得通过我的质量检验。

我说的是化妆品，你可不要往歪里想呵，王芳赶紧补充。

噫，邓秀美瞪王芳一眼，你检验的男人也不错……你老公都很疼你的，你是怎么降服他的呢？

我哪儿有降服他，王芳谦虚地说，我比你现实，或者说我比你理性……倒贴男人的事，打死我也不会干的……

哎呀，我也就干了一回，邓秀美讨饶地说，求求你能不能忘了这截儿？而且，我这次可是赚了，你看我得了一部多好的手机？

嘿嘿，王芳冷笑，我可不看好你，不过得一部手机，看你感激成那样，倒像人家买了房买了车给你……我估计你心里已经做好了为他献身的准备了吧，还是已经献过了？

邓秀美听了这话很不高兴。她跑进客厅坐下，伤感地说，我是个可怜的女人你不知道吗？我从小家里穷，没过个好日子，我妈脾气暴，动不动就把我们兄妹几个当球在地上踢……所以我脾气不好，可能是遗传我妈的。我现在快三十岁了，没什么男人真心爱过我，肯为我花钱的我就找不到……几十年才遇上一个杨复旦，你还要这么打击我。我实话跟你说，我对杨复旦没什么特殊感觉，就算那天玩到天亮才回家也没玩到床上……我和他在一起，主要是享受被他喜欢的感觉，你也认为我漂亮，我漂亮吗？我想通过男人的眼神得到证实。

那你现在证实了吧？证实了吗？王芳问。

我不是正向你请教吗，邓秀美说，杨复旦这样子对我，我认为是真心对我好，可是他怎么不来找我呢，还是我先找的他，真心喜欢一个人难道不希望从茫茫人海中把她找到？

你的这个问题我没法回答你，王芳说，你的基本立足点我首先表示怀疑，杨复旦真心喜欢你吗？你可不要以为我又是因为眼红你故意泼你冷水——你宣判杨复旦真心喜欢你明显证据不足，他送你一部手机，这就叫对你好了吗？陆卫东每月还给你生活费呢，他这些年总共给你的钱足够你买一百部手机了吧？你怎么还老是怨恨他对你不好呢？

这怎么好比？邓秀美不耐烦地说，我是他老婆，他当然得给我生活费，不然我吃什么？

不然你吃什么，王芳说，这话问得好——你也知道你吃的用的，而且档次都还不低，都是陆卫东包起的……

我不上班，没工资，他不包谁包？邓秀美说，我管儿子、做家务，难道对家庭一点贡献没有吗？

ＯＫ，王芳说，那就先假设你的职业就是老婆，是不是每个行业都要有它的操守？凭良心说，你这个老婆做得称职吗？

这话忽然就激怒了邓秀美，就像那天的心理测试一样，让她觉得人格受到污辱。邓秀美什么都不怕，就怕别人看不起她，从骨子里头轻视她。王芳说她当老婆当得不称职，就是对她人格的全面否定，这是她的神经敏感区，碰了就要发作。她虎着脸说，我自认为还行，我想问题比较简单，那是我为人简单，没有坏心眼，你的聪明才智我还真学不来。

王芳一看这架势，马上决定走人。拿上手包临出门前，她还是忍不住奉劝道，阿美，能不能改改你的脾气，别动不动就跟人翻脸，把吵架弄得跟喝水一样频繁，你不觉得这样过日子很堵心很可怕吗？

邓秀美听不进王芳的奉劝，这些话听在她耳朵里仍然是人身攻击。

邓秀美被人骂了，骂得还不轻，鸡婆鸡婆死鸡婆地一迭连声地，邓秀美居然做到了骂不还口。邓秀美甚至觉得了好笑，她又不是鸡婆，她对那个行当陌生得很，被人骂鸡婆她感到新鲜，而且一点不屈辱，没有丝毫被人揭短的心理负担。

事情得从前一晚上说起。邓秀美这个月又超支了，离下个月月费发放的时间差不多还有十天，她手里就只剩几张小钱了。她得申请拨款。晚上待陆卫东回家，她对他察言观色，见他神色正常，就造了个谎，说手机是王芳从台湾帮她带的，其实不是五百块，是一千五百块……所以，她手头没钱了。

陆卫东没有声讨她，也没有马上给，只说自己身上也没钱，明天取了给。她半信半疑地信了。晚上睡觉，陆卫东有需要，她一想到钱还没到手，就以困为由推诿了。她可知道陆卫东，她作为女人，体现生理周期的是月经；而他作为男人，竟然是月需，一个月一次就够。她要的这钱不是计划内的，她得防备他临时变卦。

陆卫东没有变卦，第二天一回家就把钱给了她，而且脸上的神色几乎是愉快的。邓秀美也高兴了，钱是一方面，陆卫东的态度是另一方面，这两方面对她来说同样重要，是她不产生负面情绪的保证。两人有了一个久违了的水乳交融的夜晚。邓秀美突然似乎就若有所悟，她当晚就想打电话给王芳，告诉她不吵不闹地过日子感觉还真是好。

次日，邓秀美把儿子送去幼儿园后立刻致电王芳，约她喝早茶。前往途中，邓秀美在小区门外的马路边上邂逅了几个挑着篓筐做生意的小贩，其中一个小菜贩子筐里的豆角看上去碧绿脆嫩的，她一问价格，才两元钱一斤。她马上决定买了送回家，因为她现在主观上很愿意向陆卫东示好，而陆卫东最喜欢的蔬菜就是清炒豆角。她蹲在地上精挑细选了一小撮，递给小贩过秤，小贩神速地过了秤，秤杆都还没平他就报数说两斤多一点，算两斤，给四块钱。邓秀美不依了，她经常在超市买菜的，眼神好得很，想蒙她秤真是做白日梦。

邓秀美对小菜贩子说，你看看好吧，是一斤还是两斤。

小菜贩子是个三四十岁的猥琐男，看上去有点愤世嫉俗，小斗鸡眼对她凶狠地一瞪，说，一斤？一斤我送给你，你随便提到哪里去称，少一两补一斤。

这话等于白说，马路边上能上哪儿找秤去？小菜贩子还一面说一面把袋子朝邓秀美手里硬塞。邓秀美不甘心大白天的挨宰，就往后退一步，说，我不要了。撂下这句她转身就走了，背后由此遭遇了几十声鸡婆、死鸡婆的灭顶之骂。

你脾气变好了，王芳听邓秀美说完全过程后表扬她说，如果你跟那小贩子一顿恶吵，可能你现在心情恶劣得茶也没法喝。

邓秀美点头，笑说，是的，吵架也要有选择，像今天那个小菜贩子，真是没一点吵架的价值。

喝完茶，王芳提议去洗头，她包里有打折卡，快过期了，要赶在没过期前用掉。

邓秀美举双手赞成。她说，现在可能没有比洗头更物美价廉的消费了，洗一个头才十块钱，包括了洗、吹、按，小心翼翼地伺候你一个小时，纯粹的按摩一个小时还要三十块呢。

但是，在洗头房，邓秀美却没能把好脾气进行到底。她朝洗头的小妹发了火，认为她不够专业，认为她调的水温太低，认为她没给自己漂洗干净就上了护发素，所以她让洗头妹重来，洗头妹不理她，她让王芳叫她们经理来，经理来了，也没太理她，就吩咐小妹按客人的要求操作。邓秀美对结果不满意，她对王芳说，我以后再也不跟你来这家店了，什么东西？

王芳痛快地说，放心，不会再拉你来的。

晚了二十年

1. 现在完成时

向天好立在厨房榨果汁，电话铃响了。无须指挥，接电话的事，朱宝恩一贯表现积极。向天好侧起耳朵来旁听。没听到什么，朱宝恩就把电话挂了。

向天好张着两只湿手，跑进客厅来，问朱宝恩，谁的电话，你怎么挂了？

朱宝恩一面埋头写作业，一面回答，不知道，我听到尊敬的7879……就挂了。

向天好转身回到厨房，知道那是一个电信业务的推销广告。现在的孩子，一个比一个老到，铺天盖地的广告功不可没。

向天好把果汁杯架上电动机座，按下按键，一阵电钻般的嚣叫，一股淡乳色的液体矜持地冲进一只矮胖玻璃杯。

向天好对着手中的杯子叫了一声，宝恩，过来喝梨子汁。

朱宝恩慢腾腾地出现在厨房，接过杯子喝掉一半，妈妈，我喝不掉。

喝掉，向天好不容反抗地命令，三只香梨才榨这么点汁，你不咳嗽我都懒得弄。

朱宝恩满脸不高兴地喝完，一抹嘴出了厨房。

向天好接过空杯拿到水龙头下冲洗，洗完倒扣在杯架上沥水，又捡起一旁篮子里一根鲜绿的黄瓜，削头去尾，上上下下一通搓洗。

向天好端着一盘子黄瓜片走入客厅，在沙发上躺下，双足交叉叠起，枕在沙发一端的扶手上。朱宝恩见了，表情木然地问了句，妈妈，你又贴瓜皮吗？

向天好嗯了一声，开始往脸上粘贴黄瓜片。

向天好骨架子好是公认的。腿长、腰细，脖子以下的锁骨深深凹陷，与时代的审美风向不谋而合。丁香初次会晤她时，恭维有加，冲上来一顿怨艾——你怎么能长成这样呢，你叫我们还怎么活？实质上向天好心里自知，自己的长相远没有达到那个效果。

向天好顶着一脸的黄瓜片仰面躺倒在沙发上，吊带小背心，齐到大腿根的休闲短裤。天气热，这样穿凉快。这样穿衬得她的两根玉腿尤其匀称修长。

朱宝恩停了写作业，问她，妈妈，雨伞怎么写的？

向天好反问，是英语单词吗？umbrella，U、M、B、R、E、L、L、A，向天好一个字母一顿地报出。

母女两个一问一答好几个回合才把这个单词拼全。向天好说，你要先学会读，会读了，根据发音写字母……你有不懂的先放着，我一会教你，现在脸上贴着东西不方便说话。

朱宝恩哦了一声。朱宝恩没两分钟又问，妈妈，我们什么时候去奶奶家？

这一问就把向天好问来了气，你先问问你自己咳嗽什么时候才能好？让你不要吃冷的，不要吃方便面，你偏吃，你慢慢不好就不能去。

为什么？朱宝恩气呼呼地。

我不放心，向天好没好气地。

朱宝恩玩着自己的笔，忽然又说，我想等咏俊叔叔带我玩过之后再去奶奶家。

什么？为什么？向天好语气陡然高亢起来。

我想要咏俊叔叔来我家玩，朱宝恩说，叔叔会画画会弹琴，我喜欢叔叔弹琴给我跳舞，叔叔还会给我讲故事。

你很喜欢咏俊叔叔吗？向天好问。

对啊，朱宝恩真诚地回答，咏俊叔叔温柔又搞笑。

温柔又搞笑……这含蓄、纵情的评说，这珍稀、可贵的品格，由一个七岁的小姑娘，加冕给一个青年男子？

向天好惊诧得一屁股坐起，黄瓜片一片片往下掉，她只是望着朱宝恩发愣。

这天开始，这天之后，这番母女对话作为界线，向天好不再接听苏咏俊的电话。任电话怎么叫，叫多少次，她等着它自动气竭声亡。

三天后，向天好牵着朱宝恩，拉着一只大箱子去了火车站。朱宝恩的怏怏不乐明显写在脸上。朱宝恩不停地试图获得支持，妈妈，我想等咏俊叔叔带我玩了之后再走。跨上列车的一刻，向天好终于失了耐性，泼妇般地朝朱宝恩大吼一声，闭嘴，这是不可能的。

在长沙待了两天，向天好搁下朱宝恩和她的衣服、作业本，订了机票，提着婆婆赠送的两桶蜂蜜一桶芝麻油返回深圳。在机场，这两样东西全被扣压了，任你说包装得很严实，不会流出来的，就是不让，说有污染其他乘客行李的可能性。向天好痛惜却无奈。主要是心痛婆婆的心意。朱宝恩的奶奶，向天好再叫婆婆是不合适的，婆媳关系已是前尘往事。

2. 现在进行时

回深圳后，向天好约了丁香桑树咖啡厅见。约会是向天好发起的。向天好有此需要。

桑树并非向天好心目中的怡人之地，丁香也不是她的可心人选，选择此二者，盖因为后者喜欢前者，而后者只要有前者作前提，几乎随叫随到。丁香喜欢桑树，归根结底是喜欢桑树里一款叫椒盐鲜鱿的油炸吃食。

向天好先到。向天好拣了靠窗的位子坐下。坐下就让服务生把椒盐鲜鱿与一大盅木瓜汁落了单，随后观察周围环境。人不多。人多人少其实与她关系不大。人海里她也能活成一个人。她喝着咖啡厅提供的凉白开，又招手要了一杯咖啡，意大利特浓。

向天好喜欢在咖啡里勾兑植物奶，兑牛奶她总觉得差了味。咖啡送上来，服务生抱歉地表示植物奶暂时短缺，只能提供牛奶。向天好迟疑了一下，摆手退了牛奶，说那就不用了。她端起杯子来，喝上一口。什么也不加的，所谓的黑咖啡，她从来没有接受过这一口味，但她知道，有些人坚持认为，唯有原汁原味的咖啡，那才叫咖啡。与她从前喝的相比，咖啡是苦的、涩的，缺少奶的配合润滑，如同用惯的一方手帕，忽然自绸缎的变成粗布的。她有点难以适应。她又暗生出一种正好的心来。眼下她不想让自己太舒坦。黑咖啡对有些人是享受，领略不了的，视之为自虐。

向天好极其少量地吸吮着咖啡，仿佛舌头是一根棉签，蘸了咖啡液，涂抹到唇前齿后，那种陌生的、焦炭味的苦涩感，开遍味蕾。

天好，向天好模仿着一种声音向自己呼唤，天好——向天好忽然就湿了眼眶。认识曾至宽之前，向天好从来没有发现，自己的名字可以被叫得如此动人心魄。也许，动的不过是她个人的心魄，于旁人，是始终如一的平常平淡。向天好曾在某个短暂的瞬间坠入回忆，什么时候开始的，怎样开始的，仿佛从第一声、第一面，曾至宽就对她以天好相称，纯粹、自然、洁净。是的，这个男子，在她眼里，没有人比他更匹配洁净这两个字。

嗨——丁香犹如从天而降，猛地一掌击在向天好的右肩胛骨上。

向天好收住梦游般的表情，扭头看她，举手看表，道，你这回不怎么神速嘛。

丁香在向天好对面坐下，道，这回是半神速。

向天好看着丁香长袍短裤的一副打扮，伸手捻了捻她袖口的布料子。半神速？半神经吧，又不下雨，你穿什么雨衣来？

丁香一手拂开向天好的手，道，哪里雨衣了？这是韩国今年最流行的面料，你不懂欣赏就不要乱发言。你叫了吃的没有？

应声而现的，是一大盘椒盐鲜鱿落定在她们的餐台上。丁香满意得哭了，撩起袖管来擦眼泪。

丁香主要吃，次要说，按说我们俩应该处不来才是，你看你，几乎不吃油炸食品，我是非油炸不欢，我很难想象你这样活着都有啥意思，你对美食没兴趣，你对男人也没兴趣，你的高点到底在哪儿呢？

我没有高点，可以吗？向天好接口，看着丁香一盘都快吃完了，这才伸出筷子去，夹起一块来。

要不要，丁香停住咀嚼，问，剩的都给你？我已经胃比胸高了。

我不用，向天好说，我一块就够了。你常年都胃比胸高的，你的胃要是比胸矮了，你就得怀疑你活着的意义了。

你还真没有完全说错，丁香说，如果连吃的自由都没有，我人生的乐趣至少损失一半。

只一半吗？向天好问，还有一半呢？

还有一半大约是爱情吧，丁香毫不扭捏地说。

丁香，向天好忽然正色地唤了丁香一声，凝目问她，你的初恋发生在几岁？

丁香闻言，把咬了一半的鱿鱼片搁回盘子边，拿纸巾擦了擦手，盯着向天好，一副说来话长的样子，我的初恋，在我入读幼儿园之前就开始了。

不开玩笑，向天好说，我是想认真做个调查。

不开玩笑，丁香瞪圆了眼珠，真是幼儿园之前开始的，幼儿园、小学，他一直是我的绯闻男友，中学时就真谈了，大学时分了，工作后又一起唧唧歪歪纠缠不清几年，两家是世交，打小认识的。

算你爱情长河里的华彩乐章？向天好问。

自然了，丁香答。

那你回忆回忆，向天好要求，你对你这个青梅竹马，属于那种爱情的感觉是什么时候产生的？

这个，丁香犹疑地，不太好界定……这个，是不是要结合生理卫生课上的性意识的启蒙与觉醒来解答？

你搞那么复杂做什么？向天好攒起眉毛来，你就简单回忆一下，你开始对他有依恋、有牵挂、有占有欲、妒忌心是什么时候？

好像是我开始看言情小说的时候，丁香道，那时候会幻想我是女主角，他是白马王子，不过有时候会真爱上戏里的白马王子，觉得他算什么呀。

向天好笑了起来，很快打住，撑着脑袋发出疑问，通过你的观察，和你自身的实践，你是不是也认为，女孩子是很容易被最早与她接触的异性吸引？比如你与你的青梅竹马，比如修道院毕业的简爱，第一时间爱上的，都是最初可以接触到的异性？

极有可能，丁香点头肯定，只要这个异性尚有几分姿色，几分可取之处。

向天好哎了一声，面有忧色地止住了。

怎么啦？丁香问，你不是在担心你家朱宝恩爱上什么人吧？你没那么神经吧，这才几岁啊你就担心这个？

我担心得没有道理吗？向天好侧头反问，你这种先知，幼儿园之前就开始了；我原来以为我算是早熟的了，小学三年级开始暗恋班里的一个男生，一直到大学毕业都还念念不忘，这种经历让我明白女孩子的心思可以开始得多么早多么固执，这种事故也不是不能发生，但是，作为一个当妈的，我自然希望这些困扰越晚落到我女儿头上越好。

丁香不可思议地望着向天好，见过神经过敏的，没见过过敏成你这样的，你家朱宝恩，多单纯天真的孩子，你怎么忍心把她想成那样的？

向天好双手掩合，盖住自己的下半张脸，目光与丁香达成交流。丁香的批评她接受。她不应该那样想自己的女儿。可是她不得不。她不想透露更多的详情给丁香。她感谢丁香能把朱宝恩理解为单纯的、天真的。有些事情尚没有确凿地发生，她只是恐惧于那样的可能性。朱宝恩，自小被她当眼睛来呵护的宝贝，她的高贵、圣洁不容闪失。

眼见得一盘椒盐鲜鱿被丁香收拾得巨细无遗，向天好问，要不要再来一盘？

丁香捋捋肚子，哪里还吃得下啊？

吃不了打包，向天好说。

哎呀，那怎么行，丁香说，是真的吗？怎么能老让你请客呢，你虽然挣得多花得少，可我又不是你家朱宝恩，不能总替你花钱吧。

少啰里巴唆地，向天好说，想打包什么只管点，二皮脸也是生存智慧，这可是你用来教育我的。

我二皮脸也是分场合才用的，丁香说，我们情同姐妹，花你的钱就跟花我的钱一样肉疼。

我这儿有代金券，向天好摸出一张彩色卡片来，搁到丁香眼前。

丁香举目探看，捡上手问一旁的服务生，这个能用吗？

服务生看也没看，道，当然能用，这是贵宾卡的附属卡，充值一万才有得送的。

丁香立刻把矛头掉向向天好，双目里闪动着嫉羡交织的火苗，你哪儿弄来的？你怎么老有这些好东西得手？你是不是偷偷傍上大款了？

向天好定眼望着丁香，哪个大款要被我傍上，估计可不是一般地恋母。

此言一出，向天好先自愣怔，笑意于瞬间隐没。眼前人是丁香，丁香却消失了，苏咏俊兀然降临。苏咏俊，那个备受她打击的男生，她并不甘心、真心承认，却一直玩笑式地注解他，一个重度恋母症患者。向天好不由自主地叹了口气。这是一个包容万象的新时代，可她不能。她是传统教育吓大的。她走不出根深蒂固的那一套。当然，她的不作为，不突围，也可以解释为受到的诱惑不够。她就直言不讳地告诉过他，不要枉费心思了，我对你没有那层意思。她经常会换位思考，换位思考的结论是，她不够厚道，曾至宽就比她厚道，曾至宽待她的，至大可能是一种厚道。这一结论，令到她形神俱伤。

嗨——嗨、嗨、嗨。丁香抢着胳膊在向天好眼前晃了好几次，最后捉住她的下巴一拍，总算把一个活死人给弄醒了，你什么意思啊，你是不是舍不得啊，你可以后悔啊我自己也能埋单的，你板着个脸不说话我得多不踏实啊，这东西吃下去还不得消化不良啊……

向天好一手挥开丁香冲她指指点点的指头，把代金券拍到桌面上推给她，都给你，够你吃几十盘的了。

啊——丁香大惊失色的样子，结巴地，这……这就……就就就不必了吧，我咋……咋能无功不受禄呢？

这不就对了嘛，向天好接口说，你不能无功不受禄，所以你无功就得受禄，拿着吧，我知道你心里早就想要了。

丁香一抽一泣地，撩起袖管来擦眼泪，你对我也太好了，我拿什么报答你啊，你又不玩断臂。

我一贯待你不错，向天好嘴角似笑非笑，也没见你报答过我。

向天好所言非虚。这也是她不能发自肺腑地喜欢丁香的原因之一。丁香机智、热情，言论里不乏真知灼见，与她结伴消磨时光，时光将如梭。但丁香又是养不熟的，无论待她多么慷慨真诚，她永远会在哪怕只是极小的好处、利益面前，表现出舍人为己的自保倾向。

向天好、丁香共同效力于嘉禾外贸。丁香是部门里的元老，向天好是空降来的部门主管，两人缘起便是领导与被领导的关系。在领导与被领导关系发生之前，丁香是部门代理主管。丁香的代理职务不是向天好给拿掉的，向天好的取代是公司董事会的决定。向天好的位子也不是丁香让贤让出来的，丁香没这风度也没这能力。但是，事情这样发生后，那意味仿佛是向天好断送了丁香的锦绣前程。丁香也许从来没有服气过向天好的主管，但她无法不服气曾至宽的偏袒。曾至宽对向天好的欣赏爱护公司里人尽皆知。向天好草拟出台的方案、文案，几乎是无一例外地得到曾至宽的表彰通过。丁香眼里，曾至宽这棵大树，简直是冲着给向天好当保护伞而存在的。

向天好一句——我一贯待你不错，也没见你报答过我——不禁令二皮脸自诩的丁香也害羞起来。这个不错，的确是有凭有据的，工作事宜，向天好一贯倚丁香为重；结伴吃喝，也从来都是向天好埋单以外，向天好个人，也时常会对丁香有所馈赠，诸如一管唇膏一盒酥糖什么的，哪怕是得了一包香口胶，也都是向天好抽走一片，其余都归她。当然，这都是小恩小惠，收买不了大人心。这年头，接受小恩小惠，有时候还是给对方面子呢。

丁香递上代金券，差了服务生去埋单，期艾着脸对向天好，还不是你拿得多我拿得少，我又喜欢花，你又不爱花，咱俩要是匀匀就好了。

向天好但笑无语。

丁香接过划完价后的代金券，再次找向天好确认，真的送我啊，那我可就承情了啊，是不是曾总送你的啊，曾总好像也是这家店的钻石会员吧？

向天好但笑无语。

你还不如直接告诉我得了，丁香继续盘问，免我乱猜疑，真不是曾总送你的吗？

我也很希望是他老人家送的，向天好一本正经地接口，可惜……向天好眉毛挑起来，遗憾地摊摊手，我还没有收受过他的一针一线，不是我不要，是他没送过，你满意了吗？

真的吗？丁香不信、快乐地质疑，你是他的爱将，他怎能不送东西你呢？他的慷慨大方可是整个公司里出名的。

向天好终于失去了耐性，咆哮着对丁香，我就没听说过上司得给下属送东西的，你这套逻辑……

向小姐——一个着休闲服的体面男子对着向天好打招呼，向天好应声回头看，马上舍了丁香，站起身，向来人回应，吴总！

吴总走近她们桌。

向天好指着丁香给吴总介绍，我同事，丁香。又指着吴总给丁香介绍，吴总，这里的老板。二位新识握手寒暄，连称幸会。

吴总待要走，又忽然掉头问向天好，见到咏俊了吗？他打电话通知今天到我这儿的，还没见到人影。

向天好赶紧摇头，说，我也没见到，他也没打电话给我。

待吴总一消失，丁香立马目光如炬地盯着向天好，咏俊是谁？

向天好迟疑了一下，思忖对丁香和盘托出这个人。这个人，也是她此番约见丁香最初的需要。

对着丁香握着代金券的手，向天好轻描淡写地道，你手里这张代金券的赠予人。

啊？丁香短暂地惊讶了一下，盯住向天好看，看了一会，一发发出三个疑问：是个大款吗？是个老头子吗？戴假牙吗？

这话问得向天好火冒三丈，她一时舍了咏俊的话题，转而反问丁香，哎，丁香，我想请教你一下，你认为老是一种耻辱和卑贱吗？你有仇富心理这我早观察出了，怎么你对老字也这么不待见？王朔有句很牛叉的话你听过没有？谁没年轻过呢你丫老过吗？……你比我年轻，是不是据此你就以为比我有资本有优越感？……你也不算年轻了吧。

丁香望着向天好，一副好奇的表情，你干吗这么激动？我反对老人了吗？我也没反对吧？我反对了吗？丁香歪着头一副思忖回忆的样子。

丁香的淡定自若给了向天好无形的一巴掌，她马上意识到，自己反应过度了。她语气淡下来，你从前跟我说过，你不喜欢老人家的。

我是那样说过，丁香迅速接口，而且到现在我也不喜欢，我朋友里，只要是和长辈一起住的，我就不上门的。我有一次去我一个同学家，她结婚生子了，和婆婆同吃同住，她邀了我上她家去吃饭，她婆婆做饭那叫一个慢，迟迟开不了饭，我这人又贪嘴好吃，就把小孩子的一袋烤鱼片给干完了，结果老太婆当场就让我下不了台，指着空袋子怪她媳妇，说，这么贵的鱼片，留着孩子吃的，你怎么拿给她吃？

向天好望着丁香，佩服她的勇气。丁香就有这等勇气。在一个个忙着往自己脸上贴金的年代，丁香的不介意、不粉饰简直堪称是一种潇洒。从前有一次，向天好问过她，你好像不太爱惜自己的羽毛？丁香掷地有声地回答她，因为没有羽毛可以爱惜。向天好偶尔也会发现，丁香某些时候，利用的正是她这种人的莫明其妙的同情心。

这样你就迁怒所有老人家了？向天好问。

那也谈不上，丁香说，不相干的老人家，跟我有什么关系，我迁什么怒呢？没有喜欢也没有不喜欢。我不像你，看到老人就自来熟，张口就能爷爷奶奶地叫得跟亲生的似的。

这跟我的成长背景有关，向天好动情地说，我跟外婆、跟奶奶的关系最亲，现在她们又都不在了，我很怀念她们。

行了，丁香迅速制止她，我知道你对老人家情有独钟，就连八十二与二十八的老少配，你都能相信里头有爱情。

这个话题，向天好、丁香从前讨论过，讨论的结果是各持己见，谁也说服不了谁。而一度，丁香还对向天好的观点表示出愤怒。丁香曾经为此对着向天好拍案而起，你真他妈恶心你……爱情再他妈堕落到白菜的价位，怎么说那也是一种化学反应，是有条件才能产生的……一个满脸老人斑，裤腰拎到胸口的爷爷，你收人家当孙女儿都成，你偏收人家当小妾，你设想一下，这到卧榻上是怎么个光景？……一树梨花压海棠那是旧社会，旧社会的女人讨的是生活不是爱情，所以你的观点我完全不能苟同。

向天好那时候相信，到现在也一直相信，当年二十八岁的翁小姐，即便讨的不完全是爱情，也不应该只是生活。这年代，一个四肢健全的人，想活怎么都能活，质量是另外回事。而向天好素来以为，高成本不代表高质量，饿的问题，一碗面就能解决。

丁香对向天好的观点表示不屑。丁香说，你个人清心寡欲，也没有受过没钱的苦，你难以体会物欲横流是一种什么感受。丁香说，这世上，你才是百年一遇的珍稀动物。丁香说，再怎么物欲攻心，我也不能接受翁小姐的选择，在上床这事上，我的上限是十岁，超过十岁的，我不能想象。向天好据此挖苦丁香，那跟你上床的男人，事先不都得掏出身份证来让你验明年龄？这我就得提醒你了，现在贩卖假证的骗子到处都是，小心上当！丁香回敬向天好，关于上床这事，我有严格复杂的审核制度，查身份证不过是程序之一。

时至今日，此一刻的桑树咖啡厅内，向天好、丁香，再次为这一未果的老话题发生辩论。

向天好说，你不是翁小姐，你理解不了翁小姐的内心。

向天好说，当然，我也不是翁小姐，我也不能代表她，向你发布真实感言。

向天好说，按我的理解就是，翁小姐她全身心地爱着她的老杨，甘心为他付出一切。你别问她这爱的出发点在哪里。你爱一个人喜欢看这人帅不帅，有没有钱，对你好不好，这是世人普遍通用的参照指标，但有些人不，因为他们参照这类指标得到的是令人失望的结果，他们另辟蹊径，把人品、才华、思想高度、经历这一类列为重点评审项目，他们更愿意和这些指数高的人共度人生。既然翁小姐全身心爱她的老杨，自然也就包括了付出自己的肉身，无论对方是否还有能力享用。他们公然缔结婚约，我认为这也是爱的一种表现，她以作为他的妻子为荣，而老杨也愿意接受她的全面照顾，人老了总有行动不便的地方，说不定年少的还得帮年老的洗澡、擦屁股什么的，这种赤裸相见的情况最不遭人非议的就是夫妻之间。我不仅认为他们之间有爱情，更认为他们的爱是超越世俗的大爱。

向天好说得唇焦舌燥，当她说到这是爱情、还是大爱的时候，丁香回对她一个呕吐的表情。向天好的表达欲猝然受阻，悻悻地道，丁香，你最大的优点是聪明，最大的缺点是聪明过头。

丁香说，我知道一聊到二十八和八十二，你就能文思泉涌、唠叨个没完，这是因为你心里非常清楚，除了你，没几个人能接受你这种观点的。好了，你的意见请你自己保留，我现在更想知道，这一枚咏俊，是何方尊神？

3. 一般现在时

走神是向天好一直以来的强项。无论多么精彩的现场，她的魂神，总有片刻要飞离而去。有如眼下，她停在一个她衷心热爱的时空里，她照常不误地发挥她的强项，身在此，心游万仞。

直到右手边的曾至宽，往她碟子里上了一只开边大烤虾，俯斜着脑袋盯着她脸上发问，想什么呢，怎么什么都不吃？

向天好恍然回到现实，未及开口，丁香拦在她前头抢先发话了，指头戳一下自己，戳一下向天好，这就是一个吃货和一个非吃货的区别。丁香面前的碟子里，已经堆下一小垛鱼刺肉骨的残渣；向天好的杯盘里，却几乎不落痕迹。

向天好端起杯来敬丁香，丁姑娘，我敬你，这年头，能见到一个敢大块吃肉的女人不容易了，你是天然派的，我是做作派的，你跟我，就是鲜花和塑料花的区别。

这顿饭是客户请的，庆祝一段合作的胜利闭幕。双方老总、双方业务精英、优秀代表咸来参加，挤挤挨挨坐了一围。基本都是老相识，气氛热烈友好轻松。然而在向天好眼里，但凡有曾至宽出席的饭局，都是国宴；但凡有曾至宽出席的饭局，其余人都成了眼角余光的风景。曾至宽，几乎每一顿酒局，他都是节制地开始，放纵地收场，最后最不舍离去的，仿佛就是他。向天好迷惑而心痛，觉得自己没有能力破译这团迷雾。

这一晚结束时，曾至宽再一次到达了脚扑朔、眼迷离的境界，口齿倒还利索，浮云，都是浮云，他不时振臂一呼。余人散尽，向天好自己开了车去，她也几乎没有喝酒，却仍然被发包给曾至宽护送。向天好说，曾总你坐我的车吧，你的司机跟在后面，送我到家你再坐他车回去。

向天好把车开得缓慢而平稳，纵然这是一个神志不清的曾至宽，他也是曾至宽，是向天好眼里独一无二的风景。与他一共，她诚望时光可以顿住，静止成一百年。曾至宽话很多，基本都在重复。向天好一只手开车，一只手探出去抚抚他的手，如果条件允许，她很想抱住他的头来，纳入她温柔绵软的怀抱。

天好，他叫她的名字，天好，只是叫，又不说什么的。

这声音足以叫她柔肠百转。她要开车，腾不出手来，不然她可能会有所行动的，或者开声要求他抱抱她。他肩宽背阔、挺拔英武，自有一股男人气，成为他怀抱里的女人，这光荣梦想，她暌违已久。对他，她并不自信。有孩子，姿色有限，不很年轻，这是硬件，也是硬伤，阻碍着她积攒必要的勇气。那么爱，却不能，念他时，她老常默语的。在她看来，除非自身条件特别优越，不然，于他人，就有纠缠讨嫌之隙。

曾至宽为酒精作用，神情孤绝茫然。他令她心痛，觉得他必然隐藏着苦痛深重的往事。向天好伸出手去，摸在他的手上。她问他，你……喜欢我吗？曾至宽低着头，对着自己的膝盖，摇头，道，我不喜欢你。样子很坚决果断。这一摇，这一句，令向天好蓦然心碎，仿佛一只恶狗，纵上来咬了她一口，眼泪夺眶而出。她屏住息，声色如常地说，我明白，我知道，我能理解。

这一晚回家，向天好手腕里挎着包，立在公寓楼下等电梯，神色如丧考妣。背面，保安室的钢门响了一下，苏咏俊土地公公般冒了出来。

向天好意外不已，牛眼瞪之。

苏咏俊嘴巴张了张，又闭上了，与她对视。

时间仿佛定格，向天好忽然醒悟过来，心里一阵恼怒，谁还跟你玩相看两不厌不成，扭头就走。

苏咏俊一把拽住她的胳膊。她更怒了，觉得这种言情剧般的桥断浅薄得令人恶心。但她怵于保安的窥视，但求息事宁人。她肯定不会请他进入她的家门，于是她示意他离开这里。

她跟着他来到草地。她转过身来怒视着他，你怎么会在这儿？

他显然没有料到她会这么不友善，他说不定还想给她一个惊喜的呢。

我好像没给过你家庭住址吧？向天好再问。

你没有，苏咏俊老老实实地回答，有点不知所措的样子。

那你怎么找到这儿的？向天好继续追问。

我跟宝恩打听来的，苏咏俊交代。

无聊，她不屑地置评一句，责备大过疑问地问他，你来干什么？

你怎么老不接我电话呢，苏咏俊认真地说，我很担心你，不知道你出了什么事，是不是生病了？

你算我哪门子的亲戚呢，向天好蹙着眉毛反问，我三十几年来一直活得好好的，怎么你一出现，我就可能暴病身亡了呢？

你不高兴了？苏咏俊问她。

是，她斩钉截铁地回答。

他显然有些受伤，静了片刻，他说，你没事我就安心了……我走了。

说了走，却没有真走，仿佛是想她出言留他，眼巴巴地看着她。

她一扭身，迈步先走了。尚没有走出草坪，她的一条手臂被一只手从后方捉住。

为什么你就不能跟我好好相处呢？他问她，神情里有不解、压抑的不快。

向天好回望着他，仔细地打量。她几乎没有怎么看过他的长相。这是一张圆形的脸，白白净净的。

就算做不成爱人，做朋友也不行吗？他痛苦地追问。

一阵刺痛袭来，曾至宽自她的头脑里呼啸而过。她的眼眶开始发热发胀，雾气骤然蒸满视野。

这个圆圆脸的男孩子，他热情高涨地想要挤入她生活的门户，她坚决予以抵制。她甚至不屑搭理他。她认为他身上没有她找寻的、依恋的、爱慕的任何元素。现在，她发现，他和她的痛苦多么相似。她阻止他，不让他走进，她认为与他是两个时代的，他说的话，什么爱是可遇不可求的，什么爱情不需要区分身份、年龄、地位什么的，什么你看上去很年轻，什么我要照顾你一生，几乎句句令她感到幼稚、轻浅、恶俗甚至怒火中烧。她有一次对他说，主要是为了奉劝他，并不是真的认为自己有那么老了——她说，我老了，我的心比身更加苍老。结果他马上回对她说，那就让我把你带动得年轻起来。她真不想那么结实地伤害他，因为他在她眼里还是个孩子。然而当时她在心里恶狠狠地吐了声呸给他，嘲笑他的不自量力，然后冷笑着反问他，那我何不申请到幼儿园就职呢？不要夸海口，有些事你可能愿意做，但是你没有能力做，比如说让我这个老年人年轻起来。然而这个孩子听不懂她的话，又或者太自信、不知天高地厚，总以为她的自谦是因为年龄而导致的不自信。她有刻薄人的天分，她也有极其简单粗暴的一面，她没有使用，是因为她想厚道些待他，如同曾至宽待她般。那个谜一样的曾至宽，他待她那样有礼，护爱，却始终不露一丝真相。她走不进他的生活，就如同苏咏俊走不进她的生活一样。

苏咏俊看到向天好的眼泪冲了出来，他以为这眼泪是为他而流，顿时慌了手脚。他放开她的手臂，要去帮她抹眼泪。她动作敏捷地一举推开。

他喊她，天好……你别哭。

她没好气地冲他，关你屁事，扭身坐到一边的健身器械上，竟然更痛快地哭了起来。

天好，苏咏俊张着两只手惶然地站在一旁，天好，我错了……你别哭。他试图拥她入怀。她朝他一声恶吠，你干什么？他没料到她这么凶悍，诧异地看着她。

向天好收住眼泪，对着苏咏俊，实话实说地，我的眼泪跟你无关，我不是哭你的。

苏咏俊可不这么认为。向天好的眼泪已经叫他很自豪了。他以为这眼泪正是为他而流。他说，天好，我只是想让我们好好相处，不要搞得两个人都那么痛苦。

我的天呐，向天好在心里惨叫一声，抬眼古怪地看着苏咏俊。

片刻后，向天好吞下一口口水，对苏咏俊说，我从来没有为你痛苦过。

苏咏俊相当自信地微微一笑，道，我不相信你的话，我只相信自己的感觉。

一个人，自我感觉良好到这种程度，究竟是单纯呢，还是无知呢？不过这也没区别，单纯和无知，本质上是合穿一条裤子。

向天好看着苏咏俊，考虑怎样来组织说辞，把一个事实披露给他。她本来以为，她只要躲着他，他怎样狂妄自大、无知无畏、痛苦或者绝望，都是他个人的事，她没有道义，也没有兴趣对一个偶然邂逅的过客进行拨乱反正的义务教育。她叹一口气，但是现在，这个人俨然干扰了她的清静，她不得不有所作为了。

向天好看着苏咏俊，一时又有了心软，她还是希望不要太打击他，她决定还是从侮辱自己开始。她说，你要把你的执着用对地方，为一个丑陋的中年妇女，你认为值得吗？

苏咏俊如同一个武林高手，飘然一笑，道，谁若说你丑陋，一定是得了白内障。

好吧，向天好放弃地说，你不嫌我老，我很感谢，但是，我嫌我老，我还嫌你年轻，我没有恋童癖。

老不老，年轻不年轻，苏咏俊慷而慨之地说，都是我们自己的感觉，只要我不认为你老你就不老。

又是一次鸡同鸭说，向天好止不住暴躁起来，你认为算个屁，她心里说，口里也没好气起来，我认为我老了，我不想高攀你这个年轻的，可以吗？

苏咏俊开始用杨过小龙女的真爱故事教育向天好。他说，他们之间美好的爱情……闭嘴吧你，向天好忍无可忍地打断他，我和小龙女志向不同，我对与小侄子谈恋爱感到恶心，同样，你喜欢和姑姑谈恋爱，没人反对，包括我也认为你完全可以，但是请你，拜托你，不要把姑姑的宝座赐给我荣任。

天好，苏咏俊只管自说自话，我爱你，我对你的爱超出你的想象，请你给我、也给你自己一次机会，你要有信心。

我的天，向天好终于叫了起来，屁股顶在健身器械上一用力，把自己弹了出去，她举起手来投降，我们能不能不讨论这个话题？我能不能回去睡觉？

不待苏咏俊做出反应，她扭身就走了。像是怕他追上来似的，她越走越快，最后近乎发足狂奔起来。回到家她还不安心，怀疑他是否会跟踪而至。关门时，她一手扶门，一手撑住门框，观察了一阵玄关外的通道。她彻底无意与他纠葛。她认为他基本上有弊无利。

第二天，她上班，照例挂上MSN，照例披上忙碌的斗篷。苏咏俊也在线。相安无事一上午。

中午时，他终于找她说话了，先是振了她好几次，见她没反应，他发来一行字，你昨天那样对我，我很伤心的。

她当然地置之不理。

他再说，我是为着你才到这个城市来的。这一点向天好早有疑心了，不过从不求证，因为她认为还是与她无关，她又没让他来。她对他的定位，不过是一名过客。他们去年的五一节，相识于桑树咖啡厅，其时他大四，离毕业典礼不足一月。她记得相识当天他就告诉给她，他将就职广州，早就定夺好了的。结果两个月后，他来找她，告诉她，他在深圳著名的电子科技馆编程。

他说他是为着她才来的深圳，她的刻薄劲又犯了。他说什么她也不理。他每说一句，她却在心里回他不止一句。他说是为着她来的这个城市，她就想，那若是他日后发达了，成了某行某业的领军人物，那也算她间接地为这个城市的GDP做了贡献；若是他作奸犯科又东窗事发了，那他的忏悔录可能要从她这个女人身上开始追根溯源了。

丁香突然出现在她的格子间。丁香表情暧昧，曾总让你去一趟。

向天好立时舍下手中事务，出现在曾至宽的办公桌前。曾至宽让向天好在丁香和她自己之中挑一个，跟着他去北京出差。毫无疑问地，向天好将挑选自己。回到格子间，丁香马上探首来问，什么事啊，是不是要带你去北京？

向天好怔了一下，瞪着丁香几秒，镇定地回答，是。

丁香没说什么地消失了。过了一会儿，曾至宽却又亲自打来电话，通知向天好，让她与丁香，还有人事部一个女的，业务部一个女的，都一同跟他，还有郑总，去北京。曾至宽说，这是为洽谈一个国际知名化妆品的华南地区代理权而去，组一个美女的豪华阵容十分必要。

这一趟差，出得向天好悲喜交集。打点行装时，她就尽量往正点又不失性感这样的线路上靠齐。她年过而立，情商不低，心知与曾至宽的关系，早已跨过首因效应阶段，却依然有本能，获得他惊艳的一瞥。

全程，曾至宽是向天好眼神聚光的焦点。曾至宽却一如既往，对她温和、礼貌、照顾有加。也许，曾至宽对一概女性都是绅士的，尊重爱惜女性，似乎是他的义务、与生俱来的习惯，而非个人修养、闪亮人格。在公司，女职员与他单独出差，他的这一传统，无言宣召了、保障了她人的清白。他永远获不得咸猪手这样的称号。但是对向天好，他又明显更为抬举，言语的、行为的，宣称、表示，向天好个性沉稳能扛事，才情可嘉能做事。对此，向天好感动又失落。这世间，男子在她眼里多是浊物，自甘卑贱的动物。他们不少人，随便地处理、使用他们的工具，只要这个工具有可用之处，他们常常不作剔除和挑选。可是曾至宽这一款不是的，他们囤积居奇，把自己处理得高贵圣洁，他们让女人自觉认为，眼巴巴、馋巴巴地认为，与他们有染，是一种莫大荣幸。向天好时常揣想、好奇，为曾至宽宽衣解带过的女人，究竟是什么样的？

在想象里，她就禁不住无限拔高、放大了那个女人的形象。

行程末天，会谈持续到深夜。拟定细则，落实专案对接人员，双方与会代表再分头为各个细节奉献尽可能周详完备的书面意见。完了后一起去吃了消夜。如同历次，曾至宽最初滴酒不沾，中段时，忽然醒悟过来似的，喝点酒吧，大家都少喝点，他建议。然后，场面就顺利失控了，一桌人，参与喝酒的不足半数，却，五十三度的五粮液，六瓶见底。将散时，曾至宽还在问，酒呢，再喝点吧，这就散了吗？

向天好心焦地看着曾至宽，疑云满腹、困惑不已，不知道这世上，什么人能令此时的曾至宽放下酒杯自动下桌？而她自己，断然是没有这等神功的。最后，郑总与另一名男劳力，合力把曾至宽送入房间。向天好也跟了进去。跟进去后她即大方说，你们先走吧，我再陪他一会儿。无人疑义。一阵窸窣声响过后，房间空下她与他。他坐在洁白的床沿上，耷拉着脑袋。她去下了门闩，回身就把他的头颅纳入她绵软的怀抱。仿佛他是孩子而她是妈。

天好，曾至宽眼目湿润地说，天好，你的名字真好，我第一次看到就感动了，每一天都好，每一天都将好起来，每一天都会好起来……曾至宽喃喃自语。

向天好与曾至宽相识并不很久。嘉禾是一间规模很大的贸易公司，在全国各主要城市都有分公司。一年前，曾至宽从上海公司与时任深圳公司法人代表的杨总对调而来。关于他们为什么对调，有各种版本的传说。最甚嚣尘上的，据说是曾至宽的要求。有人说他是为了女人的缘故。对于这个传说，向天好无从求证。就算是为了女人，也有多种可能性，是为舍下那边的旧爱，还是为追随遥远的思念呢？可是，在这个相对于上海堪称遥远的地方，并没有听说曾至宽有什么绯闻女友啊。

向天好松开怀抱，端详着怀里的一张头脸。曾至宽的五官，清朗端方，饶是两鬓微霜，依然具有难以言说的蛊惑性。她的手指忍不住划过他的眉眼，再一次把他的头脸揾入她绵软的怀抱。他仿佛很享受，也配合着伸出手臂来圈住她的腰节，鼻子在明显嗅着她的体味。他的头拱在她的怀里，似乎有意作进一步的探索。她面红耳赤，心跳如鼓，然而心花怒放。他是那样叫她喜欢的啊。她忍不住矮下身子去，试着委身坐入他的怀抱。正是这一刻，情况倏忽生变，仿佛她的屁股上，携了一根钉子来，一下子将他扎伤。他震得一举抛开她，退后三尺，难以置信地望着她，以及他们身后洁白的大床。

怎么了？半晌，向天好难堪而迷惑地问道。

曾至宽依然失陷在无措与不信当中，那眼神，停在眼前，又似飘去无垠遥远的地域。

她上前去摇他，摇不动，他如同石化了。

她试着软化他，踮起脚尖把手臂圈到他的脖子上。

他如同大梦初醒，双手捉住她的双臂，欲要掰开。

她却一返往日的知情识趣，十指相扣，紧紧圈住他的脖子。

天好，曾至宽叫她，声音依然是柔和的，天好，他不再试图强行拔下她的手臂，而是安抚地，在她后背心拍了拍。此法效果良好，她虽然还是黏着他，却明显减了力道。

他把她牵到床边坐下。这一刻，仿佛她是醉的，而他才是清醒的。而实际亦然。

他果然醉态不复，眉上却敛着莫名的深痛。

他说，天好，你知道吗，我是带着泯灭不了的罪恶流放深圳的。

4. 过去完成时

上世纪末，一桩同床异梦的婚姻颇费周折地解体了。男事主曾至宽相当于净身出户。然而这种净身出户带给另一个女人的是滔天的喜悦。曾至宽、林晓，这对异床同梦恁久的恋人，终获光明正大地睡到一起，顺利过上了柴米夫妇的居家生活。举案齐眉的佳话一传就传了七年。然而七年之痒果然不是个谣言。在这个薄弱易攻的历史时期，一个叫唐小露的女子出现了。

唐小露是客户公司的日语翻译，年轻、貌美。年轻貌美的女子在繁华的大上海随处可见。唐小露与那些街头晃过的妖娆女子有一点不同。唐小露以火一般的热情、钢一般的意志锁定曾至宽。说毫不心动那是歪曲事实。然而此时的曾至宽，血性与冲动不比从前。对唐小露，他是欣赏的、爱惜的，无意采撷。对这样的花儿，他认为他的出手就是伤害，哪怕是被迫出手。我的谎言是纯粹的，不掺和一丝真相，他定下如此对策。他很坚定地告诉她，他的内心是饱和的，盛不下任何的其他。爱欲哀怨的纠结，令一个明媚动人的女子一天比一天憔悴失色。他看到了。他请她吃饭、聊天，问她何至于此。她倒不哀怨，冲他挤眉弄眼地，有一碗肥肉摆在我的面前，我很爱惜它，我却吃不到它，嘿嘿。

这是无法解决的难题。他既不能搭理她，给她安慰，将她往更深更暗处导入；他也不能一味地无情。唯有耗。他内心焦虑、怜惜，然束手无策。她从故作轻松，到一病不起。她的病将他引到她的床头。他焦虑地问她，如何才能帮她好起来，快乐起来？只要他能做到的，他都愿意。后来他们就共同草拟了一个行动方案。这个案子出台后，她果然好了，飞速地好了。

之后就有了那边远小镇上的赝品夫妻三日游。她挽着他的胳膊行走在石板小路上，尽情地唤他老公。她还骂他猪头，骂他老不死的。她命令他必须唤她老婆，不然不予理睬。傍晚她挎着篮子去买菜，回来围上围裙蒸排骨、炒鸡蛋。晚上她替他洗脚、修指甲，伺候他上床歇息，然后像蚂蟥一般整夜吸在他身侧。三天后他们飞回原地，汇入从前的河流。

林晓还是从旁门斜道处获悉了此事，数码相机里一个未及删除的镜头出卖了他们。是不容辩驳的一锤定音，是难以置信的双泪长流。家里不复往夕安宁静好，纵使波平浪静、寂然无音，也是两头困兽的你挣我扎。这一头，唐小露却离奇失踪了。她的住所，她的公司，她的家人，无一处有她的下落。为此，他甚至去翻看了黄浦江边的监控镜头——就算死，也要有个死的证据吧——生不见人，死不见尸，他为她寝食无味，心焦不已。

林晓杀害了唐小露吗？这荒诞的联想一经他的大脑就被他坚决否定了。林晓没有那个胆识与恶毒，这是他坚信的。林晓曾经是他至爱的，为了她，他疯狂地舍下一切。他却一样地伤害了她。而唐小露，如同人间蒸发了。他谴责自己，那样护佑偏袒异性的一个男人，最终也不过是女人的克星、刽子手。一段时日之后，他请调南下。他由此进入向天好的视线，无可回避地开启了属于这个女人隐秘巨大的爱恋之门。

5．将来完成时

这天上班，向天好在格子间整理会议纪要，键盘敲得咔嚓响。一旁的手机叫了，向天好一手拈过来，肩膀耸起来配合耳朵夹住接听。回应简洁干脆，我知道的，我准时去，不会耽误的，你放心吧，不用带什么。

丁香从旁边格子间里冒出头来，私人电话啊，有约会啊？

向天好一面干活一面回答，朱宝恩今晚回来。

啊，丁香问，你去接吗？

我去机场接，向天好说，她乘无人陪伴，她姑妈在那头送上飞机，我这头接应。

你不是晚上请我吃饭的吗？丁香问。

是的呀，向天好说，没有变，朱宝恩晚上八点半的飞机，到深圳起码十点，我请你吃了饭再去接她，时间足够了，我们五点下班就去把饭吃了吧。

丁香说好。丁香说，客随主便。

朱宝恩按惯例去奶奶家度暑假，历时一个月。作为离异独居的单身女子，朱宝恩是向天好身旁正宗的拖油瓶，平常的日子，一时一刻都不能舍下获得真正单身的。向天好对此也有过心烦，虽说无意过豪华的社交生活，可连同事间的简单聚会，她也得掐着钟点往家赶，不然朱宝恩就没着落了。但是上次北京出差回来，向天好却更坚信了与女儿相依为命的国策。曾至宽向她讲解了他的部分情感经历，这经历对向天好而言，是一种强大的阻力，她认为他与曾至宽，感情能有机会升华的系数为零。人家根本无意于她，她就是硬扑也扑不来想要的结果，何况一味的热脸往冷屁股上贴，也不是她擅长的。这么一想，对曾至宽的眷恋就淡了几成，想他其实也不过平常男子，是她神化了他吧。她现在不仅不能神化他，她还得尽量看扁他，就算没有事实依据，她也得凭空想象。

向天好凝了一会儿神，显示器上的MSN不断有人震她。她不看也知道，那是苏咏俊。向天好很奇怪自己，一直想删除这个有事没事上来叨扰她的孩子——她只能叫他孩子——却一直没有，难道是真的用来作为一个后备不成？后备什么呢？留着给朱宝恩当继父？嚼蛆吧。洛丽塔的事迹严重警示着她，在她与朱宝恩圣洁的母女关系之间，不可能纳入此等介质。

前去接机的路上，丁香挺着吃撑了的肚囊歪在一旁的副驾驶座上。

丁香说，哈尼，我觉得你应该早点送朱恩宝出国深造。

为什么？向天好不觉一怔。

这样你就可以腾出空间时间来谈谈恋爱了，丁香说。

我说过有此需要吗？向天好反问确认。

你没有，丁香说，但是，这是一个正常人的正常需要。

嘿嘿，向天好冷笑，你不也剩着吗？

我那是被迫剩着，丁香说，和你有本质上的区别。

丁香，向天好诚恳地说，我不骗你，我将来可能不会再找人了。

别说大话，丁香说，不是不要，时机未到。一旦机缘巧合了，你会扑上去的。

切——向天好不屑地哼了一声，又于一瞬间忆及与曾至宽的一幕，想自己历史上也不是没有朝男人主动扑去的经历，不觉口气软下来，道，扑是没有用的，有些人你不用扑，有些人你扑不上，既如此，不如趁早收了心，安心把闺女拉扯大，如你所说，大一些就送去国外深造，待她成家立业了，我就跟着去享那含饴弄孙之乐。

此乃晚景、彼岸，丁香道，和你目前的日子隔着一条大河呢，前方尚有二三十年好过的，你拿什么来度这段岁月？难道就借着对曾老大一往情深的单相思了此余生？

一直以来，向天好以为把自己的心思包装得密实不现的，而今忽然被丁香毫不容情地抖搂出来，口气又且是如此的寻常不惊，她一时倒不知该做何反应了。承认吧，否认吧，似乎都不是她愿意呈供的。顿了一会，她点着头，沉着脸，说出两个字，也许。

这次是丁香傻了，不会吧，她叫了起来，要搁古时候，你就一贞女啊，忽然又发觉不对头，更正道，哦，不对，你不是死了相公孀居的寡妇，你是离婚的，还是你主动要离的，你的心上人也不是前夫，看来这贞节牌坊完全没机会发给你了……不过，丁香把左右手交叉叠在胸前一颔首，道，此等为一个男人放弃所有男人的壮举，还是叫我钦佩至死，虽然实际上又蠢又没必要。

我谁也不为，向天好说，我只为我自己，还有朱宝恩，我觉得我们娘儿俩过着挺好的，宝恩离开这一个月，我更发觉如此，跟你说，我从半个月前就开始倒计时了，我现在心里也很激动，马上就可以见到宝贝女儿了，虽然她一回来，我必将又劳神又劳力，但心里踏实……这感觉跟你说了也白搭，你没当过妈，你体会不到的。

向天好手握方向盘，一面察看着路标，一面察看时速转盘，两旁的车呼呼超过她，她啧了一声，对丁香道，我开得也不慢啊，这里限速一百，我基本控制在一百，怎么那些车就敢从俺旁边呼啸而过呢？

丁香探头看看，道，可能开到一百二没有问题。

这要是被电子眼拍了谁负责啊？向天好问。

那你就开慢点，丁香说，总共就我们两个，我不负责肯定就只能你负责了。

你这个人啊，向天好说，你就是做做样子也好啊，你说你负责我真能让你负责吗？

丁香说，我这人就是实在，不玩虚的那一套，抠门也抠在明处，跟我这种人相处你大可以放心，我不会暗算你。

到达机场后，车一停妥，向天好就朝到达标识的门厅处撒腿跑去。丁香落在后面，不大愿跑，一面叫道，急什么，肯定还没到，航班哪有准时的。

果然，及至在出口处接上朱宝恩，都快半夜了。

宝恩，向天好激动地在出口处向朱宝恩挥手。

朱宝恩只是慢腾腾地走来，一旁是身着航空制服的陪乘空姐，上前来提供一份表单。向天好在上签字确认人口交接。

宝恩，向天好揽着女儿的肩膀往前走，一面问，你怎么不高兴啊？

可能是舍不得奶奶吧？丁香在一旁揣测，这儿有肯德基耶，要不要吃圣代？

三人走至柜台前，丁香要了两个草莓圣代。因为前面排着一个人还没离柜，貌似他要的餐饮还没备齐，某些产品需要等待。丁香隔着上家，歪身探头报上自己的欲购，言明打包，然后悠然等着，不想收银员忽然叫她埋单，一共十四元。丁香马上出示了一张优惠券，说，我有券的。收银员看她一眼，无奈地改录账单，一面说，一共十一元，优惠券下次要提前出示。丁香道，我怎么知道你在算我的账，你看都没看我一眼，我以为你上一笔还没搞完呢。

丁香接过打好包的圣代，与向天好、朱宝恩同步离开柜台。向天好看了丁香一眼，摇摇头。

丁香不乐意了，怎么了，请你女儿吃圣代也得罪你了？

向天好再摇摇头，对她道，你呀，你这个女人，一看就不是省油的灯。

错了，丁香一面说，一面已经揭开了圣代杯的盖子，递给朱宝恩，对向天好说，我这种女人，就是够省油、够经济、够实惠……跟我过日子，钱不多也能过上好的生活。

嗯，我相信，向天好用力点着头，三人并排往停车场而去。

朱宝恩情绪低落，向天好一直试图调动她，效果不佳。不多时，朱宝恩却被自己的一个屁给逗乐了，笑得倒在车座里起不来。

上车后，丁香也开始吃圣代，吃着吃着，忽然用手死死捏住自己的鼻子，恨不能一把掐下来算了，一面瓮着声求证，谁放的，谁放的啊，臭得要死……肯定是你，朱宝恩，你妈专吃素菜，造不出那么臭的屁，你那屁……臭得伤心啊，勾点芡里头……直接就是屎了，我的天呐，快点把车窗打开，吹一吹，不然真要中毒了。

向天好也闻到了，是够臭的，她说，一边摇下车窗，问朱宝恩，你奶奶都做了什么好吃的给你吃啊？

朱宝恩为自己这个强大威力的屁笑得快断气了。

下机场高速后，向天好问丁香，你上哪儿？直接送你回家？

与常人相比，向天好为人更为审慎警惕，她几乎从不往家里领人，借宿于人，更属罕有。丁香与她的关系可谓密切，却也从未获得到其府上一游的邀约。

丁香自作主张地说，我今天就睡你家去吧，都这么晚了，你家和我家又不同一个方向，省得你转来转去的麻烦。

好的啊，朱宝恩一听来劲了，阿姨去我家住。

向天好心里打了个小旋，你不用委屈自己的，你睡觉不认枕头吗？我送你回家不费事的。

算了，丁香说，我还是睡你家去吧，正好明天休息，我们还可以再一起哈皮一天……你没有不方便吧，你有不方便我就不去，你家里有男人吗？

你家里才有男人呢，向天好白了她一眼。

就是嘛，丁香说，孤儿寡母的，你又有双重洁癖，你家里要是出现个男人，我首先会吓死的。

你？向天好不信地说，你这种人堪比小强，我就不信了，这世上还有什么东西能把你吓死。

结果到了向天好家的公寓楼下，向天好不往电梯处去，却走向保安室，苏咏俊自里而出。

天好，苏咏俊表情愉悦地迎上来唤她一声。

向天好接上他，回身一指丁香，我同事，丁香，举世无双的爽直姑娘，介绍给你，你带她出去聊聊吧。

丁香装作腿脚发软、摇摇欲坠的样子。向天好推她一把，别装了，这就是你慕名已久的苏咏俊，我觉得你们可以发展一下看看。

你什么意思？丁香红着脸责问向天好，哪有你这样扔包袱的，你怎么能随便就把我甩给别人了？他是好人还是坏人啊，你也太不负责任了。

他是一个有钱的好人，向天好说，上回那个桑树咖啡厅家的侄子，勉强可以用富二代来概括他，不过他基本还不娇气，向天好对他们好言规劝道，去吧，去聊聊吧，前面有家名典，去那里聊聊，伟大的爱情说不定就诞生了呢。

不容分说地，向天好牵上惊喜之余不住试图与苏咏俊交谈的朱宝恩，甩下身后那目瞪口呆的一男一女，躲瘟神一般避入电梯消失了。

这一晚，伺候朱宝恩洗漱就寝过后，向天好睁眼挨到天亮。女儿就睡在她的身边，女儿是她幸福的底线，也就是说，她选择什么样的生活，离开女儿都是不可能达到幸福这一彼岸的。向天好是任性的。她的任性，从她断然地做出离婚的决定，到她今天的强行替人速配，都可见一斑。如同丁香所言，她身心双重洁癖。如果她不是那样求全责备，朱宝恩也不会拥有生活在单亲家庭的命运。

苏咏俊是她临时约来的，她一条短信他就排除万难地出现了。可见，中年妇女的爱场也未必就一定是一派萧条的，偶尔也会有流星划过天际的。她那样卑鄙地设了这个局，目的不过是为了纵自己的一时之欲。她并不关心今晚那一对的走势，她要的只是一个人将丁香从她身边带走，丁香并不讨厌，只是她更想一个人待着。某位深谙青春不常在、赚钱要趁早的女艺人说，她做任何事的终极目标都是回到家中躺着吹冷气。向天好深为该句动容。在这浩渺的世上，运动是永远的，静止是相对的，她生而为人，且有未成年孩子依傍，有义务永动下去。昨天下午，她发短信找曾至宽，有份文件要他签名，曾至宽回她电话，告诉她，人在上海。

曾至宽，她暗恋无果明恋不上的男人，她间或对他思念如潮，偶尔又能看轻看淡。什么样的爱情，到手又如何呢，保个三年五年的鲜，之后将必然地走向衰落。他回到上海，那个记录着他两段爱情的故地，他是为什么而去呢？她不得而知，却又止不住地猜思不已。她终于还是知道了，那是后来的事，他告诉她，给唐小露过周年而去。唐小露，她多半已经不在尘世。但是，他神情萧瑟却仍余期待，他说，哪怕只是百分之一的可能性，他也希望她还活着。

两只黄鹂鸣翠柳

袁红把行李箱拖进屋，在地板上蠹着，转身合上门，手机响了。她一面接一面往洗手间跑，哎呀，刚到家，洗把脸就过来。

别洗了，张迎春在电话里催她，我们又不亲你，快点过来，现在就过来，蛋糕要趁热吃，凉了就不好吃了。

袁红一脸倦容，大笑着说，好，好，一会儿就到。

扔了电话，袁红风车一样转动起来，不但坚持洗了脸，还顶住压力火速洗了个热水澡。她洗澡时接到张迎春的催促电话，问她到哪儿了，她从花洒底下探出头来，大声回说，出关了，出关了，刚过梅林关，关口有点堵。她化妆时，张迎春的电话再次追来，她一手扑粉一手接电话，堵车啊，堵得水泄不通地，你们先吃吧，不要等我了，蛋糕凉了不好吃。

张迎春说，我倒是很想先吃啊，问题是有些人不答应啊。张迎春说，人家为你设的宴，你没到怎么能开始？张迎春神机妙算地说，袁红，如果你还在家里化妆害我们苦等，那我跟你说真是没必要，你是我们公认的美女，披麻袋都漂亮，不化妆照样艳压群芳；再次，喜欢你的人也不是因为你漂亮，你漂不漂亮他都喜欢你，我说得没错吧，大雄？

大雄是今晚的东道主。袁红听不到大雄在那头做出的回答，但她还是忍不住笑了。甜蜜的，得意的笑。她非名达，也非二八少女，实在是利用价值不高，却依然有人赏识抬爱，愿意花费时间金钱、精力心力替她张罗一场饭局庆生。而这个人，并不是她的相公，也不需要她付出承担什么，是一个无条件对她好的男人。这对女人来说是荣耀，也是意外之喜。女人难有不虚荣的，招人爱慕也从来都是女性同行的光荣梦想。

实际上袁红从家到约定的餐厅也不过十来分钟车程。她以堵车为由为自己赢得了洗澡化妆的时间。她必须这样做，有违正直真诚也必须这样做。她刚出差回来，自感灰头土脸，衣服、鞋子、手包也都不称心。她不能以这副形象示人，更尤其是示给心仪她的男人看。女为悦己者容的说法是片面的，悦己者和己悦者当前，只要条件许可，女人一般都只想加分。

上周五，袁红去她读大学的城市出差，第二天晚上接到大雄发的短信，问她生日怎么过，与谁过。连她自己都没想起生日的事，亲友团也是一片沉默，这记得不免就脱颖而出，叫她着实温暖感动了片刻。

袁红回复说，没有安排，人还在外地出差，回到深圳也已经是晚上了。大雄于是主动请命，要求替她张罗一个饭局，而她要做的就是打几个电话，通知她愿意叫上的朋友，去包厢参与吃饭。袁红略为推辞，推辞不过，就应下了。大雄说，订在圣约旦如何，离你公司近。袁红说好。

袁红其实并不觉得好。圣约旦是著名娱乐城，功能齐全，装裱辉煌，白天显冷清，一到晚上门口则停满高级轿车。那不是一个吃饭的地方，那是一个吃排场的地方。作为一介民女，袁红觉得这样的奢侈对自己没有实际意义。几分钟后袁红更正了自己说的好。她的更正并非出于求实惠的考虑，反正大雄请客，他愿意铺张浪费那是他的花钱观使然，替他省了他也不会把余额折现给她。她要求变换地点是因为她找不到合适到场的人。她本想把关系不错的同事都叫上，后来发现不行，不合适。除了一个张迎春，她觉得把谁带到大雄面前都有点说不清。张迎春不同，张迎春与她是死党，知根知底，精通她自交往以来的每一个典故。

袁红打电话给罗大雄，接通后她直接说，不要去圣约旦了，我想去三十七度，我喜欢三十七度。她都这么说了，罗大雄还能说半个不字？袁红又说，我也没什么要请的人，除了张迎春和我，我这边就两个，你可以安排你的人马，也可以不安排。罗大雄听到此处笑了，他的笑声表明他对袁红的变化无常不介意。他说好，听你的，就三十七度。如此，生日宴的规格一下就降了，但这对袁红来说，未尝不是更舒服惬意的安排。

袁红刚从内地出差回来，那里有她的老同学若干，似乎都混得不错，自发为她举办了阵容豪华的接待宴，她从中体悟到的却是离心离骨的涣散。甚至在饭局尚未散去的时刻，她就暗生感慨，原来，一场没有绯闻关系可供调侃佐餐的聚会是如此无趣。

袁红与罗大雄传绯闻由来已久，却又一直无假戏真做，至多也就是酒后的牵个小手，搂个小抱，自然非天雷勾动地火的一款，但的确又有那么点别样的意味在其中。张迎春说，这是一种暧昧的情感。袁红起先不认可，她不喜欢暧昧这个词，觉得它不纯情甚至不干净。张迎春说，你错了，其实暧昧是一种特别美好的意境，生而为人有幸才能得到。张迎春又说，不过伟大的爱情从来都是奸情。袁红说，你好像有意鼓励我胡搞啊？张迎春说要胡搞早就胡搞了，到现在都还没搞八成是搞不成的了。

袁红觉得有理，她也觉得她和罗大雄之间胡搞指数不高。她对他出于儿女私情的感觉有限，而他，生得健壮有余，却是谦谦君子作风。有人说过，应该是男人说的吧，爱一个女人，如果不占有她，就会觉得爱得不够深入全面。这种话也许是肺腑之言，虽然显得不够高尚、冰清玉洁。如此推导，袁红就觉得，罗大雄对她，其实也就是一种寻常友谊而已。

袁红接着张迎春的电话走进三十七度二号包间。一间不大的包间，座中有三人，台面上摆着一只约略四磅重的蛋糕盒。张迎春收了电话起身相迎，那表情就像被拐卖妇女回到故乡亲人的怀抱。

三十七度是一家西餐厅，其规格品位，可以用小家碧玉来名状之，在菜式上走的是中西结合的路线。袁红喜欢这样的搭配，既可以享受西餐厅幽雅安静的环境，又能一饱中餐满足的口腹之欲。

罗大雄带了一个随从来。话多的男人令人生厌，可是不说话的男人又是那样叫人别扭，尤其是这种初次会晤的场面，你还得负责开发话题，难怪张迎春会一个劲地催促袁红赶紧到。袁红到前，她以一对二，她这么开朗活泼的姑娘，碰上两个没嘴葫芦，没干出当场逃逸的事来已属给足脸面。

袁红入座后场面也没有热闹起来，罗大雄本来就是个闷人，又带来个更闷的，饭吃得不禁有些木讷，所幸食物不错，昂贵的昂贵，可口的可口，也算是弥补了不足，安抚了现场两位女士失落的心。

啖毕顺势闲聊，两个女人就自顾自互相聊开了，唧唧喳喳东拉西扯源源不竭，好似两只黄鹂鸣翠柳。直到结伴去了趟卫生间，张迎春说，我们该撤了吧，要不让他们先走。我们聊天，他们傻坐着，显得我们特聒噪，一点儿不文雅，可是他们又不讲话，都不讲话那不就冷场了嘛。为了救场，你看我连淑女风范都不顾了。吃了他一顿贵饭，也说了那么多话给他们听了，走吧。

袁红说好。袁红说，你不想讲话就不要讲话，天塌了总有高个子撑着，你那么热心当主人翁干吗？张迎春愣了一下，眼神迷茫地反省说，我也不知道，还真是这样的，其实冷不冷场关我什么事，我这都什么人品来着？

好人品，袁红拽了一下张迎春的衣袖，称赞她道，是有英雄气节的表现。

真的呀，张迎春喜上眉梢。

当然了。袁红说，一面率先走出洗手间，又忽地转过身，对张迎春说，要不让大雄给我们开间房，我们今天都不回家住了？

我们？我跟你，还是你跟他？张迎春满眼悬疑地问。

"靠"，袁红吐出一个不文明字眼，道，我这是在娇惯你，你居然还歪曲我。你刚才不是说羡慕我出差外地可以天天住酒店，说你最喜欢住高级酒店，说往那大床上一靠人就自然地高级优雅了起来？

怎么办呢，张迎春说，总不至于这样就叫人家开间房给我们住吧？

为何不可？袁红反问，他又不差那几个钱。

那好，张迎春笑逐颜开，你去跟他申请，我跟着你走。

罗大雄轻易就首肯了袁红的申请。从洗手间回到包间，袁红凑近罗大雄，表情娇嗔地说，大雄哥，我们今晚想住酒店，你请客好不好？

罗大雄有点始料不及，但也不是特别意外，之前她们的聊天他是听到的，知道住酒店是张迎春的爱好。他问，眉宇间还是团着疑问，你们两人住？

对啊，袁红力显孩子气，像是跟大人要求买件玩具一样，我们穷嘛，自己请自己还是有点舍不得啊。

这么坦诚又乖巧的要求罗大雄怎会不欣然应允呢！他不仅像袁红说的那样，不差那几个钱，也有宠爱女人的名士作风。男人赚钱，不就是给女人花的嘛。

直至两个女人欢天喜地地入住2306的海景房，有功之臣罗大雄才提出告辞。袁红把他送到门边上，拽住他一条手臂，故作轻佻地说，谢谢你，大雄哥。

罗大雄一消失，两个女人关上门就开始议论他。

张迎春为人厚道，看着罗大雄不拿群众一针一线地离去了，心下似乎有所不忍。她盯着后门背望了一阵，叹口气，转过头来问袁红，你说这个男人，请客吃饭，请客睡觉，这个夜晚对他的意义何在？

袁红正在拉开窗帘，又回到床边，掀去白色大盖罩，拍松枕头，和身钻入被子，这才开始应接张迎春的发问。人生不一定要有意义，如果总是计较意义，生产生活就没法展开了。

话是这么说，张迎春也掀开被子，靠坐到床上，一面说，没有绝对的意义，但总有相对的意义，罗大雄，他把他的这一晚过成这样，对他个人来说，似乎收支不符？你还有什么更大的利用价值是我没看出来的么？

没有，袁红利索回答。

那他真是看得起你了，张迎春说。

袁红嗅一下鼻子，说，看得起是相互的。

人家是有钱人，张迎春说，娱乐活动比我们丰富，我们是仰仗他的慷慨，才能在这儿潇洒一个晚上的。

迎春，袁红唤一声张迎春，望着她，说，我们不需要再自我打击了，你也不必为大雄的破费不好意思了，他无非就是付出了一点金钱，这对他来说不算什么。再说他做这一切肯定是他乐意的，他不乐意他完全可以，绝尘而去。

他多有钱？张迎春来兴趣地问，是哪一级别的大款？

不知道，袁红说，从来不过问他这些。他开的好像是路虎吧，那车少说也有一两百万。

哟，张迎春惊讶了一声，那他身家至少也是千万以上的，我看他对你挺有意思的，你不试试搞定他？

我搞定他干吗，袁红翻了个大白眼儿，君子爱财，取之有道，我过得也不差，用不着靠卖身讨生活吧？

瞧你那小样儿，张迎春说，人家李嘉欣那么有钱还傍大款呢。我是没大款看上我，要有，我马上辞职当二奶去。

两人同时笑了起来。袁红说，别指望这辈子了，成名要趁早，当二奶更要趁早，都这把年纪了，就算别人不嫌弃，自己也觉得寒碜啊。

让我别打击自己，你怎么又打击自己了？张迎春说，你累了吗？

有一点。袁红说。

那你先睡会儿，我洗个澡。

张迎春洗完澡出来，袁红不仅没睡，反倒在落地窗前立着。

听到响声，袁红回过身来。张迎春穿着酒店的浴袍、拖鞋，头发也用白毛巾包扎着。袁红一时忘了自己想说的，对着张迎春笑，说，你还真是想体验酒店生活呢。

没错，多惬意啊，说着一屁股把自己掷到床上，又说，等我有钱了，要包一间这样的房来长住。大款看不上我拉倒，我自己包自己当二奶。或者你包我，你有钱了你要先把我包起来养，你肯定会的，就像你今天找人替我开房一样。

正说着，袁红的身上发出嘀嘟一声响，她掏出手机，低头翻看短信。

张迎春问，谁的？

袁红咬着下嘴唇沉默片刻，反问道，你猜。

苏总？

袁红小小一震，问，为何猜得那么准？

张迎春是袁红的旧同事，两年前张迎春跳槽去了合作单位。苏总曾是她们共同的老总，袁红所在公司的深圳地区执行总裁，现在调回总部当二把手。

张迎春拉过被子盖住双腿，说，因为我一直想问你这次出差的经过、经历，又怕你不愿提。你还是和他见面了对吗？情况怎么样？是单独见的还是集体见的？

袁红没有直接回答以上问题。袁红说，属于我的，历史上最苦难的一页总算是掀过去了。

张迎春说，这话你一年前就说过了。

袁红说是的，但这次是真的。爱情对我来说是一种久治不愈、反复发作的慢性病，我从前缺少这样的预见性。

但是你现在下这个结论，你面如死灰，你可以去卫生间照照自己的脸，你消沉得像一个癌晚病患，张迎春说，如果我没有判断失误，实际上你仍然难以自拔。

那又如何呢？袁红双眼发红地反问，我从来就不是一个勇士，现在更不可能是。一年前是我执意要分，我建议他调回总部，远离深圳，远离我的生活圈，一年后的今天，我从他的眼神里已经看不出丝毫的眷恋。迎春，你告诉我，爱情它究竟是奢侈品还是必需品？我已婚已育，我自觉爱情对我是多余的，是不应该的，可为何失去它时，我为何会觉得生命已经变成行尸走肉？

房间一时陷入沉默。过了会儿，张迎春吐口气，缓缓说，袁红，做人不能太贪心，你做出了自己的选择，就不能指望旧情人为你等成化石，这世上不就你一个母的。

我知道，袁红舔舔自己的嘴唇，咧嘴一笑，所以我并没有抱怨他，我只是觉得，曾经那样热烈相爱，不过一年光景，所谓爱情就可以蒸发得渣都不剩。我只是感慨，感慨难抑，如果人世的一切都是过眼云烟，又何必辛苦争取呢？甚至连活着都是多余的。

活着从来都不是目的，张迎春说，活着是物理现象，是惯性行为。不过你在这个当口说出厌世的话来就不好了，容易让人误解。

不是误解，事实就如你想象的，袁红说，他的云淡风轻、既成往事的确打击了我，我知道这是必然的，也是唯一正确的，可还是接受不了，觉得凉薄，觉得自己惨遭遗弃。

你要跟他重拾旧欢吗？张迎春问。

绝对不要。袁红斩钉截铁地回答。

迎春，袁红跳上床，躲进被子，紧紧地抱住一只枕头，扭着头问张迎春，我们是不是活得太严肃认真了？我们可不可以也游戏一回？

张迎春不知从哪里摸出两片香口胶来，丢了一片给袁红，自己剥开一片扔进嘴里嚼着。还是不要吧，张迎春说，都是传统文化吓大的，都是良家妇女，犯了错误要悔恨一辈子的。

袁红笑了。她说你说得对，我听你的，再也不想犯错误的事了。

张迎春拿起床头的手机看看，说道，睡吧，就十二点了，明天都还要上班。

十二点了吗？袁红也拿起手机看看，真的呢，我的生日正式过去了。迎春，知道么，除了罗大雄，我今年这个生日没有一个人记得的。

张迎春抱歉地看着袁红，说，我……基本上，谁的生日也不记得的。

你别误会，袁红说，没有问责你的意思，若不是罗大雄提醒，我自己也都没想起来。女人记女人的没意思，要男人记得才珍贵。

一个罗大雄还不够呀，张迎春说，人家这么大的大款，足以以一当十的了。

袁红遗憾地看着张迎春，嘴唇眠了眠，道，可惜他不是本姑娘志在必取的人选。他是附加值，就像考试时做的附加题，得分是另算的，能做就做，不会做也不懊丧。

那谁是志在必取的，张迎春问，苏？

他不是，袁红脱口否认，晚上我跟他往来了几条短信，他说的全是官话，袁红抚着自己的胸口，道，气得我要吐血。

张迎春看着袁红，感觉她真是内伤不轻，说道，别吐血了，不值得，我们妇女的血宝贵，每个月还有固定去处。

袁红犹自在说，好像就是我要倒回去找他他也是过了这村没那店的似的，我呸，真以为自己钻石牌的呀。

顿了会儿，袁红再说，我只是在幻想，幻想一种理想的精神空间，就如你所说，一种暧昧的情感，而不是一种暧昧的关系。我希望和一个男人谈恋爱，但用不着身体力行地谈，空谈谈……

我的天，张迎春惊讶地瞪大眼睛，那不就是传说中的、网上的、电话的……卖得拉污？

先把话听完行不行？袁红愠恼地看一眼张迎春，我就算再不高级趣味，和你再无话不谈，也不至于到了没有羞耻心的地步吧？

袁红停住了，明显不快。

张迎春赶紧道歉，对不起对不起，是我不好，我不该这样揣测自己的好朋友。那你是想怎么样呢？又想谈恋爱，又不真的谈，空谈谈……没法想象啊。

嗯，袁红又恢复了此前的憧憬状，叹口气，道，说白了，就是一种精神盟友，彼此吸引，相互欣赏，但因为天时、地利、人和皆不具备既成事实的可能性，于是只能做成最纯洁的朋友，但这种爱意又是始终都在的，成为各自生活、努力和前进的推动力，成为对这个世界心存贪恋的强大因素。

的确是够理想的，张迎春接着袁红的话茬说，就是难度系数太高了。茫茫人海、大千世界，芸芸众生、红男绿女，不是男的就是女的，能够同一时间捉对谈爱的又有多少？你看得上眼的人看不上你，看上你的你又不来感觉。张迎春呼出一口长气，再道，而且，这可能是部分女人的理想，至于男人怎么想，实在是个比大象还大的疑问。

迎春，袁红忽然兴致勃勃地坐了起来，眼神发亮地盯着张迎春，你经历过的最美好的感情是哪一段？

我啊？张迎春张口结舌地看着袁红，显然对这个问题缺乏准备。我这么不发光的人，有一段就不错了，还要最美好的……我想想啊，我还用想吗？压根就没有，最好的就是修成正果的……历史上，就不曾有其他男人对我更好过，除了我相公，我相公对我好也是天性使然，他天性小气，肥水不流外人田，我是他老婆，他不对我好对谁好啊？

袁红大笑，张迎春也跟着大笑。张迎春说，你别笑，我跟你是无话不谈的好姐妹才这样实话实说的。

可是，袁红若有所思地盯着张迎春，你是个情感丰富的姑娘。

那又如何呢？张迎春像是自嘲地笑一笑，我有自知之明，我知道自己的外貌不可能令任何一个男人产生如痴如狂的爱意，而我又缺乏无私奉献的美德，如此一来，世界就太平了。

也不是所有男人都看外貌的，袁红说，当然我不是说你长得不好，你长得不好是你自己说的，我就先假定这个成立。

那也要我看得上眼啊，张迎春翻出一大片眼白，说。

那是，袁红应和，然后说，你倒是个称职的舵手，不像我，不是抛锚就是偏航。实际上我也不乐意那样。四平八稳地过着，也是福气。

人是有命运的，张迎春说，你命里注定，命犯桃花，造物主把你造得比一般女人美貌，就是要用你来担此重任的。

袁红听到此，忽然掀去被子，从床上一跃而起，赤脚落到地毯上，她正色地问张迎春，你认为我美吗？

张迎春显然吃了一惊，反问道，这还用问吗？

别忽悠我，也别偏爱我，别带感情色彩，客观评说，袁红下巴微扬，把脸端到张迎春目下，我不是你的朋友，我是街上随便走过的一个妇女。

这个妇女挺漂亮的，张迎春说。

她多大了？袁红仍然把脸端着，斜眼相问。

三十多吧，三十岁左右。

左还是右？袁红问。

这有什么区别？张迎春说，这没有不同，现在谁都知道做保养和不做保养的女人相差个几岁很正常。

错，袁红终于松下了梗住的脖子，对着张迎春说，往左就是二十几，往右就是快四十了，这是两代人的区别。

张迎春无奈地看着袁红，半晌说，你是新一代的。

袁红盯着张迎春看，看得后者心虚了，补充说，嗯，长得老成点儿的新一代。

袁红跳回床上，重新缩进被筒，重重地叹一口气，说，其实何须你来说呢，我也知道，我就是个三十岁的妇女，既是现象，也是事实。

袁红打了个哈欠。袁红向着天花板对张迎春发出邀请，睡吧。

张迎春嗯了一声。房间完全静了下来，这时才听到海浪声不绝于耳地送来。白纱窗帘外，中天的明月，皎洁地照耀着海面。

玻璃樽

爱是需要表达的。你就算表达了，我也还可能不信，何况你从来不表达。

你不说，我认为那是因为你不想说假话，你对我本来就没有爱，你不想撒谎，你觉得骗我不好，所以你情愿保持沉默。

我被人爱过，也昏天黑地地爱过别人，我知道爱情在一个人身上发生作用时会有哪些基本反应，而我从你身上感知不到。我能从你身上得出的结论就是，你不爱我。也许我在你眼里只是个还不错的姑娘，你可以给我友谊，与我共处甚至搭伙过日子，但这些不是我要的，我要的是爱情，因为我付出的是爱情。

套餐吃到一半时，米娜从托盘里抬起头，分三次说出以上三段话，中间只有换口气的停顿间歇，显然这番话是有备而来的。

初时，钟执浩心无旁骛，注意点集中在一块美食上。他点的菲律牛扒，味道很不错，牛肉尤其嫩滑可口。是米娜带他来这家店的。他从前没有来过。他正想开口求证一下米娜，是他今天运气好偶尔撞上了，还是这家店一贯做得这么好吃？可是，他的赞美与疑问尚没有吐出口，米娜的声带先他一秒启动了，神情是少见的肃穆、端正。

你怎么了？钟执浩问一句，搁下手中刀叉，自中间盘子里捡过一片餐纸，擦拭嘴角，表情愕然。

我们分手吧，米娜说。

米娜说着，搁下手中餐具，也自盘中取过一片餐纸，展开，抚在嘴上，捂住了口鼻一带的小半张脸。

钟执浩坐在她对面。一张一米见宽的方型餐台隔在中间。餐台上铺着浅粉色格子桌布。桌布上兜着他们点下的餐饮。席宴过半，一概工艺讲究、内容精美的杯盘皆难掩洗劫过后的虚空狼藉。她的目光越过那些不复原形的静物，落在他的脸上。他被她看得不自在起来，开始摸口袋找烟盒。

片刻后，米娜撤回视线，嘴角荡起一个促狭的微笑，轻声说道，对不起，这个头是我要开的，希望你不会认为被我玩弄了。

钟执浩被眼前变故的突发性击懵了，一时失了言语能力。

米娜兀自在说，你看你什么时候有空，去我那里拿一下你的东西，我都帮你打好包了；我留在你那里的，就是些洗化用品和几件衣服，你给我也行，拿出去丢了也没关系。

为什么？钟执浩终于攒了三个字问出口。

这一问把米娜问笑了，她脸容欣慰地说，我以为你也许没一句疑义就会点头OK的呢，你还能问一句为什么，我真是觉得值了。

别说讽刺话，钟执浩恢复常态，显现出他一贯的冷静理智，问道，为什么忽然说出这番话？真的吗？理由呢？

是真的，米娜也一振表情，理由我刚才已经说了。

分手饭是米娜邀约的。她单方面决定单方面宣布之后就全方位执行了。她不再接听钟执浩的电话，自己固然更不会去主动联系他。这样过了一个月。

一个月后，一天午后三点半，晴空万里忽然降下瓢泼大雨。米娜上晚班，换好衣服立在阳台上观察了一阵雨势，判断没有停的趋势，就拿多一套工作服，撑了伞如常走出家门。

米娜正在吧台与她的团队主管商讨工作。最近酒店入住的东南亚客人比较多，他们预拟增设一系列具有东南亚风情的餐饮。同时，为了向外拓展业务，他们决定在晚上的五点至九点的时间段，推出海鲜加烧烤自助。

米娜是格丽亚酒店西餐部经理。格丽亚是一家四星级商务酒店，西餐部隶属客务部，诞生之初是针对住房客人提供服务的，相当于那些住店国际友人，以及热爱西餐的国内同胞的单位食堂。但既然台子搭起来了就要尽量唱戏，这才符合商业社会的诉求理念与运作规律。格丽亚酒店决策层认为，西餐部应该利用现有资源、设备，成为酒店的一个营利部门，而不能仅仅把自己处理成一个内部食堂。如此，西餐部结束了它无忧无虑的包养生涯，上蹿下跳地抓捕客源成了它外联工作的重务。

做酒店工作，在外人眼里常常是吃青春饭的。但米娜做这行，不过是专业对口的当然选择罢了。高考志愿表上的一个勾画——旅游学校，酒店管理专业——决定了她迄今为止的职业走向。她毕业实习时就在酒店站前台。毕业后顺势留下。她毕业七年，除了有半年什么也没干，其余六年半都待在酒店。前台接待，大堂副理，三星，四星，五星，各星级酒店走马灯变换，职务却大同小异。直到两年前来到格丽亚，从领班成了现在的部门经理，她的状态才显现出些许落地生根的迹象。当然，从以往的多动，到目前的相对稳定，都可算是她心态的产物。她从前认为打一枪换一个地方的状态很潇洒，而现在她致力于谋求好一点的职位和好一点的待遇。玩率性需要资格。那资格，她渐渐正在丧失。一进入今年，传说中的而立就向她问好了，数天前，则像一个套环一样一举套住了她。

米娜身材高挑，五官大气。因为常年职业装加身，使她不免比实际年龄成熟。二十五岁时就有人表扬她好年轻，看起来只有三十岁。现在她真的三十了，也仍然被第一眼得见者目为三十岁上下。她的年龄是她那身衣服的效果。她的脸皮依然平滑有光泽，但表情沉稳，人们习惯理解为那是一个三十岁的女人该有的风韵。

三十岁的生日一过，米娜由衷地觉得自己老了。餐厅新招了一批服务生，几个十八九岁的漂亮小姑娘，两个二十刚出头的白净帅小伙。生日那天，下班后大家堆在店里替她庆生，一圈人围着一张临时拼凑起来的大台，点上蜡烛，唱生日歌，分食吧台特制的大蛋糕，年轻的脸上荡漾着欢快的笑。她置身他们中间，有一瞬间蓦然体察到自己的苍老。身老心亦老，心比身更老。她在心里默算着与他们的年龄差，计量着他们入读幼儿园时她刚好高中毕业。按岁数她可以做他们的长辈，如今她与他们混在一起。过完生日后米娜心里就落下阴影，只要与那帮新员工一扎堆，她就觉得她是一个寿星。

三十岁的生日一过，米娜安排了与钟执浩的分手饭。其时，其实，钟执浩在她内心地位崇高，无人能及，但她决定排除万难与此人了断。理由很简单也很现实，她不能只付出而没有回报。从前她也许可以。要照从前，离开心爱的男人，要么痛不欲生，轻的也得换工作单位，哪能像现在这么平静，待在原岗位上，一天假都不用请。

米娜对钟执浩从头喜欢到脚。与他，应该算是她倒追的他。所以分手那天她说出，这个头是我要开的，希望你不会认为被我玩弄了。这当然是气话。但也暴露出她内心一直潜在的不甘与不平。

爱场的规则历来如此，谁陷得深谁就被动，被动就要挨打受伤。对方不打你你自己也时不时要捣自己两拳。与钟执浩的这一场，米娜就觉得自己受到重创。首先，头是她要开的，上半场她就输了，她还期待能在中场时扳回来几分的，结果人家压根没把她当对手较量。她不能一个人战斗，太孤单了，痛定思痛过后，她决定撤退。

自交往开始，米娜就觉得钟执浩对她缺少应有的关注。最初时她一心迷恋他，原谅他的漫不经心、无所作为，认为只要正式建立交往后自然就会乾坤倒转的。但实际情况的发展偏离了她的期待。洗漱用品都入驻对方寓所洗手间了，他漫不经心如故，无所作为依旧。就说她的生日吧，他留心过吗？留意过吗？他问过吗？答案都是否定的，更不要说有所安排了。米娜是大龄未婚女青年，钟执浩是离异独身男子，他们的交往不就是在谈恋爱吗？然而种种迹象都叫米娜伤心地发现，身陷恋爱的只是她一个人。

米娜现在算是失恋了。米娜不是第一次失恋。历史上一度，她可谓是个失恋专业户。因为米娜在恋爱上一贯倾向于去爱而非被爱，不幸的是，犯贱的撞上更犯贱的，导致她的恋爱不仅难修正果，还往往被踢出局。两年前，她来格丽亚就职之前，就是一个灰头土脸的淘汰选手。那是一场身心浩劫，令米娜受教终生；令也算是阅人无数的她陡然明白，人世间的男人，除了她见惯不怪的，也还有那样一种奇葩。米娜曾为此久久难以释怀，疑问为何这样的稀罕物怎么就让她给撞上了呢？苏琳达替她注解说，奇怪什么，眼神再好的也难免踩到牛粪。

得前面一坨牛粪比照，钟执浩甫一出现，即以他纯正清澈略显忧郁的黑眼眸令米娜内心一颤——那眼神像极了她童年最亲密亲爱的伙伴，一只憨厚温顺的小狗。米娜惶然而明确地预感到，属于她的又一场运动来临了。

钟执浩是格丽亚西餐厅客人，米娜第一次见到他时还没有荣升经理，是一个领班的职务。钟执浩当天领着四个外国客人前来，与客人讲英语，与餐厅服务人员讲国语，两种语言都驾驭得自如、标准、有礼。钟执浩的脖子上挂着工作卡，但卡片插在上衣的表袋里，隐匿了他的具体名目。但他穿着的 T 恤衫是全店人都再眼熟不过的——深圳名企富士康的工作服。毫无疑问，他是那家公司的职员。

富士康是个有争议的外企，制造业无人不知。它立足代工工厂地位，总部设在大陆深圳，枝蔓遍布全球。它的决策层以锐利的目光紧盯每一款电子机械类新产品后面的利润商机，志在必取地发动攻势。有人说它是血汗工厂，但它管理层优厚的薪酬又是其他企业难望其项背的。它摊子庞大，等级森严，管理以阶梯式层层递进介入，人员关系复杂，抱团窝里斗事件屡见不鲜。有人为此进了监狱；有人为此逃亡海外；有人因为升职加薪的不断积累晋身新贵，成为待嫁姑娘们心仪的不二人选。

因为近水楼台，格丽亚经常接待来自富士康的客人，钟执浩不过是其中的寻常一位。待到米娜与他的关系拉近后——也不是很近，限于几句等餐间的闲聊阶段，米娜说他，知道么，我第一次看到你，觉得是难以接近的——不失礼貌却绝对地拒人千里，点过餐后，没有多一眼多一句的交流。钟执浩显然不记得了，用略作回忆的眼神定格了几秒，笑着反问她道，是么，我也很佩服那些什么场合都能当主角的男人，但我学不来，也不想学呢。

言者无心，钟执浩也许不过是有感而发的一句大实话，却叫米娜的内心河床顿然失守。她的上一任男友，正是一个口沫横飞的口舌英雄，任何一个有关无关的场合，他最终都能把自己搞成焦点。他有一个官方女友，合作多年并持续合作。他的好口才让他身边围满浅薄轻信的女子，他则一个也不放过，统统周旋不亦乐乎，以开采她们的身体资源为诉求目标，偶尔还能撞上慷慨大方的，来一个财色兼收。米娜当时也是其中一员，直到所有真相在她眼前揭晓。米娜因为彻底厌恶了此人的品性，连累得所有擅长口头表达的人都在她这儿丧失好感。据能量守恒原理，此消彼长，这里短了，那里就会长出来，米娜获此比照，几乎是迫不及待地想结识和表达对内秀低调型钟执浩的倾慕了。

纵然，现在，米娜选择了与钟执浩分手，钟执浩仍然形象不倒，他是健康清新的美好男子，他值得爱，他唯一的缺点就是不能发自本能地爱她，令她觉得好生遗憾，她不能终日活在这样的失意里，所以她情愿创痛一时，山河重整。

这世上，男欢女爱的事，那么容易，又那么艰难。容易或者艰难，全凭一个人的信念。米娜是爱情的信徒。这高尚的信念却常常令她沦为悲伤的角色。比如此刻，她对钟执浩无一刻相忘，却一直用一种近乎忍者神龟的毅力顶住。顶住渴望、思念、回忆，顶住想要重获联络的冲动。她穿着笔挺的工作制服，巡逻在店间，察看环境，主持店务，向熟悉的客人问好，不失时机地简单咨询他们对食物、环境、服务的感受。晃动在眼前的是一番人，跳跃在内心的是另一个人。

她面容柔和、平静，却需要不时做深呼吸。窗外下着雨。自助餐盘已经陆续入列。她开始担忧大雨将损伤晚餐的客源，不时向窗外张望，期待雨停过这个时间段，也希望看到熟悉的车辆驶来。如果客人太少，日营业额减了，月营业额就上不去，这是影响业绩的事。

米经理，咨客厄休拉轻唤她一声，她回过头去，目之所及，令她蓦然怔住。

米娜安排钟执浩一行在沙发区就座。一行七人，刚好坐满沙发区一个宽敞卡座。米娜安排了两个乖巧伶俐的服务生看他们那桌，自己则远远避开，在吧台自亲调酒，在操作间监工，在热菜档规整摆乱的食物夹，为客人送芥末，替客人续水，尽量显得忙碌，一种腾不出间隙的忙碌。

终于，在买完单后，钟执浩向她走来。

米娜，他喊她。

她停下来，把手中一个纸巾碟递给身边的服务生，指着北区一角，授意服务生送去。她回过身来，面向他，对视一眼后，不约而同地看中一个角落，朝那里挪动几步，停下来相对站着。

你今天几点下班？他问她。

十点。她说。

我想去你那里，他说，我想和你谈谈。他声音温和低婉，眼神黑白分明地看着她，静待着她的答复。

她抱着手臂，立在距他一米远的跟前。她也望着他。一个为爱情左右的女子，她任何挣扎、回避都可能被瞬间瓦解。他的声音就足以叫她眼眶发热，积攒了这一个月的思念更几乎有山洪暴发之势一泻千里。她使劲忍着决堤而出的眼泪，只朝他点点头，道，嗯!

见面的结果就是和解。其实从钟执浩一进入她的家门，她就有冲上去抱住他哭一场的冲动。没有办法，她爱这个男人，她不想再争什么被爱权了，只要能见到他，能跟他在一起，她甘愿爱情只是她个人的事。

回头看，这一个月就成了一个恋爱中的女子枉自折腾的一场自虐。但也不全是，至少，钟执浩明白了米娜需要重视，渴望被他爱，再像从前那样忽略她是不可以的。钟执浩当晚表明了态度，他说，米娜，你是个好姑娘，遇见你是我的福分，但因为我们经历不同，心态不同，对爱情、生活定义存在落差，我可能做不到像你期待的那样待你，但喜欢你是真心的。

那一刻，米娜觉得脑浆涂地都值了。与他相识相交以来，他连喜欢你这样的措辞都没有给过她。他一直只像是她的猎物。她主动表达，又几番献媚，终获批准为他献身。不获被爱，她对他自有怨艾，可是，她也觉得怨艾无由，一切都是你主动的，包括宽衣解带出场，人家不过是盛情难却地吃了盘菜，你自己没有能力让别人爱，怪你自己魅力不够，别人何错之有?

现在，米娜由衷地觉得知足、快乐、充实、幸福。是啊，爱情就是强效精神药物，它可以让人放弃底线地无限卑微，也可以让一个人觉得世界空前美好。米娜就是人群里最见药效的一类。

米娜与钟执浩正式搬到一起住了。钟执浩说，我住到你那边去，那样你晚班回来近一些。米娜欣然同意。米娜考虑的是她的住所有全套烹饪设备，方便她发挥。别看米娜自涉足社会，置身的就是星级酒店这样的奢华消费场所，骨子里却是一个新思想旧道德的典型代表。旧道德的女人，爱上一个男人就希望拥有他，拥有他的具体形式就是为他洗衣做饭，为他生儿育女。

实际上，米娜与钟执浩各自都有单位食堂，除了偶尔消夜，并无机会在家开伙。而消夜也一般在外面消的，因为那个时辰菜场都打烊了，原料无从来源。如此，双方都休息才能过一次柴米夫妇的居家生活。米娜格外珍惜这样的机会。因为这样的机会有时也机缘不巧地被冲散。米娜是一店经理，大部分时间、精力都要用来主持店务，而服务业是不可能有正常休息的，越是公众假期就越忙。钟执浩所在的公司虽然有正常的作息制度，也往往是不作数的，一忙起来半夜归家也是常事。钟执浩有限的私人时间还得被前妻和六岁的女儿瓜分，剩到米娜手心的也就……但米娜一想到每夜可以与他同床共枕、相拥入眠，便就自动释怀一切。

这天中午，米娜接到钟执浩电话，欣闻他五点就能下班回家，马上设法和副经理调了班，四点半就提着鼓鼓的两只马甲袋钻进自家厨房。忙了一个小时后，钟执浩如期出现在玄关处。她跑出厨房去迎接他，递给他拖鞋，忍不住抱了抱他，说，饭菜马上就能吃了，你先去洗把脸。

假如你一辈子没有被爱情击中过，那么恭喜你，你由此而避免了犯贱的最大可能性和施展空间。你看此时的米娜，她深深为能有这样一个发挥的空间欣慰知足。面对钟执浩，她愿成为一个最伟大无私的奉献者，她怕的就是供不上自己的力。所以当钟执浩执着筷子在餐桌边坐下，菜还未及吃上一口就必须离开时，她心痛的不是她的劳动力，而是她劳动力所产生的使用价值没有得到实现。她端着一碗汤追到门边上送给他喝。她问他什么事，他说有点急事，必须马上出去。她递给他随身的挎包，看着他出门，又问了一句，什么事？他定睛看了她几秒，反身歉意地抱了抱她，说，孩子病了。

解释不清的理由，钟执浩匆匆离去后，米娜想也没有多想地就冲进卧室，拿上自己的手包，带上钥匙跟着出了门。她一路小跑，眼睁睁看着钟执浩的黑色轿车出了小区岗亭，掉头向西，沿主干道驶去。她挥停一辆的士，吩咐一声，跟上前面的黑色本田。的士司机看了她一眼，兴奋得一踩油门，出色地完成了跟踪任务，几乎与钟执浩同一时间到达了儿童医院。

他在前面健步如飞，她在后面机械追随。她看到他在打手机，然后与一个神情冷淡的女士会师。她停了下来，这时才意识到自己跟踪至此的理由、目的。她在一堵墙面的拐角处隐匿了自己。探出头来，她看到他与那名女士并肩离去，去到一个人口稠密的区域。那里有长椅，有面目忧戚的大人和气息萎靡的小孩。然后她看到一个小女孩向他走来，他矮下身去，把小女孩抱起，用额头去量她额头的温度。

米娜缩在一个角落，抬头盯着天花板望了好一阵。后来她才想起来她在这家医院有熟人，口腔科的护士长曾是她店里的客人，后来成了朋友。朝中有人好办事，这是社会共识。她立马想到利用自己的人际关系安排钟执浩的女儿优先就诊。这么一想，她几乎就要挺身而出了。然而，接下来看到的一幕，让她在一瞬间悲伤成河。

那一家三口，准确讲应该叫前一家三口，在候诊区的最后一排长椅上落了座。钟执浩与他的前妻，那名面目冷淡保养良好的女士并排坐着，他们的女儿在两人的腿上躺着，头枕在妈妈一头，腿脚被钟执浩宝贝似的抓握着、搂着。面对如此温馨组合，米娜不仅丧失了前往搅扰的勇气，甚至她觉得自己胆汁破了，那些苦楚酸涩的气息正自内腑源源流出。

她的眼泪涌了出来。虽然她也觉得多余，哭得毫无道理，可还是收不住。人家原本就是一家子，孩子病了，前夫跟前妻合作，共同带孩子治病，你有理由不待见吗？可是，米娜就是想哭。她的情绪很脆弱。那是她的缺点。她一生的眼泪可能有一半以上都要贡献给所谓的爱情。她情绪泛滥了一阵后渐回平静。她还在考虑出面找熟人的问题，虽然那样做无疑要暴露她本人。可她想向他们提供帮助。

米娜走了出来，走向他们。钟执浩在眼珠一抡的间隙，看到她，骤然变色。他朝并肩的女士低头低言招呼一声，放开手中女儿的腿脚。他主动向她的方向走来，把她拦在通向他们的通道中间。

米娜强压胸中泪意，眼泪还是迸了出来，沿颊一路直下。她瓮着声辩解，我没有要跟踪你，红玉在这家医院做护士长，我只是想问问，有没有需要帮助的。

两个月后，米娜结婚了。她退掉了租住的公寓，入住新居。新郎对新居难掩抱歉之情。所谓新居其实是一套旧房。那是新郎与他前妻新婚时购置的，其时财力有限，银行贷款也只敢问津七十平的小户型。后来他们经济茁壮了，小屋搬大屋，直接住上了复式楼，三年后，婚姻解体，大屋成了前妻与女儿的栖息地，男主人则大屋搬小屋重蹈旧巢。

诚如历史上一切新旧体制的交替，无不是由一场大的革命运动引爆。米娜与钟执浩之间关系质的飞跃，正是由那一场医院跟踪引发的动乱促成的。那次事件，钟执浩由衷被米娜感动。他本来对婚姻已经产生抵触，觉得那即便不是可怕的，也是令人窒息的一种关系。但为着米娜，为着报答这个无条件错爱自己的女孩的深情厚谊，他愿意重新披上为人丈夫的外衣。他主动递戒指求婚。又征求她的意见，问她能不能不宴宾客，他怕他梅开二度的消息在熟人中传出去后影响他前妻与女儿的情绪。米娜欣然同意他的请求。这个男人，向她求婚了，这是多么高的荣誉！与此相比，一概都是不足挂齿的。

上午十点，米娜正在店里忙碌。晚餐被一家公司预订包场了，一百二十多人的自助餐。餐厅原本设置的最大容量是八十八个席位，今晚显然得临时加位。而且除了应付预定自助餐的客人，必定还要接待一些散点的常客。米娜指挥副经理带几个人去中餐部借餐台座椅，自己则与领班谋划着如何在有限的空间内因地制宜地架起它们。

想必，在很多人单调的童年都会有这样的体验，喜欢出门做客，或者家里来客人，一旦如此，不但可以不做功课、吃到好吃的，偶尔还能收到礼物，其快乐不言而喻。米娜就是的，这种爱好一直持续到她出远门求学，后来命运垂顾她，真就把她交代给每天都迎来送往的生活。她偶尔会在工作的间隙，回首童年，遥望那时的心境，不由对眼前的生活充满感慨。

忙完一阵后，米娜正想去吧台喝口水稍歇片刻，一转身，她看到咨客厄休拉身后跟着一个熟悉的美妇身影，她欣喜地迎了上去。

和苏琳达在她们一贯选定的台位上落座后，米娜擅自点定餐饮。她们有默契，这类琐事是无须商量的。她，苏琳达，都是矢志不渝的异性恋患者，又同样热爱着气味相投的同性。

这是米娜结婚后首次与苏琳达面晤，电话当然是不间断的，约了很多回，都因为种种不得不而泡汤。自然，也是因为她们的见面，纯粹是情感行为。见面，吃饭，聊天，倾吐彼此内心感受、机密、不安定因子以及虚无。这种行为因为带着奢侈性而容易被搁置牺牲掉。比如，苏琳达约米娜，米娜却因为与钟执浩讲定了晚上回家煮饭他吃的，自然就不能应约。

果汁送上来后，米娜先自长吸一口，对苏琳达扮鬼脸一笑，刚才大干一场，水都顾不上喝一口。

苏琳达朝她撇嘴，也笑，道，你就这样的，一个猛子扎下去，从来都是不好不收的。

哈，米娜大笑，笑着说，都不知这是优点还是缺点。

遇到好人就是优点，苏琳达若有所思地说，遇到坏人就容易被利用。

怎么样，新婚生活如何？苏琳达问。

好极了，米娜望着苏琳达，用力地一点头，顿了顿，又说，就是偶尔也会觉得……她停住嘴，忽然故作开朗地一笑，说，没什么没什么，没什么啦，你知道我是很容易知足的，况且有些事又不能怪到他，谁让我没有在第一时间遇到他呢，他有前妻有女儿我一开始就都是知道的，他分一点时间给她们也是良心与责任的担当，我应该为他骄傲的，对吧？

苏琳达闻言没有立刻做出回应，只定定地看了她几秒，然后说，米娜，知道吗，你的爱一定要用对地方，爱情用不对地方，对谁来讲都是一件不甚悲哀的事。

我知道，米娜说，我先生他人品高洁，行为端正有义气，绝对是一个值得我百分百付出的男子，只是……你从前说我如何无私，其实那也是假象，我发现我不能完全做到无私，我仍然会介意他的不完整，仍然觉得他的前妻和女儿占据的分量比我重，他不会为我撇下她们，他却数次为她们置我不顾……当然，也都是事出有因的，她前妻有工作，又不肯请保姆，孩子生病了，想爸爸了，送辅导班学琴了，开家长会了，过生日过儿童节的，一切都是可以随时叫走他的理由。

米娜，苏琳达深深地、研究性地望着她，问道，为何你次次都是去爱，而从来没有好好享受过被爱呢？纵然我相信你的先生，他百样都好，他也有唯一的缺点，他没有你爱他那么爱你。

米娜点头，微笑。

对的，米娜说，但我对此是甘认的。他的有限并不是因为心里爱着别人而无法爱我，他对我产生的能量已经是他的爱情上限，所以，我不会对此抱怨。

你呀你，苏琳达像被戳破的气球，颓然地向椅背里倒去，服了你，你的一生，都只把爱情当成爱情本身，而实际上，爱情，在大多数人手中、心里，都只是筹码。

所谓人各有志，米娜摇头，爱情在我，就只能是爱情，我无法把它转化成别的，更不可能以此去达成交易。

你爱钟执浩什么呢？苏琳达问，转头四顾了一下，又悄声嬉笑地问，是不是他功夫特别好？

功夫是不差，米娜也嘻嘻一笑，鼻头朝苏琳达蹙了一下，道，那也不能成为主导因素吧，那只能是锦上添花的事。

那你爱他什么呢？苏琳达继续追求，也教教我，省得我看男人老是只看到他们的负面。

他的优点多得去了，米娜歪头想了一下，比如人品好，这是本质，也是关键问题，他一点问题没有，这在这个社会是很难做到的……

等等，等等，苏琳达打断她，问，你凭什么就那么笃信他的人品？陆无双留下的教训还不足以让你保持警觉吗？

啊哦，米娜脖子一缩，眼白一翻，做了个呕吐的样子，你能不能不再提这个人呀？

你看你，苏琳达说，都什么素质，都过去这么久了，你反应还这么强烈，至于吗？我告诉你啊，前天有人到我店里来买画，闲聊中说到陆无双，据说此人现在混进教师队伍了，你设想一下……苏琳达歪着头看着米娜。

作孽，米娜快速地说，无异引狼入室，不知多少妙龄女生危在旦夕了……他又是那样隐蔽。

苏琳达却不赞同她。苏琳达说，现在学生开放着呢，都号称是自行车搞破的。

你不能这么恶意揣测那些孩子，米娜正色地说，终究都还是孩子，成人都还犯错呢，何况孩子。

我没有我没有，苏琳达双手挥动着否认，我也是从网上看来的，网上是这么说的，不属我个人的创见。

嗨。米娜笑着挥了一下手，表示不介意。

苏琳达又接着呈陈辞。不过，米娜，细细推敲一下，人家陆无双也有存在的道理，你的道德标准容不下他，不代表他就是绝对意义上的无耻下作，他只是偏好跟不同的女人、越多越好的女人，玩暧昧、睡觉，而你只喜欢找一个固定目标从事这类活动，这能说明什么呢？用你的标准衡量他叫无耻，用他的标准衡量你还叫无趣呢。当然，传统道德肯定是站在你这一边的，但传统道德还反对婚前同居呢，你不也干了吗？

为什么还要扯到陆无双头上？米娜眯眼蹙眉反问，这不是一个令人愉快和开胃的话题，不能绕开吗？

当然能，苏琳达慷慨一笑，OK，说回你的钟执浩。首先说，你爱他什么？他有前妻孩子，也不算很富有，甚至没有主动追求你，你对他的痴心打哪儿来的呢？

米娜想了一下，说，我只能说人各有志。首先，我是个胸无大志的人，我从来没有理想也没有能力去攀权结贵；其次，我没有感觉的人我也没有耐心跟他玩，更不要讲朝朝暮暮相对私守了。钟执浩在我眼里就是最好的男人、最吸引我的男人，除了他本质方面的东西一概无虞——这是我已经确信了的，也请你不要再对此置疑（对面的苏琳达点头微笑），他的形象也是我由始至终都喜欢的款式，而且他很会唱歌，你真的也应该听听他唱歌的，那个时候的他，我相信可以为我招来无数情敌，哈。

我知道我明白，苏琳达连连点头，你这么说我就好理解了……KTV包厢那是个什么地方呀，那不就是个温床嘛。

喷，米娜咂一下嘴，你要这么想我也控制不了你，他的磁场，肯定不需要凭借KTV包间才能发挥效力。我爱他是上天注定，我现在唯一想达成的心愿就是生一个他的孩子。

米经理，咨客厄休拉过来叫米娜。

米娜站起身，歉意地冲苏琳达做一个苦相，说，我可能要失陪了，今天有大任务，接待一个团餐，改天我休息，去你店里找你，OK？

你忙去吧，苏琳达喝着杯里的现榨橙汁，朝她挥着手微笑。

米娜，钟执浩焦急地呼唤一声，迎了上去。

午夜的路灯，光晕里有着凄恻的意味，映照着静默立置着的篮球架。架下的米娜一动不动地坐着。钟执浩走上前，略显愠怒地拉起她，注视着。

她木然的表情忽然地生动起来，看着他，一语不发地扑身向他，搂住他的脖子。她的眼泪开始畅流，无言濡热他的衣襟。

他们去了名典咖啡厅。本来是相对而坐的，点完饮品，她起身离开，和他坐到同一面。她拽住他一侧的手臂，依偎着，仿佛上一刻闹离家出走的人是他。

你生我气吗？她问。

没有，他说，根本都是我的错，但是，我再有错，你也不能这样向我抗议了，可以吗？

她用力点头，更紧地贴近他，只恨自己不够娇小。

他拔出手臂，绕到她身后拥住。

他说，这一个多小时，很教育我，我比哪一刻都更有一种强烈的感觉，我不能失去你，尤其不能这样失去你，米娜，你对我意义非同寻常，你在慢慢地改变我，也许有一天你就改造成功了，我成了你想要的那一款钟执浩。

不，不，她用手指去捏他的嘴唇，由衷地，诚恳地说，我对你无一处不满意的，我只是奇怪，你为何不肯要一个我们的孩子，我难免会想，你是不是陪我玩一场过家家的游戏。

米娜，他自唇上抚下她的手，握住。如果是玩，还需要那些手续吗？

我知道，米娜迫切地说，我错了，我保证以后不会再这么想的，我保证。

你也没有错，钟执浩说，你那么想也是正常的。不正常的人是我，其实我和我前妻离婚，并没有剧烈的矛盾，她只是受不了我的消积、虚无，她看不惯我对生活的态度，她常忍不住用难听的话来刺激我，也可以说是辱骂吧，我们后来都觉得，维持这样的婚姻不如分开过。

米娜，钟执浩看着眼前的姑娘，说，我能再次选择婚姻，全赖你的提携，因为是你，你的好，我罄竹难书。

哼，她蹙着鼻子向他冷哼一声，随即是更深的投靠。

这原本是一个愉快的夜晚，他们相约共进晚餐，然后绕着小区的花园散步，回家后恩爱到床上，分歧即由此时产生。他和惯常一样，要在他们亲密的关系上加上一层薄薄的保护膜间隔。她没有像历次一样服从，而是甩动着身子抗拒，问，为何一定要用？他说有了怎么办？她说为何不能有，我们是合法夫妻呀。之后自然是她服从了他。冲洗过后，她自家中消失。他找了她一个小时。发现她在篮球架下时，他也是眼眶一阵发热。

米娜，他抚着她的头发，对她说，和你结婚，都不知是爱你还是耽误你，爱自己的孩子，既是本能，也是道义，然而如果没有孩子，人是可能避开这些羁绊的，我难以想象，像我这么心态灰暗的人，要奔忙在两个家庭，给两个孩子当爸爸，我……真不敢设想，这可能会毁了我对生活仅剩的一点热情，可是，我也不能不为你考虑，现在我就觉得，我们结合得可能太仓促了。

没有可是，米娜面向他，正色地说，在出走的一个小时当中，我已经想清楚了，我爱你，离不开你，你允许我留在你身边就是给了我实现梦想的机会，我不应该对此再有任何抱怨的。

你是在讽刺我吗？钟执浩把手中的女人推开一点，看着。

你看我像吗？米娜反问他。

米娜，他把她搂进怀抱，声音里有着不寻常的颤音，你这样会把男人惯坏的。

我根本不是惯你，她无奈地笑着说，我是惯我自己，我拿自己没办法呀。

半年后的一天，钟执浩独自一人在一家西餐厅用餐。他脸容憔悴，神情落寞，胃口明显不佳，一份菲律牛扒，吃了不到三分之一就推开了。他点上一支烟，开始尽情吐纳。几米远外，一个女人在向他张望，旋即走了过来。她拨开他面前的凳子，凑近他，朗声问道，你是钟执浩吗？

他讶异地抬起头，瞪着她，缓慢点头，称是。

女人疾速高亢地说，我是苏琳达。

话音未落，几个耳刮子飞上了他的脸。他被抽得眼冒金星，却不躲闪退缩，挣扎着从座位里站起身，迎送上去。

请继续，他红着眼向她发出邀请。

她绞握着发麻的右手，怔忡地看着他。

食客们纷纷投来关注的目光。这焦点中的一男一女，竟然没有理所当然地扑上去扭打起来，而是就那样挺挺地定住，静止于彼此的对望。又于瞬间，突然地、双双地，双泪长流。

其时，米娜作古三月有余。

米娜消失了。黄土掩埋了她年轻新鲜的骨灰。她的呼吸终止于药物流产。她不慎怀孕。完全是因为不慎，而非故意，不然她也无须独自跑去流产。她在人工流产和药物流产之间选择了后者。她把药带回家服用，第一、二天照常上班，第三天请假在家，一个人静待受精卵由子宫壁脱落。结果脱落的非止子宫内膜。她休克于失血过多。血继续向外流失，她顺着殷红的线迹，坠入永恒的梦乡。

我的家庭我的生活

旅行回来，苏世功送我到宿舍楼下，下了车，我对他摆摆手，咪嘴一笑，转身上楼。

刚收拾完行李，准备冲个澡，就接到我姑妈的电话。我姑妈在电话里急促而又怒气冲天地对我吼，你还有心思在外面玩，你妈都快死了。我心里一紧，顿时就料到家里又出了社会新闻。

这已是我母亲第三次自杀，在我母亲有生的四十三个年头里，她一再地向自己痛下杀手，每次都要在医院里煎熬数日后再极度虚弱地回家。自杀也能成为一种癖好，这是我无论如何绞尽脑汁也无法解析的谜题。

我下到楼下，挥停一辆的士。新开镇，新开卫生院，我简要地报出送达地址后又轻声恳请一句，麻烦你开快一点，随即将头转向窗外。

红色的捷达车在施工粗糙的乡间公路上放速行驶，不时会因为坑凹而发生颠跳。司机是个年轻小伙子，开车的风格与他本人一致，朝气蓬勃也莽里莽撞，然我对他顿生感激，终点的事一定是与他无关的，他却不惜肇事的风险，开足马力，和跳跃的里程表一道，追赶着前方那个命名新开的小镇。二十分钟后，的士犹如一支呼啸着射进树干的利箭，准确地停定在刷着大红十字的镇卫生院楼前。

此时，我母亲正在卫生院简陋的操作间里洗胃，痛苦的呻吟和着医生不耐烦的呵斥从里间传来，清晰地钻进门外一众人的耳朵。

哦……我……难受……呕……是母亲的声音。

难受你还要喝？张开嘴。大声的呵斥，粗暴的命令。

我拨开人群，想闯进里去，我姑妈一把拽住我，你进里做什么？你能做什么？医生不准家属围观，我们就在这儿等，一阵过去就好了。

医生托着盛放器械的盘子开门出来，经过我跟前时，我屏住声息问他，你是知道药不好喝才不喝的吗？充一点甜味剂进去是不是你就肯喝？

医生正待对我动怒，却见我眼里滚出大串的眼泪，于是网开一面，只不屑地念一声，有病吧。

你才有病，我大声地回过去，追着他的背影喊，你只管治病就是了，你管别人怎么喝的？有胆你也喝一口试试。

正要进坐诊室的医生忽然停住脚步，转过身，一脸无辜地对我说，小姐你冲我发什么火？你父亲搞女人又不是我唆使的，你妈寻死你找你爸问理由去，在这儿撒什么泼，谁还怕你不成？

虽然我早就知道我家的桃色新闻，在这个口耳担当着重要媒介的小镇上早就是人尽皆知的旧讯，然而我还是没有料到，此医生会当众讲出这番话。这番话却使我内心的激愤瞬间出现转机，我立刻将矛头掉向我的父亲，那个一旁呆立着，半分钟前还只想劝我别滋事的半老男人，此刻他只有为自己的处境抽搐面肌。

爸，这么说是你逼死我妈的？我平静地问。

我父亲生气而又无奈，挪开一步回避，我紧跟上前。

她死了吗？我父亲见躲不开，就气极地冲我嚷。

这么说你是想她死了？我沉痛地问，眼泪疯狂地爬满两腮。

两天后我母亲就出院了。我姑妈是村里的赤脚医生，我在市人民医院做护士，我母亲身边有两个医务工作者，大碍拆除以后，剩余的，我们可以自行对付。

我坐在我母亲床边喂她喝稀饭，她脆弱的肠胃暂时只能承受这个。吃了两口，我母亲就不想吃了，一手挡开我伸向她的饭勺，给我拿烟去，她说。

妈，我抱着粥碗，试图对她进行劝说，看着她，她无所谓地躬身坐在床头。我无声地叹一口气，知道所有的言语都是徒劳。

在哪里？我问。

她皱起眉头一阵思索，看看楼下壁橱里有没有？她说。

妈，我没有立刻行动，不甘心就此放弃对母亲的期待，任由着她沉沦、放任，在绝望里自弃。一个人死都不怕，她还会顾惜什么呢？

妈，我喊母亲，能不能少抽一点，我谨慎着措辞，生怕触怒她细脆到病态的神经。

她不作声，抵触却是明显地挂在脸上。

妈，我哀恳地喊她，现在的保姆都不可靠，你以后还要帮我照看孩子呢，你……

我母亲忽然流下泪来，泪水跟着泛涌，她抓过被角，将脸埋进去开始啜泣。

我没有用，活着只会拖累你，丢你的人……谁都当我是草包，也只有我的亲骨肉才绑住我活在世上。我母亲抱住被子泣不成声。

妈，我坐在床沿上抱住母亲，也是涕泪交织，妈，无论如何，你还有我，我还没有结婚，没有成家，你就忍心丢下我一个人……你不是说过最爱的是我，你以后就跟着我过的吗？

我母亲忽然止住哭，抬起泪眼望着我，你真就不能和顾小杰分手？她眼里含着明显的期盼，问我。

妈，我惊异于母亲的态度，喊她一声，分明是在追问。

你还是和他分手吧，我母亲又开始抛洒眼泪，你爸爸就是气我这件事站在你一边，才拿着还贷款的钱和那个骚货出去野的。我也不完全是因为你爸爸反对我就反对的，你爸爸说得也有道理，一个是你们两人离得远，他家是独子，倒插门人家父母肯定不同意；顾小杰的工作也是个大问题，没有文凭，没有文化，又无一技之长，就开几个小店，开店也是没有保障的事，到处都是做生意的，赚钱的有几个？

你知道吗？我母亲再说，你这次劳动节放假往他那边跑，你爸爸就在家里给气我受，怪我没有管教好你，说一个大姑娘往人家门上送，将来还要被人家不当回事。你跟妈讲老实话，你没有吃什么亏吧？

妈，我幽怨地喊一声，心里开始烦躁。

妈，你不是已经同意了的吗？顾小杰还说将来要带你一起住的。

妈和不和你们一起住不要紧，要紧的是我女儿是不是就只能跟这样的人。你爸爸嫌他穷也不是完全没有道理，先不说能不能帮我们家缓过这阵子困难，你们自己不也要安个小家，过小日子吗？你打算住医院的宿舍住到几时？

一步落后步步落后，和你同龄的那几个妹子，现在个个都比你有着落，买了房的一个比一个装修的好，没买房的也只等着买房，就你，还飘在半空里，没钱又没计划。

你老实跟我说，你这次一去就是五天，到底有没有和他怎么样，妈是过来人，妈知道什么情况下能分，什么情况下只能认命。

妈，我厌烦地对着母亲蹙眉。

我没去顾小杰那里，我口气平淡地向母亲道明，我去杭州旅游了。前段时间我们医院住进来一个高血压的老头，我对他比较照顾，他儿子在市旅游局工作，知道我劳动节有假期，就安排了一个位给我。

我母亲立刻露出欣喜，想追问又觉得不能太露骨，稍稍停顿，她还是满含期待地问了出来，他儿子多大，有没有结婚？

我明知母亲的用意，却还是装作客观地回答，四十好几了吧，听讲小孩小学毕业就送英国去了。

我母亲顿时噤声，飞上脸孔的神采瞬间黯淡下去。她长叹一口气，悲伤又满是怜爱地望着我。

妈妈最放心不下的就是你，起先我同意顾小杰，也是看他人还老实本分，不像有花花肠子的那种，你妈我这辈子最走霉运的就是跟了你爸，当初哪里知道他这么流氓下作。我母亲又开始掉泪。

我从纸筒里扯过一截纸巾递给我母亲，让她擦眼泪，她接过纸巾捂在鼻子上訇訇有声地擤了两下，随即将脏纸巾随意地抛在地上。

在这种时候我不能对她劝说什么，这样的话，平时，我已经说到自己嘴厌。每想起这些，我似乎就能对父亲的花心产生一点谅解，我母亲身上，或者确实存着诸多令我父亲遗憾的方面，像他这么一个自控力差劲的人，我母亲的种种不如人意，正是他不轨行为的借口。

我家住着远近闻名的豪宅，当然，称之为豪宅，用的是小镇上的标准。我家不是居民户，是紧挨着这个城郊小镇的农户，但我父亲在镇上的名气很响，除了搞女人之外，他也曾是这一带的能人。

我父亲初中毕业后就跟着我叔爷爷学泥水匠，十多年前，我父亲用此前多年外出劳务攒下的积蓄开了一间水泥预制场，沐浴着农村建房热的春风，我父亲成了风流和才富齐飞的暴发户。

我家新落成的别墅还没来得及做装修，我父亲的砖瓦事业就开始走下坡路。其实我父亲能发迹，完全靠的是运气，断不是懂什么预测，料透未来市场的需求而下的注。他当时投资水泥预制场，是因为他泥瓦匠的出生和泥瓦匠的从业经历使得他只能干这个，谁能料想到农村忽然会兴起建房热来成全他呢？

我父亲庸常的智慧和鼠目的见识很快就露出端倪，在同行竞争日趋激烈，市场份额逐日递减的现状下，他非但没有认清形势，转行业做装修什么的，反而是盲目地向他的预制场注资扩张，致使废品工程越滚越大，终至成为废墟。

两年前，我父亲以极低的价格和姿态，求着人买走了他的烂摊子（据说人家后来用那片土地和建材，建了个养猪场，行情好，居然还小发了一笔。当然，这已是与我们家无关的事了），之后，便成为一个负资产的过气老板，每天会煞有介事地开着摩托车，看似忙碌地穿行在小镇上，只有熟知我们家行情的人才知，我父亲口袋里甚至为摩托车添油发生窘迫。但我父亲得尝过有钱的好处，已经不适应无钱，整日在惶恐和焦虑中东突西击，妄想着有朝一日，东山再起。但在我看来，这很难，一只猫如何可以反复地碰到死老鼠？我这不是在诅咒我的父亲，尽管我痛恨他的不检点，可他如果经济苗壮了，于我也是有好处的，至少我家的房子可以正常地走上装修之路。

我母亲又擤了鼻涕，随手一甩，竟然甩到了门窗上去。门窗是本色的门窗，用料结实厚实，赤身裸体，再一次标示着我家的际遇，从小康走向困顿。

我要去上班了，我母亲再次要求我去找烟，我找遍楼下的壁柜，以及其他有可能藏烟的地方，皆无所获。我母亲说，你帮我到镇上去买。

我开着我十五岁生日时，父亲送给我的大红轻便摩托车去镇上，刚刚走到路口，就遇上交警，他们隐蔽在一处树阴的背面，欣喜地将我抓获。我的车目前属于三无，他们有充足的理由和条款将其扣压，然后罚款。我没有行驶证，没有驾驶证，没有缴养路费，车子无牌，所有该有的我一概没有。我为什么要有？事实上这辆车自从我上了卫校后，它就一直下岗在家，今天如果不是赶时间，我就算步行也不会动它的。铁面无私的警察是不会理会我的辩解的，我所有的辩解在他看来都是狡辩。他黑着脸递给我罚单。

我缴了罚单就可以继续行驶吗？看一眼上面的数目，我问，事实上我口袋也凑不出那笔钱。

为了我尽快交款，警察和颜悦色地回答，是的。

那你们罚款是为了什么呢？我问。他刚刚跟我讲无证驾驶会酿事故，难道一缴钱我的驾术就飞跃了？

停，我仓促地举手打断他的话头，我真是糊涂了，难道要在大太阳底下让这个正口痒难忍的交通警对我普法？何况他还有口臭。

我将罚单拍回他的手心，我说，行了，车给你。之后，飘然而去。

连着上了两个晚班，感到很累。回到宿舍，同宿舍的陈倩正准备去上早班。

给你买了油条和豆浆，她一边穿鞋一边对我说。

哦，谢谢。我说。

你是不是很久没给顾小杰打电话了，临出门前她问。

啊？嗯，有几天吧。我看向陈倩。

难怪，陈倩说，你知道他打我电话，旁敲侧击地，想从我这儿挖什么小道消息吗？

挖什么？我问。

他问你是不是有新人选在交往。陈倩说。

呵，我笑一下，你怎么讲，我问。

安慰他一下啰，告诉他有病患家属请你去旅游，回来后就上晚班，没来得及给他电话吧。陈倩说。

啊？我吃了一惊。

怎么了？陈倩正欲关门下楼，听到我的啊字愣在门边。

没什么，我说。

你有事吧，陈倩说。

没什么事，我没跟他讲是患者家属请的客，我说是我们医院组织旅游去的。

啊——这次是陈倩一声长叹，捂住嘴，再放开，我上班去了，她快速地转过身，咚咚有声地下了楼。

该来的总是要来，星期六，我约了顾小杰在我们医院左首的咖啡厅见面。他要从邻城坐五个小时的车过来。

顾小杰是我在邻城念卫校时结识的，他当时在我们学校门口租了一排门面做生意，项目包括杂货、餐饮、乒乓球室和游戏厅，我常常去他那里打乒乓球，一来二往就和他混熟了，不过我做梦都没有想过，有朝一日我会做他的女朋友。

顾小杰确实不是女孩子心中的白马王子，勉强都不能算，最毁形象的就是那两粒门牙，无法形容，总之是长得糟透了，使他原本就较矮较胖的视觉效果愈是雪上加霜，于是他这一生，想做个长相普通的人都很有难度。

但顾小杰为人十分豪爽，重义气，酒肉朋友甚多，也肯济人于危难之中，我在卫校时，都有见过他救助的贫困学生。但，也因为他这样的脾气，所以他无法发达，自始至终都只是一个仅够维持生计的小商人。

我在咖啡厅里坦率地向顾小杰提出分手，甚至没有说明理由。

顾小杰没有激动，没有暴怒，仿佛一切都在他的预料之中。

当初，你父亲那么反对，你都能坚持和我站在一起，我已经很感激。我确实不能算是一棵大树，无法提供你需要的阴凉，如果真的爱你，就应该放你走，让你顺利平坦地结婚生子，过安定平静、安逸愉快的生活。顾小杰静静地说完。

我的眼泪开始疯流，即便，我对顾小杰从没有生过狂热的爱慕，这一刻，我也已为他的男子汉气质所折服。我开始强烈怀疑，放弃这个男人，究竟对还是错？他完全可以是一个胡搅蛮缠的人，完全可以借着爱的幌子，对我大声咆哮，不是对我过去的坚定心存感激，而是诘问我当初都可以坚持，现在却要放弃，理由何在？

顾小杰没有向我索要理由，当他放下手中的杯子转身离去时，我注意到他的眼里，蓄积着深深的泪意，也许再多耽搁一秒，就会决堤。

不管日后还能不能做朋友，我心里将永远铭存着对他的敬意！

周四，我休息，我没有回家，我不想回家，尽管我知道我寂寞的母亲很巴望我回去，但，我需要寂寞。我打电话给我母亲，谎称我要给别人代班。

我一个人窝在宿舍的床上，听着哀伤的音乐，心情尤为寥落。

告别一段感情，一个人，尤其是带着内疚，总也会伤到自己。

顾小杰没有向我追要理由，而我自己，无须追要，便也就自知，我之所以可以答应母亲，与顾小杰分手，不是迫于母亲的威压，或是尽孝，更不是被说服，不过是，我的内心，那块交给爱情的领地，已经闯进了另一个人。

我知道，对我而言，苏世功，就像天上的月亮，可遥遥仰望，却永远不能触及，有时或可以辉映在井底，也只是虚像、幻景。

然而，不仍是有许多人崇拜偶像吗？惦着那个也许永远也谋不上一面的人，一时，甚至一世。

庄兰兰，陈倩一进门，便冲着我屋里高喊。

兰兰，嗨，你还在睡，起来吧，我们去逛街，环球正在搞周年庆典，有礼品送，还有很多商品打特价，你的化妆品不是用完了吗？玉兰油，这里标明了也在打折，快点起来吧。陈倩携着一张五彩斑斓的商场海报，在我的床边坐下，摊开手中的油纸，开始逐样分析行情。对比我们平日所熟知的价格，确实优惠不少，我开始穿衣服，准备和陈倩去逛。

在环球，我们见到了陶露。陶露是地方名人，在本市电视台工作，播音员，是很多四十岁以上的男人的偶像。陶露已多时未在电视上露面，坊间的说法是说她老了，已经不适合出镜，于是退到幕后。在环球见到的陶露，正是作为一名记者，在现场采访，可我分明觉察到，对公众而言，陶露本人就具有新闻价值。不过，也一定有不少人感到失望吧，比起镜头里的陶露，真人陶露失色不少，连陈倩都说，哦，亲爱的陶露，怎么看起来也就一大嫂呵？

我为我母亲买了件打折的毛衣，暗红色的，摸上去手感不错，我更看中的是款式，大方又不落伍，很适合我母亲的年龄。

我母亲在成为弃妇之前，并不是这样地懒于梳妆，是我父亲一再地打击，伤了她的信心，特别是两年前，她因为子宫肌瘤做了切除术后，她就完全放弃了女性这一性别，不再将自己看成个女人。我母亲其实是个可怜的女人，每想起这些，我就在内心原谅她的种种反常和乖张，她抽烟、赌钱、暴粗口，不做室内清洁，不打扮自己，直至反复自杀，这些，在我眼里，都是一个感情丰富、渴望爱情的女人惨遭冷遇后的宣泄。她确实不应找我父亲作伴侣，因为我父亲天生就是个花花公子。

从环球出来，看看时间还早，我将手中的一只马甲袋交给陈倩，请她帮着提回宿舍。我对她说，我想回去看我母亲。我已经告诉过陈倩，我母亲在生病。

坐上直达新开镇的公车，半小时后，我向我母亲展示了为她购买的毛衣，我父亲也站在一旁。我知道，就我父亲在我身上付出的爱，也并不比我母亲少，看看他在有钱时为我买下的豪华礼物就可以推断这点，可因为他一贯的放荡对这个家庭造成的震撼殃及我，使我从记事起就在内心对他缺乏敬意，而此样的感觉在成年后，非但无有消减，反而愈演愈烈，至如今，已经成为一堵轻易无法摧毁的城墙。

饭后，我将碗筷抱进厨房洗刷，我父亲跟了进来，他要求他来刷，我和善地说不用。

你同意不与顾小杰谈了？我父亲问。

谁说的？我忽然就起了怒意，为我父亲的势利，为顾小杰在我家所遇受的冷遇，以及他隐忍着的离去，也为我臭名昭著的父亲，居然也有脸在这里挑剔别人。我顿时冷下脸来。

你妈说的，说你同意分手。我父亲说。

那是我骗我妈的，我轻巧地说，实事求是的样子。

你为什么不肯分手？我父亲也明显生了气。

你为什么不和罗美琴分手？我冷酷地一笑，第一次这么直白地喊出我父亲情妇的名字，心头竟然是一阵快意。

你——我父亲恼怒地甩手而去。

在我父亲卑劣的人格里头，至少有一点是被我肯定的，就是我父亲从不打女人，即使我母亲发怒时对他拳脚交加，他也不还手。他也时常被他的情妇施虐，被掐得或青或紫，想必那女人对他也有诸多不满。看来我父亲虽然热爱女人，但并不谙熟哄女人之道，所以他无一处得以圆满，至少他的女儿暂时不准备谅解他。

我母亲今天没有出去打牌，穿着我给她买的新毛衣，颇为欢心的样子。她不知道我刚刚跟我父亲起过纠葛，还劝我下次也要给我父亲买一件，说他终究是父亲，再不好也是我父亲。我母亲长长地叹一口气，再说，如果不是有你，我和他早就散了，他是看在你的分上，才留在这个家里。

这样的话，我母亲以前也说过多遍，她总是不忍心看到我父亲受到我的冷遇，却从不管自己在我父亲那里受多少冷遇，通过这点，我更为确信，我母亲对我父亲有着多么深刻的一厢情愿的热爱。

我母亲兴奋地向我宣布，她准备报名去镇上新开的服装厂上班，她没有技术，所以只能做一个剪线头的普通工，但她为此高兴，她一直向往做一个上班族，虽然以往的诸多事实证明，她实质只是个耐心有限的人，可这样的人，难道不能有自己的梦想？

我再一次感觉到母亲的可怜，也深为母亲的人生悲哀，她哪里是热爱剪线工的活儿，她不过是在自觉自动地向我父亲的喜好靠拢罢了。我父亲的情妇，那个罗美琴，就是一个服装厂的女工，我母亲嫉恨她，也羡慕她。

你没有当过农民，所以你不会明白一个职业农民对工人身份的向往，如果再区分以性别，一个农妇，一个做了大半辈子农民的农妇，忽然有了女工这样的身份，大约也就是鸡犬升天的感觉吧。

上完一个早班，回宿舍的路上我顺道去了环球，准备买一点吃的储着，为接下来的晚班备用。

在这个城市，我只能算是一个低收入者，全国的护士大约收入都不会很高，而我，只是一个参加工作仅仅一年的护士，所以，我的荷包从来都没有充实过。所幸，我不是一个物欲横流的人，所以也不会因为无法占有高价的商品而抑郁或者苦闷。平常消费，我很懂得量入为出，喜欢买一些有附赠的商品。

我推着购物车在环球漫步，我的篮里已经选好了几样很实惠的商品，龙须面，榨菜包，方便面，火腿肠，它们无一例外地用买一送一的窄窄的胶带缠着。我又拎了一袋处理品水果放进购物篮里，我仔细看了看，它们确实没有烂，虽然看上去像是烂了，但用手指按一按，还是硬的，所以没有烂，只是有腐烂的趋势罢了。

我推着购物车继续前行，想过到调味品档捡一瓶陈醋。我是太专心了，如果我不是那么一个太专心的人，而是一个习惯于东张西望的人，我一定可以在苏世功认出我来之前，弃车逃跑。可事实是因为我是一个太专心的人，于是当我挑了一瓶最廉价的陈醋（我信任大型的超市，我相信在这样的超市里，价格最低的商品也一定是合格的）放进我的车里，推着车准备掉头时，我发现我堆满了贫民水准的消费品的购物车前站着一个人，他，正是苏世功。

及至我与苏世功成为很随意的朋友，坐在茶座或者酒吧里聊到这一幕时，我仍然会不由自主地面红而赤，羞赧犹存。

环球正是旅游局投资的实业，苏世功是环球的总经理，我当然有理由在那里撞到作为神秘顾客巡访的苏世功，而周年庆典那天，见到地方名人陶露，在亲自上阵做新闻，也在情理之中，陶露正是苏世功的发妻。

因为苏老爷子的健康不太良好，糖尿病，高血压，冠心病，一到冬天更是时常发作哮喘，我成为苏府门上的常客，苏世功虽然不和他老父母住在同一个檐下，但那里很好地收管着他成家之前的物用，让我时刻可以感觉到少年时的苏世功是一个如何耀人眼目的美少年。

因为陶露也是职业女性，又是大名人大忙人，所以苏世功也常常到老父母家吃饭，他也特别高兴我留下来吃饭。我打针输液的手段都算高明，这使苏家的父母对我很是喜欢，他们知道我家在郊外乡下，很诚意地要认我做干女儿，我对这样的身份并不眼热，高知或者高干家的小保姆都经常有被认作干女儿或女儿的，我常常不相信那种关系的纯洁度，当然不是有什么暧昧关系，而是觉得那样的关系更像交易，是一个地位卑微的人竭力攀龙附风的结果，即便在这个攀爬的过程中也付出了辛苦和努力。

可我，还是欣然同意了做苏家的契女，因为苏世功那么诚恳地说，做我的小妹吧，我们家全是男儿，不知道从小多希望有个妹妹来疼了。

苏世功确实做到了以一个长兄的姿态来对待我，不光苏世功，苏家的全部老小，都知道我是苏家新认的干女儿，包括陶露，也对我以妹妹相称，尽管我敏感地意识到，她的姿态里，多少都带着点俯视。

然而，我对苏世功的单恋并没有遏止，每一次去苏家，我总是想方设法穿上我以为最得体的衣衫；我化妆，稍有失误便洗掉重来；我坐立不安，心里如小鹿在跳跃；我诚惶诚恐，生怕那没有企图的暗恋被苏家任一个火眼识破；我也惭愧，自问要将那样纯粹的关爱引向何处？

我一遍又一遍地流连在环球，抚摸着货架上的商品，傻得每一样都感到亲切……

父母知道我和顾小杰分手后，开始发动所有的亲朋为我物色人选，医院里也有男医生向我展开攻势，然而，有苏世功摆在那里做参照，还有什么人能够入眼？

我抑郁，多梦，喜欢听伤感的音乐，在乐声中双目湿润。

陶露向我走来，她说她早就知道我喜欢苏世功，而她早就不喜欢苏世功了。我欣喜若狂，抓住她，恳切地说，如果你不要了，就将他给我，好吗？陶露哈哈大笑，甩我一个耳光，贱货，你是丐帮的吗？我早就知道你动机不纯，果然被我猜中，你敢拖我老公下水，我打死你……

于梦里惊醒，泪水湿了一枕。我索性匍在被子上，任泪水泛滥。

两个月后，我辞了职，拜托又拜托我做赤脚医生的姑妈，对我妈悉心关照。

我拎着简单的行李，走向开往轮船码头的公车的站台，路上，遇见一个墩式的绿色邮筒，我从行李包的外口袋，取出一个贴好邮票的信封，最后看一眼地址，朝缝隙里塞去，继续前行。我准备取道上海，辗转深圳，那里，有我一个卫校时的同学，我已通知过她，我要投奔。

最后那封信是寄给苏世功的，我这样写道：

哥哥，知道吗，当我这么称呼你时，内心有多么欣慰，又有多么深痛？

我多么庆幸有你这样一个哥哥，正直、宽广、仁义、良善、睿智、风趣，无与伦比地英俊，是支撑国家、社会以及家庭的无可争议的精英和栋梁，这样一个人，就是我的哥哥，我难道不会骄傲得发晕吗？

我爱你！

原谅我如此放肆和张狂，当一个人在单恋的泥潭里快要淹死时，难道你也不允许她稍稍地张口呼救？我爱你，爱得在每一个深夜里痛哭流涕，爱得可以眼看着自己的血液从断口的动脉里缓缓流尽……

然而，我知道，你不会做什么，而我，也不能做什么，我不正是因为你正直的人品而恋之愈深的吗？所以，当我叫嚣着对你说我爱你时，我已经做好了逃亡的准备，而你阅读它时，我大约正在路上。

原谅我的自私，将如此沉重的负担抛掷于你。

我也可以走得无声无息，或者找个理由，不动声色地向你轻巧道别，然而，我不愿意就此被你遗忘，就算，你只是偶尔地记起我，我也想让你知道，我曾在告别你的路上，如何地泪如雨下。

确实，一路上，我的眼泪在不停地流，不停地流。

每天都在等死

元旦前夕，连着跨元旦的公共假期，我请了半个月的长假。我需要休息。在现有的生活和现有的秩序里，我压抑而悲伤，情绪就像吃撑了的肠胃，饱胀得几欲破裂。然而，仅仅是休到第四日，我便感到无所适从。我没有任何出远门的打算，这个我已经吃喝拉撒了二十多年的城市，也没有什么值得我贪恋的景点，我休假的初衷不过是想什么都不干地吃吃睡睡，把大街当成自家的浴缸，自由自在地浸泡几天。我原本以为，这将会是很惬意的。

第四日的傍晚，我无缘无故地擤出一摊鼻血，这使我忽然止不住地悲从中来，仿佛自己得了绝症。我曾经很肯定地假设过，如果我有朝一日得了绝症，我绝不悲观，也不懊丧，更不会治疗，我要开开心心地等死。

但是，这个傍晚，我对着自己的一摊来历不明的鼻血，联想到自己古往今来的种种不顺，忽然就自怜到不能自制。

我任自己的热泪滚滚而下，哭完之后，我一头扎进了街边上的一家超市。

我在超市里流连了一个多小时，出来时心情已经相当平静。我的手中多了一只印着超市名字和标志的胶袋，胶袋里除一瓶酒精度为53%的五粮液，再无其他。五粮液坠在袋底显得很突兀，它没有华丽的包装，只有光秃秃的瓶身而已。

天色已经完全黑暗，街灯开始大放光明，小商贩在沿街叫卖热气腾腾的煮玉米棒，鸡蛋煎饼的生意也很红火。我正在迟疑晚餐是吃煎饼还是吃玉米棒，包里的手机叫了起来。是我母亲。

我说我吃过了我不过来吃晚饭。

我母亲以不容辩驳的口气命令道，快点回来，我做了韭黄肉丝馅的春卷，我们等你。

我搭公车将五粮液送回了住处，然后从住处开着摩托车去了我母亲家。

我到我母亲家时，我母亲和她的后夫已经在吃了。我是我母亲和她的前夫所生，我母亲现在的这个丈夫我叫他叔叔，他和我母亲同岁，我曾经为该喊他伯伯还是叔叔而颇费思量，后来还是觉得喊叔叔好。我母亲起身给我添了碗筷，然后将一大碟春卷调配到我跟前。

我母亲和他的后夫讨论了一会儿股市行情，两个人的认识十分一致。之后我母亲开始劝我搬回家住，她的后夫也十分恳切地说道，是呵，回来住吧，家里又不是没有空房，省得你妈妈老是担心你。我不置可否地埋头吃春卷，没经意就吃掉了半碟。我母亲也忽然发现了这点，胜利感顿生，立刻以此为证说道，叫你回来没错吧。那个叔叔也跟着补充道，喜欢吃就全部吃掉好了。

我心里一阵冷笑。我母亲是一贯地得理不饶人，有些东西其实是不宜点破的，她非得让你彰显原形。吃了她的春卷就好像受了她的恩惠，一定要做出相应的表示才称她的心。至于我母亲的后夫，我早就将他看透，他永远不可能以真心待我，不过是装装样子而已。算了吧，我又不稀罕他的真心。

很快我就提出告辞，这里装饰温馨的三室两厅非我心存留恋的地方，相反它记载着我许许多多不为人知的憋屈和不平。但我还是为此感到庆幸，无论如何它是我母亲的家，我母亲的生活条件是舒适的。

我拿上我的头盔和摩托车钥匙，换下拖鞋换上自己的鞋。我母亲将剩余的春卷倒进一只保鲜袋，要我提回去明早吃。我干脆地说不要。我母亲明显地又生气又痛心，我下到底层楼还听到她在大声抱怨我不听话不懂事让她操碎了心。

我开着摩托车在街上兜了一圈。出了母亲家的门心就变得凛凛的了，发动车的时候还觉得自己是强硬而坚定的，也不懂什么时候，忽然就发现自己的眼泪已挂了一脸。

我很小的时候我的生身父亲就因为意外伤人而被判入狱，出来后不久我母亲便和他离了婚，此后他一直在外地打工，我跟着母亲过，小时候过年还可以看见父亲，中学毕业之后就极少再见到他。我去外地读大学那年，父亲送过来五千元钱，但被我母亲义正词严一身正气地给拒收了。我至今犹记得母亲当时咄咄逼人的气势，这个画面严重淡化了我对母亲的好感，并进而改兑成对父亲的同情和热爱。如今，我不知道我的生身父亲在哪里，尽管他脾气火爆，但在我做女儿的心里，他却是我不可替代的慈爱而善良的父亲。

我自己的家是租来的，是一间朝东的单间，屋内的陈设很简单，音响和靓丽的床单成了室内的亮点。我和房东的儿子谈过一阵子恋爱，房东的儿子是做海员的，做半年歇半年。我在他歇着的半年里和他谈着，等他做完半年回来时，就看到我在和别人约会。我觉得挺对不起他的，但他竟然没有半点愤怒，丝毫也没有跟我讨要说法的意思，碰面了还跟我很友好地打招呼，就像因什么缘故突然丧失了部分记忆，完全不记得之间有过的恋爱这回事。

我一直想搬出这间出租屋，但因为没找到更合适的，只能且先住着。房东家的房子很多，除我之外还有其他的房客。房东一家住着自建的小洋楼，旧平房都租给了房客。

我将摩托车停在公共的堂屋内，回到自己的屋里。这间租来的小屋却使我感到自由和放松。我在做完了一切就寝前的准备之后，拿出了我的五粮液。我是成年人，是有喝酒的自由的。我在喝酒之前并没有什么过激的情绪，一切都很正常，我甚至还烧了一壶滚水给自己灌了一个饱满的热水袋。我并没有考虑到自己会醉或者醉成什么样子。我就像平时喝饮料一样将清澈透明的五粮液接在杯里，然后再仰起脖颈使其在最短的时间内泻进我的胃。我清楚地记得我之后就宽衣解带把自己放到床上，几乎在同一时刻我就睡过去了。

我醒过来的时候发现已经是一天的日暮了。我感觉到我一侧的屁股疼得钻心。我猜测可能是自己睡得太久了，睡得骨头痛。然后我又发现我的枕头以及我的床单上，到处都是呕吐的秽物，形态和气味还依稀可辨是由母亲做的韭黄肉丝春卷演变而来。

手机在叫，我挣扎着下了床。

母亲在那头又气又急地责问我昨天去了哪里？

我说没去哪里呵不是在你那儿吃晚饭的吗？

母亲说那是前天，昨天打你一整天手机都没人接，你干什么去了？

我说没有呵，明明是昨天，怎么是前天呢？

我住进了医院。关于病由我只能如实对医生相告。我故意偏着头绕开母亲的视线，但我鲜明地感觉到母亲悲愤的眼神就像琼瑶剧里的女主角，洒满我的全身。我在酒精的作用下整整昏睡了一天两夜，身体的某部分机能出现了很医学的状况，医生在给我验过血之后，明确地告诉我以及我母亲，我需要先打一个星期的吊针，也就是说，可能不止这个数。而我一侧的屁股蛋上的烫伤，将是此次事件的永远见证。

我白天躺在医院的病床上打吊针，任由一瓶又一瓶和着药物的盐水通过静脉，一滴滴向我的体组织渗去。冰冷的药液灌注进我的手臂，袭我以周身的寒意，彻骨心脾。我感觉自己就像窗子外的霜叶，随时准备撒手人寰。

晚上，我回到我母亲的家里，吃我母亲的后夫买回来的鸡鸭鱼肉。他总是那么的殷勤备至，又那么的和蔼可亲，不停地对我劝菜劝汤，然而他终究不是演戏的高手，他眼神里掩饰不住的冷漠和轻贱，在不经意间即被我完整而轻易地洞悉。生鱼汤煲得很酽，味道鲜美。我淡定从容地喝着，不以食喜，不以人忧。

琦琛来看我，提着水果。我们的友谊是念小学时续下的，我母亲对她也是甚为熟悉和信任。很显然，我母亲已对她摇头叹息过我的状况，以至于稍事寒暄后我母亲便迫不及待地将我们让进我睡的房间。

果然，琦琛一开声就像个和谈代表。

你妈挺难过的，琦琛说。

知道，我说，嘴角挂着不经意的笑，我一直是她的心腹之患。

别瞎说，你妈其实很疼你，你叔看起来人也不错……

那你应该恭喜我，有这么好的身世背景。没等琦琛说完我便尖刻起来。

你怎么了？琦琛放弃了原先的话题，探讨性地对我发问，你认为你母亲不够爱你，你继父对你更是虚情假意，谁才是真正爱你的呢？周秉辉吗？

琦琛……我悲怨地喊了一声，刹那间眼泪纷纷而下，我用枕头压住自己的面孔，并不想让这样的怆痛曝于人前。

干吗要那样子喝？隔了会儿，琦琛问我。

想喝。我答。

和他分手吧，琦琛说道。在我，却一点都不显得突兀，这是她第101次地劝我。

会的。我说。

实际行动起来。琦琛说。

会的。我再说。

什么时候？琦琛问。

快了。我说。

我想知道具体时间。琦琛再问。

我不知道。我说，总之分手是一定的。

不要拖了。琦琛说。他的状态不是你造成的，犯不着去于心不忍。你要说不出口我给你去说。

他不会同意的。我犹豫了一下说道。

管他呵。琦琛叫了起来。

琦琛痛心地说，我和你认识这么多年，做朋友这么多年，这么多年来，你一直纯洁而美好，而现在……你将来会对这段过去产生痛感的，用不着等到将来，你现在就已经感觉到了……听话，和他分手，不要不忍心，他不值得你去付出，哪怕只是付出怜悯。琦琛说。

打完一周的吊瓶，我从医院回到自己的住处，我母亲为这很生气，但我要上班了，我以此为由，我租住的地方离公司近些，我说我不想来回奔波。

下班回到住所，周秉辉坐在我屋里唯一的一张椅子上，他扭头见到我，站起身走上来就将我拥住。我表情淡漠地由着他，心里却在想着琦琛说的话。我果真丧失了一切纯洁的条件，就因为这个男人，我成了第三者，我未婚同居，堕胎，吃安眠药，如今又添上一项酗酒，干尽了一个落泊女子的恶劣所为，闭着眼我都能瞅见履历上的斑斑劣迹。

我挣脱了周秉辉的拥抱，他很快又坐回到椅子上，告诉我他正式跟他老婆提离婚了。

我一时有些茫然，不明白这个男人在说些什么。

周秉辉说，我想离了婚，我们就结婚。

为什么？我困惑地问了出来。

经过这次，我发现你才是对我最好的。周秉辉目光深情、表情真挚地看着我，你不是一直希望我能离婚吗？

不，我摇头。我说，我不希望你离婚，当然，你如果和你夫人商量过了，俩人都认为有离婚的必要，你们就离，但，不要和我扯上关系。我冷静地说完。

周秉辉难以置信地看着我，片刻后问道，这就是你现在的想法？

是，我毫不畏怯地迎视着他的激愤，我不想和你再继续下去了，如果我没有听错，你刚才告诉你我正式和你夫人提出离婚，这就是最好的理由，我希望你离婚是在一年或者两年之前，而你现在才正式提出，那么你之前又是怎样对待我的希望的呢？很遗憾，我早在你取保候审之前就已经停止了那样的希望，现在，我是希望你能明白……我停口，不想让这种多余的对白令自己和对方同时矮小下去。

你是嫌弃我吗？周秉辉问。

谈不上。我语气平平地说。

我没有贪污，会搞清楚的，我……

不用再说，我打断他的话。

我说，是的，你可以继续去追究，你没有贪污，你是被冤枉的，这对你可能很重要，但跟我已经无关了……难道你还不明白吗？

你有地方住吗？我问。

周秉辉再度地难以置信，痛楚爬上他日渐苍老的脸，而后他头一甩，走向玄关处，重重地磕上门，走了。

听着他的脚步声渐渐远去，我毫无内疚。这里是我付费租住的，我在不恰当的时候收容了这个男人，结果是收获了满腹的伤痛。现在，我决定，规划一个历史的转折点。

和周秉辉说了分手，心里并没有很深的伤痛，也许这样的痛感已在平时磨蚀掉了。我平心静气地为自己撕开一袋方便面，拧开我简陋的煤气灶，开始煮食。

我一边看着炉火一边想着心事。我曾经豪情万丈，也曾经满怀理想，我没有豪华的童年，因而我比常人更寄希望于未来，我原想，我的生活应该是蒸蒸日上的，就像此刻方便面里的气泡。就算在我设计得最庸常的一笔里，我也没有试想过，我会在一间暗淡的平房里，煮着一碗方便面，并且，心身俱疲，四大皆空。

睡到下半夜，我忽然惊觉有人在开我房间里的门锁，我顿然睡意全无、满心恐惧。我睡前是特意将门反锁了的，我每天必定如此，这是一个在外独居的弱女子起码要俱备的自保意识。

门没能打开，传来迟疑的敲门声。

谁？我颤声问，其实已经猜到可能的人。

周秉辉。周秉辉答。

你有什么事？我语气里含着明显的不耐烦。

门外沉默了片刻。我明天会找住处……周秉辉的声音。

我起身下床，捡过屋角里的坤包，将里面的整钞尽数掏出。

你去住招待所吧，我将门开成一个锐角，递出钞票。

没想到他一下子挤身闪了进来，并快速地将我压入他的怀抱。

不要和我分手，他箍紧我，我会好起来的，我需要你……他好像在抽泣。

是生理需要吗？我心里在冷笑。我们的开始不就是因为他和他的另一半分居两地吗？当初他是那么迫切地邀请我上床。

往事不堪回首，我还要回忆作甚？

我推开他，退后一步，坚持将捏在手上的钞票递给他，我说你去住招待所。我相信他身上是没有钱的。

他又用灼痛了的眼神望我。

我不看他。我说，你必须走，我已经想好了，我要重新开始我的生活。我不想你再参与我的生活，你的一切，我也不想再管。我语气坚定，但是轻柔，我不想令他太难堪，尽管事实上他早就狼狈不堪了，但那不是我造成的。

我将钱插进他上衣的口袋。

第二天下班回到屋，就见周秉辉在煤气灶上煎东西。

我在做红烧狮子头。看到我，他像什么也没发生过一样对我说。

我已经吃过了。我说。尽管心里气恼得不行，我还是不愠不火。我想我是索回他手中的钥匙还是换门锁，权衡了一下，我认为不声不响地将门锁换掉，更显冷漠和绝情。我决定这么做。那么今晚，是要赶他走，还是自己找借口离开？

一会儿，我的手机响了。是董胖子，我们经理。他让我回公司做一份资料给客户，说有客户正在办公室等。通常我厌烦加班，但此刻我觉得董胖子胖得真是有形。

我没有和周秉辉打招呼就走了，他应该听清了我手机里发生的事情。

加完班，客户提议去卡拉OK，我欣然同意，将摩托车停在公司楼下，和他们一起坐公司的小车去了永乐宫。

在永乐宫玩得很尽兴，我们选择了大厅，与众人同乐。我展开了歌喉尽情地歌唱，请我跳舞的我来者不拒，只是我滴酒未沾，前次的大醉使我对酒精产生本能的恐惧。

十二点整我们埋单退出永乐宫，我跟车回公司取摩托。刚到公司楼下就听到传达室的陈伯在和一个什么人大声争执。陈伯见到经理赶忙过来说明情况。我赫然发现，拍着蛛网状链门大声咆哮的，竟是周秉辉。公司办公楼的楼道口每晚都是要锁起来的，周秉辉此刻正被锁在里面。

江小姐，陈伯对我说，他说是你的朋友，他也不能提供证据。陈伯又把头转向经理，这么晚了在我们楼里转悠，不法分子也说不定，又没见他从大门进，锁楼道前查楼吆喝都没听到他吱声，忽然就出现在这里喊开门……我说我不能开门就这么放他走，得等经理回来，查查有没有什么东西失窃，看看要不要送派出所……

陈伯，我打断了陈伯，涨红着脸说，他确实是我的朋友，是来等我下班的，可能是忘了时间，没发现你锁门。

经理扭扭脖子，示意陈伯开门放人。而我早已羞愧得无地自容。不是吗？董胖子看清了周秉辉之后困惑地看了我一眼，那一眼意味着费解和难以置信。周秉辉的年龄可以合理地解释为我年长一些的表哥,可三更半夜等下班的,怕只有林黛玉的表哥能做到了,而我肯定不是林黛玉,我是江小姐,花样年华的江小姐和这个形貌看上去接近中年的男人是朋友!

出了公司的大门,我平心静气地问周秉辉,我说你来这里干什么呀?我确实困惑。

他沉默了少顷,自知理亏,于是说道,我想来看看你跟什么人在一起……我看到你们坐小车出去的,我当时在三楼,下来时就发现被锁住了。

我忍耐地笑了笑,说,我跟什么人在一起你还探究了干什么?

周秉辉保持着一脸的忧伤。

我回去了。我说,随即发动了摩托车。

终于有些不忍,我问他,你找到住处了吗?

还没有。他答。

其实……你也可以回去的,我说。

我不会回去的。他愤然道。

我暗怪自己,不是说了他的一切与我无关吗,为什么还要多嘴?

你先住到我那里,但是你要积极地找房。我说。

他眼底一阵欣喜。我戴上头盔掉转车头,他眼底的欣喜迅疾化作失措。他说,你去哪里?

我回我母亲家。我说。

我每天从母亲家去上班,上完班又回母亲家。饭菜固然是吃得比我一个开伙称心,但嘴巴享福耳朵就要代为受过了。我母亲竟然要我去相亲。是的,大姑娘不嫁人简直是天理难容。我答应去见面。

穿得端庄一点。我母亲说。

对方是个教师,在二中教化学,听说长得很不错。母亲再说。

我开始和化学老师约会,逛街,看电影,去小饭馆吃饭,最令自己有成就感的就是,十多年前学过的化学方程式我居然能准确地说出来。其间我让他到我公司露了一次脸,装作顺便地向董胖子和陈伯指认他是我男朋友,希望能够消除上次周秉辉事件的影响。

周秉辉还是不时会联络我，目的都是约见我，我一概冷淡地拒绝。我也不同他讲我在和别人约会，不是掩饰，而是真正地觉得没有必要。

春节前夕，化学老师领我去他家会见了他的父母亲戚，我在那里彬彬有礼地吃了一顿饭。吃完饭出来，迎着寒风里迷蒙的夜灯，想着这或者就是我以后要面对的人和要过的生活，竟是一阵凄恻。

化学老师送我回去，说他父母对我印象很好，说我人斯文有礼，一看就是好人家的女儿。

我若有所思，看着他问，你也是这么认为我的?

比这更好。他说。就是……

什么? 我问。

不说了。他笑一笑。

我也不追问，隔了会儿，他自己又说了起来。你看起来不太积极，他说。又说，不过你那种忧郁美也很吸引人……我喜欢看到你笑，可能是因为你不常笑，所以你一笑我就很有成就感。

我给了他一个灿烂的笑。摇摇头，不要高估我，我说。

关于我的过去，他没有问，我也没有说过。而我，更不会先去提及他的过去。我不是后怕，事实上，化学老师并没有令我对生活产生热情以及希望，我看他的目光是那么的冷静甚至冷淡。

我一直没有回我租住的地方，一方面是不想破坏和化学老师平静的交往，还有就是周秉辉始终占据着那里。随便吧，就算是转租给他吧，那屋里的东西，我本就是要丢弃的。

情人节到了，满大街都是耀眼的鲜花以及簇拥着的情人。化学老师一早便约了我，晚上去得克萨斯。

我收到了化学老师的玫瑰以及巧克力，我们坐在很有情调的得克萨斯用餐。化学老师是个朴实和节俭的青年，很少选择这种放音乐给人吃东西，然后音乐费比食物贵几倍的地方消费。

吃毕，他向我推过一方艳红的珠宝盒子，在我略微的讶异之中，他慎重地向我求婚。我有些感动，为他的认真劲儿。

我婉拒了他。

他的求婚忽然使我明白了一件事，我在一瞬里做出一个决定，中止与他的交往。

然而，我只是说，我们还需要对彼此再多一点了解。

他有一点沉不住气，问我对他是不是有什么不满意，他请我指出来，看是不是可以克服的。

我说不是有什么不满意，确实是因为交往的时间不长，了解不全面，不应草率做决定。

他又说……

我的手机响了，是个陌生的号码，我犹豫了一下还是按下了接听键。

我对化学老师说，我有事我要先走。

我顾不得对他说什么抱歉的话，他的玫瑰和巧克力我还是应该带走的，可是走出去几步，我又倒回原位，我对他说我现在要去办一点事，带这些不方便，我请他代为收管一下，回头我再找他拿。我的表情抱歉之至，不等他做出反应，我便快速离开了。

我拦了辆的士去了爱家超市。周秉辉在超市里偷一盒进口巧克力，伸手被擒，超市的私刑是偷一罚十，周秉辉因为交不起罚金被扣在超市一晚上，最后供出他女朋友我的电话，让我带钱去赎人。

我在超市的保安部赎出了周秉辉，他羞愧难当，我更是无地自容。我无地自容的理由是，爱家超市保安部的部长竟然是化学老师的姐夫，正是他亲手逮住周秉辉的，我去之前他已详细盘问过周秉辉，周秉辉承认自己偷巧克力是要送给女朋友过情人节的。当我出现在保安部的门口，我脑海里只剩下一双吃惊的眼。

晚春的天空忽然落了一场大雪，天地万物一致圣洁起来。雪很大，学校和其他许多单位都放了假，我们公司没有放假，我每天踏着积雪上班倒也别有心得。

化学老师没有再联络我，白皑皑的雪色里，周秉辉忽然无约地出现在公司门口，说是来向我道别的，他说他准备离开这座城市去南方发展，他说他还会回来找我，因为他爱我而我也为他付出很多，他说……我任由着他说，我知道只有时间和距离才能真正让人清醒，乃至智慧。我在没有期待也没有逃避的日子里平淡地重复着上班下班。曾经，我像脱缰的野马，现在，我自动地拴进缰绳。我的心，温顺地蜷缩着。

母亲没有向我讨要化学老师的结果，也没有追问此事的前后经过，这一点我很感谢她的体谅，所以即便我的继父在情绪上令我感到压抑，我没有再提搬出去住。

那天睡到半夜，起来上卫生间，我听到了关于我亲爹的消息，他已经病重。我母亲和他的后夫商量，决定对我隐瞒这件事，他们不想我去为亲爹花钱，医生已经宣布了他是没治的了。母亲知道我是个情绪激烈的孩子，不想我因为此再做出什么事来。

然而，我还是感到了疼痛。这两年，父亲再没来找过我，就像母亲说的，他找了个相好的，所赚都贴给了她，爱心也都奉献给了那家的孩子。他跟我们已经是无关的人。可是，冥冥之中，我总是觉得，我跟我的亲爹是那么的相似，我觉得我们都有着悲剧的性格和悲剧的命运。

我找到医院，总台查过记录后说他已经出院了。我问病情，没人回答我。我循着医院里载册的家庭地址找到他住的地方，他正在屋子门口晒太阳。见到我，他惊喜、欣喜、渴慕、痛惜、惭愧以及爱怜的眼神令我明白，这个贫穷苍老一无所有的老头，是可以为我捐出五脏六腑而没有一秒迟疑的人。

亲爹说他好了很多，尽管行动迟缓，但看上去精神不错。

我说我要常常去看他，或者我去租房子和他一块过？他对我拼命摆手，他说他在这里住得很好，那家的孩子对他也很照顾。

我频繁地去看亲爹，他的健康状态也越来越佳，每次见到我眼都笑合了。但他太俭朴了，买给他的东西总是不见少，而只要是见到我手里提着东西，必定是张皇失措。

我去外省参加业务知识培训，去了一个月。走前我告诉了亲爹，让他不要等我。整个出差的过程，我过得相当的平静，没有什么奇特的感觉，也没有觉到死亡的气息。回来后，稍事整理，我准备去看亲爹，我母亲拦住了我，她了当地说，你爸爸死了，已经收了。

其实父亲一早就被宣布不治，他的出院，就是等待死亡。

化学老师托媒人捎话，想和我重新来过，我回绝。后来媒人到我家来说，化学老师自杀了，彼时还躺在医院。我万分诧异，工科生居然也会如此感情用事？我带着花束去医院探望他，他躺在床榻上打吊针。短暂的对话之后，他一脸诧异，自杀？谁自杀了？我是在做化学实验时不小心吸入了氯气……

周秉辉竟然将电话打到我母亲家，告诉我他在南方并没有找到落脚点，过着颠沛流离的生活，他考虑回来，没有钱……我断然地挂了电话。即便只是怜悯，也请他换个地方讨要。

转眼就是清明，我带着小锹和盆栽，去到亲爹置在郊区的墓地，我将盆栽植进坟头的泥土，在那里坐了很久，间中忽然想起一个什么人说的，人一生下来就在朝着死亡线奔跑。我的亲爹，他已经胜利地冲向终点，而我，还在慢慢地跑。

耳 光

李双河要回老家，事关两个人的未来大计，郑洗蓝准备提两万块钱给他带在身上作盘缠。郑洗蓝头一天刚进货，一时竟拨不出两万块的现金，就把电话打给了抹脖子之交张小敏，向她借钱。

张小敏一口应承，当即向她询要转账账户，又顺嘴问了句借钱何用。郑洗蓝顿了顿，如实以告。张小敏听完没声音了，郑洗蓝连喂了几声，以为电话线路出现故障，正欲挂了重打，张小敏忽然又嗯了一声，郑洗蓝说怎么没声音啦，不待对方回答又说，我们把账号对一遍吧，1220……张小敏打断她说，先不忙这个，你有时间吗，要不我们中午一起吃饭？

郑洗蓝眼下时间颇为紧迫。她是开鞋店的女老板。她经营的不是品牌鞋。杂牌鞋的销售，拼的是价格和款式。郑洗蓝比一般杂牌鞋商眼光要好，对流行风向一向拿捏有度，不一味追赶潮流也不回避大众一时的趣味，而且很懂得揣摩顾客的购买心理。她进的货基本都能赶在臭大街之前成功脱销。目前她旗下有四间鞋店，第五间正在筹备中。她的个人问题也正面临转型。她和张小敏不好比。张小敏是一个顶会享福的女人，赋闲在家也不打理家务，请了一个工人，把整个家都撂给工人，成天悠游度日，无所事事地瞎混，日常生活的中心思想就一条，怎样让自己更美丽。郑洗蓝无缘过那样的生活，她每天都得在几个店之间巡逻，隔几天就要跑一趟批发市场，为了能在同行中脱颖而出，她还不时到一些生产厂家去猎艳。

郑洗蓝略一思忖，就应了张小敏的午饭邀约。她有小算盘，她最后对张小敏说，你有现金就把现金带给我吧，省得我跑银行。张小敏不接她这茬儿，只道，见面再说。

郑洗蓝到达约定的餐厅时张小敏已经开吃了。

你迟到了，张小敏毫无愧色地说。她点了椒盐鲜鱿，吃得满嘴生香。她把盘子调到郑洗蓝跟前，说道，吃吧，味道绝对好。

郑洗蓝以往也很拥戴这道菜，但最近她正在清肠毒，准备以最佳貌态迎接新生活，内心一番挣扎后她使劲一咽口水，坚强地说，我就不吃这个了，怕上火。随即举手招来服务员，问道，有苦瓜吗，我要一盘清炒苦瓜。又委托服务员转告大厨，油要少放，口味要淡。

干什么？张小敏鼻腔里哼哼着问，我怎么像不认识你了？

郑洗蓝矜持地一笑，说，等过了这阵子再吃，总不能顶着满脸大脓包见他的家人吧？

我的天，你还当真了呀？张小敏突然把话锋一转，牛眼以向。

我几时玩弄过感情了？郑洗蓝正色地说。

张小敏略微一怔，把一块肉质肥厚的鱿鱼片从双齿的咬合间退下，扔回盘子心，指尖在纸巾上擦了擦，拉开了促膝谈心的架势。

你贵庚？张小敏问。

三十九岁。郑洗蓝考虑要跟对方借钱，就埋没了自己的意志，乖巧地配合盘查。

不对吧，张小敏说，今年不是整四十了吗？

还没过生日呀，郑洗蓝辩说，所以，不能算四十岁。

你知道吗，张小敏说，在我们老家，算年龄都算虚岁，那样算你就四十一岁了。

我又不是你老家的，郑洗蓝扫兴地说，你什么意思？你非得让我承认自己老了吗？我也没觉得我还年轻呵，就因为觉得不年轻了，所以想找个港湾……

港湾？张小敏不屑地打断她，你找他做港湾？我觉得他把你当港湾还差不多。

郑洗蓝哼了一声，欺眼相问，我在你心目中就那么惨吗？以至你觉得我除了钱，本身不配得到真情实爱？

错，张小敏大声说，就因为你们的条件太悬殊了，你的经济，他的年龄，二者皆为鸿沟……现在的说法是三岁就是一代，你们之间隔了快四个三岁，也就是快四代了，你让人怎么对这事看好？

郑洗蓝无语，表情却是不服的。

我觉得你在冒险，张小敏摇着头说，尤其还要结婚，风险太高了。你刚刚反诘我说你几时玩弄过感情，我倒情愿你是玩玩而已，你离婚多年，交男朋友是正常现象，结婚就不一样了，结婚意味着什么？结婚意味着他将来可以瓜分你的家产的……你再算算你五十岁时他几岁，他三十九岁，三十九岁的男人，经济再一强大，他什么做不出来？

这些我都考虑过了，郑洗蓝不动声色地说，我还是选择和他结婚，我确实……爱他，你说我是母爱泛滥也罢，我甚至愿意无条件地爱他，给他我能给他的一切，但是经我考察，我觉得他也是爱我的，和我一起，并不是冲着我的钱来的，我算什么有钱人？我所有的资产加起来也不会超过两百万，这点钱能套住一个野心勃勃的男人吗？

这点钱确实套不牢一个野心勃勃的男人，张小敏说，但足够让一个一穷二白，事业毫无基础，也毫无头绪的年轻男人心旌摇荡的，拿青春赌明天不只有女人才会干，不劳而获一步到位是全人类的梦想，不分男女老幼。他因为结识了你，生活质量相当于来了一次撑竿跳吧，不但不用隔三差五地挤劳动市场，算计着吃三块五一盒还是吃五块钱一盒的快餐了，还可以开你的进口轿车，住你的高层公寓……

我难道除了金钱就一无是处了吗？郑洗蓝气急败坏地反问，事实上不知道我年龄的人一般都只当我30岁左右……被你说得这么不堪，好像我就是个纯粹依靠金钱包养小白脸的又老又丑恶俗透顶的富婆。

你显年轻，气质好，这是铁的事实，张小敏说，李双河现在把你带去哪里都只有长脸的没有丢脸的，问题是，你甘心成为男人成长路上的进修学校吗？而这个男人一旦毕业就要义无反顾离开学校的。

郑洗蓝保持沉默，脸上的表情依旧不服。

张小敏继续说，你甘心，我作为你的朋友也不能坐视，你喜欢他我不喜欢他，我可看不出他有什么值得你为之奋不顾身的。所以结婚一事不妨缓一缓，这也是我需要约你吃这一顿午饭，当面向你澄清不借钱给你的缘故。

听到此处，郑洗蓝一瞬里把分散的目光全部打向张小敏，着急地说，喂，钱你还是要先借给我的，你什么意见我们再找时间详聊，我现在要钱急用，都计划好了的，不能改变……你钱带来没有？带了就给我先。

没带，张小敏说，压根就不打算借给你了，哪还会带？你知道的，这方面我向来说一不二。

郑洗蓝直视张小敏达半分钟之久，确信她所言属实，不禁愠恼。

不借算了，郑洗蓝一边说一边起身离去，除了你，我怕是找不到人借钱了吧。

周末，郑佳媛提着一提包脏衣服回家，按门铃没人应，就自己掏钥匙开了门。屋里空无一人。

郑佳媛是一名初三学生，就读于市区某实验中学。为迎接中考，她在母亲的建议下做了寄宿生，一周回家一次。

郑佳媛不是娇生惯养的孩子，这跟她早年的经历有关。她五岁大时，父母离婚，她被国家机器分配给父亲抚养，母亲每月出一百元生活费。她那时小，兼有爷爷奶奶的溺爱，不知忧伤为何物。八岁大时，爷爷重病需要长期留院观察，奶奶无法兼顾伺候她，万分无奈又无限坚决地把她推出去给了她已经再婚的父亲，也就是从那时开始，她意识到，她和其他孩子不完全一样。一句话，和同龄孩子相比，她比较早熟。

五年级时，母亲郑洗蓝费尽周折，变更了她的被监护权，又把她从内地转学到深圳，之后她改了姓，和母亲愉快地生活在一起。

郑佳媛回到家，整理完物件，把脏衣服提去洗衣机旁准备机洗。她揭开筒盖，正要把脏衣服一股脑儿地投进去，忽然看到筒底搁着一双黑袜子，白色大写英文字母点缀两侧足踝，一双棉袜。她失了一会儿神，袜子可以肯定不是母亲的，也当然不是她的，她猜得到那是谁的。她眼前闪过一个男人的样子，不觉一阵厌恶。

她迅速撤到厨房，从冰箱的门匣子里取出保鲜袋一轴，麻利地扯下一只，捻开袋口，朝里呵了一口气，袋囊顿时撑开。她把右手套进去。回到洗衣机旁，她用戴着保鲜袋的右手把筒底的袜子捞出，左手帮忙拉动袋口边沿，满脸厌嫌地把脏袜子反手打起包。干完这些，她迟疑片刻，又把包扎好的脏袜子裹进一张废报纸，扬手把它从最近的一个窗口凌空飞出。楼下是一片露天停车场，她可以想象这双袜子的命运，不觉露出满意的笑容。

洗衣机是她和母亲的，她们自己的袜子也从不扔在里面洗的，都是用手搓的，因为母亲说袜子脏，上面有极顽固的真菌，和着洗容易跑去内裤上感染关键部位。现在竟然有个无耻之徒，把他的又臭又脏的袜子扔进她们纯洁的洗衣机，她认为她扔了他的袜子可是一点不过分。

她不喜欢李双河，很不喜欢。李双河侵犯了她和母亲的二人世界。母亲让她住校，她就如期住到学校。可她一点儿不相信母亲交代给她的理由。母亲说家里经常人来人往的，嘈杂，屋子还不时要充当她鞋店的仓库，所以让她住到学校去，这样有利于她毕业班的学习，考个好学校。母亲再三强调这番理由，每回她都瞪大眼睛点头，表现得不疑有二。

郑佳媛是有觉悟的，她并不反对母亲交男朋友，只要这个人不是李双河，她会为母亲高兴的。母亲能把她从父亲身边反扒回来，提供给她现有的一切，她对母亲已经冰释了前嫌。并且衷心关心母亲的幸福。她自己情窦初开，也鉴阅过几本纯洁浪漫的言情小说，对爱情寄予无限美好想象。但母亲和李双河的关系，就像揉进她眼里的沙子，叫她万难适应。

母亲安排她住校，虽然她认为母亲开给她的理由是一个虚伪的谎言，但对这安排本身她不反对。母亲和李双河的情侣组合，让她感觉羞耻，她巴不得可以回避。母亲为什么要找小男人呢，为什么就不能找个年纪相仿的？老牛吃嫩草是多难听的比喻。母亲竟然吃得有滋有味的，丝毫不在乎周围群众的眼睛。而那个叫李双河的年轻男人，他实在是疑点太多了，不光他的感情，他的来龙去脉，都那么让人无法信任。郑佳媛虽然还未完全成年，但她已经预感到，如果她和母亲的家里添上这样一枚人丁，她和母亲的幸福生活就大概要一去不复返了。

郑洗蓝收完最后一间鞋店的货款后驱车回家，夜宵市场的骚动提醒了她这是个周末，她当即决定把女儿约出来喝粥。郑佳媛得到邀请后并没有忙于答应，而是小心地问了声，还有别人吗？郑洗蓝说没有，就我俩。女儿声音忽然就脆崩了，说好的，说我要吃鲜虾薏米粥。

郑洗蓝当然明白女儿问的别人指的谁，不免内心一沉。从一开始她就知道女儿不喜欢李双河，但是她自己喜欢李双河，深度喜欢，所以她做不到为女儿放弃与李双河的交往，也没能成功让这两人真正团结友爱起来。想起来她是不无愧疚的。女儿十岁前她问津得极少，离婚后她决定去深圳，走前最大的不舍就是女儿，可女儿当时住在前公婆家里，电话都不愿接她的，她伤心绝望地想生孩子有何用，一发狠就走了。

现在，让她为难的是，她如何能更自然地跟女儿宣布她要结婚的决定。她把女儿接来后，她与女儿还是度过了一段磨合期的。女儿有些不好的习惯，女儿记得她没带她的事实，女儿不愿对她敞开心扉，女儿敏感早熟，对她还时有戒备。她生过闷气，怀疑过自己把女儿反扒回来的行为是否值得，最后她肯定了自己的行动。女儿为她心痛得直掉眼泪的样子让她感动极了也内疚极了，她觉得比起孩子对她的心痛，她付出得还太少。那是前年夏天，她进了大批皮凉鞋，没地方堆了就拉回公寓往屋顶上隔出的一层阁楼里塞。她爬上梯子负责往里摆放，女儿在梯子下面给她当二传手。由于科学不能解释的原因，她在回头接货时，砰的一声把脑袋像锤子一样砸在房梁上，她当时都忘记了疼，因为只看到女儿瞪大惊恐的眼睛，随即眼泪冒得像喷泉。她第一次尝到被女儿心痛的滋味，那种幸福感无法言喻。

但是，她终究还是替女儿安排了住校，出于一个自私的理由。虽然住校确实可以为女儿节约花在路上的时间，但她仍然感到自己的偏袒和虚伪。为了一个男人，她确实损害了对女儿的爱。她经常跑去看女儿，送吃送穿的，就是为了平抚内心不安。有次她让李双河帮忙去，本意是想让两人培养感情，结果女儿很委屈地向她要求，可不可以不要让他再去她学校，因为同学问她不好回答他是她什么人。

母女俩在粥店坐下后，郑洗蓝按女儿要求点了一锅鲜虾薏米粥，思忖着如何向女儿启口说出要把李双河变成她名正言顺的继父这件事。女儿的情绪看上去很好，很热切地向她讲述学校同学之间拉帮结派的事，说她们宿舍两个女生吵架，吵得可凶了，什么难听的话都骂的，然后这两个女生开始以请吃请喝的方式在自己周围形成势力范围。郑洗蓝问女儿加入的哪一派，女儿得意地说，我哪一派也不参加，我一个人独来独往。郑洗蓝问为什么，女儿老道地说，因为这种感情太虚假了。郑洗蓝不禁一怔，随即问道，那什么感情在你眼里才是真的？女儿歪头想了想，说，比如奶奶对我的，我对奶奶的，妈妈对我的，我对妈妈的，这些都是真的；像以前的秀珠阿姨，她对我的就不是真的感情，是装给人看的。

秀珠是郑佳媛的继母，郑佳媛随她生活了两年，积下的尽是怨恨与不忿。

妈妈，郑佳媛认真地说，我觉得李双河……叔叔也不是真感情。

你觉得他哪里对你不真了？郑洗蓝赶着问。

我不是说对我，郑佳媛看着妈妈说，我是说他对妈妈，我觉得妈妈对他是真的，他对妈妈是假的……

佳媛，郑洗蓝被女儿的话惊住了，你怎么会有这样的想法？

难道不是吗？郑佳媛反问，只有妈妈给他买东西，他从来没有给妈妈买过东西。

谁说的？郑洗蓝迫切反驳女儿，并立刻扬起手臂上的手表举证道，这就是你李……叔叔买的。

恐怕也是花妈妈钱买的吧，郑佳媛说。

郑洗蓝睡不着觉起来上网，意外发现大深夜的张小敏也在线。她刚一登录QQ，张小敏的对话框就扑将过来。

对不起，张小敏在框里说，我这两天一直想联系你，你现在还需要借钱吗？我马上可以转账给你。

郑洗蓝颇为意外，没吭声。

我错了，张小敏继续发言，我不应该对你指手画脚的，朋友做出的决定，我应当支持，而不是一味说丧气话。尤其是你，你早过了无知少女的年龄，有勇气做一件事肯定是权衡过利弊的。你现在还需要借钱吗？

郑洗蓝有点感动，马上发去一行字。不用了，我已经跟另外一个朋友借了。但还是谢谢你，你能支持我我感到欣慰。

我不是支持你，张小敏紧跟着回复道，我是无条件顺从朋友的心意，即便我看不出你对在哪里，我也顺从你，因为我不想我们的友谊从中受阻。我想过后也觉得，人做自己喜欢做的事、想做的事是没错的，即便最后证明错了也担当得起那后果。

你似乎料透了我不会有好结果？郑洗蓝问。

基本如此。张小敏毫不手慢地回答。

郑洗蓝失去了探讨下去的欲望，更不想请张小敏替她化解棘手问题了。女儿和张小敏在观点上是同一阵营的，她对张小敏诉说这件事，无异为异己送去一个同党。

郑洗蓝说，我困了，睡觉去了，你也早点休息！

张小敏说，我睡不着，我最近比较郁闷，你哪天有空出来喝茶，顺便帮我号号脉。

郑洗蓝送完李双河从机场返回，直接去了张小敏指定的茶馆。张小敏孤独地坐在临窗一桌，桌上有一壶茶、两只杯。

郑洗蓝拉椅子坐下，张小敏见到她，展示了一个转瞬即逝的笑容。

有什么心事呀？郑洗蓝轻松地问，每天都活得那么滋润，不是得什么病了吧？

你才有病呢，张小敏反将一嘴。

哦，没病就好，那是怎么了？郑洗蓝问。

唉，张小敏叹了一口气道，跟你说你肯定就会指责我的不是，我再不是我也就是本来就这副样子，他呢，他凭什么一天一个变化，天天都有新的让我接受不了？

谁呵？郑洗蓝问，谁一天一个变化，让你天天接受不了？

我老公呀，张小敏翻出一大片眼白回答道，还能有谁呀？你也知道，他过去是怎么巴结我的，你还笑过他是二十四孝新好男人，你知道他现在是一副什么样的嘴脸？他回家连正眼都不看我一眼的，我看电视他就去书房上网，我去书房他就去阳台待着抽烟，我验了多少回了，他就是故意在回避我，问他个事，他爱理不理的，告诉他什么，他也是满脸你说你的、他忙他的，他是不是想造反呵？

都老夫老妻的了，张小敏继续说，我也没缠着非要跟他待一块儿，他嫌我碍眼我还嫌他不中看呢，我就是不服气，哪有这种变色龙的嘛，之前是个什么态度，现在又是个什么态度？我是没有感觉的动物吗？

不就是冷淡你嘛，又没有虐待你，郑洗蓝说，你看着像不像有新情况？

你指外头有人？张小敏问，然后很肯定地回答，不像，每天下班不在家就在回家的路上。

你们结婚几年了？郑洗蓝问。

十年，张小敏说，今年第十年，十年青春给了他，落得这副下场。

换个角度也可以说，你已经享了他十年的福了，郑洗蓝说，你结了婚就没上班，也没正经料理过家务，你过的完全是少奶奶的生活。男人在外打拼，你以美容养颜为生，我在你家还老看到你对他颐指气使地，他下班回到家不是你给他递上一杯热茶，反倒是他被你差遣着做这做那的……

啧，张小敏发出一声舌音，正要说什么，被郑洗蓝一嘴打断。

你别啧儿，郑洗蓝说，听我先把话说完。我是离婚多年的独身女人，老实跟你说，你老公在我眼里真是天下少有，他被你呼来喝去的样子我看着都不忍心，我都不知道他是为什么要这么伺候你，他完全可以不伺候你的，你既没家底又没背景，既不贤惠又不体贴，不工作还不干家务，没钱挣还随便乱花……你比他年轻几岁，漂亮，曾经是个画家，曾经有很多追求者，他曾经似乎高攀了你，曾经为得到你发奋努力，他在进步你却在倒退，他每天升值你保值都难，你说你凭什么让他一成不变？人说时间一久，貂蝉也会变母猪，你还想凭你那点儿姿色作威作福地横一辈子呀？

那照你说，我是不是要由着他骑到我头上来？我们把奴隶和将军的角色反着演一遍？张小敏鼻息浓重地反问。

知道吗？做将军并不一定就比做奴隶快乐。郑洗蓝说，他爱你，他为你做这做那是他乐意的。有一句感人肺腑的爱情名言是这么说的，我爱你并不是因为你是谁，而是因为我喜欢和你在一起的那个我自己。你老公也许并不希望你沦为他的奴隶，他可能更希望你仍然有能力让他一如既往地爱你。他曾经爱你的年轻貌美，你有大把的条件休养生息，你应该要把他对你外表的爱顺利转化成对你灵魂的依恋，那样他就会继续供奉你的，而不会把你一下从云端拉入地洞。

张小敏眉头深锁，继而咬牙切齿地说，奶奶的，为讨他欢心，我还得洗心革面地废除旧我呀。

你认为不值得你就不要做啰，郑洗蓝说。

如果问题不是出在这儿呢？张小敏忽然又问，他不会是得了绝症吧，想树立一个万恶的新形象再离开我？

你……郑洗蓝噎住了，你这么想就不内疚吗？好男人是多么稀罕的资源你知道吗？命好逮着一个也不要这么挥霍呀。

不是，张小敏说，这些天跟他冷战积了太多忧忿，离婚都想过一百遍了，大不了离婚嘛，离婚我分一半家产，省着点花下半辈子也吃穿不愁了。

唉，郑洗蓝深深叹了口气，离婚我看损失最大的是你，你老公不过是从此脱离苦海。

你就抽我吧你，张小敏没好气地说，你重男轻女得厉害，难怪李双河都能把你勾走，你怎么没跟他一起回老家？

我晚两天自己过去，郑洗蓝说，手头还有点事没处理完。

佳媛喜欢新爸爸吗？张小敏饶有兴趣地问。

不怎么喜欢，郑洗蓝苦恼地摇头。

我想也是，张小敏像买彩票中到奖一样，按捺住兴奋的表情装作中肯地说，孩子的意见你还是要听的，将来可是要在一个锅里煮饭吃的，还有你父母兄嫂呢，他们都赞同你？

都反对，郑洗蓝说，不过都反对无效，我哪会听他们的，倒是佳媛，不如……郑洗蓝盯住张小敏，说，你来帮我做通她的工作？

那谁先来帮你说服我呀？张小敏微笑着说。

你不是说你无条件顺从我吗？

好吧，张小敏说，看来你是铁了心要和李家联姻了，你们摆酒吗？

为何不摆？郑洗蓝问。

有种。张小敏跷起大拇指，问道，登报吗？

有病吧你，郑洗蓝骂了她一句。

我真是佩服你呵，张小敏兀自说，你怎么就有那么大勇气坚持做一件事的呢？

我没你心气高，可以吗？郑洗蓝说，我单身了十年，十年里我相处过不下于十个男人，李双河是我认为目前市面上我所能找到的最好的了。我不想找老爷爷，也不是找靠山，我要找的是一个有情有趣活生生的爱人。

张小敏嘴角荡漾笑意，像是明白了所有似的，忽然又抛出一问，你们会做婚前财产公证吗？

从李双河老家回来后，郑洗蓝就一直以忙为由拒绝张小敏的邀约。这态度激怒了张小敏，她暗下决心绝不再先约郑洗蓝。这样过去两三个月，她们才有了一次会晤。郑洗蓝罕见地早到了，点好菜坐等。张小敏坐下后发现这不是一场喜庆的饭局，郑洗蓝表情漠然，看不出悲喜，拿起菜单看看，椒盐鲜鱿位列榜首。

谈谈你去未来婆家的见闻感受吧，张小敏说，椒盐鲜鱿都重出江湖了，想必万事顺利吧？

吹了，郑洗蓝直截了当地回答，表情不觉狠了起来。

啊？张小敏短暂地惊讶了一声。

十分戏剧化，郑洗蓝说，起先他们家以为我比他们儿子小一岁，原来李双河只告诉他们我属蛇，他们家人就自动给我减免了十二岁，结果一见面他老娘就一直盯着我看，继而单刀直入地追问我的年纪，我不想弄虚作假，就如实以告，再说让我装成二十七八的样子怎么可能？

后来呢？

后来李双河就把他妈拉开了，母子俩开了个碰头会后，李双河消失了。他父母请了他们家的二舅出面，跟我谈条件，说李双河念书时欠着五万元外债至今还一直欠着，说他们二老需要十万元的养老费，让我把这两笔费用清掉后"你们就结婚"。

岂有此理，张小敏眉头拧成一个疙瘩，怒道，穷山恶水出刁民，真是说对了！

他们家根本不算穷的，郑洗蓝说，屋里什么也不差，他们那地方也不落后，水有自来水，煤有煤气罐，他们所说的五万元外债我觉得更像一个借口，所以你说我怎么可能服气？

那你怎么回应的？张小敏问，有没有当场翻脸？

有。郑洗蓝痛快地说。

我问十万元钱养老费是怎么算出来的？凭什么让我给你们养老，我既不是你们生的，也不是你们养大的，你们是要把儿子卖给我吗？

等等，等等，张小敏打断她问，李双河呢，李双河就由着他家人对你为所欲为吗？

我到第二天下午才见到他，郑洗蓝说，他被他家人支派出去办事。笑话，我走南闯北多年，会害怕一个小镇上两个合起来不止一百岁的老头老太吗？我客气那是我的风度，我不客气那是我从不畏惧恶势力，他们想把我当软柿子捏，真是看走眼了，我不需要李双河出面替我撑腰，我单打独斗就可以叫他们吃的、打包的都有了。

但是，张小敏说，你跟一对老头老太斗有什么意思呢？你的问题只取决于一个人的态度，如果李双河完全不同意他父母的所为，不需要你吱声，他就会第一时间冲出来把你挡在身后的，他什么态度？对他父母的无礼要求，他就没有个解释给你吗？

我问他为什么不跟他父母照实说我年纪，因为纸里包不住火，老媳妇总要见公婆的，既然准备回来拜见他们，当然就是不打算隐瞒的，为何还要让我当面吓他们一跳？

他怎么说？

他说他基本猜到照实说他父母不会同意的，他说了生肖他父母就给我少算了十二岁，他也没勇气纠正他们，就希望我打扮年轻点，让他父母认为我的确还没有三十岁。

你的样子足以以假乱真呵？张小敏说。

可我不想撒谎，郑洗蓝说，所以他母亲一疑问，我就当场供出实际情况。

那，在你和他父母之间，李双河是怎么站队的？张小敏问，还有外债一说，你有没有向他求证过？

他说是真的，但具体数额他不是很清楚，郑洗蓝说，我信他的话，就表示可以帮他们家把债务先还掉，他说不用，说有能力时他自己会还的。

嗯，听上去不错，张小敏说，可我怎么就老不相信他的话呢？他家索要十万元钱他什么态度？

他说他母亲很固执，但他会说服他们的，郑洗蓝说，我真是高攀呀，嫁个在你们眼里一文不值的人还得使上吃奶的力气。

人贱人欺呗，张小敏说，谁让你犯那个贱来的？那后来呢？

回到深圳后，我打算如期结婚，郑洗蓝说，但李双河让缓一缓，说他父母态度已经有点松弛了，他再努力一把就能皆大欢喜的，我同意了，他再次说到外债，我说我帮还，他采纳了我的主张。

唉，张小敏叹气，一提钱我怎么就觉得李双河特别可疑呢？

不奇怪，郑洗蓝说，钱是老百姓的心头肉，谁都不能免俗。我赚五万块也不容易，平白地给了他家我也心痛，所以我提出和他婚前财产公证……

哎呀，张小敏一拍大腿叫了起来，干得好，我支持，严重支持！

嘿嘿，郑洗蓝短促地冷笑一声，道，李双河却为此人间蒸发了。

啊？张小敏轻轻叹了一声，两人一时都陷入沉默。

不辞而别，不告而退，他这一招真是太高明了，张小敏稍后缓缓说，利用你对他的感情，折磨你，让你既不能确定又不能全盘否定，就这样在你内心留一道悬疑、阴影，叫你永远看不清真相。

是这样吗？郑洗蓝泪眼相问，我可不可确定他是个卑鄙小人？

我可以确定，张小敏说，但是你却不能，因为你爱他，而我不爱。

爱是个什么东西呢，郑洗蓝悲哀地问，我为了他，甘心挨你们所有人的耳光，最后他却反手给我一耳光，我总觉得，他还会回来给我一个说法的……

对　手

葛颖说，假如在离去时感觉到低潮、忧伤，甚至隐约的痛楚，那么此人一定是荷尔蒙受到骚扰了。

听到此，谢觉明用狐疑求解的目光探向她，葛颖却就此打住，无意作进一步阐述，把一段语焉不详的结论，余音袅袅地扔在大气里。

葛颖说，我还有事，先走一步，谢谢你的咖啡，改天我请你啊。说完拎起坤包，起立，不卑不亢地转身离去。

谢觉明独自枯坐咖啡厅一隅，把葛颖的话舔上舌尖再次咀嚼。他虽然弄不清葛颖说这句话的目的，但对这句话，他同意。

埋完单回家，过红绿灯时，他看看时间还早，突发奇想地拧亮转向灯，往亿康书城方向驶去。

把车停妥，他轻车熟路地健步入店，径自攀上旋梯，前往三楼的文艺类书籍总汇。

这家书城的二楼，专营文具用品，楼梯口堆着几个年轻姑娘，设摊促销各类学习机。他经过二楼时，徜徉着的顾客中，有个四五岁大的小女孩忽然冲他喊哥哥，声音又软又甜。他吃了一惊，扭头看去，才发现不是喊他的，后首两米远的地上，蹲着的一个略大一点的小胖子，他才是被呼对象。小胖子正埋头看图画书，不耐烦地甩头应他妹妹一句：干吗？

他不禁一阵暗自自嘲。他虽然不老，可这么小的小女孩叫他哥哥，委强了。他不动声色地继续拾级向上，突然间就体会到了所谓的忧伤。

他收获不大，退出书城时，提袋里瘪瘪的，勉强淘得两本小说。他十分低调地埋过单后，迅速从出口处消失。他不堪忍受那些异样的目光，虽然他理解那些目光的投射者们的内心疑云。是呵，像他这样的男人，虽然不属高大威猛型的，但也绝不是娘娘腔的，谁能相信，他竟是一个言情小说的铁杆发烧友呢。

他不属文艺青年，上学时写作文跑题还得过鸭蛋，大学读的是工业民用建筑，出校门后顺理成章干上装修。如今，孔方兄看在他眼里引不起惊乍，曲折或者美好的爱情故事倒能令他思潮翻滚。

他钟情言情小说是从有一天开始的。话说有一天，谢觉明在西餐厅无事闲坐，邻桌来了两位姑娘，打扮上看，像在校学生又像刚踏入社会的幼齿白领。两位姑娘的对谈飘进他的耳眼，其中有一段对他意义深远，直接革新了他消闲项目的卤水拼盘。当时一个姑娘说，她现在连亦舒都不看了，更不要说琼瑶岑凯伦了，多幼稚呵，尤其岑凯伦，老是表哥跟表妹谈恋爱。另一个姑娘不同意她同伴的看法，说，表哥跟表妹谈恋爱怎么了？岑凯伦把他们写得多美呵，你看过《永恒的琥珀》吗？我初中看的，表哥表妹的爱情，好美好美……我们班女生轮流看，最后书都给翻烂了。

那天正赶上谢觉明的生物钟低潮，他殷切期待改变和惊喜，任何可能他都愿意尝试。离开西餐厅后，他直接去了书店。他没有找到岑凯伦，店里的导购说，那是个好老的作家了，现在流行席娟，要不要？谢觉明要了。导购推荐的他都要了，但他没有满足，他还是要找岑凯伦，他对表哥跟表妹谈恋爱感到好奇。

时至今日，他基本把包括岑凯伦、琼瑶、席娟、亦舒在内的，等等言情小说家的，市面上能找到的大部分作品一一过目过了，相信他对言情小说的阅读量，在男人中可谓翘楚。国内看完看国外，《茶花女》、《简·爱》、《傲慢与偏见》是他尤其喜爱的。真的，谁也看不出来，他竟然有这样的爱好。他本人，也娴熟地把这一爱好掩蔽着，更无意为外人道也。

谢觉明带着两本小说回到一个人的家。他的家宽敞漂亮，色调温和，格调不俗，但缺少归属感，缺少有序中的凌乱，仿似楼盘设下的样板房。

在卫生间洗过脸后，谢觉明在客厅坐下，习惯性打开电视，习惯性翻看座机上的来电显示。有一个是黄丽霞的手机号码。他迟疑了一下，顺手反拨回去。

喂，包工头，你没事不在家待着，整天在外面瞎转悠什么？黄丽霞愤愤的声音自话筒里冒出，嘴里像包着食物。

谢觉明不由自主地就笑了，回敬她道，黄牙医，你是不是又在吃东西？

哎呀，地球太悲惨了，我要去火星，黄丽霞叫嚷着说，我拔了一下午牙，饿得快晕过去了，现在正大补呢。

大补什么呀，你又不瘦，谢觉明故意找抽地说，你在哪里吃饭？

我就在你家楼下的米粉店，黄丽霞说，你没吃就下来吃，我请你，就米粉咯，这个规格的我还请得起，你要炒的还是要汤的？我先帮你叫好，你快点下来。撂电话前他又听到呲溜一声嗦米粉的声音，憋不住地笑了。

谢觉明把手机和钥匙揣进裤兜里下了楼。他面露微笑，心情爽爽的。有这么一个妹妹，他觉得他在深圳，还是有亲人的。虽然这妹妹不是嫡亲的，是他二舅的女儿，但与他的感情基础很好，用两小无猜形容一点不为过。虽然属于他们的童年，物资严重匮乏，他和她，常常有利益之争，还打过，但值得回忆的时光还是多一些。她本来在家乡当牙医，是他鼓动她南下的。她来后，他希望常常见到她，哪怕是抬抬扛，都可叫他暂时忘却烦忧，和一些越来越频繁造访他的寂寞。

包工头，坐，黄丽霞见他走过来，踢着旁边的凳子邀请他。

他刚坐下，他的炒米粉就送上来了。她已经把碗里的粉捞干净了，捧着大花碗喝汤。他吩咐店里伙计添一份卤鸭舌。

鸭舌送上来时，她盯着盘子看了两秒，谦虚地说，我已经吃不下了。

他说没关系，一会儿我吃。

她立马开吃。一边撕咬着一边说，我知道你是给我点的，我不能不领情，对吧？我全权负责。

他把盘子推她面前，说，那就麻烦你了。

一下午拔掉多少颗牙？他问。

哎呀，她挥舞着啃一半的鸭舌头，面孔发亮地说，一下午全来的拔牙的，我就敲敲打打，抠抠挖挖，使唤人拿锤子拿夹子拿针筒拿酒精拿棉球，刨出一个一个烂牙根，不知不觉太阳就下山了，可我拔得兴起，就主动留下加班，直到把拔牙的都打发干净才收手，哇，真的好过瘾呵！

他恐怖地看着她，摇摇头，什么也没说，继续吃他的炒米粉。

她盯着他，忽然哀怨地喊他一声，用的是儿时的称呼，觉明哥哥，你都三十大几的人了，再不抓紧姑妈都没力气帮你带孩子了……她老人家不敢压迫你，就天天压迫我，这个月的手机费你要给我报一半，都是你妈打得多。你妈说她心里有一千斤担子，八百斤是你没结婚，两百斤是我的对象不理想……她说我们两个是她一手带大的……咦，你妈这话吹牛了吧，小时候还是你待在我们黄家的时间多，我不过是上高中时星期天才去你家吃顿午饭，我怎么能算她一手带大的呢，了不起是看着长大的。好，这个先不谈。你妈说我们两个都没安定下来她一想就难受，尤其是你，她说你这个儿子她已经没能力管了，她不知你想过什么样的神仙生活……

不用搭理她，他说，我外婆，你奶奶，她老人家都没急，她急的个什么？

实在说，包工头，不要说你妈了，我，作为你的同龄人，也相当迷惑，你又不排斥结婚，见到人家小孩，也是眼馋得不行，怎么还不结婚呢？连个同居的女朋友都没有！深圳这地方，别的都贵，就女的不贵，我结不了婚再正常不过，你就太难解释了，每次替你张罗人相亲，我都不知跟人怎么介绍你好，这么优秀的人才，哪怕是结过离了都显得合理些。

我求你那样干了吗？他反问她，撂下筷子，把盘子推开一点，不吃了。

他从裤子后口袋里摸出钱包。他不会让她埋单的，小单也不会。她也从不佯作争取。用她的话说，她堂堂一坨名医，他区区一个包工头，他们的经济地位和社会地位形成互补。他挖苦她癞蛤蟆跳秤盘——自称，不就一拔牙的嘛，社会给你什么地位了？

他和她并排向他家走去。一辆车疾速驶过,他伸手拉住她,将她推到更安全的一侧。她却突然改变主意,停下脚步,说明天她早班,而且隐形眼镜的药水没带出来。

他怀疑地看着她,问,不是有其他活动吧?不是去见银行家吧?

她被他说中,十分无趣,看着他,说,不就是见个面吗,不能见吗?

那小子不是什么好人,他说,我是男人我比你了解我的同类,他对你没企图老约会你干什么?一个牙医,一个搞信贷的,就有那么多共同语言吗?骗鬼去吧。

她不情愿地跟着他回到他家。分头洗漱后,他在客厅看电视,吸烟,看他新买的小说;她在他书房上网,收发短信。

快半夜时,他煮了牛奶麦片,跑去书房问她要不要喝。她拇指在手机键上飞舞,头也不抬地回答,不喝。他听出她声音的异样,勾着头看她的脸。她双眼红肿,显然默默哭过。他摇着头,不屑地走开了。

翌日,谢觉明睡到十点多才睁眼,不用看都知道室内只剩下他一人。他把两只枕头叠起来靠着,习惯性地忧伤了一阵,一边回想昨晚小说中的人物。印象不深,没有感动到他,主要故事里的男女不为他激赏,不是他中意的郎心妾意款式。但是,他又不免惆怅,联想到自己即将迎来第三个本命年,却依然孤单只影。

上一个工程做结束后,他感到无限厌倦。他不是注册公司,虽然他做的单动辄数十万数百万的,却依然只属于野战军,过程中要承受更多更大的额外压力。上一单他赚了不少,却难逃一种感觉,他时时感到,他就是一只地洞里的老鼠。工程结束后,他没有火急火燎地奔赴新工程,他想好好休息一阵,哪怕到年底不干活,他这一年也算是丰收年的了。

起床,洗漱,换掉睡衣,喝了一杯淡柠檬水,意外发现餐台上有两只煎蛋。看到煎蛋他没有欢喜,他知道那丫头肯定是睡不着觉起来弄的。黄牙医煎蛋还是很有技术含量的,总能把蛋白煎得焦黄可口,蛋黄却也凝固得刚刚好。他喜欢这种火候的煎蛋,自从闹腾过禽流感后,会流蛋黄的煎蛋他就不吃了。

他把两只煎蛋次第包进嘴里,很快就嚼咽了,又喝了一大口水涮嘴，之后抱上他新买的篮球出门了。

　　葛颖致电黄丽霞，说请她吃巴西烧烤。黄丽霞吞了一下午口水后终于迎来下班。匆匆赶往华侨城的海景酒店，两人把那儿确定为接头地点，会晤后再相携前往烧烤店。

　　烧烤吃得很过瘾。自助式的，还有很多水果、西点、凉菜和炖品。

　　吃着吃着，葛颖说，所幸这世上还有这么多好吃的，好穿的，好看的，不然人生真是无趣得紧呐。

　　黄丽霞说，所以一定要保护好牙齿，如果牙齿不好，这么好吃的烧烤也无力一亲芳泽，那才真叫白活了呢。

　　你不是说我吧？葛颖松开正在上下颌间撕咬着的一块烧排骨，捂着嘴惶然地问。

　　当然不是，黄丽霞赶紧说，我是说全人类，情况都是一样的。

　　你不能跟我提牙，一提我就伤心，葛颖说，你要给我保密啊，关于我缺了一颗门牙的事，你谁都不能说，你是不是已经说了？

　　我说了？我说给谁听呀？黄丽霞反问道，你们家的人谁不知道得比我清楚？我周围的人谁认识你谁关心你呀？

　　你表哥呢？葛颖严肃地问，你怎么向他形容我们认识的经过的？

　　照实说呵，黄丽霞无辜地说，医患双方，特别有眼缘，就建立了联系，一来二往，成了莫逆之交呗，这不能说吗？

　　补牙不可耻，可补一颗门牙就很羞耻，尤其，我还不是补的，我是镶假牙，我这么年轻，却未老先衰……实不相瞒，我那天那粒门牙啃掉下来后，我立刻窜到镜子前面观看，我瞅着镜子里那宛如猪八戒的耙儿一样的门齿，我当时那叫一个万念俱灰呀，想死的心都有了。

　　你，你也太脆弱了吧，黄丽霞不能置信地说，牙不好的人我见得还少吗？都好我们做牙医的还不得失业呀，该补补该镶镶，整好了一点不落痕迹的，都像你这样，那烧伤科的病房，窗户都得用铁丝网缠起来了。

　　哎——葛颖长长叹一口气，我不能跟那些神经特别坚强的人比，怀疑人生是我经常默默从事着的工作。

　　我第一次见你，就觉你特别忧郁，黄丽霞说，眼神游离缥缈冷漠，一副遗世独立的样子。

我门牙掉了我能高兴得起来吗？葛颖说，我相信任何一个见到我门牙脱落的异性，都会呼啸着逃开的。

你没跟你表哥说我是去你那儿镶门牙的吧？葛颖警惕地问。

没有没有，黄丽霞说，没说那么仔细，只说是我的病人，朋友……我前天还住他家了呢，光为了教训他去的。

教训他什么？葛颖问，前天我也跟他喝咖啡来着，他回家说我什么没有？

没有呵，黄丽霞说，一切都很正常。我是接受我姑妈的委托，对他耳提面命去的，我姑妈抱孙心切，偏我表哥不肯体谅。

哈哈，葛颖笑，你那表哥挺逗的，有时候像个多情公子，有时候像个爱情骗子，都不知哪一面才更接近他的真我。

我表哥早年算个正常人，黄丽霞说，这两年越来越变态了，不过有一点可以肯定，他私生活不乱的，不然我也不介绍给你。

可是，葛颖欲言又止的样子，一个正常的男人，他难道没有需要吗？

有需要不一定就非得要嘛，黄丽霞压低嗓门说，他有时说的话可纯情着呢，你简直不能相信这是一个大男人的爱情观。

是嘛，葛颖换了副淡漠的表情，说，这样的男人往往是世故和守旧的，往往对都市现代女性充满偏见。你表哥，他有对你评价过我吗？

没有，黄丽霞如实回答，你们也没见几次吧？

那也是，葛颖浅浅一笑，你在场有三次，你没在场三次，加起来一共六次。

感觉如何？黄丽霞问。

感觉不稳定，哈哈，葛颖缩脖子一笑。

啧，这人和人的事，真是说不来的，黄丽霞咂嘴说，你跟我表哥，看在我眼里蛮登对的呀，交往起来竟然不利索。

那你问他呀，葛颖说。

黄丽霞指挥谢觉明把车转向一个有大大P字箭头指示的小路，那儿隐藏着一个地下停车场。泊好车后，她拉起他的衣袖从入口处往出走。

去哪里呀？谢觉明狐疑地问。

先别问，黄丽霞说，记住一个信念，跟着我，有肉吃。

穿过一个大大的，有偌大喷泉与假山以及摇椅铺排的广场，他们到了一家烧烤店门前，就是黄丽霞、葛颖上次光顾的那家。

黄丽霞以先驱的姿态把谢觉明甩在一面座厢里，旋即号召他展开自助取食。

喷香的烤肉送上来时，谢觉明顿时胃口大开，对黄丽霞说，我们喝点酒吧？一旁的啤酒促销赶紧上前，谢觉明要了半打喜力。

餐厅有歌手驻唱，抱着把吉他兀自在一角浅吟低唱，极哀怨，反复咆哮一句，我这么犯贱，还不是因为太爱你太爱你。

谢觉明用纸巾写了一首歌名，委托服务生转交。一会儿服务生把纸巾片退回来了，说这个歌手只会唱新歌，会唱很多网络流行原创，费玉清这么老的，他不会。

黄丽霞打击他说，听费玉清回家听吧，怕别人不知道你一把年纪地？难怪有人说KTV点歌和身份证有同一效果，点什么歌就基本能知道你哪年生的了。说完她又问服务生，台上那歌手会不会唱莫文蔚的歌？

谢觉明同样嘲笑她，莫文蔚就年轻了吗，不一样暴露你接近三十的事实？

她马上严肃地辅导他，莫文蔚是知性华人女歌手，她的歌深情而富含哲理，你不懂欣赏就不要乱发言。

服务生说他们店十点钟上场的是个女歌手，模仿莫文蔚很在行。

黄丽霞点着头说，那好，我等她。

谢觉明看看手机上的时间，没有提出反对。

黄丽霞自助了一盘水果回到座上，谢觉明看了不怀好意地笑。黄丽霞一边吃木瓜一边说，我知道你笑什么，有什么好笑的，我吃木瓜也不是为那个作用，我本来就爱吃。

我笑你什么啦，谢觉明说，我笑你太能吃了，看来人胖不是没理由的，还经常抱怨老天不公，说什么喝白水也胖，你今晚都吃掉多少肉啦，竟然还能再装这么一大盘水果，谁敢娶你呀这么能吃。

能吃就能吃吧，胖就胖吧，黄丽霞颇为惆怅的样子，反正也没人喜欢，胖一点又何妨？正如葛颖所说，没有好的爱人，还有这么多好吃好穿的，也能给人以些微漠慰藉的了……对了，你对人家葛颖印象还好吧？

你的朋友，我敢说不好吗？

那就用点心追她吧，黄丽霞说，我看她能当我嫂子。

你觉得我们配吗？谢觉明几乎眯着眼问她。

配啊，黄丽霞连连点头，把最后一口木瓜扔进口腔，往纸巾包里抠纸巾，发现空了，扬手招来服务生，吩咐再上一包餐纸。

你潇洒她漂亮，黄丽霞一面擦着自己的手指一面阐述，年龄相仿，教育程度相仿，都没结过婚，都有事业基础……你别以为就你包工头挣钱多，人家公务员工作多稳啊，就算你将来万一有个事业上的低谷，靠她一个人的收入也能养家养小孩，这样的组合多难得呀。

谢觉明定定地看着她。

干吗？她被他看得毛了，没好气地问。

他不屑地横了她一眼，道，你跟她才认识几天啊，就敢这么指着要我把她娶回家？

你对她有什么好奇的地方尽管问我，黄丽霞说，我和她认识的时间虽然不是很长，但人与人的缘分、了解不在时间长短，对吧？

哈，谢觉明轻狂地一笑，一副瞧不起人的样子，抽着烟，缓缓说，葛颖这样的，我不会考虑。

为什么？黄丽霞忍耐地问。

她年龄大了，谢觉明说。

她大？黄丽霞甚不以为然地反问，那你不是更大？至少人家还比你晚两年出生。

男人怎么好比？他说，女人这么大岁数了还没嫁就很可怕，尤其在深圳这种地方，那些敢出来闯荡的女人，一个女人就是一部史书，内页一定是复杂而可怕的，你放眼看看，这个城市，有多少人过着没有明天的同居生活？老实说，要我找这种所谓大龄未婚女白领，我宁可找个结过婚离了的，经历可能还单纯一些，不过我基本也不可能找离过婚的，我凭什么找人家离过婚的？

那你要找个什么样的呢？她问，我大概知道了，和你一般大的不在你考虑的范围之内，年龄偏高的未婚女白领也不是你的目标对象，那就剩下在校学生，或者刚走出校门的那一拨了？

至少八零后吧，他说。

你就不怕你们有代沟？她问。

怕呀，他说，所以一直没找着，上次有朋友替我介绍了个女大学生，短信沟通时我跟她说，费玉清一路陪我去东莞，结果她马上提出绝交，责问我既然有女朋友了为何还要交往她，哈哈。

嘿嘿，这就是报应！黄丽霞幸灾乐祸地说。

积点口德吧你，谢觉明说，我有什么好报应的？我既不坑人也不害人，不过想找个单纯而美好的女孩子共创未来，这要求过分么？

不过分，黄丽霞鼻腔里哼哼着说，但你这样评价大龄未婚女青年也太不公平了吧，有多少有才有德有识的女子，心怀爱情梦想，不甘向世俗低头，一没注意就熬大了，你怎么能一竿子打翻一船人，认为她们统统历史狼藉，履历充满污点和疑点呢，虽然她们的清白也不需要得到你的认可。

我没说全部，谢觉明说，我肉眼凡胎难以甄别，唯有绕行避开风险。

但是，黄丽霞说，一个经历单纯如白纸的人，你要她有思想的金矿，还要懂得并且欣赏你那个时代的流行音乐，上哪儿找这么一个结合体去呀？

所以说，找一个对手太难了，谢觉明晃着脑袋伤感地说，不然我何至于熬到今天还没看到成果。

黄丽霞捂着一只大口罩，大半张脸深陷其中，只露出两只炯炯有神的大眼睛。眼睛上方是两道紧锁的浓眉。她正在给一个老头拔牙，确切说是拔一枚牙根。老头的牙根失去养分已久，松脆异常，像鸡蛋卷一样一触即碎，受不得力，完全无法以一蹴而就、连根拔起的理想模式开展。老头已经流了不少鲜血，可牙根仍然深埋在一个深不见底的地方。无奈，她只好给老头补了一针麻醉，以极其血腥的方式把牙根剖牙床产出，之后进行了缝合。

摘掉脏手套，黄丽霞暗暗吁出一口长气，拾起笔给老头写诊断书。

丽霞！循着一声呼唤望去，葛颖赫然在前。

这么好，来看我的？黄丽霞问。

来看牙的，葛颖说，上次那个牙套戴得有点不舒服，好像有点高，是不是可以磨平一点？

我看看，黄丽霞把头向后方操作台一甩，你先躺上去，我写完就来。

旁边一个牙患男马上抗议，怎么插队的？我明明在她前面。

她是预约好了这时候来复诊的，黄丽霞说，不要紧，就几分钟，你稍等一下。

葛颖冷眼斜视着抗议男，狠狠白了他一眼。

打理完葛颖，黄丽霞说，我还有半小时下班，你没约就等我一下，我们再去吃烧烤。

还吃呐，葛颖说，我小肚子小痘痘全出来啦。

我小肚子小痘痘就没消停过，还不是照吃不误？

五点刚过，她们打的直奔巴西烧烤。服务生已经认得她们了，直接把她们引到老座位。

晚市才刚刚开始，餐厅里穿梭往来的都是大厨和服务生，忙着往自助台上布菜盘。葛颖掏出烟盒，弹出一支来点上，执烟支颐，对黄丽霞，请允许我暂时忧伤一会儿。

黄丽霞拾过她的烟盒，也给自己点上一支，没吸两口，就开始抹眼泪，一面掐灭烟头一面说，我沙眼，想装得酷点都不行。

你不用装酷，葛颖说，你本来就不酷。

啊——什么意思？看不起我啊。

哪儿的话，葛颖说，你属小白兔型的，活泼可爱、人见人爱。

黄丽霞闻言愣怔了一下，继而伤感地说，就他不爱……我单方面狂热地迷恋着他，他的一句话、一条短信都可以叫我在瞬间潸然泪下，可是，他终究不是我理想的爱人，我理想中的爱人也必须是爱我的……所以说，我表哥说得没错，世界之大，人口之多，找一个对手却是那么难。

爱情基本都是一个人的事，两个人的那叫妥协，葛颖说，总有一方爱得多，一方爱得少，一方正在进行，一方戛然而止，谁先不爱谁就先离开，对等的爱情我就没见过。

你说得真好，黄丽霞崇拜地说，其实你今天不来我们医院我也想约你了，我想跟你澄清一个真相。

什么真相？葛颖问，你欺骗我什么啦？

那倒不是，黄丽霞说，我想确凿地告诉你，放弃与我表哥的，以构建婚姻为目的的交往，他这个人，不配跟你对垒……怎么说呢，我直说吧，他是一个俗人，俗到什么程度呢？我总结了一下，他是一个从面子俗到里子，从骨子俗到血液的一代俗王，你不必请我摆事实讲道理，你只要认定这么个事实就行了。

葛颖愕然地看着她，喃喃说，我怎么就没看出来呢？

别说你了，黄丽霞说，我都是最近才发现的，所以说，骑白马的不一定是王子，也可能是唐僧，长翅膀的不一定是天使，也可能是鸟人……谁能想到，我表哥俊美光鲜的外表下竟然裹着这么腐朽僵化的一颗心。

他究竟犯什么错误了，葛颖问，以至如此地颠覆既往形象？你最初说到你表哥时，可是一口一个杰出青年优秀代表地一路夸过来的。

唉，他这个人呀，黄丽霞叹口气说，我也是相当失望。

谢觉明接到一单新活儿，地处龙华某工业区，把一栋闲置的厂房乔装打扮成歌舞厅。这种工程他甚为谙熟，也洞悉其中的利润空间，搞定后不禁心情大爽。他致电黄丽霞约她爬山，黄丽霞一口回断。黄丽霞说，别跟我提运动，好吃好喝时记得叫我吧。谢觉明摇着头搁下电话，思索片刻后仍不甘心独自上山，就又把电话拨向葛颖。

葛颖一身休闲打扮出现在谢觉明的视线里。他为她打开车门，她笑容灿烂地坐进他的车。一路说笑着开到梧桐山脚，泊好车，很自然地牵着手上山。

先是石砌的台阶，她说这不跟爬楼梯一回事吗？她说喜欢爬那种手脚并用的险山，那样才有挑战。他让她不急，说有那机会的。果然，不多时那机会就来了，不仅要手脚并用，还得借助各种崖角或树藤的支撑拉扯，越过一段峭壁。然后就到了一条曲曲弯弯的溪流边，水自上游而下，清澈异常。他召唤她坐下来小憩，她自背包里翻出两支水，分他一支。他们坐在相邻两块的山石上，溪水从腿脚边淙淙流过，犹如进入到武侠剧的拍摄现场。

她自侧面观察他，发现他的确眉目俊逸，堪称帅哥。她想起黄丽霞新近对他的置评，颇为疑惑，她暂且看不出他的俗。在她与他屈指可数的几次接触中，她印象最好的是第二次见。那次有她一个女友在场，他自始至终显得大气、沉稳、谦和而体贴，令她对他的好感扶摇直上。所以她说出了那番话，假如在离去时感觉到低潮、忧伤，甚至隐约的痛楚，那么此人一定是荷尔蒙受到骚扰了。她是说出了她当时的感情，只是一切还才刚刚开始，她不能失掉女人应有的矜持，所以她只能泛指，模糊掉主语。再后来的约见，都不如那次有感觉。最坏的一次见是他喝过酒后，半醉不醉的，把她带去打斯诺克，喷着酒气跟她说他的伟大构想，频繁念叨一句串词——我天生是做老板的命——留给她一个轻薄浮躁的印象。

歇过一阵后继续上山。又是一段相对好走的路。他在前面大踏步地走，她在后面匀加速跟进。她见他没一点减速的意思，就跑步追上去，拦住他说，再这么走，我就掉头下山啦，哪有你这么不懂怜香惜玉的？两人一起哈哈大笑，他拉起她的手，果然慢了许多。

梧桐山在深圳属著名可登山脉，免收门票。一路上都能遇见不少上山下山的同好，撞见一些搂抱接吻的情侣。而他和她，除了牵手，无有其他小动作。她设想了一下，如果他想拥抱她，她许还是不许呢？答案基本可以肯定，她许。

食色，性也。他作为男人，不可能不受眼前事物的刺激。但他有对付自己的办法。他一贯是个禁欲主义者。她不是他的理想人选。他从前领教过她这类女子，深知这类女子的脾性与处世态度。她们表面上知性有礼，不乏豁达，实际上却相当难缠，永远觉得自己的人、自己的感情弥足珍贵，你动了你就要埋贵单，别管事先是不是没标价。这么一想，多动人的女人他也没兴趣动了。

他们上山晚了，爬到一半时出现一些蜇人的小飞虫。她手臂上立刻起了疱。她是珍惜身体发肤之人，马上生了下山的心思，尤其听他说，越到晚间小飞虫就越猖獗。她毫不忸怩地提出下山。她说，要不我先下，在山脚下等你，你坚持爬完再下来？这方案当然不可行，他岂能如此没风度。于是他们选择下山，且没有走山路，而是沿着螺旋式的公路步行下山。

下山时，他们开始闲聊各自的童年趣事。他说的几乎都跟黄丽霞有关。然后他说，很认真地说，黄丽霞曾经是他的第一个梦中情人，这个梦终止于黄丽霞谈第一个男朋友。

她非常讶异。

他说，中学时代的黄丽霞，几乎就是刚出道时的林青霞的翻版，浓眉大眼清纯秀丽，功课也非常好。他们读的是一个中学，只不过他考上大学时她还在念初中，但是他进大学后也没有喜欢上学校里的哪个女同学，依然会在放假回家的时候，乐此不疲地跑去学校接自己的小表妹放学。

唉，他最后叹息着说，你看黄丽霞，她现在这么滥交，我看了都替她惋惜，可惜人生没有重启键。

她不同意他最后的总结，她说她不是滥交，她是舍得投入，一旦爱意迸发，就会奋不顾身。

他纵声大笑，说，她还不算滥交？她这么舍得投入，怎么还不见产出的呢？

她顿时语塞，随即正色说，因为缺乏对手，因为那些对手不配。

他闻言，很是惊讶地看着她。

黄丽霞约了葛颖一起过中秋。两人在指定的地点接上头后沿途找餐厅，结果食街上到处人满为患。她们好不容易插进一家被包了席的川味馆，挣到了犄角旮旯里的最后一面台位，缩手缩脚地吃了一点抢过来的自助火锅，而后，一致决定打车去葛府消磨这个传统佳节。

葛颖独力按揭的房子，两室一厅的公寓，装修实用大方。两人分头歪在长沙发的两端，电视上是花团锦簇的中秋晚会，大腕云集，载歌载舞。

一位毫无秀色可言的著名女歌手登上台，用她的天籁唱出一曲《天亮了》。葛颖表情痛惜地说，她真是长得太难看了，上天白给了她一副好嗓子。她为什么就不能减减肥呢，如果不这么胖，也上镜一点呀。

听说她是同性恋，黄丽霞说，喜欢赵薇，还喜欢周迅，并和另一位名气不太响的女艺人同居，还准备去国外登记结婚再领养一个小孩。

这我也听说过，葛颖点头说，不过她铁定是被男人伤透了心后才决定这么干的，她这么感性的艺人，注定在情感上需求更强烈，但哪个男人见了她的样子还能付出会导致神经错乱的爱情？她才是活生生的打遍天下无对手的孤独求败呢。

何止她，黄丽霞说，最典型的要数王飞，盘点一下她经历过的男人，哪个不叫人扼腕长叹？她自己就不想找一个重量级的对手吗？肯定不是。姐弟恋那是因为缺少更好的对手退求其次的结果。每个人，每个不同层面上的人，都在找一个能较量的对手，可是却往往对手难求。名人如此，我们这些无名鼠辈同样如此。比如我，我想付出，想接受，我保证有这样的人选我会洗心革面，做最好的女人，但是，我的对手在哪里？

可惜，葛颖说，我们都对女人没兴趣，不然可以搞搞断臂。

哈……两人同时纵声大笑。

我们都是喜欢男人的女人，黄丽霞说，再好的同性之谊也无法弥补那份希求。

是的，葛颖说，你的鉴定，我完全同意。

哎——

麻 花

汤静媛的模子开得好，有事实为证，水波大眼佐以樱桃小嘴，美得无可争议。据说美色是她家的家族史，可以上溯到她家一个世纪以来的几代衣钵，到如今数得见的都还有她的外婆和亲娘。汤静媛的外婆和亲娘，作为曾经红极一时的美人，当年的风貌还依稀可辨，可惜生早了几十年，非但未曾借美貌大有作为，反倒为此受过牵累，而且这牵累一定程度上也对汤静媛造成影响。

比如汤静媛生得百年一遇的俊俏，偏生不幸只有一米五二。她曾经非常不解，纳闷她既然遗传了她娘的美貌，为何没有顺带继承她娘的身高？要知道我们这个时代，有时候身高比美貌更加得人心。后来有一天，汤静媛从医学书上为自己的海拔不足找到依据，是她娘的不幸直接导致了她的不幸。她娘十七岁怀她，自己都还在长身高，那年头营养又不丰富，她还得抽取有限的资源供自己发育使用，就只好把胚胎期的汤静媛弄成先天不足。

事到如今，这粒恶果还在生效，汤静媛没事就爱在商场瞎逛，不在"恨天高"，就在"矮子乐"，这两家专柜是她业余休闲的定点去处。如果不是她坚拒，矮子乐的专柜柜长打算向他们经理申请，荣膺汤静媛为他们产品的热心顾客，给她披绶带推出来示众，站八个小时，回馈她一双市场价五百八十八元的矮子乐增高鞋垫——看介绍很神奇，垫着垫着据说就能真的高上去了。

汤静媛不想做形象代言，却又对那鞋垫抱着控制不住的幻想。矛盾不可调和之时她想到我，她打电话把我叫去，她让我给她买那鞋垫。她说你帮我把它埋了单，我回头教你两招法宝。她说你用这两招对付贺家老二，一准能把他吓死。

俗话说，矮子矮，一肚子老拐。我不但见得着汤静媛的矮，我还信得过她的拐，长期接触考察发现，她有这才华。

我决定接受她的勒索，跟她一起在专柜还了半天价，最后以三百块钱买下一双鞋垫。完了我们坐到缀在商场大楼左下角的肯德基，我认真听取了汤静媛的克敌法宝，当时就忍不住拍了大腿，叫好。我既好奇又兴奋，即刻决定抓紧时间实施。结果，实验结果一出，吓得要死的人是我。

一小时之前，我把贺家老二从我宿舍连哄带骗地劝走。看着他从窗户里走远，我也火速飞奔下楼。我在大厦的银联柜员机上查询了账户，跟着就傻了眼，沿街兜了两个回合，依然惊魂难定。饥渴中，我一头扎进我经常光顾的那家低级西餐厅，这才想起还可以致电汤静媛。

我说你教的招子不灵，现在吓得要死的人是我。汤静媛命令我待在原地不动，她二十分钟后赶到。

我在餐厅坐着，喝着免费提供的凉白开，观察着窗子外的风景。对面是一家发廊。发廊妹甚众，有坐有站的，都没事干的，毛发造型千姿百态，唯独看不到一颗纯黑的脑袋。不多会儿我看到一辆破旧的捷达车生猛地飙了过来，那是郑大钱的老伙计，平时轮不到汤静媛沾手的。汤小姐也不热衷开它，嫌丢人。我看看时间，汤静媛这次守时，比预约的时间还早了两分钟。

好像真的长高了一点哦！我对冲进来的她说。反正她常年都是踩着两截假肢上街，增不增高我看也没啥必要。

快跟我说，发生什么大事了？汤静媛坐下就着急问。

唉——我一声长叹，太出人意料了，你让我开出的两个条件，贺仁俊，他竟然都同意，都接受！

啊？嗨——口头承诺不算，要有实际行动，汤静媛说，比如，给了你CASH还是给了你金卡？结婚，那要有具体安排，别光听他嘴上说好就信了。

也不看看我跟谁混的，我斜睨她一眼，说，我是那么容易轻信的人么？

那怎么样？快说！汤静媛催道。

今天中午，贺仁俊忽然说来我宿舍，我首肯了，结果他坐下没多久，就跟我说要带我去见他父母，问我何时有空？

哇靠，这回可真是玩大了，汤静媛惊道，这二愣子还当真了呀，他如果知道你跟他哥哥都睡过了，他还要跟你做一家人吗？

你他妈能不能听我先把话说完？

你说你说！还有借钱这招呢，我不是让你先跟他提借钱，吓不退再提结婚的吗？

我完全是按照你的部署行动的，我说，我上周二跟他提了借钱的事，态度很轻松，说家里人要钱急用，什么用都没交代，他当时就同意了，让我把账号短信给他，我完全不当真，心想他即便没有如你所预料的那样自动消失，也会找个理由跟我说没有的。过后两天，他跟我说他在帮我筹款，我就开玩笑说，如果还不起你就娶了我吧，他没吭声，我想他当然是怕了，结果今天中午，他跑来我宿舍跟我说见他父母的事，我实在措手不及，就问他钱的事，他说他已经打进我账户了……我刚刚用柜员机查过了，没有错，一分不少……天呐，如果我不是心有余孽，记挂着得不到的男人，我都真的想和他试试看了……虽然他看上去又傻又天真，没一点社会经验和基本的判断力，完全不能应付将来江湖上可能出现的各种险恶，可是他这么信得过我，真的让我觉得，既感动又羞愧！

哇靠，这事哪像发生在深圳啊，汤静媛表情感慨地说，我用这两个法宝驱逐过不计其数的衰男人，从来没有失手过，甭管多少人围着你转，请吃请喝、小打小闹地送花送小礼物的也有，一说借钱，跑掉一大半，一提结婚，彻底清场就……你真是撞上珍稀动物了，赶紧保护起来要。

你别开玩笑了，我对汤静媛苦脸相向，得帮我想法子摆平他，钱可以马上转账还他，问题是我怎么跟他说，结婚是一句玩笑呢？而且我真怕贺老大知道这事后对我有看法，不知会把我想成什么人呢？

啧啧，汤静媛咂嘴，你看你，什么时候顾忌的都还是贺老大的感受！

　　总不能交往一场，最后留给他这么丧权辱国、破败不堪的印象吧？何况我本来也不是这种人，就更不能让他产生误会了。

　　他误会你和不误会你有什么区别呢？汤静媛反问我，你自己也说过，你是一定会跟他分手的，但我看你，哪有一点这样的意思呵？

　　我叹口气说，我也说不清，有时候感情很强烈，有时候又很冷淡，分是一定会分的，但你得容我慢慢撤退，跟小孩子断奶一样，我一时还少不了这口奶水，我还得喝着，少喝少喝直到完全戒了。

　　这贺家老二也真有意思，汤静媛微笑地说，这深圳到处是奇花异草地，他偏偏就盯上了他哥哥捃过手的这棵……叫我说，你还真不能和他好，我们这儿不比尼泊尔，兄弟几个合着娶一个老婆是人家的传统，打小就有这个心理准备的。

　　你想哪儿去了？我讨厌地瞪她一眼，是把你叫出来支招的，不是让你来发挥意淫的……真后悔，三百块钱跟你买了两条馊主意，弄得我现在没法收场……还有，如果不是你和郑大钱发神经摆什么喜酒，哪里会引出这一摊子麻烦事？

　　靠靠靠，这都能怪我？汤静媛震得眼珠子要掉了，点着我的鼻子尖说，我跟郑大钱摆酒是我们为我们的同居生活画上一个圆满的句号，也是响应国家构建和谐社会的一个实际行动……不是我说你，你不肯老老实实找个男人计划未来，偏要当第三者插足他人家庭就是你不对……不要老盯着所谓的成功人士，你看上人家贺老大，人家贺老大不可能为着你抛弃家庭，你看不上人家贺老二，偏偏就是贺老二这样的人才可能为你付出诚意和真心……除了事业还没正式上轨，老二哪一点不如老大了？

　　我喜欢成熟的男人，我无奈地摇头说，小朋友我没有依赖感，没办法。

　　我跟你说，汤静媛急赤着脸教育我说，男人越老越坏，越是老男人、已婚男人，越是碰不得，他们都是逢场作戏的好手……你想玩纯情，就要找小弟弟，在他们还没有遭受污染之前，他们才是有付出有担当的可能性人选。

　　我知道汤静媛又想借题发挥，对我进行劝服教育。本来，我跟她的相识相交，就是一段尴尬风流的意外结晶。那时候，我对贺家老大贺仁良如痴如狂，快乐也好，悲伤也罢，全在他的一个电话之间。去年的二月十四号，我临时决定一改往日的温良恭谨让，要贺老大舍下发妻陪我。遭拒。我一时失了心疯，命令他在半小时内出现，并以跳楼相挟。贺老大答应了来，半小时后，一个开着破捷达车的男人来了，他是郑大钱。

郑大钱开着一间举步维艰的文化公司，目前还没有挣上大钱，尤在通往富人的路上辛苦挣扎。但是，他为人乐观，我跟他萍水相逢的那一天，我本来是肺快要气炸了的，结果却被他哄得忘记了初衷。

有一个秘密我会让它烂在肚子里。郑大钱从贺老大手里把我接管过来后，曾一度非常有意跟我来一腿。也许是越使不上劲越想。他没想到贺老大扔下的一只破鞋，竟然装得跟圣女一样贞德。我连手都不让他握，说不许就不许，强来立马就翻脸。后来变成这样一种局面，他无论在哪，我只要一个招呼，他都会尽可能尽最快速度赶过来。他有一天郑重提出要我做她的女朋友，遭到我一通狂笑，笑完我说，我对贺老大是情难自控，无论他爱不爱我，爱我多少，或者值不值得我爱，我都克服不了地爱他，我对他投怀送抱，不惜青春、清白、名誉、自尊，一切都是扛着爱情的大旗……我知道你有女朋友，你们同居四年了，感情不会比一对夫妻浅，你想和我玩真的玩假的我都不能奉陪，我是峨眉山不搞派道姑，明白了吗？

郑大钱很快把他的同居女友介绍给我，她就是汤静媛。我和汤静媛好上后，郑大钱成了多余的人。今年五月的第一天，郑大钱和汤静媛结束爱情长跑，选在国际人民的劳动节这天，席开二十桌，举办了婚姻合同的开幕式。我荣幸地出任伴娘，伴郎是临时抓壮丁抓过来的，贺老大他弟。也就是从那天开始，贺老二突然降临到我的生活。

我承认，从一开始，我就对贺仁俊表现出交往的热情和兴趣。我是有潜在目的的，我希望更多地了解贺老大的私人生活，包括他的太太、他的家庭，他们在怎么相处，甚至他们以前是怎么认识的。这些问题不好太直接问出口，我往往必须说上十句到二十句旁门左道的铺垫之辞，才能以最不经意的姿态问一句兴趣所在的。

贺家老二对我产生鱼目混珠的好感也是可以理解的，小朋友容易对貌似成熟高贵的事物发生盲崇。我有一次跟汤静媛说，贺仁良的弟弟经常约我吃饭。汤静媛哈哈一笑，说，不要跟小毛孩一般见识。

但是现在，汤静媛竟然主张我找小毛孩，不要找老男人，她思想的维新发生得也太神速了吧？我就此向汤静媛发出疑问，她低头沉默了片刻，而后，对我据实以告。她说，郑大钱，他在外面找了个小姑娘，已经彻底交代过了，并表示悔改。

听到这个，我一点也不意外，但我还是装作有些吃惊地瞪了瞪眼睛，赔着笑说，猫儿哪有不吃腥的，改了就好，是吧？

你不用安慰我，汤静媛道，我不是没有境界的人，对男人女人的劣根性，我统统有充分的认识和思想准备，我也从来不看好男人，只是从前都很有信心地认为，我家大钱算个异数，对外面的花花草草基本是免疫的，没想他比一般男人还俗，招供与悔改同时发生，完全置对方小姑娘的处境不顾……真叫人寒心，我宁可他偏袒那小姑娘一点，让我也不至于对男人这么绝望。

不会吧，我表示质疑和反对，难道你希望看到你男人和别人的女人站在同一个战壕里反对你？

他那么做，我可能会伤心失落，汤静媛说，但是，他不那么做，我却是连他的人格都一块儿否决掉了……身为女性，我当然不能只代表个体想问题，女人的切肤之痛我也有过……你看，男人都这么干，女人还上哪儿找爱情找温暖，甚至找个信得过的肩膀靠一靠去？

现实就是如此，我说，不需要理解，只需要接受。

对，说得对，正如网络达人胖子罗所说，彪悍的人生不需要解释。汤静媛说着，把身体倒向椅背，腿屈起来抵在餐台边沿上。我一下看到她罩在广口裤管下的松糕鞋，鞋底起码有半尺高。

天呐，你穿这样的鞋也能开车？我盯着她的鞋跟惊叹。

她马上放上腿，站起来，在地上稳稳地踩了两步向我证明鞋子的性能。

你这鞋还可以有其他用途，穿在脚上当鞋，脱下来可以当板凳坐，我说，你也不是最矮的，需要这么搞吗？

别说风凉话，汤静媛白我一眼，你腿长，哪知短腿们的内心痛苦？她抬腕看看表，说，我在天虹相中一双细高跟的时装鞋，陪我去买下来吧。

你不会再让我给你埋单吧，我害怕地看着她，我可是招呼在先，我已经连续三个月发生透支了……看我，不仅月月舒，还月月透，真愁人！

小家子气！汤静媛鄙视地对我一撇嘴，月月透怎么啦？做女人就是要月月透，把买房买车奔小康的重任全撂给男人，不然男人一轻松，麻烦自然来……我要去把那鞋买下，前天逛都没舍得买。

在百丽专柜，我被汤静媛相中的爱鞋震住了。那跟，那叫一个高，不但高，又尖又细。我说，都可以当钻头使了。汤静媛不理我，扒下脚上的松糕，换上超级出位的百丽。

汤静媛几乎把自己的脚长都用来弥补了身高，真怀疑她偷偷练过芭蕾，不然哪来这一脚好本事？她穿上新鞋后，昂首挺胸地，在地上自我感觉优秀地走了一条线，又走了回来。她转过身来问我，怎么样？

你要我说实话吗？我问。

当然。

我凑近她耳语，像被人强奸了三天没有停过！

她马上坐回凳子，换上自己的鞋，跟一旁的小姐说，这双我就不要了，有新款你再通知我。

我们去逛了百货超市。我们在日用品区信步漫游。我问汤静媛，你那么怕看上去像被人强奸过？

哪里？她翻出一片眼白扫视我，我是舍不得那钱，买五百块钱一双的鞋，跟挖我的肉一样疼，你的酷评正好帮我坚定了不买的决心……郑大钱挣得也不多，我还得养活外婆，能省则省吧。

喂，麻花！汤静媛停下脚步，捡起一个巨形粮囤子里的一袋食品端详。麻花正在打特价，原价九块九元每袋，现价五块九元每袋。

吃过没有？汤静媛问我。

应该吃过吧，小时候。我说。

汤静媛面露微笑，说，我也是小时候吃得多，那时候要跟我外婆磨半天才能买上一根……怎么样，我们买一袋试试？

试就试，我说，反正打特价。

我们在商场外面的休憩台上撕开麻花的袋子，各取了一小支品尝。

你觉得怎么样？汤静媛问我。

我觉得有点硬，我说，我牙口不好。

　　跟你牙口好不好没关系，汤静媛说，就是硬，不是小时候吃的那种酥、脆，而且一点不香……这么大一袋子咋办？你拿回去吃？

　　我不要！我干脆地说。

　　这时正好来了一个讨钱的脏老头，他看着我们手里的麻花，喉结在松弛多皱的脖子皮里壁做了一个幅度超大的升降运动，眼神里流露出羡慕。汤静媛见之大喜过望，一举把手里的袋子扔给了他。

像雨像雾像风

　　张二毛计划利用国庆长假外出旅游。没能好好旅行一趟是张二毛近年来的胸中块垒。她曾多次对我饮恨抱怨，做人怎么能不出一次国呢？打工数年，未能走出国门一趟，张二毛觉得这是她事业不成功，人生不得意的如山铁证。鉴于此，张二毛发狠决定，自掏腰包请自己到国外游一趟，以填补该项历史性空白。

　　张二毛英语说得蛮溜，数学方面却严重不才，万事开头从不考虑经济预算，由此目标一贯宏大高远，海外游憧憬的都是西欧北美的发达国家，最不济的也还有大洋洲上的两个岛国。

　　国庆长假迫在眉睫，张二毛最终定夺，去新马泰。张二毛把决定告诉我时，一脸襟怀坦白。她语重心长地说，去西欧北美吧，就算不在乎那三万五万的花销，时间也不允许，我还得跟单位至少请一个星期的假才能把那几个资本主义国家挨个踩一脚，我们公司请假要扣发好几种奖金的，再说我还真舍不得那三万五万的花销，我如果把这钱腾出来，散给我老家那些穷亲戚，不知他们会对我感激成什么样子的了。去新马泰也是出国，既实惠又方便，玩一个星期刚刚好，不累人，回来继续上班挣糊口钱。

　　张二毛临出发前的傍晚，把她家两只爱猫一手一只抱来我家。张二毛说，喂，粪他娘，我把我家一毛、细毛借给你玩几天，你尽管玩，别客气，要求就是要买正宗的妙鲜包请它们吃，保证两天洗一次澡，能做到吗？

做不到，我对着她频频向外扇手，毫不掩饰脸上的不耐烦，你爱借谁玩借谁玩去吧，我压根就不喜欢你家的一毛细毛。

张二毛很火大，侮辱她的猫跟侮辱她的人一样严重。这个我知道。不过我可没意讨她欢心。讨她欢心就得违背我自己的利益和意志。犯不着。国庆中秋堵一块儿了，我家店里电话不断，都是要订月饼的，我都忙死了，自己家的狗都没时间玩，哪还有闲情玩她家的猫呀？

张二毛踉跄倒退两步，把两手臂里的猫向怀里收拢，唯恐她的猫听懂人话似的，用脸去靠了靠猫毛，聊表慰问。

我着急去我家店里干活。我娘带着居家保姆已经在那儿忙活一天了。虽然我娘是正宗的老当益壮，但腰椎间盘突出的痛疾正在折磨着她，就这样她都在带病上岗，身为她的孝女，我应该尽快赶过去换她回家休息。

我往包里顺东西，门钥匙、车钥匙、手机、钱包，四大件是必备之物，装完我把背包挎上肩，一面穿鞋一面不客气地对一旁傻站着的张二毛说，我要出去了，中秋是我家面包店的发财良机，不得延误，你还是把你家的一毛细毛寄到宠物医院去吧，那儿是专门的代管中心，很专业，我家真是没人手帮你管这俩孩子！

真想不到！张二毛痛心疾首地摇头。

张二毛经常对我做悲愤绝望状。我现在看她这表情就想吐。但我以前还经常为这类夸张的表情表扬她，说她人虽一把年纪了，仍保持着难得一见的童真。我表扬她的当时是真心的，那时候我俩好得可以为对方输血。此一时彼一时，这会儿，情况早就不一样了。我觉得她真是一个惯于装腔作势的女人。

张二毛摇着头说，刘芋头，没想到你这么忘恩负义，这么快就忘记了我当初是怎么待你家牛粪的？……你跟你妈回老家过春节，是谁，不怕脏不怕累，一把屎一把尿地服侍你家牛粪的？……它发热，我半夜送它去医院，给它打一百几的针水眼都不眨一下，回头也没找你报销药费……这些，难道你都忘了吗？

张二毛所言属实。我承认春节那二十天，张二毛对我家牛粪的监护的确堪称是有情有义——牛粪单挑了我不在深圳的日子出疹子，让我活活欠下张二毛这么个大人情。但是，她张二毛是个利来利往、清楚分明的人，如果不是我对她好在先，她能那样待我家牛粪？我们小区也有流浪狗之家，她可是一天义工也没去做过。

我当时对张二毛怎么个好法我也忘记了，但是有一幕印象深刻。有一晚她来我家玩，我摆出我多年来收藏的重磅行头，衣服、包、帽子、挂饰等，对她说任挑任选……嘛叫红颜弹指老？我在短短一小时里至少老了三岁，我看着她抱着满怀我的宝贝，相信了世上的确有心在滴血这种也许并不符合生物学现象的事发生。但是，我还是强忍剧痛任她把宝贝们抱回家去了。其中有一只包，我同父异母的姐姐曾经苦苦哀求过我送给她我也没答应。而我轻易就首肯了张二毛拿走它。我轻轻松松地对张二毛说，喜欢就拿走好了。我当时对她，确实是一片真心可鉴尿壶的。

我和张二毛的友谊之舟没飘几下就跌翻在阴沟里了。时至今日，怨比恩多，犹如癌晚病患，积重难返，双方悉以为能不往来就不往来为妙。张二毛这么执意地要把她的爱猫托付给我，在我看来，不过是欲盖弥彰，此举加重了我内心的怀疑，我愈发感到，几天前那起案子，经手人就是她！

粪他娘，张二毛低声下气地跟我求道，算我欠你个大人情……送它俩去托管中心时间也来不及了，我行李还没收拾好，旅行社通知十点半来小区门口收人，送去广州集中，住一晚明天一早直飞……你总不能见死不救吧？

我无奈地叹口气，定睛看看她，脑子里还在悬疑她的低姿态所来为何？她可不是一贯这么没骨气的，她硬气着呢。我有车她没车，她出门有时候会带着表演的性质拦在我前面打部的士扬长而去。可现在，她是在明显向我示弱。她真的很反常！

怎么早没替它们做打算的？我问张二毛。

怎么没？我一早就想好了把它俩放你家的呀，张二毛露出天真的表情说。我现在很难相信她的话，她的每一个表情看在我眼里都像演话剧。

没想到国庆和中秋扎堆过了，张二毛又说，我不出去玩我就跟你去你家店里帮忙了……可现在还要你腾出手来帮我管理两只猫……我回头给你买礼物，贵重的，一千块钱以上的，好吧？

我迟疑了一下，突然跟她说，我的车前天被人划伤了……我冷眼看着她的反应。

她果然大吃一惊，问我怎么回事。

我说不知道。我说我前个晚上回家晚，就没把车停到地下车库去，直接停在我们大楼底下的空地上，第二天中午出门，就看到两侧的后车门各挨了一刀，像是刀片划伤的，有一米多长，从伤口看就知道是有人蓄意搞的破坏。我说我不知道我在这小区里得罪了谁？

张二毛问，你有没有汇报给巡检的保安？管理处要对此负责的！

我说我去找管理处了，他们说这个他们没法查，应该属私人恩怨，让我自己掂量。

那你心里有人选吗，谁会对你家的车下手？张二毛问。

没数，我说，我跟邻居们素无往来，恩怨一说就更无从谈起了。

那就怪了，张二毛眉毛攒起来做思考状，最近也没听说反日组织有这类民间活动的？

我们小区的停车场多的是日本车，我说，要活动也不该单就我的车遭殃。

也可能是意外吧，张二毛说，不一定就是有人故意要整你？

绝无可能，我看着张二毛，铁定地说，我已经找保险公司验过伤了，核损员也说一看刀口就知道是人为的，是有人在借此向我发泄不满。

你不会认为是我干的吧？张二毛忽然发问。这在兵法里叫先发制人，我果然翻身落马，瞬即陷入被动。

当然不会，我迅速接口，你怎么可能是这种阴暗之徒？我不知道是不是我妈得罪了什么人？……你把一毛细毛放我这儿吧，我现在要去店里把我妈叫回来休息，恕不隆重接待你家两个宝贝了，你赶紧回去把它俩的玩具家具搬过来，人非物是，至少不让它们误会是被你彻底抛弃了。

这样，我接受了张二毛的全权委托，成了她家两只母猫的临时监护人。张二毛看上去比较满意，把一毛细毛搁在我家阳台上后，火速回家捡来它们的蒲团窝窝、食盆、便盆、卫浴等一套养猫设备。我看着她

——摆下，阳台上立马显得局促。

我锁好门，晃着钥匙回身祝张二毛旅行愉快。张二毛笑靥如花，谄媚讨好之神情较之以往大有不同，以至我下到停车场再次看到我座驾身上的刀伤时，我比哪一刻都更确定是她干的。

遭人暗算，首先怀疑的是与自己曾经谱写过伟大友谊篇章的邻居女友，心之凉薄，可以想见。然而我仍然要为自己辩护，这世上，真心爱我待我的人在哪里？除了我娘，我觉得所有的示爱与关怀都不值得信赖。包括我爹。

我爹生了三个孩子，我娘只生我一个。我爹见我娘从小把我罩得严严实实的，就不劳他费心了，以至在我曾经的家形成这样一种派系区分，好像我和我娘是一伙的，我爹和他前头老婆生的两个孩子是另一伙的。

比如，我姐姐买房子时跟我借了一笔钱，我看她的确收入有限，过日子又不懂得量入为出，两年后就跟她说不用还了，反正这事当初没惊动我娘。我爹知道后，对我千恩万谢地，打电话一遍一遍表扬我，夸我高风亮节，不但从不跟姐姐计较家产割据，自己还出钱帮姐姐解决经济难题。

我明白我爹的意思，他是想对我表示点歉意，他的表扬也是发自肺腑的。他不但把自己的老本左一笔右一笔地全下在我姐姐需要的时候了，就连我平常孝敬他的份额，他也攒起来拿去接济他大闺女的不时之需。我不是在乎那点钱，用我爹的话说，我自己还给我姐姐花呢。只是我爹的做法让我觉得，他在对待两个闺女的具体行动上，区别太大了。除了每次给他钱时落得他一口好话之外，我都不记得我得过我爹什么好处。所以我只能认定，这世上最爱我的人只有我娘。

我娘跟我爹的金库，自我懂事起就是各自独立核算的。我用的向来就是我娘的钱。我娘会做生意，我初中时她就开始倒服装，成了远近闻名的富婆，而我在富婆的庇护之下，基本没受过缺钱的苦。

我娘是难得一见的开明好娘，她不强调非要在我身上出现传统模式的幸福，看着我把青春挥霍得所剩无几，她不急，也不跟我急。三十年来，她始终这么好。

一个人好半辈子不难，难的是好一辈子。我娘在对待闺女的生存方式和生活态度的问题上，也没能保住晚节。去年秋后，一种叫作禽流感的鸡瘟病殃及人类，搅得我们这个爱吃鸡的民族的人心，惶惶不可终日。我娘在那样的国内环境中病了，当然万幸不是禽流感，但当时我们几乎都以为是禽流感了。我那时心里悲观异常，甚至提前进入了"子欲养而亲不在"的人生大恸。最后我娘被确诊是感冒。这一场旷日持久的重感冒，足足耗去我娘两个月的时间和精力，她的意志也在那时被摧垮了。也许是医院的天花板实在太单调了，我娘被迫在病榻上做了更为广阔深入的思考，以至我娘把自己的人生观都给做了调整。她调整人生观后的第一项举措就是拿我开刀，她要求我去相亲。

我娘之前对我放任得很，她说她自己的婚姻就是形同虚设，找不找男人对女人并不是那么非要不可的。我娘说，我们经济上独立自主，我有教师公职，她有私营企业主的社会身份，我们有两套住房，一套在老家，一套在深圳，还有一笔积蓄，足够我母女俩清静度日的了。

当然，我娘绝不是那种变态老寡妇的作派，死拽着遗腹子生怕外人霸占分享了去。我娘她随我。我娘表示，我嫁人，她就安享天伦；我在她屋里待着，八十岁也还是她的宝贝闺女。

我娘是宁为玉碎、不为瓦全的铁骨派妇女代表，当年作为知青下放，在农村一待十年，正是最好的青春期，同去的知识青年出于种种原因纷纷与当地农民联姻。我娘不，她独来独往坚持到回城，回城时都已经二十九了，媒人给她介绍了不少有瑕疵的结婚对象，她选择了有严重瑕疵的我爹。我爹是转业军人，跟农村老婆炮制下一儿一女后分道扬镳。是我大妈作风有问题，跟村主任搞七搞八地，为我爹的金蝉脱壳提供了机遇。我爹跟我大妈离婚后，我哥我姐由我乡下的奶奶临时接管，直到我爹再娶了我娘，我娘那会儿没我，又是最想做娘的年龄，就接了我哥我姐来城里一块儿住，这一住就再没离开过，恩有多厚怨就有几重。总的来说，我哥跟我娘相敬如宾；我姐跟我娘对彼此的感觉基本一致，眼不见心不烦。

我娘当初之所以选择我爹，一是我爹当年的长相据说可圈可点，有点军人的英武气质；还有就是看着我爹人老实，能踏实过日子，哪晓得到晚年，我爹竟然还是回到我大妈身边。虽然这会儿我娘也看不上我爹了，但我爹这步棋还是伤害了她老人家高傲的心。我娘说我爹的老实不代表可靠，只足够体现无用。

我娘病好后赶上我的生日。从有条件有风气吃生日蛋糕开始，我每年过生日我娘都会给我订一个蛋糕，穷的时候订体积小的，我娘总是看着我吃得撑不下了，才端起剩下的分给家庭里其他成员吃，我哥哥无所谓，给多少吃多少，我姐姐经常会拒吃，转头就对着我爹流泪。是流泪，不是哭，这两种悲伤表达的效果完全不一样的。

我过生日那天，我娘让店里的师傅给做了一个二十八磅重的六层大蛋糕。我娘在餐厅订了席，叫了几个平素有往来的朋友，准备到时把蛋糕拎上，请餐厅在场的所有无关人等一起吃蛋糕。面包店老板家的女儿过生日也就这点排场了。

我在切蛋糕之前的一句玩笑让我娘当场哭了。我看到我娘眼眶里泛起晶莹的泪光。不是激动，而是伤感。我知道她久病初愈，心理承受能力比起从前大打折扣。我虚岁三十有二，按说要点三十二支蜡烛庆生，但我嫌麻烦，我自己准备了五支蜡烛带去餐厅，三支长的代表三十岁，两支短的代表两岁，点蜡烛时我说，三长两短，哈哈……结果，这就把我娘弄哭了。

生日宴后的不几天，我娘让我把身份证给她，做什么用，她没说，我也没问。母女俩还有什么信不过的？半个月后，我娘让我跟她去一趟国土局，说房子是挂在我名下的，须得我本人携带身份证出面才能注册登记办房产证。我娘背着我火速买下一幢豪宅，比我跟她现在住的高档，是二手房，但没住过人。原业主属炒楼兵团里的精英骨干，居货囤奇眼光毒辣，囤了两年倒手，净赚三十万。该房属大户型，精装修，接手后稍事整理就可以用来收租，我娘说月租可以达到四千五到五千。

我娘的富有还是超出了我的想象，一甩手就是近百万。她平时可是连废品都要攒起来自己卖的，多热的天也要去挤公车而舍不得打的。我经常嘲笑我娘的，我说我在我们家附近超市转一圈，就能猜到我家饭桌上会有什么菜。买特价菜是我娘的老传统了，没想到我身边可是生活着一个真正的富婆。我娘过后说，这差不多是她全部的积蓄了。不过五年前，她一丝齿风没露就给我订了台进口车，回头也说老本全掏出来了。

我娘买下豪宅后出现更反常规的行为，她直言不讳地把我叫去相亲。从前在这类事上，我娘可是最想得开的，逢到有外人对她身边带个迟迟未嫁的老姑娘表示点不同看法之时，屡屡被她以犀利的言辞和清高的姿态给驳到西伯利亚。我娘能让那些好管闲事的人明白，我们这是一种生活态度，不是被迫无奈。所以对有意给我做媒的热心人，我娘一概跟人家说，问我钰儿去吧，我钰儿愿就愿。

这回我娘招呼都不打一个，直接把我叫去她指定的咖啡厅。我都奇怪死了，想我娘多少年来不要说去咖啡厅了，走累了连别人家的面包店都很少进去坐的，怎么突然小资起来了？我到时看到我娘不是一个人，她对面坐着两个男的，一个戴眼镜一个不戴。我娘坐着，两个男的纷纷站起来迎接我，不戴眼镜的男的自我介绍说，我叫王重阳……

我顿时大吃一惊。《射雕英雄传》里有个鼎鼎大名的王重阳，写了一部叫《九阴真经》习武秘笈，从此武林刀光剑影鸡犬不宁，为夺得此书成日打来杀去，英雄狗熊竞相折腰。该书先是被周伯通撕得粉碎，再由过目不忘的黄药师老婆默写成章装订成册，后又为梅超风偷走，又让杨康习得一招半式，最后在黄蓉蓄意兼恶意的讲解之下令欧阳锋精神失常……这些祸根可都是王重阳种下的呀，王重阳是一个多么能发动群众的人呀！他这名号在我这个一九八三年版"射雕"骨灰级粉丝的眼里，几乎就和是非精一个意思了。

王重阳继续自介道，我是重阳节出生的，所以家里人为我取名王重阳。

我娘竟然对王重阳印象不错，关键是王重阳带来的眼镜男充当了十分出色的吹鼓手，而且该吹鼓手的社会身份不是王重阳旗下一名马仔或者仰仗他鼻息过活的任何闲员杂役，他有正儿八经的高尚职业。我娘一听说眼镜男在大学里任教，马上流露出崇敬的表情。我娘是平民出身的小企业主，一辈子摆脱不了来自底层的认知习惯，把大学教师当成道德与文化知识的载体化身，所以从眼镜男口中喷出的任何一句针对王重阳的溢美之词，我娘都是不疑有二的。这步棋看，王重阳真是聪明过人，他带了一只小喇叭来，他使个眼色小喇叭就开始广播啦。他自己则真的像武林宗师王重阳那样，躲在幕后，成功摆出一道世外高人的POSE。

咖啡厅之后，我娘开始敦促我与王重阳建交。我娘甚至深谋远虑到与王家联姻之后，双方资产重组的可能性与方式。也难怪我娘这么想，眼镜男那天，有关王重阳的财富轶事，实在是聊得太多了。

我与王重阳，在我娘等人的监视和期待之下，真的就扬帆试航了，没想起航后不久，就一头撞在张二毛这砣暗礁上了。到如今，不尴不尬地搁着，破船还能不能修修再开，不得而知。总之，王重阳是在竭力抢修，就他本人，也没有全盘推诿事故责任。

客观地说，谁不承认张二毛在她乐意表现的时候，是个活泼可人的姑娘，谁就不是一个真正的马克思主义者。张二毛自称从小就英语好，说老师们都夸她有语言天分，但我通过接触了解到，张二毛最大的才华就是撒娇邀宠。她撒个娇，一般人望其项背。

张二毛和王重阳就同一事件供述的情节出入较大，又因为我夹在他两人中间有所保留有所选择地搬话——我把张二毛说的一些话传达给王重阳，又把王重阳说的另一些话反馈给张二毛——发展到后来，双方对着我互相骂对方卑鄙无耻。

这会儿张二毛要去新马泰旅游去了，而我把车开得像一条脱缰的野狗，直奔我娘的面包店。如果不出意料，此刻店里的柜台上，正有一大捧鲜花等着我。果然，我娘一见到我，忙得连水都顾不上喝的她，指着收银台一旁的花篮对我说，重阳送来的，你让他不要这么送了，花不在多，心意到了就成，这么送太浪费了。

我没为我娘讲解过我跟张二毛、王重阳之间的破烂账。一则给所有当事人面子，二来也是防备我性子耿直的娘亲会有什么出人意料的举动。要知道我娘对王重阳是颇为看好的。

我洗了手，戴上一次性手套，加入到给月饼打包装的劳动阵列。

我娘对我说，这都是工厂里订的月饼，今天干不好还有明天一天，晚上你还是去跟重阳吃饭吧，我留下跟店里的员工一起加班，就不去了，你们吃了饭随便去哪里玩，不要惦记我这儿。

有什么好玩的？我对我娘说，出去玩还不如过来顶你让你回家休息……我也不想跟王重阳吃饭，他的口味跟我差太远，吃不到一块儿。

我娘叹口气，看看旁边站着几个洗耳恭听的面包妹仔，不合适当她们面对我进行点拨，就说，回家再说，回家我要给你上上课。

一说回家，我马上把张二毛行前托猫的事跟我娘作了汇报，我娘听后表示了一定程度的为难，说这几天太忙了，只怕要怠慢一毛、细毛的了。

如果我能预见到一毛、细毛住到我家后发生的事情，就算张二毛像蔺相如一样要把两只猫摔死在我家门前，我也不会出手相救的。

一切既成事实，无力回天。

三号早上，我娘一早就去店里开工了。我因为顶我娘的班到凌晨两点才回家，我娘安排我上午在家睡觉。我十点钟起床后给家里做了清洁，把脏衣服机洗后送去阳台上晾起。我看到我家的三只宠物在地上玩得很有创意。它们之间已经度过了最初的磨合期。两只母猫把一只小公狗调戏得忘乎所以、兴奋不已。一毛端坐一隅，像个大小姐，细毛端坐另一隅，像个贵妇人，牛粪在中间不停奔跑往返，自愿为两个姐姐送袜子送小红帽送假骨头这些它自己的玩具，做人来疯一样扑向它的姐姐表达亲热友爱。

究竟是一毛还是细毛放的爪子我已经无从回忆。我抡圆了眼睛看到的是，牛粪嗷的一声惨叫后滚倒在地……地板红了，它棕色的毛红了，它用自己的血在地板上泼墨挥毫。我单手倒拎着晾完衣服后的空盆，回转身就看到这一幕。我扔下盆冲上去抱住胡乱蹬腿的牛粪，它的左眼球挂在眼眶之外，耷拉着，犹如一粒沾血的杏仁。

我永远会为接受了张二毛的委托痛悔，尽管谁也不能强行捉过上帝他老人家的大手，说，求求你，换个安排！

张二毛七号深夜回的深圳，八号一早过来敲门领猫。我打开内门，看到她一手提着一网兜芒果，一手提着一只不透明的白色塑料提袋，打着哈欠站在防盗门外。我一声不吭地转过身去，把她的猫和养猫设备一举搬上，一举扔到她脚下。

张二毛脸色骤变，叫道，哎，刘芋头，你也太过分了吧？

我本来打算什么也不跟她说的，对两只猫以及对她的最初的狂怒和憎恶，比此刻更早的之前就已经化作一声叹息隐去。即便我撕了她的猫，能还回我一个完整的牛粪么？

牛粪爆掉一只眼珠，我面容平淡地说，被你家猫抓瞎的。

张二毛顿时石化！

没关系，动物之间的伤害都是无心的，它们不知道算计，我再说，你完全可以放心，你家的一毛细毛在我家没有受到人为的报复，一根毛也没伤它们的。

　　我正欲关上门，张二毛把一只腿挤进来，她说，我看看牛粪……

　　不用了，我干脆地回断她，它睡觉……回去张罗你的猫吧，这几天都没给它们洗澡。

　　张二毛把腿偏开，我立刻把门推进门框。

　　傍晚，我带着牛粪换药回来，抱着牛粪我锁好车，一回身看到张二毛正从楼道口出来。我们远远互望了一眼，心领神会，一个加快脚步，一个故意蹒跚，就这样错开了擦身而过的机会。

　　上楼时我有些感慨，曾经我和张二毛是多么欣喜，就因为生活里忽然获得了对方。我们觉得是那样一见如故，投缘，志趣接近。

　　张二毛去年夏末，拉了一车烂家什搬到我家对面的房子里居住。她搬来时我正放暑假在家，过着三饱一倒、看电视、上网碌碌无为的生活，忍不住精神空虚，脸色发白，并伴有月经不调的老毛病。

　　我月经长年不调，所幸也没有结婚，不然夫家要孩子，让我长年看特色门诊也不是我能想象的日子。我很怀疑我这种状态是不可能有那种造人的基本细胞分泌出来的。月经来潮是所谓的输卵管破裂导致，看我的那根管子，从初潮开始就时破时不破的，还指望能正常输卵？

　　在外围人眼里，作为一介平民，活成我这样不容易了。无经济之虞，无家庭琐事烦忧，至于情感空虚、心情烦躁、腰腿渐粗、皱纹日长、月经不调、压抑需要、理想真空、被绝望感充斥……这些统统是小资情调的无病呻吟，所以我常常会感到孤独，也没有非常谈得来而且有条件可以常常坐下来谈谈的朋友，张二毛的出现，一定程度上成了我的适时之需。

　　张二毛搬来当天，就来敲我家门，我给她开了门，她拿着两只一次性纸杯，说跟我要两杯白水给帮着搬家的工人喝，说她刚搬来，还没有买水。我用她提供的杯子从饮水机上接了两杯水递给她，她道了谢回屋去了。过了半小时，她又来敲门，这回空着手，她说她也想喝水，但是没有纸杯了。我就邀她进来喝水。我记得我不仅给她倒了水，还给她切了西瓜，她的样子是我喜欢的那种。我们很快就聊上了，话题不用挖掘，自然而来源源不断。

　　张二毛健谈、风趣、睿智，她后来也跟我坦白说，基本上每个人见她第一面印象都很好，渐渐地渐渐地，就不太喜欢她了。张二毛是外企小白领，与我一样，同属深圳十分常见的特产——大龄没主女青年。

张二毛搬来的当天，在我家聊得就不愿走了。她向我打听房东以及上一个房客的情况，问房东抠不抠烦不烦，上一个房客怎么走的？我把我知道的都告诉了她。她听了好像吃了定心丸子。她说她可是搬家搬怕了，这是她这个月里第四次搬了。第一次找的房子在福田，都满意，还便宜，住进去后才知道是一间死屋，里头刚刚死过一个女的，吓得她连夜出逃。仓促找来的房子都难免犯一个饥不择食的错误，她接连两次全面白折腾，她那些破家具的老胳膊老腿都快受不住了，她的两只猫跟着她也快成流浪猫了。她看了我家对面的房子后，初步打算长期租下来，贵就贵一点，这回只求住得安全舒适。张二毛末了自嘲地说，古代有个寡妇一共也才搬三次家，就名垂青史了，我一个月就搬了四次，竟然连社会新闻都没上过一回，哈哈。

我和张二毛轰轰烈烈的友谊就这么全面拉开了帷幕，随着交往的全面展开，了解也愈加深入，我们开始用人无完人来安慰自己对对方的不满，尽量把对方的一些毛病看成是全人类的通病，是人性之一种。但是，那种最初的热乎劲，是毫无疑问地走上了每况愈下的不归路，而那种掏心掏肺的好法，瞬即成为历史画卷，连轴卷起，化身文物压进箱底。

截至王重阳被命运的大手拦腰抱到我跟前，我和张二毛的友谊都还在惯性的作用下苟延残喘。这种友谊说来奇怪，带着说不清的不满情绪，却又有道不明的牵挂，住得门对门，甚少来往，却在每次进家门时，要忍不住关心一下对门回来了没有。

王重阳和张二毛之间，发生过什么，在我，实在不是很关心和很介意的事。枉费他和她，急赤了脸来跟我澄清。王重阳在此之前一直没能激活我的爱情细胞，想来将来也不大可能。当然，他本人可能也没有携带爱情细胞前来与我会晤，所有的动力，不外乎就是一个还合适吧。

在对待交往动机这方面，我和王重阳如出一辙，把爱情一举处死，图的个大圆满结局。我平常就属闭关自守型的，我也老实交代过了，偶尔会有些自行解决的行为。这样，我觉得男人在我生活里可有可无，爱情更被我视作一道纯属多余的菜。历史上，只有一个无赖让我奋不顾身地爱过，可惜我们一次性后他就死了。就像公螳螂和母螳螂交配过后，母的就把公的吞了。我没能耐吞他，他的死，是一种品牌意识上的死，一个是他在我心里死了，我对他已经说不上有爱；再一个就是他从我生活里彻底消失，后来再没出现过，我只好当他死了。

王重阳和张二毛能搞到一起，机遇是我们学校给的。我们学校在某个周末的下午，临放学前五分钟突然通知开会，没有及时被我另行安排的王重阳依约去了我家，就此顺势成了张二毛家的座上客。

后来王重阳主动向我坦白了一些毛皮，据我判断，他的目的不过是投石问路，探探我到底掌握了哪些情报。事实他的不得法之举产生的效果是打草惊蛇，我在这之前其实一无所知。

撇开我个人的立场，单就作为一个旁观者，我觉得在张二毛与王重阳这一场无法定性的交往之中，张二毛是个彻底的输家。拿出实际行动来泡自己邻居女友的男朋友，又被这个男人出卖，当然出卖本身有个轻重缓急的区别，但，难道轻的就不算出卖了？

王重阳不经意的样子跟我说，昨晚请你家对门张意喝茶去了，算是谢谢她上次收留我。

我一听就觉得事情不会那么简单，张二毛昨晚一宿没回，这我可以通过与她家隔着阳台对望的卧室得出判断，她只要人在屋里，她那盏粉色荧光灯就一定是亮着的。我两点钟才从我娘的面包店回家，睡前朝她家卧室投去最后一眼，黑的。

我没有向王重阳过度追问，只把王重阳报的料，选了最具杀伤力的，向张二毛扔去。张二毛被一举击中，向我追溯了上三回交往中的王重阳的主动和热情，让我了解到王重阳不为人知的一面。

客观地说，王重阳若是对着张二毛这种鬼精鬼精的女子的蓄意挑逗而纹丝不乱，那我倒要怀疑他的雄性激素是不是分泌得过于稀少了。我向张二毛强调，王重阳不是我的未婚夫，男朋友都算不上，一般朋友的关系，他完全有自由追求你张意。有了这个保证，我再问张二毛，王重阳对着千娇百媚的你，真能坐怀不乱？包括你们约着去海边的那次？张二毛的防线开始瓦解，她交代说，王重阳有过要求，被她给拒绝了。得此情报，我像挖到了中东的一个大油田，我获得了无限的可利用资源。我一转身就把这包袱经过艺术加工，抖给了王重阳。

至此，扯皮战正式打响。我夹在二人中间不停煽风点火，上蹿下跳，忙得耽误批改学生作业。终于，他们双方都对着我大骂对方卑鄙无耻，我才算满意，停止了这搬弄是非的，紧张刺激的脑力活儿。

回顾这不久前的往事，似乎很无聊，但当时的我，的确就有这么无聊，且完全觉察不到无聊，干得很卖力，很投入。张二毛后来也终于发现我有挑拨离间的嫌疑，也开始反击我，举出王重阳跟她约会时对我有过的不恭之辞。不过那时候我已经很难相信张二毛了，我判断她不是在根据事实说话，而是出于一种心理需要。所以我连找王重阳求证一下的求知欲都没有。

这件事之后，我和张二毛彻底淡了往来，以前还不时假惺惺约个饭、喝个茶、逛个街的，之后就再没有过，直到我的汽车被无故划伤，她又一反常态地跑来我家托猫，我无法不把她和肇事者联系起来。

而现在，她的猫抓瞎了我的狗。我的狗是我除我娘之外的第二个亲人，我的疼痛锐不可当。但是，在痛定思痛过后，我屈服于现实的无奈和内心的畏惧。我知道我做了些什么，我想这也许是一场因果报应，是上帝对我前段时间过于辛苦奔波而又不求报酬的特殊犒劳。头顶三尺有神明——宁信其有，好吗？不然我的牛粪为何丧失了福寿安康过一生的权利？

晚饭时，我在厨房给牛粪炖鸽子汤，据说对愈合伤口有好处。我娘回来了，兴奋地跟我说，今年中秋节，我家面包店利润很好，新开发的螺旋藻洗沙月饼销量尤其可观。我娘兴致勃勃地说，看来人都喜欢尝新鲜，明年要提早开发新品种。

我娘问了牛粪的情况，我告诉她兽医的建议。我娘问安一粒假眼球要多少钱？我据实以告，有五百元到五千元的不同价码，无论是从美观的角度还是质地考量，自然是越贵的越好。我娘问，这钱是不是请张二毛出了？我冷淡地一笑，说，除非你跟她说。

我对王重阳做了冷处理，不再应他的约。王重阳立刻敏感地觉察出了，被拒了几次后不复邀约。他坚持每天给我发短信。短信技术的发明利用真是皇恩浩荡，普泽世人。它让食之无味却又弃之可惜的人与人，回避展开对话的尴尬和负累，却又不至于一掰到底。我和王重阳有话说吗？我们相互吸引吗？若说是，三岁的孩子也会笑的。但他每天发至少一条以上的关怀短信给我。一个人诚心要对你忏悔和示好，你能跟他急吗？

我娘有天问我，和重阳处得怎样了？我说就那样。我娘让我数数王重阳的优点，我就照她能看得见的说了，成熟稳重有钱有品。我娘又问他的缺点，我说不知道。我娘就满意了，随即提醒我说，你还要观察观察，一个人不可能没缺点。

牛粪的伤口愈合扎实后，我决定带它去安装模拟眼球。跟兽医约好星期天的上午十点。我带着牛粪出门时看到张二毛正在楼梯上指挥人搬家，她看到我，主动说，我要搬走了。我呃了一声，并没有问她搬去哪里。我下到三楼时听到工人在说，饭桌的一条腿折了，张二毛应他说，那就扔了吧。

刘钰——我刚到停车场，听到张二毛喊我的声音，她对着我跑过来。

你的车，是我划伤的……她在我跟前停下，迎面对着我，眼眶里有积水，闪闪发亮。

对不起！她用发涩的女中音吐出三个字。

没关系，我早就知道了。我对她挤出一丝微笑，瞬间隐去。

我打开车门，上了驾驶座。我把牛粪放在旁边座位下的垫毯上。关严车门，发动引擎离去。我看到张二毛的身影，在我的后视镜中缓缓蹲下。我很快就拐了弯，她消失了。这时我发现我的眼眶里，突如其来地冲出一股热浪，而我必须用屏住呼吸来抑制，才能维持清楚的视线以便开车。

没有快乐只有痛

　　星期六的早上，我还在床上躺着，就听我奶奶我爸我妈在楼下吵成一团。我本不打算下楼的，想他们以往哪一天不吵个三五次的，不过是平常战事而已。但我后来听听不行了，我爸开始咆哮，我妈开始咆哮，我奶奶开始有韵律地嚎哭，而且我还听到左邻右舍围拢过来劝架的声音。我再不下去就说不过去了，尽管我十二分地不情愿，而且我心里十分清楚，我下去不下去都是徒劳，但我得下去，这是义不容辞的。

　　像这样的架事我家里时有发生，我感到十分厌倦，但又无可奈何，他们每个人看起来都是那么有道理，每个人吵起来都是一副不想活的样子，但他们又总是日复一日地活在世上。

　　我奶奶很伤心，我下到楼下的时候她正哭得喘不过气来。邻居老太给她舀了一碗水，老太的儿媳给她拧了把毛巾。但我奶奶不理会这些，她沉浸在无比的悲痛之中，不仅拉着长腔哭诉，腰节处还像安上了弹簧，将上半身和地面以水平或者垂直的角度交替存在着。

　　世上的人死了千千万，我怎好就不死的哩……我奶奶就在反反复复地哭这句。

　　我妈脸上全是横肉，横肉上不可避免地沾着几星子眼泪水。她口里不住地叫骂着，老坏货，有本事你就去死，要死你就去死，你怎么不去死的……吃的穿的哪一样不曾先让你？呃，做起来轻的重的都是我去……

我爸是两边都不做好人，一会儿对我妈吼一句，一会儿对我奶奶咒两声，手里提着个喂猪用的铁皮桶，铁皮桶给摔得叮咚作响。

场面十分精彩，当事人也都全情投入。我几乎想折身再回到楼上去睡大觉，因为我对这场面实在是无可奈何、无能为力并且无动于衷，以前他们吵架时我也像他们一样激动，哭着上去劝架，但我现在不了，他们吵架时我比谁都冷静，有时候我甚至躲在楼上听音乐。

但是我今天想我应该制止这场纠纷，因为邻人之中有人看到我下楼了，我再这么屁股一扭不负责地离去，只怕要遭到舆论的谴责。我在想我以什么方式制止这场纠纷。半分钟后，我从碗柜里取了一只磁碟子，我把瓷碟子顶在手心来到现场，他们就在门槛前的晒谷场闹事，晒谷场是水泥地。我把碟子拿到场心掼了。他们总算注意了一下我。但因为我奶奶是个聋子，又因为哭得太投入了，没听到那声碎响，所以场面只是稍微冷静了几秒钟的样子又恢复了。我只好又跑进厨房，搬来一叠海碗，一个个照着地上去砸，他们终于都惊愕了，瞪着我。我知道他们没一个想死的，因为几个碗碟就令他们心痛了，想死的人应该万念俱灰才是，断不会痛惜这点东西。

我砸完了，冲着他们一摊手。我说没了，我去买新的。然后我顺理成章地骑上自行车去了镇上，不管他们是接着闹，还是不约而同地去默默地缅怀那些不幸丧生了的碗，我算是逃离了现场。

我在小镇是个名人，小镇上起码有一半以上的人认识我。我成名的方式并不罕见，任何一个像我一样活在小镇的女人，过了三十岁还没有嫁掉的话，她别无选择地会成为小镇的名人。我就是这样成名的。关于这一点，我相信只要是稍微有一点生活经验的人都能够理解。

我在成名之前是个默默无闻的女子，所到之处，引不起人群的任何骚动，过得自由并且自在，我面对生活就像好莱坞最优秀的影星对着摄像机的镜头。但我成名之后就从好莱坞回国了，我感到我的生活就像国产演员演戏，心里甭提多清楚自己是在演戏。

我在小镇的维维电器修理部坐了会儿。维维电器修理部的掌门人是我初中同学，同时也是个男的，大名何银海。何银海的老婆向红梅又是我小学的同学，所以我经常会在他们的小店里坐坐。

我很怀疑这何银海能不能干好这修理工的活儿，因为他一点儿也不像干这个的。首先是个人条件不充分，指头短关节粗，拈个零件磨蹭半天；再说他中学时物理可一点儿不拔尖。但他就是在做这一行，他老婆日常也是待在店里，店门口搭了个架子，兼卖水果。

我问向红梅，我说你儿子呢？

向红梅发了胖，体态十分臃肿。她自作主张地在小镇的美容厅文了眉毛和眼线，造物主于是决定将原先赐给这女人的一点点纯朴与和善也收了去，落得个一无是处。

听我问起她的儿子，向红梅一下来了精神，她或许认为这是她唯一可以将我比下去的地方。向红梅文上去的眉毛挑得老高，骄傲地说，我儿子打酱油去了。

九岁的小朋友会打酱油是一件很正常的事，向红梅不是在向我炫耀这点，向红梅向我炫耀的是她有儿子这件事。同一个没有儿子，甚至连老公都不知寄在哪里养着的女人相比，这确实是值得骄傲的。

何银海在一张落满灰尘的台子上歪着头修一台黑白电视机，他结结巴巴地拧下一圈螺丝，然后一个喇叭样的零件被启了下来，他只是用块布将零件擦了擦，之后又装了上去，开了电视，脖子绕到屏前收看，大概还是不行，于是又开始拆另一个零件。我坐在边上一张凳上看着何银海忙，他在上一只齿轮样的小零件时我恨不得冲上去代劳了，他实在是粗手粗脚得让人心里冒青烟。我看不下去了，又不想这个时候回家，所以就借故和向红梅说话。

向红梅取了一个纸箱子从何银海的台子前过，看样子是想拿去装那堆烂水果。这时候何银海一不小心将一个小零件碰掉到地上，又眼睁睁地见着它滚到台子底下去了。何银海立刻俯下身去寻找，没找到，倒蹭了一鼻子灰。

何银海埋怨向红梅道，我修理时叫你不要从这里过来过去的，光线挡住了，这么小的东西，找又不好找。

向红梅说，我是在玩吗？水果烂了不清出来，好的也被闷烂了，没得赚还要贴老本，靠什么活？

你理由多呢？一天到晚转东转西比谁都忙，卖点水果不得了。何银海一边用一杆扫帚柄从台子底下往外掸一边气呼呼地说。

向红梅用力将纸箱往地上一掷，明显来气了，直起嗓门叫，我卖水果没得了不得，你修电器有了不得？三天两头的有人找上门来要你重修，钱没得给还说要你贴工钱，你好你了不得你怎不给你老婆买大房子住，吃大鱼大肉的？

何银海感到向红梅这么说十分不给他面子，怎么说我也是个女的，又是他的老同学，所以他也完全不给他老婆面子，刻薄地回敬道，住大房子吃大鱼大肉？也不撒泡尿照照你什么脸？你也配？

眼见着向红梅要大闹修理部了，他们的儿子何小鹏适时地回来了。我连忙走过去扶过何小鹏的肩说，鹏鹏你眼尖，快给你爸看看零件掉哪儿了？

何小鹏这孩子平时还算蛮神气，今天不知出于什么原因气息有点萎萎的。他有点恐惧地看了他妈一眼。向红梅正双手叉腰地立着。

何小鹏正要去给他爸爸找零件，向红梅突然对着儿子大喝一声，站住。何小鹏惊惧得打了个哆嗦站住了，用眼神可怜地向我发出求援。我知道这孩子一定是把打酱油的钱买东西吃了。

向红梅走上前去，厉声问何小鹏，酱油呢？

向红梅拖过何小鹏的手检查一遍，扬起手在何小鹏头顶上舞了两下，何小鹏的脑袋也跟着晃了两下。向红梅继续追问，酱油呢？让你打酱油，你偷着买东西吃，好吃，你怎么不怕丑的？你一天要花多少钱吃冷饮？呃，你也不撒泡尿照照，你有没有吃冷饮的脸？

向红梅很快就将何银海骂她的话骂还给何银海的儿子，虽说没有动手打，但一根手指不停地在何小鹏的脑袋上戳来戳去的，总能量也不比打个爆栗子轻。

我觉得何小鹏挺可怜的。社会进步很快，但他的母亲没有进步，这是他终身的遗憾，就像我对我妈的遗憾一样。但他毕竟比我晚生二十多年，所以我觉得他的母亲比我的母亲更加不可原谅。

我走上去，冷淡但是坚定地对向红梅说，你别这么着教育孩子，他是你生的也不能这么对他，你大人有气更不能朝孩子撒，我不觉得你家孩子犯了什么了不得的大错。

那孩子听我这么一说，忽然哇的一声大哭起来。我理解这孩子哭的原因，.我小时候也是一个感情十分脆弱的儿童，挨了打骂不一定哭，得到旁人的同情时最容易动情。

　　我带着何小鹏到街上转了一圈，给他吃了好几支冷饮，后来又担心他吃坏肚子，就买了蛋糕米糖等的甜点给他吃。我领着何小鹏买吃食的时候有人友好地向我打招呼，我也有来必往地回应，但是我前脚一走几乎所有人都会对着我的后背补述一句，唉，自己没孩子就只好眼馋别人家的孩子，牵着何二家的孩子到处买吃的。

　　说实在的我根本没眼馋别人家的孩子，尽管我给何小鹏买了吃的，何小鹏对我讨好不已，不停地喊我姑，但我不是真喜欢他，这么对他，一是看他可怜，二是我闲来无事。

　　我把何小鹏送回修理店。何银海、向红梅夫妻二人正在各忙各的，见何小鹏手里提了不少吃的，向红梅显得不好意思，又谢我又责备孩子，还盛情地留我吃饭。我撂下何小鹏，转头对向红梅说，哪能在你这儿吃饭？我等会儿要去市里。

　　去市里完全是临时起意，我牵着何小鹏逛的时候看到去市里的中巴车回到小镇，一个念头就冒了出来，去市里吧。那时候那个念头还仅仅是个萌芽，送完何小鹏萌芽就完全成熟了，我决定立刻就往市里赶。

　　我上了中巴车，拣了一个稍微干净一点的位子坐了。我希望乘客能够少点，因为我坐的是一个双人座，而我又不希望有个不讨喜欢的同座。车开了没久，我很快就多了个同座，是个提篮挎筐的农民，他完全不能领会我满面的厌恶，大大方方地在我的旁座上落了座。从他身体上发出的气味，我推断他是个养鸡的。我的心情因为这个养鸡的农民变得十分糟糕。我不是党员，不是干部，不是人民代表，甚至不是一个有涵养的公民，我直截了当地厌恶我感到厌恶的一切东西，并且不加掩饰地体现出来。

　　车上有个十分聒噪的女人不停地讲话，先是为车费和司机讨价还价，三块钱的车费她只肯出两块，理由是她以前总是出两块，这次也只能出两块，司机说谁收两块你坐谁的车去。接着她说她只有两块钱请司机帮帮忙做做好事，司机不肯做好事她又说她还有五毛钱就两块五吧，并且将自己的口袋布翻过来请司机检查，见识多广的司机完全不理会她这一套，硬生生地说，三块，没钱你就下去。僵到后来还是司机胜了，女人气呼呼地付了三块，付钱的同时声称再也不搭他的车了。

　　车开了没多会儿又上来一个女人，这个女人和先前赖车票的女人相识，后个女人一上车就受到前个女人的热烈欢迎，两个女人坐到了一处。

后个女人问前个女人，你弟弟的老婆有没有回来？这一问不要紧，全车人于是都知道了这个女人有个弟弟，弟弟买过一个外地的老婆，外地老婆吃过她弟弟买回来的很多肉和蛋，最后还是溜了。女人在车上拼命地骂，仿佛惹她的人就在车上。她骂道，你不愿跟我弟弟就不要在我家一待就是两年，我弟弟什么都买给她吃买给她穿，最后她一声不吭就走了，我弟弟钱也没了，名声也坏了，现在哪有婆娘肯跟他……

曾有人比喻骂脏话的人就像一只破了一道口子的污水罐子，眼前这个女人就是那样一只罐子。因为她骂的话太脏太难听了，我连玩味的兴趣都没有了，扭头朝向窗外。

老姑娘的心情总是不胜悲凉。车窗之外，两岸的油菜花开得芬芳馥郁，招来成群结队的蜜蜂。路边的农户也基本全盖上楼房，楼房又如何，农民家的鸡鸭有时候都养在家里。

我到达市里的时候已经快中午了。我决定把潘婷约出来逛街。

潘婷是我大学时的同学，交情不错。我毕业后进了小镇的银行，她留居城市，成了一家濒临倒闭的房产公司的会计。上次我单位出公差来市里，想约她吃顿饭的，结果她连声招呼我去她那里吃。我去了她公司，在楼上办公室找了一圈都没找到她，后来经一善人指点，在临街的后门处发现了她，她正起劲地招呼人吃快餐。见到我，她羞涩了几秒钟，随即就神情自若地摊牌，我们同事呢，我请客，吃快餐，我们公司做的，味道还不错。

潘婷是个直率的女人，那天她请我吃快餐就显见了这一点。她告诉我她们公司撑不下去了，她在公司里混了几年什么都没有得到，现在连吃饭都成问题了。然后她就开始羡慕我，说我在银行上班至少可以不用为钱发愁。

我确实不必为钱发愁，我爸我妈都是勤苦的劳动人民，把钱看得比什么都重，过得却又比任何人都省，其敛财行动常常令我叹为观止。我妈经常为洗衣粉和我奶奶吵架的，怪我奶奶洗衣粉洒得太多。我妈得空就教育我：有得时要记着没得时，钱要聚在那里。我说聚着干什么用呢？我妈就分析，万一有灾年荒年，三病六痛的，没钱怎么行？我说灾年荒年的，发大水或者大地震，人都死了，留着钱有什么用？我妈就说，不是有子孙后世吗？一般这个时候我就不再多话。

潘婷说我不必为钱发愁也是真实的。定居这样一个乡下小镇，有钱都没地方花，而我又不曾有钱到那种程度，有专车接送，那样我还可以出去消费。但我还是常常搭公车去市里，买衣服买鞋子，吃汉堡包喝珍珠奶茶。我去市里一般都是我请潘婷的客。我不在乎那点请客的费用，有潘婷陪着聊聊总好过一个人清逛。而潘婷也总是十分乐意我去市里，用她的话说，她在市里没什么朋友，贴心的就更凤毛麟角了。

我打电话给潘婷时她说她正在家里洗头。我约她在大娘水饺见，她说她一刻钟后就到。

潘婷如约而至，我俩点了几两不同馅儿的水饺，各点了一份鸭血汤，一份凉拌肚丝，两只藕饼，一笼汤包。自助式的，潘婷抢先买了单。

我问潘婷，我说你发财啦？

潘婷看起来神采飞扬。没，她说，总让你请客不好意思。

客气什么呀，我说，咱俩是谁跟谁呀？

潘婷抬眼看了我几秒钟，说，我是不是你玩儿得最铁的？

我略一迟疑，很肯定地点头回答说是。

那我就不跟你客气了，潘婷说，你借点钱给我，多少都不嫌少，当然是多多益善。

干吗？我问。

打了个店子。潘婷说，在八仙城，正在装修，欢迎光临指导。

做什么的？我问。

做服装。潘婷说，我有个亲戚是做进出口服装生意的，货源可以从他那儿组织。

嗨，蛮好的，我说，自己做老板很神气呵。

走投无路。潘婷喝一口鸭血汤瞪眼说，我再在那个破公司混下去，我女儿以后念书都没钱交学费了。

好的，预祝你成个大富婆，我说。

我也想呵。潘婷一脸的神往。

我说，你要借多少钱？

潘婷竖起了一根指头，我说一万？

唔，不，潘婷这时候显得有点拘谨。

你不会跟我借十万块钱吧？我小眼睛瞪得溜圆。

有五万……也可以。潘婷有些难为情地说。

没有，没那么多。我老老实实地摇了摇头。我最多只能借给你一万块钱，我说。

你……潘婷不太相信地看着我，你怕我还不起吗？

那倒不是，我说，我确实没那么多钱。

呃，银行效益不错的呀，你……

不就是一点工资吗？我说，我花钱又不计划的。

场面冷了一会儿，我和潘婷都埋头吃了一会儿东西。后来还是我先发言，我说一万块钱要不要？要，我现在就取给你，我有卡在身上。

好吧，那就先借一万。好像是我跟潘婷在借钱。

我从银行提了一万块人民币给了潘婷，给她时我想，如果她提出要打个借据什么的，我也不会执意拒绝的，但是她没有提，完全没有提的意思，我只能在心里小声地安慰自己说算了算了，算了算了。

出了银行门，潘婷就歉意地表示她有事要先走，服装店上的事，我不便于让人家撂下正事陪我闲逛，我慷慨地请她忙去，我一个人逛一会儿就要回去了。

我很失望，真的，我想潘婷肯定也是同样失望，她或者以为我有钱不肯借给她，或者想我原也不过是个穷鬼。我是感叹我没什么真朋友，潘婷跟我借钱了，我立刻就感到我们的友谊不再像从前那么纯洁了，仿佛有被人利用了的嫌疑。这或者不是事实，但我不能控制自己去这么想。

我悲观地走在街上，眼神茫然地看着来来往往的人群，他们看起来不像我那么悲观，女孩子们打扮得很勇敢，妆上得像是夜总会领舞的，我年轻的时候从没敢这样地画过自己。我拐进了路边的一家书店，拣了一本美容瘦身的书小作研究，半小时后我感到腰酸背痛不能忍受，于是我决定离开书店。无巧不成书，我脸朝东站在书店门口，一个女人从东向西走，从书店门前经过，于是我惊异的发现那个女人是我高中同学——胡玲。

　　我和胡玲决定将叙旧的地儿从书店门口搬到肯德基。在肯德基小坐了片刻胡玲盛情邀请我去她家，她说去我家吧，今天不要回去了，就住在我家，我老公到省城进修去了。

　　我跟着胡玲去了她家。她家在一个环境幽雅的住宅小区里，三室两厅的房子，装修得很奢侈。

　　进门换了鞋，我视察了整套房，然后由衷地感叹，你家好舒适呵。

　　胡玲谦虚地笑笑，说，嗨，比上不足比下有余吧。

　　我和胡玲一直到晚间就寝前的谈话都还是比较愉快的。十点过后，胡玲征求过我的意见后关了客厅的电视，我跟着她走到卧室。胡玲丢给我一件睡裙，一本杂志，然后我们两个人就歪在床上聊天看杂志。我们泛泛地聊了很多话题，把互相所知晓的老同学的消息作了通报。胡玲说班花钱小丽怀了葡萄胎死了，所以她吓得不敢要孩子。我为这个可怜的女人哀悼片刻，并对胡玲的决定表示理解。然后胡玲问我怎么还不结婚？我说我找不到合适的人，我们小镇的人讲究门当户对，我在银行上班，我家里就一定要我找个事业单位的女婿，别人介绍的那些女婿候选人总是高不成低不就，搞得现在背地里人家都叫我要求高姑娘，也没媒人再上门了。

　　胡玲开始以这样的语气说话，她说，姑娘大了，也应该嫁了。

　　是呵，我说，我也想快点嫁出去，换季大减价的招牌都打出来了。

　　说说，胡玲说，你要找什么样的人？

　　是个男的就嫁。我开玩笑地说。

　　没那么急吧？胡玲坏坏地笑，说了一句很露骨的话，是生理还是心理上的需要？

　　胡玲是已婚妇女，她或许觉得开这样的玩笑很正常，但她忽略了我的生存环境和由此而衍生的心理环境，鲜有人和我开这样的玩笑。但我毕竟不是封建社会的小脚女人，所以我尽管面上有点不自然，但是心上并没有介意她的玩笑，而且仅仅将它当作玩笑而已，而玩笑是不一定需要回答的。

　　没想到胡玲却不肯放过这个话题，扯了几句之后，她又开始这样问我，午夜梦醒之时，有没有渴望过男人的怀抱？

　　她的问题我无法回答，是个人就会有七情六欲，我完全否认，那是明显玩虚，我承认，真不知这女人底下还会问出什么出格的话来。我不知道她究竟想问什么，我想她只不过还是在开玩笑，我还是笑而不答。然后我说，我困了，眯一会儿。我想把这个话题搪过去。

我阖着眼睑假寐。胡玲见我没了声息，自个儿靠着床枕翻阅杂志。她哗啦哗啦地翻完一本又捡过我丢一边的。在她探身俯过来的间隙里，我从微睁的眼缝里看见她正在打量我，她的眼神令我心惊，冷汗"唰"地一下从我的毛孔里渗了出来。

我将手臂捂到眼睑之上。我不想让我痉挛般跳动的眼皮暴露我的发现。

胡玲也许只注意了我短暂的几分钟时间，她依然抱着杂志坐回她的那一侧床。我借故一翻身背朝向她。然后我开始翻来覆去地追忆我和胡玲的交往始末，我忽然发现，我和胡玲实在谈不上有什么友谊可言。

我无法准确地描述出胡玲眼神中的意味，冷淡、冷漠、轻贱、玩味、居高临下、嘲讽、厌弃，仿佛都带着点，又仿佛都不能完全地概括，然而有一点我却可以坚定地确信，那里面没有友谊。

胡玲是一个很会过日子的女人。早晨起床时，她家的钟点工已给她做好了早餐。早餐是西式的，很丰盛，牛奶、鲜榨果汁、火腿煎双蛋、肉松以及鲜奶蛋糕。如果不是昨晚我无意间窥到的一瞥，我将十分动情于胡玲的盛情款待。但是现在我不这么想，胡玲昨晚肆无忌惮的扫视践踏了我的自尊，我不是泥制的，不可能任由人去捏个形状。

吃完早餐我想着我马上就起身告辞，但是天公不作美，偏偏下起了雨，人不留人天留人，我只好忍耐地把屁股搁在胡玲家沙发上等雨停。

胡玲为我和她自己各冲了一杯咖啡，体现了一个优雅闲适的少妇的日常生活。咖啡搁到茶几上，胡玲问我看不看黄片？

我翘着嘴巴说，你看黄片？

看的，胡玲大大方方地点点头。

我不看，我正经八百地说，很纯洁的样子。

胡玲呡一下嘴，做了个很欧式的耸肩动作。说，无所谓呵，我老公在家时我们经常一起看。

风声雨声读书声我不作声；家事国事天下事关我屁事。我脑海里忽然想起这两句对联，也就真的不再作声，但心里还是疑惑胡玲怎么尽想往黄处谈。

胡玲很豪放的样子，带着点假天真。她忽然说，你不会还是个处女吧？哈……仿佛我要是真没被人睡过就一定是从棺材底儿下爬出来的，迂腐到发霉的地步。

我豁然开朗，明白了胡玲处心积虑地想弄清的不过是这样一个疑问。她对我这样一个三十岁还没有嫁掉的，行为保守的女人充满好奇，她想进一步窥视我的生活和心理上的状态，如果可能她甚至想开诚布公地和我探讨一下，当我的生理或者心理发生需要时是如何处置的？她在做一个类似于社会学问题的探讨，但她的探讨与对这个社会的研究无关，不过是想满足她的小人物的窥视欲望。一句话，她在调戏我，玩味我，解剖尸体一样地解剖我。她装作很豪放，是想引导我豪放。如果有什么艳史，艳史附着在一个熟人的身上将比黄片生动传神得多，她想听，听一个熟人亲口描述出来——这不正是报告文学之所以畅销的折射吗？

我对胡玲充满了愤恨，但是我不露声色。我说，难道我不应该是个处女吗？

傍晚时分，我回到小镇，跨上我丢在车站的脚踏车，骑回家。

我妈见到我就问，到哪里流亡去了？

我妈总是在无意间把词汇用得很准确，战争发生时的逃离不正是流亡吗？我无心理会我妈，只想洗个澡回到楼上睡觉。

我买了一大袋零食回来吃，各种各样的，有一部分是给我奶奶的，但我也得先拎到楼上去，等我妈不在家时再拿下来给我奶奶。我奶奶也配合得很密切，每次一接手总是及时地藏到她自个儿房里去。

我正在清胶袋里的东西，我妈进了我的房间。我妈看见我手里拎了一袋柿饼，视线立刻凝住了，她说，这是给谁的？

我沉着冷静地回答，我自己不能吃吗？

我当你又是给老八十买的呢，别没牢坐，她又不只你一个孙辈。

我妈平常总是唤我奶奶老八十，我奶奶七十岁的时候我妈这么叫她，现在我奶奶已经快九十岁了，我妈还是这么叫她。我妈不准我给我奶奶买东西，她的理由是，我大伯家的儿女买一样东西给我奶奶，我才要买一样东西给我奶奶。我不能听我妈的，按她说的那样，我奶奶怕一年只能收到两三包红糖。再说我也不会跟我大伯家的儿女比，他们基本都是农户，有个堂兄是做木匠的，经济条件都不好。

我妈见我说柿饼是买给我自己吃的，略微放了一点心。她在我房里的沙发上落了座，看她的情形，仿佛是有什么重要的事要和我谈。果然我妈开了口，她说，毛锋今天来的，他……

我妈刚开了个头，一阵由远而近的电瓶车的声音传了过来，很明显地停在了我家的门槛前。我妈说，是毛锋。

毛锋是我的堂姐夫，是一个手艺人。这种手艺也只有在农村里才找得到活儿干，具体讲就是给鬼置业的，用料很简单，芦苇秆加彩纸，用糨糊一糊，然后卖给死了人的人家付之一炬，算是给亡人送了去。我高考之前我妈就一颗红心两手打算，考不上大学就准备让我回来学这活儿。拿我妈的话来说，这有什么不好的，既不用挑呀担的，上门去给人家干活，吃了人家潮的（指饭菜），拿了人家干的（指钞票），好得不得了。当然，这是以前的事了，现在而言，做一个银行职员和做一个鬼差相比如何，这点认识我妈还是有的。

毛锋来我家了，我妈连忙拉着我的手要我和她一起下楼。我比较惊奇，毛锋是我的堂姐夫，是我大伯的女婿，堂姐的老公，是一个完全依赖于我父亲的血缘关系缔结而成的亲戚，而我妈对我爸身上的亲戚往往比较失礼，今天毛锋却受到礼遇，不禁令我稀奇。

我妈热情地给毛锋泡了茶，并且执意要留他吃晚饭。毛锋在我家厨房的木凳上落了座，我和他客套了几句再准备上楼，这时我妈叫住了我，她说，哥哥是来给你做媒的。

毛锋是来给我做媒的，有人来给我做媒，四五年之前这在我们家是常事，那时我妈的态度就像计划经济体制下的国营商店的营业员，傲慢之极。现在不了，现在我妈把给我做媒，哪怕只是有这个意向的人都当恩人。

毛锋又把那男的条件复述了一遍，毛锋话音未落，我妈就急得跳了起来，发问道，不讲他是在税所上班的吗？

毛锋耐心地更正道，在税所上班的是他哥哥，他本人也是个大学毕业生，暂时还不曾找到工作，他爸爸和我是同行，在同一户人家做手艺时谈起来的，小伙子我见过，跟着他爸爸一起做手艺时见的，长得四方大脸……

他哥哥谈对象没有？我妈打断毛锋。

哦，他哥哥，毛锋说，他哥哥小孩好几岁了。

行了，我妈站起身，以斩钉截铁的手势截断了毛锋的叙述。我妈说，我女儿做一辈子老姑娘也不会谈给一个鬼差。

毛锋之至不欢而散，我妈再不提留他吃晚饭的事，只有我奶奶，因为耳朵不灵光，知道是要留她孙女婿吃晚饭的，后来发生了什么她没听到，所以见毛锋推着电瓶车准备走人，急得不行，颠着小脚冲出去喊，吃晚饭哩，这就好了哩。

吃过晚饭，洗漱过后，我上了楼，我妈又跟了上来。我斜着身子侧到床上，我妈坐在我房里的沙发上，她看上去不胜忧郁。我不想和她多作交谈，但是又不好赶她走，这时候我闻到一股很浓烈的臭味，我使劲嗅了几下，然后我蹙着眉头问我妈，什么臭？我妈说对面严家泡在河里的榆树刚刚捞上来。我认为这个解释合理，于是不再追究。

我妈看上去还是那么忧郁，与她在同我奶奶斗争时的脸孔判若两人。我妈看着我，哀怨地说，你的大事要什么时候才能办哪？

我愧对我妈，同时也厌烦她的念念叨叨，于是我一掀盖被说我要睡了，明天还要上班呢。这时我感到我的左手臂处一阵清凉，探眼一看，一堆黏稠的猫粪盛开在粉红色的被头之上。"阿O"一声，吃进胃的晚饭沿着来路奔涌而出，面筋烧肉还依稀可辨，那原是要烧给媒人毛锋吃的。

你给我一场戏

下次不要把你的处理品往我这儿扔，胸大人把手包甩向沙发，冲我发飙，收破烂儿不是我的理想。

我被胸大人的气焰震住了，盯着她甩出去的手包看了几秒，忍住气上前，把包捡到手上端详一番。我发现不了问题。

手包是我送她的，买化妆品达到一定金额时商家附赠的，质量不敢保证，但我没有强行要送她这个手包，是她自己看中了，不惜降尊跟我央要的。

是这个包有问题吗？我举着包在她眼前晃了晃，息事宁人地问。

她劈手夺过手包，扔回老地方。不要转移目标，我不相信你听不懂我的话！

我怎么了，我做错什么啦？我蹙眉摊手，无辜地望着眼前气势汹汹的大胸美女。

胸大人姓熊名焰，胸大过人，遂毛遂自荐为胸大人。

你装什么傻呀你？胸大人满面嘲讽地反问，袁习文那个人渣……他压根就是喜欢你你不知道吗？

你干吗骂人？我不高兴地睨她一眼，掉转头，你们不要一吵架就来找我问罪，我不过是介绍你们认识了一下，男欢女爱的事，是你们自己搞去的，搞好了不用谢我，搞不好，你们就桥归桥路归路，各找下家去吧，不要动不动就跑我家里来撒野，行不行？

我也来气了，扔下话自顾自转身进了卧室。

我在电脑前刚刚坐下，胸大人就跟进里来。表情仍然绷紧地。

你跟我交个底，你们俩到底算怎么回事？不要隐瞒我，欺骗是最低劣的人品，更不要举着怕伤害我的白旗保守你俩共同的秘密。我不能容忍担纲一个傻B的角色，没有谁离不开谁，冰雪聪明的我多的是候补委员，不需要夹在你二位中间上蹿下跳地出丑卖乖。胸大人把我书桌一角的杂碎胡乱一推，扫出脸盆大一块空间，一屁股压上去，居高临下地正面俯视我。

你下来先，可不可以？

坐那儿去。我指着一旁的椅子命令她。

不下来！她视死如归的嘴脸，挑衅地一扬下巴，你不把真相大白给我我就不下来。

简直有病！我骂她一句，决定让步，悻悻地站起身，往出走，边走边说，你想要什么真相，客厅里来，我白给你！

她火速地跟出来，坐下后立刻审问，你跟袁习文究竟是什么关系？

姐弟！我朗声回答，语气里渗着不屑，全然没有旁征博引、据此论证的意思，问什么答什么地一说。

我看着不像！她表情坚定地说。

那是你蠢！我轻蔑地说。

她一下怔住了，像被隐形人赏了一记耳光。她呆视着我，眼泪瞬间夺眶而出，我是蠢，没有人比我更蠢……她哽住了，勾下脑袋，埋首于掌心，硕大骄人的双峰顺势从低胸的领口滚出半壁江山，直扑我的视野，让我不由想起多年前歌手潘美辰渴望家时的一嗓子呐喊：我好羡慕她……这双大乳至少比我的大了半圈，这是我与她之间的第一项半圈之差；第二项，我比她大了整整六岁，刚好是另外个半圈。

胸大人哭着哭着平静下来，伸手抽了一张纸巾擦眼泪，捂住鼻子很大声地擤了一把鼻涕，最后掏出手包里的化妆镜盒子整顿仪容仪表。

我冷眼看着她折腾，有些人是不能给予安慰的，你越安慰她越来劲。她收拾得差不多了，啪的一声合上小圆镜。

你这睫毛膏是什么牌子的？我跟她闲聊。

卡姿兰。她冷冰冰地说。

不太好呵，我把话题深入下去，都不防水的，你看你眼圈下面，全给污染了。

她正待把化妆镜盒子收进手包，闻言又打开来照了照，实事求是地说，本来是防水的，都怪我哭得太狠了。

就是呀，我顺势开导她，有必要伤心成那样吗？

有必要！她瓮声瓮气地坚决肯定。

有什么必要？我问。

我胸大人哪点儿不好了？她扬着脸反问我，我哪儿比不上你，我哪儿不值得他爱？我哪儿差了，我各单科成绩、综合指数哪一项不走在广大妹妹的前面？我凭什么受尽他的冷遇？

你呀，我不以为然地奉劝她，八零后的独生子女，家里惯大的，受不得半点委屈，要知道地球上不就住你一家，不能要求全世界人民都把你当太阳来爱……

哈——胸大人发出一声狂笑，那是你臆想中的我，不是实际的我、客观的我，真实的我比你想象中的要忍辱负重一百倍一千倍！

我冷哼一声，把目光瞟向别处，不屑地说，少在我这儿自吹自擂。

行呵，胸大人竟不予争辩，和风细雨地说，你抽空约你的阿文弟弟求证一下，我们在怎么相处？我胸大人是如何地做到了宽以待人、严于律己，胸怀大局、能屈能伸，为了一段屈辱的交往，一味地放低自己，完全视自己的骄傲、自信、尊严如草芥。

我讶异地看向她，一段屈辱的交往，我嚼着她的句子……跟阿文交往令你感到屈辱么？事实上我的思绪在她的启示下陡然跌入一眼无底的黑洞，呼吸即刻变得困难，隐约的痛爬上五脏六腑。

我站起身，去到阳台上抽烟。耳旁卷过胸大人哀怨的喟叹，一个人不爱你，你又做不到不爱他，能有什么办法？除了改变自己迎合他，不然连见他一面都难……事实我自己也不能确定，我到底是在爱，还是好胜心征服欲没有得逞？我就是不甘心，他凭什么这么不重视我……那么多男人等着和我约会，就他不……

我顾不上安慰胸大人。胸大人的无心之句准确无误地戳向我的痛处，在我内心，那些难以调停的矛盾瞬间激化，风起云涌蓬勃冲撞，致我失陷于难以自制的低潮。

遇上一个好男人会令一个女人增分。反之则反。一个叫肖海军的男人，在毁我自信的同时深刻地教育了我，让我追悔莫及地明白，有些男人，你给他机会，就是给他贱视你的机会。

某次因为太过迷惘，在街头把手伸给一个相士，报上生辰八字后，相士捋着他的山羊胡子说了一番话，大意是，今年属羊的运气坏，要处处审慎防范，免遭无良之人挫伤。可惜得这忠告为时已晚，我当时立在街头，生出强烈的宿命难逃之感。我思忖我今年所有的坏运气中，也坏不过上了肖海军的床吧。人称灭绝师太的张爱玲说，通往男人的心是胃，通往女人的心是阴道。而我，竟被不幸言中。

个体的差异，导致和决定我没有一颗豁达大度的心灵。我太爱计较与一个男人发生纠葛时是不是值得，我经不起投资的失败。是我的境界有问题，发生在我身上的事，心理承受能力好的人，也许可以一笑而过，而我的小家子气决定了我不能。我把自己扔在那样的囚笼里，时不时就要与自己为难一番。就是的，我就是那种爱朝自己伤口撒盐的怨尤派，一句不经意的歌词都可以将我拉回往事中默默抓狂。

梁小姐从座椅里站起身，凑近镜面端详，再退后转身后视，大美女脸上露出满意的笑容。

亲爱的，太感谢你了，你每次总能让我充满自信！梁小姐摊开手臂，尖嘴唊向我，吧唧吧唧亲了两口空气，冲上来拥抱我。

梁小姐在一家礼仪公司当司仪，虽然这工作门面很重要，但她在来我们店之前，并没有找准穿衣戴帽的感觉。

梁小姐身上，我是颇有成就感的。好马须配好鞍，虽然长相周正、身材修长的人穿什么都好看，但身份和气质还是需要通过发型、服饰来体现。第一次见到一头乱发不知如何是好的梁小姐，我的专业眼光即刻认定她是可塑之材，踊跃向她提出了克隆韩国女星金智秀的造型路数，一举成功，山鸡立马变凤凰。

我热爱我的本职工作，我在帮客人找到美丽与自信的同时也获得了快乐和充实。所以有时候就算我下了班，有信赖我手艺的熟客，急于赶赴约会，需要闪亮登场，我还是会尽可能尽快地返回来开工。

在我遇到肖海军之前，我对我的工作，抱怨辛苦偶尔会有，但从没有真正地后悔过干这一行。肖海军瓦解了我的这一信念，我甚至想，如果我没有在这一行做，我就有可能遇不到肖海军，我就不会拥有这么破败不堪的经历，这么一大块洗刷不净的污渍。我虽然不能像一张白纸一样清白，却企图像一张白纸一样清白，而这是一笔毫无疑问的烂账。

肖海军曾经是我的客人，初次见面，我就旗帜鲜明地同情他。他是一个有钱的可怜人。传说中他有的是钱。但那会儿我甚至暗忖，如果他用金钱收买我，付出多少我也不会愿意的，要我跟他上床，我情愿吃糠咽菜。而他自己也说，上帝给了他一切，唯独没有给他一个英俊的外表。我非常赞同他的自我鉴定，并暗暗揣测他的一生也许都不曾有过一段完美的爱情。哪有女人会真心喜欢他的形象？他那酷似大肥膘上戳了几个洞眼草率而成的阔大松弛的肉脸，以及与猪悟能及大狗熊可因同是天涯沦落人而拜把子的笨拙身段，如果有女人声称爱他，本质上只可能是爱他的身外之物。

后来报应落在我的头上，我相信所有认识我认识他的人，知道我跟他有过一腿之后，必然会用拜金为我做出注解。我承认，我的确崇拜过他的金钱，然而这崇拜不足以让我付出自己，我永远会为自己那一晚的不假思索后悔，为自己没有在裤扣里拴上一根皮带后悔。不要误会，我的不假思索只是去赴了他的约，而不是主动跳上他的床。如果我当晚能在裤扣里拴上一根惯常都会拴着的皮带，我也许能成功逃脱他的扑杀。而我竟然没有。在他第一次将我掀翻在床并快要得逞之时，我用一句我去冲个澡成功诱退了他，我提着裤子冲向门边，他立刻破译了我的企图，冲上来再度捉住了我。

我是一个爱面子的成年女性，这样的事情发生之后，我不可能坐到派出所没有窗口的黑屋子去录口供，我唯有打落门牙和血吞，用眼泪消解内心的错乱。他在一声快意的幽叹后安静下来，把我搂进臂弯并排躺着，他给我种种承诺，说要做我精神和经济上的双重后盾，把我树立成深圳美容界的一块品牌，再推向全国。他要求我为他生个孩子。我在那一刻决定爱上他。我决定爱他有着破罐破摔的意味，也有对他丑陋外形的同情怜悯，更是被他的美言感染迷惑告慰。事实证明，人在物欲的鼓噪之下是多么容易妥协，那一刻，我甚至产生了"祸兮，福之所倚"的错觉，几要欣喜了，几要以为遇到了生命里的贵人。而今这一切看起来无不像一个天大的笑话。

没人会信，我没有收受过他的一针一线。不是我不要以示清高，而是他根本没有真的想送过。他所有的物质允诺，都是喉管里的一口黏痰，离开嘴巴后迅即入土为安。有一次他摸着我手指上的假钻戒说要送一粒真的给我。我从来不稀罕珠宝，我宁可他送我手表，就算手表我也不是很想要，现在手机不离身，都可以当表用。但那时候我还没明白他的承诺不过是一句即兴之辞，还相当傻B地对他说，如果能给我爱就好好爱我。

我刚刚从失婚的阴影中蹒跚而出，重建了一套爱情体系。我认为外表不重要，特别是对于一个寻求庇护的女子而言，找一个外形欠佳的男人会获得对方更多的爱和照顾。事实证明，相由心生并非纯属偏见，有些男人外表丑陋只是内心丑恶的一个外延。

我的客人，阅男无数的林小姐说，有些男人出现和存在过的价值就是用来帮助女人成长的。然而有些女人，空有一双金睛火眼，却是一身的肌无力。明知不可而为之，明知应该而难为，知道正确的方向在哪里，却怎么也冲不向前。悲哀的我，就是这样。

梁小姐走后我就下班了。比正常下班晚了一个小时。挟上手包我匆匆走出店门，挥停一辆的士钻进它的后座。我在名岛西餐厅坐了不到十分钟，宽阔的玻璃窗外，阿文的黑色本田平稳地驶来，拐弯、掉头、倒退，准确地泊在一格空位里。

对不起，我来晚了，阿文人没坐下就歉意地解释，南坪快速上出了车祸，堵了一个多小时……你等久了吧？

没有，我也是刚到，我微微一笑，快下班时来了个熟客，加了会班。

哈，阿文开怀一笑，那太好了，我正担心你等得不耐烦，下次不肯约我了呢。

怎么会呢？这么好的弟弟我也舍不得不见呵！

我们相视而笑，老脸灿烂。

点餐吧，我说，拿起菜本，你吃什么？

随便，你帮我点，阿文低头玩手机。

一个吉利猪扒套餐，一个西柳牛扒套餐，热饮不要咖啡，换成奶茶。我交代完服务生，手机在一旁震了一下，进来一条短信。

我取过手机，按开阅读键，是阿文的，见到你很开心！

我冲他做个鬼脸，真心真意地说，我也是呵！

我们很快就汤足饭饱喝上了奶茶，我酝酿着言归正传。

焰焰不好吗？我决定不拐弯抹角地，直接开上正题。

阿文愣了一下，直面着我。

前阵子还听你说已经拉开了帷幕，离谢媒酒的日子不远了……

她挺优秀的，但我们不是很适合，阿文说。

这就是你不对了，我拉下脸，教训他说，你说谈就谈，你说不合适就画句号，你……你让人家姑娘怎么前进后退？大商家也只承诺没有开封的商品才包退包换……做人不能这样子做，我是女人，站在女性的立场，我是很痛恨这种男人的，我不希望我看好的弟弟也是这样的人。

我也没有说不谈就不谈，阿文说，我是真的发现了两人之间的差距，而且矛盾不可调和，这种动不动就斗气的情况哪有长相厮守的欲望？她人不坏，也挺幽默的，就是爱耍小性子，虽然过后总是她道歉，用她的话说道歉是她的强项，但接受道歉不是我的强项，我不喜欢没事就找事折腾的个性，我耐性不好，想都不敢想和这种性格的人一起生活。

你既然都这么肯定了，多说也是无益，唯愿你多留点时间给她退场。

这个我能做到。阿文点头。

我们都倒进椅背里，沉默地坐着。墙角的低音炮里流淌着婉转有些忧伤的管弦，很熟悉，我用劲想了想，却思量不起名字。

我间或用冷眼打量阿文，这个帅气的男生这一刻让我觉得猥琐，他不会是一粒妇女之友，他一定不停地在伤害一些女人。我马上又想起胸大人说阿文喜欢我的话，心里泛起一股冷笑，让他喜欢吧，如果我有能力，我会让他更喜欢，叫他知道，有人当他蜜钱，也有人当他大便。然而，我不禁嘲笑自己，他凭什么喜欢我？他人帅、钱多、马仔多、学历高，虽然有些参数不可考，但他人帅是摆出来看得见的，钱多不多至少做得来挥金如土的举动，至于学历，那不过是装点门面用的金纸罢了，谁还真的在意？这种人才，至今未婚，还不是一个独身主义者，也算奇迹了。

对女生要厚道些,我突兀地对阿文说,真的,人家爱你不是罪,证明你有魅力,你忍心伤害这么抬举你的人吗?

阿文惊奇地看看我,欲言又止地耸肩摊手。

我看着他的头发,黑而浓稠,发式是由我设计和自手操剪打造的,走的是阳光型帅哥的路线。第一次捧上这颗脑袋时,我是很有好感的。我相信一种说法,女人被负后发出的诅咒会很快让男人秃顶。那时我就想,阿文,当是有情有义的那种。而另一颗脑袋,在我捧上手的那一刻,即有惊骇云涌。然而我还是坚决地不相信,长成这样的男人,哪可能会有涉及灵魂的爱情?那些肉体的交易,用钱足以摆平,而肖海军,他不是号称财主吗?

值得痛悔的是,我正是被自己的私欲推上了贼船,如今,我仍然在船上飘荡,想要毫发无伤地下船已然不可能。

肖海军第一晚约我喝茶,我欣然应允。整个约会过程,我充当了一名忠实的听众,他痛陈他的革命史。饥寒交迫的童年,未能竣业的中学,工地上的苦力,修车行的学徒,快餐店的小弟,地产商的马仔……最终他成功转型,掘到第一桶金后他的发财之路如有神助,迅速蹿升塔顶上的人物。

肖海军喝茶时诚恳表示,他早有心投资一间类似于我们店的形象设计公司,并海吹道,要做就要做成真正的王牌,他说他对我的专业水准和管理才能都很有信心……我被这样的诱惑一举击中,谁不渴望在自己热爱的领域里披荆斩棘、开创辉煌?

第二次他再约我时,我又火速赶去。他说在酒店的大堂吧请我喝咖啡,结果我没有在那里找到他的影子,然后我接到他的电话,他报出房号,说他在那儿,请我上去。

我上去了,找到他的房间。我对自己充满信心,只要我不愿意,他又能如何?这年头一个富翁要过性生活不需要动用武力吧?我的不愿意是一定的,我有我的八荣八耻观,以不和男人上床为荣,以和男人上床为耻,是其中的要目。我不是随便献身的人。我是有心理洁癖的人。我是牢牢把持着裤腰带不松手的人。何况他一点不吸引我。

安妮,阿文打断了我的回忆,我从往事中抬起头,看着他,去唱歌吧。他建议。

我看看手机上的时间，扬手打了一个OK，招来服务生埋单。

驱车前往啤酒城的路上，阿文接到胸大人的电话，我正想制止他说出我跟他在一起，他已经和盘托出现场动态，并征求胸大人的意思，要不要过来一起玩。

胸大人动作神速，竟赶在我们前面先到了，我们他乡遇故知地一顿寒暄，勾肩搭背地进了夜场。

喝红酒还是啤酒？阿文问。

我说我随便。随即拿起点歌本找歌。

我喜欢坐在大厅里唱歌。我有表演的欲望。那些台下的陌生看客，就是我的观众。我没有一副好嗓子，乐感也不是很好，可能很多调子都是变了味的，但我不介意露短，我完全能在表演中达到自娱自乐的效果。

喝红酒喝红酒，啤酒来得慢，还胀肚子。胸大人极力主张。

阿文说好。在买三送一的利益驱使下一次要了四支红酒，小食是开台附赠的。我们以玩射盅的方式劝酒，胸大人这个蠢蛋果然有胸无脑，唯见她频频举杯，且总是豪放地一杯见底。阿文在一旁可怜巴巴地讽刺她，也要给我们机会润润嗓子吧？

我点的歌到了，我扔下他们跑上台去唱歌。

> 你给我一场戏
>
> 你看着我入迷
>
> 被你从心里剥落的感情
>
> 痛得不知怎么舍去
>
> 不要这场记忆
>
> 不要问我结局
>
> 心底的酸楚和脸上的笑容
>
> 早就合而为一
>
> 迟迟不能相信这感觉
>
> 像自己和自己分离
>
> 而信誓旦旦的爱情在哪里

张宇的《一言难尽》。我把这首歌演绎得如泣如诉，哀怨十足。有人劝过我，如果有志当一名歌手，一定要走怨妇路线，说很适合我，说我就是浑然天成的一介怨妇。我不知道。我只知道唱哀怨的歌舒服，随着那一声声痛定思痛的浅吟低唱，或狂野嘶叫深情呐喊，仿佛把郁结着的闷气全给叹出去了。

唱完我说声谢谢，健步下台，阿文和胸大人给了我热烈的掌声。

你凭什么唱这歌？我唱还差不多！胸大人对着刚刚落座的我嘴巴一翘，把手里揉皱的纸巾砸在我脸上，在吵吵声中自顾自地放声歌唱：你给我一场戏，你看着我入迷，被你从心里剥落的感情，痛得不知怎么舍去……你去让DJ把这歌再放一遍，我要唱！胸大人指挥我。

我又把这歌点了一遍，把小传单递给服务生。

胸大人到处扭捏着身子找东西，我把纸巾盒试着递给她，她一手推开，我的包呢？她问。

你脖子上挂的不是？我惊奇地看着她。她放心地摸了摸，把包搂进怀里，继续摇射盅，十个六！三个人的赌阵，她竟敢一上来就这么嚣张，简直在抢酒喝！

隔了几分钟，胸大人再次找东西，我直接把她的手袋拎到她眼前晃了晃，对阿文说，这个女青年看来已经神志不清了。

切——胸大人发出不屑地冷哼，谁神志不清了？不要血口喷人，我还才刚刚开始呢。

阿文用手背在她额头上试试温度，她一举捉住阿文的手贴在自己腮帮子上。

我酒多了，我可以乱性吗？她抬头问阿文，不待他回答，就把身子拱进他怀抱。

有请八号台熊小姐，《一言难尽》。DJ预告。

胸大人踉跄着步伐，登台献唱。

我和阿文把杯子里的酒干了，服务生立刻斟上，我们又举起杯把它干了，随即相视而笑。阿文说，没办法，智商高的人酒都喝不上，哈。随势抓住我靠近他一侧的手，十指交叉扣握。借着一点点酒意，我觉得很健康很美好，很自然地把头枕到他肩上，更紧地挽住他一条胳膊。他看看我，把手臂抽出来，绕到我身后，环住我的腰，把我揽向他的怀抱，他的吻在同一时刻落下来，砸在我的唇上。没有前奏，没有蓄意，比2002年的雪来得还要突然。

赶在胸大人下台之前，我们适时地分开了。

随着一头促销酒保的推波助澜，四支红酒很快见底，新的四支顺利登陆，促销成功的酒保满意地走了。

胸大人靠近我，指着酒保的后背心说，这是个色鬼来的，以为我醉了，居然把咸猪手搁到我胸上……

啊？

我狠狠掐了她一把，估计不脱皮也得青上一阵，嘿嘿。

啊！我再叹，看来你酒一点儿也没多呵？

谁讲我多了？胸大人挣扎着站起身，一点点晕而已……我上个洗手间。

要不要我扶你去？我问。

用不着！胸大人身残志坚地拂袖而去。

有请八号台袁先生，《安妮》。DJ预告。

阿文跨上舞台，取过麦克风，身后迅速被烟弹笼罩，一片白雾茫茫之中，阿文低沉的男声于伴乐中吁出。

> 事到如今不能埋怨你
> 只恨我不能抗拒命运
> 时时刻刻沉醉爱河里
> 谁知悲剧早已注定
>
> 安妮 我不能失去你
> 安妮 我无法忘记你
> 安妮 用生命呼唤你
> 永远的爱你

《安妮》，一首煽情的老歌，阿文唱得相当卖力。恰巧我的英文名也叫安妮，那是我在美容进修班为适应时尚需要顺嘴草就的，后来就跟了我，成了我的洋代号，比原名利用率还高。我也很喜欢王杰的这首

《安妮》，但我还拎得清，歌是用来唱的，情是用来煽的，卡拉OK金曲多的是走痴男怨女路线的，我不会傻到要去以为这是阿文在借机向我表白。

但是，阿文走下台时，我还是站起身来迎接了他。我把手交到他的手心，很棒哦，我恭维他。他握住我的手，用力一扯，我扑进他的怀里。他紧紧拥住我，唇压上来，我们贴在一起。他的手滑到我的屁股上，用力内扣，我们忘情地热吻，只是热吻。

过了老长一段时间，胸大人还没有出现，我对阿文说我去看看她。

胸大人盘踞在通往洗手间的过道上，后背倚着一面墙，腿脚伸出去抵在另一面墙上，非常有意思的是，她放人进不放人出，没耐性陪她玩的人就搬开她的腿直接通过，无聊人士就停下来逗她玩儿。

我把她拉回大厅，扔到沙发上，这家伙不是来唱歌的，存心来要宝的，我指着她说。

还不都一样，胸大人无所谓地一挥手臂，端起离她最近的酒杯一饮而尽。

搁下酒杯，她匍上去抱住阿文，你就那么讨厌我吗？我哪里不好，你告诉我，我改，我统统改，坚决改，行不行好不好，好不好呵？她语气里全是哭腔。

阿文正待扒下她的手臂，啪，耳光响亮，她出其不意地甩了他一个大嘴巴。

啊哦——她终于吐了，秽物从口腔喷射而出。

酒保兴奋地冲上来，提出要扶她去洗手间吐。我记起胸大人之前的话，警惕顿生。走开，我朝他一声低喝，俯身挨近胸大人，替她抹胸口捋后背。

她醉了，她真醉了，我回头对阿文说。阿文抚着脸，依然沉浸在适才的一巴掌之中。

快要下班时，我意外地接到肖海军的电话。

肖海军很少致电给我。据上一次会晤时他称，他最近都在内地出差。他现在做着埋电线柱子的工程，专找贫困地区下手，越贫的地方越好赚，那些缩首在祖国九百六十万平方千米广袤大地之犄角旯旮里的著名革命老区，好多地方都还在点着煤油灯过活，那些都是他的目标市场，只要贿赂好当地官员，把电线柱子埋了，回来准备好账户，等着人家财政划款即是。

肖海军在电话里说，我顺路，过来看看你，我在你附近的上林苑酒店。

我对这样的看看心领神会。他每次都用看看预告将要展开的活动。

我没有气魄去彻底决裂。我的感情、青春、肉体、守望、期待，我的店。我付出那样多，我不能功亏一篑。虽然我几乎可以预见，我必然只能是功亏一篑。对前期的投入，心痛并且不甘，残存妄想，时至今日，除了耗，我别无选择。

半小时后，我到达他指定的房间。他原汁原味，一成不变。大大的眼袋，像两只肿起的水泡，高高浮在他鼻梁两侧。他的鼻孔又大又圆，我在第一面见识过后就叹为观止，忍不住偷着笑，我揣测爱冬眠的动物看到他的鼻孔会比较来劲。

他脚踩一双黑布鞋，自认为领导了休闲不羁之新潮流，以至我一出现，他便抬脚向我示意，哎，布鞋，像个农民，哈哈。

他把鞋帮踩在脚底板趿着走路，军色短裤刚过膝盖。我问他干吗不把鞋后跟拔上，他相当自得地回答，那样就真像个农民了。其实像个农民还好一些，他这个年龄的人，休闲得不恰当，就会飘到变态老混混的行列里去。

我是无神论教育吓大的，却并没有成为一名真正的马克思主义者。党要求我以物质决定意识建立世界观，在具体实践中，我发现我走的是意识决定物质的路线。我在看待同一件物质肖海军这件事上，不同时期产生了不同的观后感，且先后出入过大。

我一开始见到肖海军，觉得他丑，很丑，太丑，无药可救，我这样的造型师都想不出好路子打理他，悲观地认为，怎么打理也是一个枉然。可后来，我的看法发生了质的改变，我回忆他赤身裸体向我扑来的样子，他喉咙里发出的急不可耐的求欢声，我甚至产生了性感的幻觉。我觉得他憨厚、敦实、雄健、有男人味，足以信赖，值得托付。他肥厚的肚腩撞击我时发出的惊涛拍岸般的声响，让我觉得非常别致，有风格，与众不同。随着时间的推移、交往的深入，一些本相浮出水面，他的形象再次塌方，看他时我得强忍着恶心。

他和每次一样，一见面就急着把我往床上推。我僵挺着身子不予配合。

你怎么啦？他问，这么久没见，你不想我吗？

我心里一阵冷笑，不明白他的底气打哪儿来的。他凭什么认为我会想他？他有资格像烧伤科病人一样冲动地要去砸烂一切能反光的物体。然而不幸的是，我的确曾经把他刻到心上。也许是一间幻想之中的富丽堂皇的店怂恿了我，也许是因为他打通了通往我内心的关卡，总之有一度，我把他供奉到心灵的神龛，把对男人所有的渴望寄托到他身上。

我使劲拱开他，去拿杯子泡水喝。

他跟过来，问，是不是有人选了，怎么对我这么冷淡？一边说一边又上来扑我。他已经烧起来了，他停不了。

你这次出差，事情办得怎么样？工程开展得还顺利吧？我问。

他顿时来了兴致。很顺利，他奶奶的，这世上就没我肖某人攻不下的山头。刚开始那帮刁民不让挖……

我等他说完，把手中的水杯递给他，他小呷了一口，搁一边，上来搂我。

把衣服脱了，我想要，他直接要求。

我若有所思地看着他，竟然有些酥软，仿佛这一刻，他又是有几分可取的。——

我深深地叹一口气，决定不把矛盾激化。我和蔼可亲地说，你是不是在全国各地都备着老婆？

哈哈哈——他立时兴奋不已，发出豪爽大笑，像载誉而归的大奖得主，笑完谦虚地说，没有没有，姨太太就你一个。

嚯，我短促地冷笑一声，有这么养姨太太的么，放着她自生自灭，一消失就是两个月？

男人哪能不干事业？他道。

他已经顺利搞开我的胸衣扣子。虽然他指关节粗大，十指滚圆短秃，干起这活儿来却相当得心应手，用古时候那个会沥油的油贩子大爷的话说就是，唯手熟耳。

我决定不从。我按住他向深处探索的手说，女人是要人疼的，你不疼她，她的感觉就慢慢消失了……我不想！最后三个字，我神情坚决。

他讶异了五秒钟，撤回他的咸猪手，生生转身，看看腕上的表，偏过头问我，这附近有没有大商场，陪你去买个戒指？

我内心一阵狂笑，恢复了对他的愤怒与厌恶。我知道戒指也有天价的，比如著名装嫩发嗲湘籍女主持指上扣着的豪华钻戒，有数据分析家帮她算过，可以盖多少间房。可凭我对肖海军的了解，他如果馈赠，英姿不会比一个包工头泡民工老婆时来得潇洒。好，就算他送我那么大一粒戒指，我能当出去，给变换成一间店吗？与其这样，为何不直接支持我开一间我理想中的工作室？

我不想再憋着了。我都快闷出内伤了。我决定豁出去。

你知道的，我对珠宝没兴趣。我说。

那你要什么？他好像松了一口气，似乎他已经仁至义尽了。

送张卡片我，写上你爱我。此言一出，先把我自己恶心得五内俱焚。

关键的一刻，我终是选择妥协。哪怕是一个明知无望的白日梦，也情愿蒙在鼓里能睡一日是一日。

店开不了没关系。我是我们店的技术总监，一号师傅，我经手的顾客，洗吹剪一个人头，收费一百六十八元，这在深圳是顶尖价位了，慕我名而来的客人依然源源不断。我的收入足以让我过上不错的生活。然而，在这错失的情感当中，我付出的身心，什么时候才能抽得回来？我需要用什么方式才能获得内心的平衡？如何收梢，这段过往，才能在我求全责备的心里不留阴影消逝？

为了套住他，让他有热情陪我玩到最后，让他不至忽然蒸发，令我无法承住被人抛弃的打击，我对他进行过多次肉麻致辞。在我迫不及待地想表达我对他的好时，我面对着他，朗诵过比徐志摩的情诗更唤醒一个正常人鸡皮的示爱宣言。最开始我是为了向他证明，虽然他又丑又有钱，但我的倾慕与这两点无关。后来我就有点弄假成真了，那些爱的宣言，没有感动到他，却顺利让我进入角色，爱他并且让他爱我，一时成了我情感外交中的主要诉求点。

亦舒大姐大代表广大女同胞讲过一句掏心窝子的话——如果不能给我很好的爱，那就给我很多的钱吧——坦率理智冷静，一语道破世相天机。放眼当今的离婚案，只要是第三者插足搞垮的婚姻，无准备的一方总是不遗余力地投入捉奸活动，积极为将要面临的财产分割，查找以便提供可以使自己多吃多占的证据。

婚姻合约无法继续，当事人不惜撕破脸面，打一场寸土必争的官司压轴。这不可耻。这是人性的表现。我们大部分人的一生，都是围绕着经济建设展开的，何况人还有贪欲、爱念、报复、示恶等各种复杂感情成分的调令驱使。文艺作品里才会编排女主角把支票撕了，说出一腔正义之辞，末了还把碎纸片撒人家一脸。这种不识抬举的人，现实生活中基本没有。

肖海军说要送我一粒戒指，而我表示只要一张心意卡，不是我不识抬举，而是我觉得他抬举得不够，如果不给我店，那么戒指也不要给我吧，给我一粒戒指是对我的轻视和侮辱，我收了，就是接受了这样的轻视与侮辱。

那下次来看你时给你带束花。肖海军这样回应我不要戒指要爱心卡的要求。

肖海军看看我，开始有所行动，先把床头的手机充电器从电源插座上拔下，绕起线，收进他的大拎包，把他的黑布鞋在地毯上跺了两跺，震掉肉眼无缘一见的尘埃，随后把他的包挎上肩，对我说，晚上还有点事，不住了。你要不要住？明天还有顿早餐，自助的。

事发突然，我伤心而又气急败坏，却又不便表现出来。

令人钦佩，我忍住气，含讽带刺地表扬他，身为千万富翁，对一顿免费的早餐也是珍惜的，思之来之不易的……

他听出我口气的不善，回头看看我。发现你怪怪的，他说，走吧，一起下去。

我首先窜出房门。电梯到时他还没到，我憋着一腔怨气，悲壮地闪身入内，看着电梯门缓缓合拢，一时心如死灰。我越过楼下大堂，义无反顾地先走了。

我明显胖了。

我新近养成一个习惯，总是半夜爬起来吃东西。像被野鬼附了魂魄，我总会在下半夜准时醒来，百无聊赖一阵后食欲攻心。我先是吃一些零食，比如一块面包、一只苹果、一根香蕉、一杯牛奶；后来发现吃这些东西没意思，开始吃火腿肠，泡方便面，煎鸡蛋；再后来直接叫外卖店的快餐，比如酸豆角肉末饭、红烧茄子饭、炒粉汤面什么的；再再后来，我为了控制自己的进食，把家里能吃的全扔了，结果熬到凌晨三点熬不住了，拿起电话叫外卖，结果人家外卖店打烊了，而我在无计可施的情况下，当机立断，取出冰箱的个坨冻肉把它扔在水里，没等完全化开就带着冰屑把它给切了，然后给自己炒了一个肉片。晨曦从窗台边一点一点地明亮起来，我呷着不知何时喝剩在冰箱里的大半瓶已经失去气泡的啤酒，把一盘味道和色泽同样乏善可陈的炒肉裹进腹腔。

胸大人来我们店做头，看到我平坦的小腹隆起一块小丘，相当震惊。

你怀孕啦？她扭头悄声问我，眼圈里翻出一片超出常规的鱼肚白。

店里客人不多，我也用不着避讳，一边修理她的头毛，一边以平淡口吻反问，我怀孕？除非我基因变异，雌雄同体了……现在化肥农药贻害无穷，也有可能的。

你想说你没有性生活，是吧？

这个问题本来不重要，但一扯上怀孕，它就成了检验真伪的最低标准了。

那你怎么搞大的？胸大人正色起来，语气里不乏同情，难道你决定打头阵，领导丰腴美？

这种损人不利己的事谁干？我把吹风筒拈上手，调到冷风挡。最近胃口太好了，老爱晚上吃东西……下班打算去买减肥药，你要不要陪我去？

你们店不是有减肥项目吗？胸大人说，干吗不就地处决？

我们店是针对高危病人的，用的是酷刑，我还不至胖到那个地步吧？买点减肥茶，抑制一下食欲就OK了。

胸大人一直在我们店待到我下班，之后我们携手逛了华润万佳。在百货区，我象征性地拎了一包苦丁茶扔在推车里，算是完成了此行的主要目的，然后就一直在食品区一带盘亘。

埋完单后，我和胸大人各提一只胶袋走出商场大门，大葱和芹菜的叶径探出胶袋口外，使我们看上去有几分贤妻良母的风范。

你买这么多菜，准备煮给谁吃？坐上的士后，胸大人问我。

就我们俩，我兴奋地说，我回去给你露一手，我最近厨艺大长，特别是学会了一种简单而不简约的烹饪方法——浇头饭，吃过没有？

什么焦头饭？是把饭故意烧糊了来吃吗？没听过，没见过，没吃过。胸大人甩脑袋。

嘿嘿，等着我给你上一堂美食课吧……浇头饭呢，就是把营养搭配合理的菜肴，炒熟后浇在新鲜米饭上面……

噢哟，胸大人极其不屑地打断我，我当什么新鲜玩意儿呢，不过是一份快餐……它也不叫浇头饭，它正式的学名应该叫盖浇饭，其实也就相当于炒饭……

浇头饭和炒饭怎么能相当于呢？我义愤填膺地反驳她，浇头饭是饭和菜都准备充分，都独立自主，在缘分的牵引之下，邂逅在一只盘子里的，而你说的炒饭，饭和菜，在锅里就已经发生了关系——饭和菜之间，已经谈不上有激情和新鲜感了，这是浇头饭所不能容忍的！

你还有这学问呵？胸大人假惺惺地佩服我道，你什么时候变得对饭菜这么有研究了？难怪发了胖，都拿自己当试验品来练手的？

错了，我老老实实告诉她，我最近只惦记一件事，就是吃，我是先想到吃，才不得已开始学着做的，而且我的食欲总是在夜间来临，甚至凌晨，那时候餐厅都打烊了，我只得自己动手。

你是不是哪里出毛病了？胸大人担心地看着我，听说大脖子病人不在吃就在饿，你最好到医院检查一下。

有病也是这儿有病，我指指自己的胸口，自嘲地一笑。

到我家后，我和胸大人团结合作，很快就搞好几个小菜。胸大人坚决不要吃她认为是快餐的浇头饭，我就安排饭和菜清清白白地待在各自的碗里。

一开始没提喝酒，直到胸大人索要冻可乐镇腻，我说有酒呢，长城干红，要不要来一杯？

我们很快就把双方给灌飘了。事实证明，胸大人也好，我也好，我们内心都不踏实，貌似正常平静其实焦躁而迷惘。

酒误事，酒也伤身，酒还根本不解决问题。时常喝酒的人就知道，酒后郁闷来得更烧心蚀骨，所以，人在理性的时候，是不会试图用酒去解决矛盾的。但是酒的好处就在于，它能以最快速度帮人从心理上置身事外，所谓的一醉解千愁。它是情绪的止痛药，治标不治本，还有可能贻误病情，但它又确实能缓解痛苦，所以临床上它还是被大面积地使用。

胸大人和我，牛饮一支半红酒。四只脚扑朔，两双眼迷离。我指挥着胸大人撤离饭厅，移驾客厅。胸大人没忘带上喝剩的半瓶酒，摇晃着把酒瓶哐一声砸在茶几上。

我们在沙发上横着，头重脚轻，意识却仍是那般清晰。我止不住地一阵悲从中来，就抱住头呜呜呜地哭了几声。

你鬼嚎个什么呀？胸大人把手头一只龟形抱枕砸向我，你伤心得过我吗？有那么好一个男人喜欢你，欣赏你，把你当宝，把我当草，我还没哭呢，你有什么好哭的？

不幸的人都很相似，幸福的人各有各的幸福……我心里的苦，你哪里能懂呵？

是因为我吗？胸大人头抬着看天花板，问我，是因为我插在你们中间，让你觉得友情爱情难以两全吗？你没有错，你唯一做错的就是不该把你自己喜欢，也喜欢你的人介绍给我，弄得我们三个人要混战一场……不过我已经决定退出了，不玩了，我那晚虽然喝多了，头脑还是清醒的，我从洗手间回来，看到你们在接吻，很缠绵，很投入……我的酒一下就全醒了，我明白大势已去，大局已定，我输定了，不可能扳回来的，我再怎么余情未了也得下桌，所以我欣赏了一阵子热吻秀后就悄悄地走掉了。

我瞪大眼睛，骇不能言。

……你知道的，那是酒后乱性……酒精的作用，正常情况是不可能发生的……我向你保证，我们平时，没有超出姐姐跟弟弟常规的举动，真的没有！我诚恳地摇着头。

嗨，你向我保证这个干什么呀？胸大人豁达地一挥手，你们玩姐弟情还是玩姐弟恋，用不着跟任何人解释，谁有资格不许？谁能阻挡一场旷世畸恋的诞生？

我颓然地倒进沙发，一巴掌拍在自己额头上，你爱怎么认为就怎么认为吧，我对阿文没有企图心，你不信也罢……事实上我认为是，男女交往，最不堪的就是交身交心，弄到最后多半都是一败涂地。

我怎么觉着你这是在无病呻吟呢？胸大人说，虽然我觉得我比你年轻、漂亮、胸大，学历也高过你，工作也体面，总之场面上的一切条件我没有不如你的，但我承认我这盘棋输给了你，不是我不好，而是各花入各眼，你们正好是对方看得上眼的人，所以我输了我也不介意，不自卑，不怨尤，不妄自菲薄……

你没输，我也没赢，我对胸大人说，是你把我假想成敌人，而我从来都不是……我和阿文怎么可能？如你所说，我没有一项条件比你胜出的，我凭什么去虏获一个大款帅哥的爱情和未来？如果我认识不到这一点，放任自己去和他浪漫一场，我必将只能是收获到一粒苦果——我的人生早已经破败不堪了，我没有必要旧伤未愈再冲出去挨新刀……你知道吗？当我介绍你和阿文认识的时候，我不是完全没有嫉妒的，我把自己比作卡米拉，不是说我有卡米拉不可思议的魔力和套牢男人的本领，而是我觉得，我像卡米拉一样又老又丑，就算是获得了一个身世不凡的男人的专宠，也抵消不了被全世界热衷八卦的人们所鄙薄的代价，而你就是那个年轻漂亮的王妃，死后也要被讴歌成英伦玫瑰……凭良心说，你愿做卡米拉还是黛安娜？

我拎起茶几上的酒瓶猛灌了一口，继续说，像阿文这么优秀的男生我也不可能去染指的，他的确挺喜欢我的，那是因为我揭给他看的是我光明的一面，我有他不了解的过去，有他不认识的一面，还有很多毛病缺点，当我把这些撕开时，我担保，他会比兔子跑得还快地撒腿离开我，哈哈……

安妮，胸大人安慰我道，现在离婚不是什么了不得的事，没有人有你想的那么在意。

我没说离婚，我痛悔的是那以后的一段经历……

很心痛？胸大人问。

是的。

我能知道吗？

你能相信我会爱上一个丑得不能再丑的男人吗？如果不是爱他，那这是什么情绪？他是我胸中的一个块垒、一个脓包，我成天为此郁郁寡欢，为此厌恶和鄙视自己！我痛恨和他之间已经发生的一切，可我又希望他能回过头来好好待我……难道在我的潜意识里，觉得破烂如我，不配得到好的爱情，只需要符合规则的游戏？

等等等等，你从头说起，胸大人把我按在沙发上，把酒瓶递给我，我喝了一大口交给她，她接上手，仰脖一饮而尽。

下班后，我临时决定，去了我们店的健身房。我爬上跑步机，一气跑了三公里，汗水冲开了我浑身的每一个毛孔。我用毛巾擦着头脸，去柜子里拿衣服，预备去女生水房冲个澡。我的手机响了。

阿文说他想结婚了。存心想。问我觉得如何？我顿时心情紧张，揣测他不是借此向我暗示什么吧，又或者，会向我求婚？果然，他不是。

我问他在哪里？他说在来我们店的路上，已经开过了最堵车的路段，十分钟内就可以到了。

我想说你问都没问我，就那么小瞧我一定没有其他约会吗？他好像得到感应似的，立刻说，刚才打了几次电话给你，没人接，在加班吧？没关系，我坐你们店等就是了。

用不着，我说，我下班了，一会见面详谈……哪里见？

你说吧。

上次那家西餐厅？我提议。

好。

我以最快的速度冲凉洗头化妆，匆匆赶去。

阿文对我的体型变化没有表现出过多惊异，只淡淡说了一句，好像胖了一点？

我知道阿文不喜欢胖子，他中意的姑娘，样子得是徐静蕾那个款式的。他自己为了怕发胖，也常常跑到山脚下，开展一些返祖型的运动项目。

我问阿文，怎么忽然想结婚了？他说他从来都是不排斥结婚的，就是一直没遇着让他有冲动马上娶回家的姑娘。

我都不想搭理他了。这种人总是说一套做一套，不知是故意，还是身在局中不自知，总之言行严重不符。不遗余力地鼓吹想结婚，却又一直在斤斤计较，怕这个贪他的财，怕那个图他的靓，嫌这个出身不好，怪那个学历跟不上，都好的又说人家长得不像徐静蕾。现在的姑娘只要条件过得去的，也都心高气傲得很，你也不是王孙公子、石油巨子、名流大腕，你不过是财运好点，赚到比普通城市白领高出一筹的阿堵物而已，还真把自己当成一块香饽饽啦！

我问，那你要找什么样的人生伴侣？

他说他的朋友建议他娶这样两种女人：一种是智慧型的事业女性，可以帮他一起打理生意；一种是居家型的贤妻良母，可以照顾好他的生活。

我闻言，对着自己的手指头莞尔一笑，抬头正视他，道，那就去这两堆人群里海选嘛……这么帅的帅哥，要说没女朋友谁信？

他终于交代，他是有一个女朋友的，当然不是指胸大人。有个小姑娘追了他两年，风雨无阻每天坚持把临睡前的呢喃呓语做成短信发给他。该姑娘身家清白，研究生在读，还会利用一些节假日去他家，帮他洗衣服，帮他妈妈洗菜，总之表现很好，很上进，很值得考虑。

我听了无由来地一阵泛酸，就打击他说，每天发你短信，能说什么呀？花痴型的傻姑娘我见得多了，不介意地一说，我少女时代，明白纠缠暗中谄媚的事迹多得去了，你不要太当真，有时候不过是为着出一口气——不服气的那个气，哈哈……再说现在短信遍天下，随手转发一个就是，不值得一个婴儿般善良纯洁正直的人为此大恸心、肝、脾、胃、肾，生物钟紊乱，内分泌失调，那样就当真是傻了。

阿文马上举着他手里的手机向我证明，小姑娘所发短信都属原创，她走的也不是肉麻滥煽路线，以幽默睿智见长。阿文为了证实他的话，给我看了他存在手机里的若干条短信，皆为小姑娘所赐。我看了果真好玩，就如他期待地笑了，颔首作捋须状，说，几好几好，这个姑娘何时带我见见？

他又说两年来，他连人家手指都没有碰过。我吃惊地问他为什么？他说那小姑娘相貌有些令人抱憾，恐怕得有特殊爱好的人才懂得欣赏。我问哪里不行？他说她面子不是问题，就是配件长得不好，尤其是手，脚也是，生得不是一般地不如人意。他说他喜欢女人有一双妙手，白皙、纤细、十指尖削，摸上去又要很柔软。

我哈哈大笑，把自己的手举到眼前，郑重地看了一眼，说，我这双干活儿的手，永远也别想得到你的青睐啰。

他牵过我的手，摊在他掌心，另只手在上面抚了抚说，你的手形长得算好看的，皮肤稍微粗了点。

我用力抽回自己的手说，我对自己的长相，包括零部件没什么不知足的，造物主能把我造成这样我已经很感激了……你也是，在外貌上，我们同属于承上天眷顾的人。

但是为什么，我的姻缘会那么差？他皱着眉头虔诚发问，我的同学、朋友，个个都结了婚，有的都婚过两回了，就我还光着。

可能是你把这事看得太慎重了吧？我说，每有点这等意思，就会在心里做悲观的观望……其实结婚还不容易？聋子和哑巴都搭伙过日子了，草鞋还能配对呢，这在我看来，实在不是难题。你想结就结吧，我有一句赠言就是，可以不知道自己想要什么，千万要知道自己不想要什么，这很关键，人生苦短，婚姻苦长，不能万里长征第一脚就走错了，误人误己。

我劝阿文再给胸大人一次机会，阿文丢给我神秘莫测的一笑，不置可否。

隔天，我约了胸大人晚宴，在老成都吃麻辣火锅。就我跟她。

胸大人是嫡亲的麻粉——花椒铁杆粉丝——长久以来对超市里没有麻辣矿泉水卖聊表遗憾。对于花椒这种香料，我是庶出中的佼佼者。胸大人来自四川，好那一口就像身体发肤受之父母一样上天注定。而我出生在江南小镇，被母亲用乳汁喂过周岁后，沿袭了婴儿时期的口味，坚持吃了二十几年的甜派食谱，忽然有一天，我偶然造访了一家川菜馆，我在一瞬间体悟到了相见恨晚的至高境界。那谁说的过把瘾就死，而我每回麻得痛快时想的是不能死，还得留着小命再来过瘾。

在我和胸大人吃麻辣烫的史记里头，有过很值得炫耀的一笔。那是一个寒冷的冬天，我们流着鼻涕跑去我们店对面的一条巷子，那里本来是一片摊点小吃的天地，但因为那几天城管的管制，他们只好暂时隐居起来，尤其那个卖麻辣串串的大嫂，已经躲在家里整整三个夜晚没有出洞了，我们怀抱着一线希望去找她，我们惊喜地找到了她。无语凝噎间，我们连连往汤锅里扔各种串串……突然城管从天而降，人群闻风丧胆紧急疏散，几乎是本能地，我和胸大人一个会意的眼神都没来得及交换，就齐齐尾随卖串大嫂的架子车，发足狂奔，一气杀到半公里外，最后我们于娇喘中吃到了美味的串串，满意而归。

红红的锅底端上来时就已经烧热了，散发着又麻又辣的浓香，我和胸大人都很兴奋，伸头探望锅里的杂碎，但见浮满了我们珍爱的花椒粒。

唔，我很满意！我点头赞许。

哇塞，可爱死了！胸大人一面流口水一面命小姐火速把冰镇可乐传上来。

冰镇可乐是用来漱口的，若是实在麻辣得扛不住了，就喝口可乐，像盖中盖教大家的那样——就这样，含在嘴里！甚至有同志把舌头直接伸在可乐杯里泡着的——这是长期奋战在麻辣一线的革命先驱实践出的真知，方便有效。

火锅宴的前半段，我们只顾埋头苦吃，仅有的话题也是围绕吃活动展开的。比如鱼头新不新鲜，土豆片切得是不是有点厚了，豆腐很嫩，猪血子没有上回劲道，火要不要开大一点或关小一点……直到我收到阿文的短信，他问我何时有空，他要带上回讲述中的小姑娘来面见我。我顿时醒悟，明白此番火锅宴的初衷并非单为过把嘴瘾，而是带着向胸大人广播阿文意图结婚的消息前来的，并想当面力劝胸大人摒弃前嫌，要一点适当的、值得谅解的手段，让阿文吃她这株回头草。

我抓紧时间对胸大人说，喂，知道吗？阿文说他很想结婚。

胸大人明显震了一下，随即哈哈怪笑，说，他的意思是想娶你吧？

放你狗屁，我用温婉的口气骂了一句粗话，他娶谁也不会娶我，我嫁谁也不会嫁他。

为什么？胸大人讶异地问我，挑在筷子头上的个坨猪血子掉桌上，摔得稀烂。

因为我珍惜我跟他之间的姐弟情，不想转变成乱七八糟的男女关系。我说。

那你怎么要我跟他发展成乱七八糟的男女关系？胸大人带着鼻息反问。

你跟我不一样，我说，你们般配，我跟他不配，如果硬要往一块儿挤，过不了多久就会有排异反应。

说说看，怎么地不配？胸大人问。

你当阿文是真的喜欢我吗？我欹着眼问胸大人，那种带着搞男女关系的喜欢？非也非也！我跟你说，有一次，我跟他聊天，聊到王菲，他发表见解说，他是绝对不相信李亚鹏有多爱王菲的，说王菲跟那么多男人闹过绯闻，离过婚，生过小孩，他说，哪个男人能容忍这些？……你听听这些条件，我除了不是名人，跟男人有染不能叫绯闻之外，所有在他眼里不值得爱的因素全占齐了……

你又没小孩。胸大人说。

我怀过，只是没生出来而已，我说。我接着说，所以，我清楚阿文是个什么人，要找什么样的人，我是不会放任自己冲上去当炮灰的。

你是怕他不是真喜欢你，胸大人说，如果他真喜欢你，你是不是就和他来一场？

我沉思了片刻，认真地回答说，也不，肖海军一役，让我自感猪狗不如……我跟谁好就是侮辱谁……还是把他交给你这种无前科的妹妹比较放心。

关键是人家也不喜欢我，胸大人说，不能光我一头热吧？老实跟你说，我到现在对他还是余情未了，想起来就倍感失意！

那正好呀，我咬住话茬鼓励她，赶紧过去把他扳回来，等他成了别人的老公后悔就来不及了。

不想犯那个贱！胸大人咬着筷头兴致不高地说，凭什么我要自降身价，跟人去乞讨感情？我往前走，也许还能撞到爱我又是为我所爱的……

女人需要崇拜才能激发爱情，我说，不优秀的男人你也动不了心，优秀男人，又有几个尾椎上没老婆孩子拴着的？

我继续说，站在一个旁观者的角度，我觉得阿文固然有他的局限性，思想传统、观念保守，是老派人物的残余势力，但客观地说，这种传统型的男人又是非常难得和适合用来结婚的……事业有成，有家庭观念，模样也是一表人才，可以说，你若结了这门亲事，面子里子都有了，何况你还喜欢他……我如果条件像你这么好，我就会很勇敢地去追求他，想办法先把他搞成我的人再说，哈哈……

问题是他不爱搭理我呀，胸大人苦恼地说，我总不能厚着脸皮往他身上蹭吧？我又不是没人抬举，何必要吊死在他一棵树上？女人是多虚荣的动物？身边的男人不是爱她、欣赏她，而是时时让她感到失意，这样做女人有什么意思？

那好吧，我说，随便你了，你是有胸有脑的好姑娘，不是一般人才！别受我影响，就当我吃多了炒豆子胀气，按你所思所想的开创美好人生吧！

胸大人却忽然口气软下来，说，你再劝劝我，说不定我就听了你的……我主要比较信得过你的眼光！真的！任何一头歪瓜裂枣，跑你们店里被你一修理，马上就有了明星气质！

我终于见着了传说中的短信爱好者，一个被阿文口述成爱得一生无悔的八零后小姑娘。我关心她的手比关心她的脸来得更焦急——比我想象中的要好看，除了手背上驼起一块赘肉，其他并无不妥。她个人也许还睡在鼓里，不知道她的出师不利，打了两年的艰苦战还未必能在高地上插红旗，溃堤竟是她手背上这砣赘肉。

小姑娘很健谈，有很多时尚新鲜的词汇不时从口中蹦出。喜欢用字母N（发英文字母的音，不是拼音字母的音）指代一切数词。比如，我们初次会晤，只能泛泛而谈，我们东拉西扯地聊到深圳著名景点世界之窗，她马上说，我都去过N回了，那里的游客N多N多……总之，她对N这个字母，有着常人难以想象和承受的器重。以至见过她之后，我就审N疲劳了，我决定在今后的一段时间内的一切时间和地点，都不让N这声发音从我的齿缝里溜出来。

阿文说她发给他的短信都是她的原创。这个我信。一个有强烈表达欲的人，让她闷着不表达，可能比熬大便还难受。小姑娘在从事短信创作的历程中，有过多次不俗的表现，令阿文这个傻孩子念念不忘。所以虽然明知道小姑娘不是他来感觉的女生，还是不忍把她一刀切了。现在回想阿文给我看过的有关短信中，有一条还真可能是小姑娘的肺腑之言。阿文说有一次他想中止这场付出比例严重悬殊的，而他本人也无意修成正果的感情时，发了一条委婉的短信给小姑娘。他在短信中说，感谢她发了那么多美好的短信给他，而他表现不好……结果小姑娘马上回他了：发短信有何难的？忍着不发才难！本条短信被阿文重点收藏了，他说从中可以推证，小姑娘对他的爱有多深，比起几百年前李白把汪伦约去搞断臂的桃花潭还深。

总的来说，除了小姑娘说话时N太多之外，我对她没什么不满意的。且据我冷眼旁观，这小姑娘的确把阿文当心头肉了，哪怕是跟我说话，都要把视线余光瞥向阿文，随时准备针对他的反应做出反应的样子。搞得我一时都有些迷惘了，不知道在阿文择妻的竞选中该站哪个阵营。虽然胸大人是我一手栽培的候选人，但我也不得不承认，小姑娘善良单纯热情，真是挺好的。

最后，我们在阿文的率领下，驱车三十公里以外，进了一个洋溢着浓重的家禽家畜粪便气息的农庄，在观看了一场猪跳水、一场鸭赛跑的表演后，愉快地共进了晚餐。这一天我眼福不浅，见到了小姑娘，还见到了搞艺术的猪和搞艺术的鸭。然而我内心却一直在焦虑，不知道在焦虑什么，吃饭的时候我找到了发泄点，抑郁转化为食欲。饭桌上，小姑娘表现矜持，而我则动物凶猛，把我几天来在跑步机上消耗掉的卡路里一次性补仓。

为了减肥，也为业余生活不至太虚无，我办了张游泳月卡。连续一周，我每天下班后就直奔游泳场，扑通一声栽进水池至少两小时。我水性不错，可以撇开人群遗世独立在深水区的一角，遥望着浅水区的各类傻鸟死拽着游泳圈胡乱扑腾。我总是绕着池子壁一圈一圈地游，一种马拉松式的游法，从起点回到起点，觉得很挑战。

有只男蛙从水里蹾过来跟我搭讪，表扬我游得好，要跟我比赛看谁先游到对岸。我装作听不懂，冷冷地闪人。我没心情认识新人，也没兴趣招蜂引蝶。我知道深圳这地方，蟑螂比较多，老鼠猖獗。

有个傍晚，我接到肖海军的电话，他问我忙什么，我说去游泳。他让我不要游了陪他去吃饭，我立刻心动了，但我眼光在自己小腹上一扫，就做了拒绝。我自感在他心中已是草芥之人。所谓此消彼长，一张床改变了我们既有的情感走势，从那开始，我涨潮他退潮，我上场他下场，我入戏他走人……谁说的，感情可以培养而感觉不能？活生生的我证明，该句谬误。我对肖海军的感觉，就是上床了之后激发的，且发得不轻。然而现在，我不愿意将我视觉效果欠佳的体貌搁置到他的眼下，印证以及加重他对我的不屑。他无所谓，口气淡淡地说，那好吧，再联系。我却受不了了，我觉得再一次受到侮辱和轻慢，再一次证实了我之微不足道。在水里泡着的时候，我感到悲伤而绝望。

其实我今天并不想游泳，累，腿如灌铅，却还是支撑着把身体运到水池子边，吁出口气，毅然跳下水。我一是无处可去，二来不想浪费月卡，不是天天到场，办月卡就没意义了。事实再次证明强求的果不甜，我在水里待得非常忍耐，而且气短胸闷游不动，半个小时后我就毫不留念地爬上岸，换了衣服后跑去街上闲逛。

我买了一条直筒裙，比较适合我现在的体型。我不想这个时候买合身的衣服。我的胖只是暂时的。我对自己有信心，只要我把饮食控制住，我很快就能缩回原形的。后来我发现我的裙子买贵了，在有间店，只要八十块就可以拎走，我心里那个气呀，马上倒回去找跟我成交的那家老板娘，老板娘怎么可能退钱给我呢？她抱着手臂先是把她家的衣服说得比整条街的都高档，又说她家的是正版别人家的都是盗版，她那么能瞎胡说，起码的道理都不讲，我只好收嘴走人。

回家前的最后一站是超市，我还没有吃饭，打算买点低热量的速食对付将要来临的饥饿或者特别强烈的食欲，如果这两种感觉今晚不造访我，我就决定省一顿了。

我在超市里瞎逛，忽然听到有女人在尖着嗓门吵闹，声音甚为耳熟。

经理，你们经理呢？我要找你们经理，我要投诉你！一枚大胸美女在叫，对着一个毫不示弱的卤水区白袍厨子。白袍举起胸前的工作吊牌，在大胸美女眼前直晃直晃，嚣张地叫，你去呵，去呵，看清楚，我的工号！

我赶紧一个箭步冲上前，把大胸美女拉开。

你有病吧你？有你这样对待顾客的吗？你是不是不想干了你？我一面把胸大人往出搂，一面回头呵斥白袍。

胸大人还斗志昂扬地欲要再战，我赶紧又对着她骂一通，你也有病，这种不上档次的人，也配你跟他生气？

我和胸大人在广场一隅的石凳上坐下，胸大人义愤填膺地对我控诉白袍，他娘的，我买了一盒卤水肚丝，打包装时，为保险起见，我让他多缠一层膜，他娘的他就是不肯，还说店里规定要节约成本……我他娘就气这种蠢货，找借口也不懂找漂亮点的，一层保鲜膜至于扣那么大一顶帽子吗？

这种人你明智的做法就是不跟他说第二句话！我说，竟然还跟他大吵大闹地，也不嫌丢份，且还在公共场所，我看你还真是豁得出去！

有架吵干吗不吵？胸大人像神经不正常似的，反问我，我正想找人吵架呢，遇上个欠骂的，正好……老实说是老子先挑衅他的，他说不会漏的不用包两层，我就骂他了，我说你个傻B让你干吗你就干吗好了，管那么多有奖金吗？哈哈……

我瞠目结舌地看着她，你……

她却霍地一下从石凳上站起，走，请你喝酒去！

我不馋酒，麻辣烫还行……我说。

那陪我喝酒去！

阿文不要我，胸大人醉眼迷离地趴在吧台上，说，他说我们只能做好朋友，他还是会关心我的，像兄长一样……去他娘的，我自己有亲哥哥，还有一堆名誉哥哥，我不差他一个。

你跟他见过啦？我问。

是呵，胸大人说，我听了你的建议，夹起大尾巴去找他……

看到了吧，我的新手机，胸大人忽然掏出一只黑色新手机，往吧台上一拍，说，他买给我的！

哇——定情信物？

哈……胸大人纵声狂笑，把啤酒杯在我杯子哐地撞了一记，猛灌一口，道，定情？嘿，没错，也对，也叫定情。

我抓起她的手机看了看，这个不便宜，无缘无故送你大礼做什么？他可是从来也没有送过我什么。

那你回头就可以找他要，胸大人好有把握地说，包管你金口一开，要嘛有嘛。

凭什么？我翻着死鱼眼发问，我凭什么开口？他又凭什么要嘛给嘛？

凭你们姐弟情深呵，胸大人说，我跟他刚一认亲，他就慷慨解囊了……他说做我兄长，我说好呵，我说做哥哥的要给妹妹买礼物的，你不能白捡这么个大妹子一毛不拔，他说好呵，问我要什么，我说我的手机有信功能障碍，接发短消息时常有误，我要最新款的手机，他二话不说就把我带去了华强北的电子城，随我挑，我挑了诺基亚最贵的一款。

你厉害！我对胸大人跷起大拇指，看不出来看不出来！

金钱太万能了，胸大人不搭理我，继续说，他那么爽快地就给我买了手机，眼都没眨一下就往出掏金卡，当即就抚平了我内心的创伤，我立马就开始反省我自己，恨不得反身从旁边柜台买只数码相机回赠他，当然，不是真买，只是这样想想而已，真买我也舍不得那个钱，我还不如自己买个便宜点的手机呢，我的手机都很便宜的……他娘的谁能想到呵，我胸大人用了一辈子手机，最贵的一只竟然这样子……得来全不费功夫……再一次证实了人无横财不富的万恶真理！

你刀子还不够狠，你应该点一台车让他埋单，我说。

胸大人丢给我一个大大的白眼，那就真叫无耻了……其实女人喜欢物质是一个方面，那是表相，归根结底，女人迷恋的是被人抬举的感觉，用金钱购买物质，用物质传达抬举，这方式是最有力可信的……你不知道哇，我第一夜枕着我的新手机入眠，睡得可香了，从来没流过那么多口水……我是这么想的，虽然我不能和他有所发展，但至少我交往过的这个男人不猥琐，也不是把我看得一文不值。

有道理！我点头，为她的见地喝彩。

推人及己，我很自然联想到自己的那屁股屎，一阵难抑的低潮袭过。我的客人林小姐说过，看一个男人的水准，不看他如何追女人，而看他如何甩脱。没想到阿文造诣这么高。不知他是被谁指导过，还是无师自通的天才。也是，看他的头发，长得那么好，该当是没有被女人诅咒的缘故。我想到肖海军那一片反光的半截脑门，我告诫自己，就冲这分迷信，我也要退为上策了。

我的减肥，通过一次腹泻彻底宣告成功。腹泻不是我的目的也不是我的手段，是自然状态下没有预谋地发生的，却很好地击退了我的食欲。我自己也搞不清在哪儿吃了什么不洁的食物，发生了一次比灌肠来得还要猛烈的肠壁泥石流，一连三天，除了喝水我油盐不进居然还能往出排，之后我在床上干躺了三天静待复元，第二周我去上班，穿上我的小码牛仔裙，竟然宽宽松松地，我不禁惊讶于我的瘦了！

林小姐到我们店来做离子烫。像林小姐这种重要的客人，即便是简单的活儿我也是要亲自上阵的。林小姐是消息灵通人士，见多识广，情商极高，见解深刻独到，精通星座、相学、塔罗各路八卦，是一介资深业余神棍。她每回来，都会带几个好八给我，令我听之如沐春风，或把我震得一愣一愣地。但这次林小姐说到一件令我伤感的事。一个我喜爱的女歌手，疯了。她唱出《铁窗》这么好听的歌，她自己却疯了。

> 我的心早已经一片黑暗
> 再没有什么是可以点燃
> 我只剩眼角的一滴泪光
> 怎能把这世界照亮
> 对你的恨已经慢慢变少
> 对你的爱依旧无法衡量
> 在原谅与绝望之间游荡
> 唯一的感觉是伤伤伤
> 我以为你给了我一线希望
> 我伸出手却只是冰冷铁窗
> 若现实它总教人更加悲伤
> 就让我在回忆里继续梦幻
> 我以为我从此能快乐飞翔
> 在梦醒后却只是冰冷铁窗
> 若现实它能教人更加勇敢
> 就让我在地狱里等待天堂

她的歌像下在她身上的咒语，竟然由她真人来MTV了。她的疯不是误传，据说已经送院治疗了，还据说，她为之发疯的男人对媒体说，她本来神经就不正常！那是那是，跟有家庭的男人谈恋爱，还做生孩子的大头梦，看来她早就疯了。

有些决定瞬间就可以决下。我决定主动找肖海军谈谈。如果谈不出想要的结果，那就无果而终吧，像法官一样向他宣布，不玩儿了，GAME IS OVER，各回各家、各找各妈去吧。

我打电话给肖海军。我要乘着这股子热血把这事儿给办了。我不是一个立场坚定的人，很可能一会儿一个主意。

肖海军心情很好，马上说有空，能见。其实我倒是做好了不能见的打算的，在这个设想下，我第一反应是我一定要见他，把这事赶紧给格了，不然心不安。后来一想，反正是一个不想要的结局，一个自己料得见的结局，不过是等着正式开演一下而已，何不演得漂亮一些呢？气急败坏的样子，别人不待见，自己也添堵。

肖海军把约会地点定在国贸地下层的咖啡厅，我比约定的时间早到，坐着等他。

他夹着黑拎包姗姗来迟，理由是堵车，我表示谅解。

他说还是你不开车的好，满大街的的士都是你的私家车，随传随到，随行随停，还不用找地方停车。

我说那我跟你换行不行？

他咧着大嘴打哈哈说好呵。

我说中国人说话要算数的，我今晚就把它开回家。

他再次说好呵，跟着问，你有驾照吗？

我说有呵，我随身带着呢，要不要拿给你检查？

他马上转移话题，有什么事呵，找我，那么急？

没事不能找你？我反问。

能，他语气开始不耐烦，我不是来了吗？

不会让你白跑的，我说，我当然有事，不然哪敢耽误你宝贵时间。

什么事？

我看中一间店，想把它转过来，我说，如果你来投资，法人你当，我给你打工，如果你不想投，那就协助我投，我有一点积蓄，大头还得仰仗你……

我不想投这个，肖海军一锤定音地说，你也别投了，做技术总监不是挺好的吗？自己当老板风险大，方方面面都要打理，到时你就知道，上帝不满意谁就罚谁做老板……你看我，忙得整天都不得消停，儿子要见我都得事先预约。

　　我看你也没忙成那样呵！我决定打破一贯对他的虚假尊敬，不客气地说，电线杆子该埋的也都埋了，埋完了不就没事了吗？

　　切——肖海军不屑地冷哼一声，就这个问题不再答理我。

　　怎么样，你到底帮不帮我嘛？我追问他。

　　我觉得你没必要，他说，你现在过得多自在！

　　这等废话就不必再多说了，我开始发难，开车不方便你也开了，做老板不自由你也做了，钱多不好也没见你拿出一毛来分过我……为什么不好的事你就那么乐此不疲呢，却还要劝别人不要？

　　我反应的激烈显然出乎他的意料，他反倒口气软了，你不相信我我也没办法，帮你开间店我也有这个能力，我以前也答应过你，问题是这段时间流动资金有点困难，要不你再等几个月？

　　没必要，我相当镇定地说，我已经没法相信你的诚意了，在我看来，一个千万富翁，调用几十万资金急用都做不到，要么他嘴尖皮厚囊中空，要么他存心不想花这钱，无论哪一点，对我都可以死心了。你放心吧，这是我最后一次跟你开这个臭口，不会再有第二次的。

　　你何必呀，他叹气，我是真觉得你现在这样好……你不要看不起你的手艺，欧美那些国家，接收第三世界的移民，要的就是手艺人，你英语说得再溜人家也不为你开绿灯，就是像你这样的技术师傅，特别受欢迎……

　　你打算帮我办移民么？我打断他，直接问。

　　他干瞪眼，我是举个例子……

　　那就不用废话了，我举手甩一记响指，卫特儿——

　　服务生应声而现，我问对面，你还需要喝什么？

　　肖海军摇头。

　　埋单。我转头对服务生吐出两个字。

　　肖海军跟在我屁股后头出了咖啡厅。经过停车场，他提出送我回家，我说不用，满街都是我的私家车呢，他说那好吧，随便你了。我和他平静干脆地分手，我强压心头悲愤，大步向前走去，他忽然从车窗里探出头来叫我，安妮——

　　我一震，马上想到事情也许有了转机。我向他转过头去。

　　你过来一下，他要求。

我向他走去。

这儿有盒月饼，荣华的，你拿回去吃吧。他从车窗里递出一个四四方方的铁皮盒子。

我内心一阵狂笑，却还是不动声色地接上手。荣华是好牌子的月饼哦，我说，会不会是假的呀？

瞎说吧，我怎么可能有假月饼呢？他开始打方向盘，准备调头离开。

我把铁皮盒子揭开，说，月饼都是节前送的，中秋都过了，你才把月饼给我，有没有长毛呵？

他愣着不动。

铁皮盒子里总共有四只月饼，我挨个捡上手看了看。我像发射飞镖一样把月饼一个一个朝他的车窗里飞去，末了把空了的铁皮盒子连同盖子像调皮的孩子捣蛋一样往空中一抛，看着它划出一道优美的抛物线后落回地面！

他攒起眉毛来愠怒地看着我。

别生气，我像拭去粉尘一样掸掸两手，倒退一步，说，我并没有用它们去砸你的脸，主要是我心里没底，我不知道像你这样的垃圾男人会不会打我，不值得冒这个险。我悲伤摇头，再说，我也是垃圾，凡是跟过你的女人，余生都将是垃圾！

十二点整，我从酒吧出来。花三个小时喝两支喜力，这是我几天来连续保持的夜生活节目。胸大人外地出差去了，阿文我不想约，我就每天一个人泡吧。

酒吧距我家不远，十分钟走完一条街，拐弯，再三分钟就到。我总是步行回去。经过小区里的草坪，我养成练一会儿双杠的习惯。我先用腿腕子钩住双杠中的随便一杠，倒挂，整个身子像烧鹅店的出炉烧鹅一样在挂钩上笔直垂下，还尽量做前后摆动，这样持续三到五分钟，正过来，两只上臂用悬力把身子提上去，甩动下肢……这么一正一反练八到十分钟，我回去准能大便。最近美容界的理论专家称，晚上大便比早上大便更利于健康养颜，晚上把废料排出后，可以避免毒气困在肠道内侵扰人体器官。我练双杠起到了促进肠道蠕动的作用，功效卓著，回家包一放就去扑马桶。而我有一晚没去练，回家果然就没有大便。

我在草坪上意外地发现阿文，他浑然不觉，在距我五米远的地方，尾椎压住跷跷板的一端坐着。

阿文，我惊奇地凑近喊他。

大小姐——他拖着长腔。

怎么没联系我？我问。

怎么联？家里电话没人接，手机不在服务区，他说，鼻子蹙了蹙，你最近好像疯得可以，喝酒了？

我把手机摸出来看看，说，没电了，自动关机。

我带阿文去了我家，他一进门就把我抱住了。他的怀抱宽厚结实，我很依恋，但不过三十秒，我就果断地挣开了，我知道这个避风港不是为我设的，忍痛也要割爱，好在对我而言，这会儿这一块跟痛还扯不上关系，无非是出于对好东西的本能爱慕。

我给他倒了杯白水，就跑进卫生间解大便去了。我用最快的速度大完便出来，看见他在沙发上孤独地坐着。

他问有什么吃的没有，他饿了。我跑去看冰箱，找出一只咸鸭蛋，问他要不要吃？他摇头，看表，问我，出去喝粥好不好？来的路上看见有一家沙锅粥店，人气很旺。这么关注夜宵店，看来他一早就饿了。我二话没说，带上钥匙就跟他出了门。

点了一窝鲜虾生鱼片粥，粥没那么快，又要了两个辅食，一盘盐水煮花生，一盘手撕包菜。结果发现端上来的炒包菜，跟手撕没关系，分明就是一把利刀切就的，叶片又细又长，正式该叫炒包菜丝。阿文一句疑义都没发表，三下两下就把盘底给清空了。

粥端上来，异香扑鼻，我们吃得相当满意。但因为粥店环境恶劣，桌子是倚在树杆上摆的，不然四只脚都不能平稳，所以一吃完我们就离开了现场，回到我居住的小区的草坪上待着消化。

我们席草而坐，坐了会阿文索性往后一仰，把自己放倒了。

阿文说他还是想结婚，这段时间忙装修房子，准备当新房用。

我对他表示鼓励。

远处的路灯映照着我们，我拔了一撮草，扔他身上。他目光灼灼地看着我，忽然坐起身，把腿盘起，过来拉我的手，把我的一只手合拢在他的手心，他说，要是我们两个结婚，能把日子过成什么样？

放你的狗屁吧，我用力抽回自己的手，那叫乱伦，懂不？

我们又不是亲姐弟，他不无尴尬地说，你老用姐姐自居，我也只好用姐弟来掩护我想跟你保持的亲密与自然。实在说，若论结婚，你不是我理想中的人选，我没想过要找比我大的，还有婚史，我家里人肯定也不赞成，但我心里很清楚，我是非常喜欢你的，见不到你就会很想，我对你是有冲动、有欲望的，你可能感觉不到，那是我控制得好，我对自己唯一没把握的是，我是不是真的可以包容一切，因为你跟我找女朋友的条款严重不符……

别老是你你你的，我打断阿文，你这什么态度？好像就你有资格挑别人，别人都由着你选似的，你以为你谁呵？……借这个机会，我就正式跟你表个态，我对你没感觉！你不要以为我是在打击报复你，因为你刚才贬低了我，说我年龄大、有婚史，不是理想人选什么的，请相信我正直的人品不会因此而恼羞成怒，我是真的对你没感觉，就你说的那种有冲动有欲望的感觉的感觉，我从来就没对你有过，你充其量就是我"有你不多，没你不少"的一个弟弟，我平常都很少想到你，除非我要去哪儿，想找个免费司机接送。

阿文看着我说完，愣了会，既而伤心地低下头，手指在草地上无目的地划了一阵后开始拔腿脚边的草，一拔一扔一拔一扔，很出活儿，一会儿就把草地拔秃了面盆大一片。

我太自恋了，我以后得改改这毛病，他说。

阿文看着我，带着研判的审视；我看着远处的荧光灯。这是一个大型社区，物业管理初具规模，花红柳绿处，每隔几米远就设有专伺捕杀蚊蝇飞蛾的灯网，散发着淡紫色的幽光，给那些也并非存心作恶的昆虫类以诱惑。不断有热爱光明的勇士遇难，一头飞撞在带电的网上，发出"哔"的一声脆响，仿佛一粒蚕豆炒熟时发出的爆炸声，就此焚身骨灰，获得永生安宁。

夜已经很深了，我肢体疲惫而心绪灰暗，眼前的一切正逐渐失去真实感，变得模糊而遥不可及。厌倦，是我此时对这个世界最分明和最强烈的感受。

我双腿从草地上支起，站起身，拍拍屁股上的枯枝败叶，低头斜视着依然在迷惘中的阿文。我说，你想结婚就结吧，结婚不是那么一损俱损的事情，错了也可以修改。照你朋友的话去选人，要么在事业可以与你并肩作战的，要么能给你营就一个温暖大后方的……来不来感觉并不那么重要，反正有感觉日后也是一个没感觉，还不如一开始就没感觉，还不用承受那些失落失望……只要人品没问题，个性不极端，能共同把日子过好的就成……我回家睡觉去了，我明天还要上班。

阿文没有应我，我最后看他一眼，转身离去。到家后，我没由来地淌下眼泪，倦怠而意志消沉。我像一片羽毛一样飘落在沙发里，一动不动，就那样睡了过去。

我的床上摊满了衣服裤子和各式裙子，衣柜的门最大限度地敞开着。我和胸大人投身在火热的试装秀中，不厌其烦地穿、脱、摆POSE、评头论足说长道短，由衷惊艳或者摇头叹息。我们一晌贪欢地兴奋着，完全忘记了将要赶赴的婚典，对我二人来说，应该是一场伤感的宴席才是。

阿文终于发喜帖了，我和胸大人都获邀参加婚礼。即将出任袁太的自然不是我二人中的一位，竟然也不是爱发短信的小姑娘……斜刺里冲出一匹黑马，胜利把阿文劫走了。未来袁太来过我们店试婚纱，一位貌不惊人的姑娘。然而越是长相平凡的女子越是不能小看，她能让男人最终选择她，必然有她临门的一脚，这样的女子，应该获得更多的尊敬。当然，她将来的路上一定是受人尊敬的。嫁人有方是身为女人的大智慧。嫁得一个好郎君是女人后半生荣耀的最大资本。

你衣服比我多，胸大人翘唇又羡又忌地说，多多了，档次也比我的高，没想到你这么舍得在这方面投资！

傻孩子，我用慈祥的声音安慰她，我在青春的路上比你领跑了六个年头，如果女人最好的年岁有十年，你才刚刚开始，而我已过了大半！至于衣服，你用此后六年的时间来攒漂亮衣服，每年五十件，到我这个岁数你也可以攒下三百件的了，这么算起来，我这一柜子衣服根本不算多的，是不是？

我的两相比较、数据论证，菲薄自己、抬举他人的做法收到奇效，胸大人立马就喜笑颜开，由衷欣慰了。她随即很好心地宽慰我道，不过你一点也看不出来年纪，看上去我们差不多大也就。

哈哈，我短促一笑，这个你就不用开导我了，这点自知之明我还是有的……我也不会傻到要去跟小姑娘们PK谁老谁嫩，尽量在同龄人中显得不太寒碜就行……所以我坚决不让自己跨入肥胖妇女的行列，就算将来人到中年，也要争取以清瘦矍铄的风骨示人，如果做不到消瘦，也要构筑一种丰满匀称的胖，而不是肥在肚腩那一块，或者那一块特别肥，高高崛起，那样我会受不了自己的。

你想得还真叫远，不愧是做美容行业的，胸大人夸赞我，我要以你为表率，我还是偏胖了，穿衣服也只敢穿深色系的，浅色会让我显得更肥……你看我穿这件黑的怎么样？

胸大人把我一件黑色蕾丝花边的真丝抹胸长裙穿在身上，对着大镜子前后左右地显摆。

很好看呵，我真心赞美她，挺适合你的，你皮肤白，是那种圆身材，穿黑的出效果，看上去丰满又不失苗条，其实你一点都不胖，这种健康美是最吸引男人的。

那我穿这一身去喝喜酒？她问。

那不行，我一口否决，一边往自己脸上扑粉，一边指正她，人家结婚你不能穿黑的，这样不厚道，要穿得鲜艳一点，这样才帮人家添喜气。

你穿哪件？胸大人问我。

我就穿身上的这套藕色套裙！我扑完粉开始画眉，一边对胸大人说，我平时也不大穿这套的，过于正式了，但我年纪大了，不能穿太花哨的，显得不稳重，也体现不出江湖地位，这种带点时装味道的素色套裙，还比较适合我。

那我穿什么？她问。

你若信得过我的眼光就穿那件明黄的，配刚刚那双米色的皮凉鞋，拎我的银色小包。

胸大人依言搭配完，往镜前一凑，满意地笑了。

我坐在梳妆台前，她趴到我肩上，看了会我化妆，说，我们俩合在一起，可以构成一个成语，知道是什么？

不知道，我想了想，狐疑地看她一眼，刷完腮红，开始画唇线，一边又问她，是什么？

她不回答，反倒说，你的五官精致极了，大眼睛，妩媚、清澈，鼻梁又挺又直，又很秀气，嘴生得最好，我若是男人，冲着和这张嘴接吻也要追求你！

那是化妆的效果，我谦虚一句。不过我也知道，我的五官长得不赖，拆开来看，每一项都是经得起推敲的，做娃娃开始，就不断有人夸我耐看了。

你刚刚说，我们两个一起，构成什么成语？我问她。

哈哈，她笑，有容、奶大……你就叫安有容吧，我是名副其实的胸大人，哈哈……你帮我化妆，你化得好，有你在，这些活儿就全是你的了！

我化完了。我和胸大人换过位置。我站起身，她坐下，把面朝向我。

我和胸大人叫了部黑的，往彭年大酒店赶，路上适逢大堵，我们迟到了。正好省去了一系列繁文缛节，直接坐上桌开吃。客人很多，席开六十桌，都是我俩陌生的面孔。我们和新郎新娘也就打了个匆匆的照面，随即失散。新娘化了浓妆，千人一面的漂亮婚纱着装，当中又去换了中式的大红缎面旗袍回到席上敬酒。新郎表情从容淡定波澜不惊，挨桌挨桌地找人干杯。

我和胸大人吃完甜羹就退场了，不需要向任何人辞行，因为唯一认识我俩的新郎大约已经挂了，我们也用眼睛去找了找他，没找到。

我和胸大人牵着手在街上逛。

真不好意思，当初把他介绍给你，没想到半年后他娶了别人。我说。

不怪你，胸大人说，该我的就是我的，不该我的不要勉强，姻缘是上天的意思……不过我一直以为，他最终要娶的人是你，他话音里老让我有这感觉，难道是我理解错了？

肯定是你理解错了，我马上接口，他结婚前还来找过我一趟，劝我不要一个人晃悠，也要找个好人家嫁了了事。

他说得也对！我们都应该找婆家了……胸大人说，唉，这高跟鞋踩着逛街不舒服，还是找个地方坐着吧？

去喝酒？我提议。

我把胸大人带去了我常去的那家酒吧。去的途中我就警告她，谁都不许喝醉，我知道你心里难受，我也不好受，但还是不能喝醉，醉又不能醉死，回头醒了更难受。结果，我在半小时内烂醉如泥。胸大人事后向我描述的过程是这样的，我把自己的两支喜力喝干了，又喝干了她的一支半，执意又叫了两支，她去台上唱了首歌，回来就见我把两支瓶给清空了，倒在沙发上猛哭猛哭。哭是我当晚表现醉态的唯一方式，我把全场子的人都哭得心碎了，碎了又烦了，叫来场子里的经理，我把轰出去了。就这么的。

胸大人后来问我，你当晚为什么那么伤心，是不是因为阿文？

我说不是的，我伤心也是因为男人，不过不是阿文。

胸大人知道我跟肖海军之间的一点毛皮，她劝我放弃。她拍着我的腮帮子说，伙计，醒醒吧，这种男人可以利用就利用，利用完了就要像药渣子一样倒掉，千万别把梦想和未来寄托在他身上，还搭上所谓的爱情，呃，都丑成那样了，你也有兴趣的，服了你！

我说你不懂我，我也不懂我，我就那德行，我不能开始，一开始我就停不了，停不下来，非要撞死才算完……我不是高尚的人，我胆小猥琐，贪图钱财，我以为他可以为我开店，我认为既然被他占有过了，就跟着他好了，只要他能帮我把店开起来，我还可以爱他……多么可笑多么可怜，他根本没心帮我开店……我是彻头彻尾地被人欺侮了！说到此，痛苦和耻辱令我止不住大声呜咽。

胸大人看着我哭声渐小，冷静而坚定地说，别哭，我帮你报仇，这种人渣，总得要有人收拾！

我拉住胸大人一侧的袖管，犹豫地说，我看还是算了，胳膊拧不过大腿，我怕再牵累到你！

别怕，胸大人反臂拽住我的手，把我带上台阶，我有金刚不坏之躯，保证能胜利完成任务，毫发无伤地凯旋……敌暗我明，我们不可能输的。

我们一道迈入四季酒店的厅门。

我和胸大人按照计划出现在肖海军经常过来用早餐的酒店二楼的西

餐厅。我们在此地守株待兔，已经连续五个早午扑空。我已经不止十次地表示过想放弃，胸大人信心很足，她说，只要他还会来一次，我就叫他插翅难飞。

经过实地暗中考察，我们自第一天起就选坐在斜角里一个朝向北窗的台位上，从这里可以把整个停车场尽收眼底。胸大人要一杯咖啡，而我连免费凉白开都不要，时刻准备着，一旦目标出现，我就要即刻回避到洗手间，再伺机消失。

黑色的大奔终于出现，我的血液开始上涌。

胸大人顺着我的视线望去，8288？她问。

就是他！我悲哀苦笑着起身离去。

我在洗手间听到啊的一声尖叫，心情紧张到极点，忍不住跑出来憋在墙角里偷看。我看到两根笔直的裤筒中间，胸大人造型优美地蹲着，双手捂住右脚的踝关节，脸上的表情痛苦隐忍，我见犹怜。她的书和包散落在不远处的地毯上。而我可以想见，她的头顶上方，此刻正架着一双喷火的眼睛，于她低胸的领口长驱直入。口水灌溉乳沟，一如河水灌溉良田。

我缩身回到洗手间，抵在门一侧的墙面上许久无言。我内心茫然混乱，严重不知所措。后来我发现我的主要情绪就是恐惧。我怕我们像功力过于悬殊的武林中人，一拳打在别人身上，飞弹出去伤残乃至殒命的却是自己。我很想发短信叫胸大人罢手，但我知道她不会听的。她已经正式上场了。她要演。

挨到第二天傍晚，我实在熬不住了，打电话给胸大人，追问事态。胸大人立场坚定，态度明确，成竹在胸。她说鱼儿已经咬钩了，她会看准时机收线的。她说肖海军一早就给她打来了慰问电话，当她装作没把昨天的事放心上，也没有记下他的电话，以至要问他是谁时，他也并没有以此为忤，而是乘机把自己隆重介绍了一把，并表示要请她吃饭谢罪。

我警告胸大人说，当心，他这是在向你张网以待。胸大人相当不屑地说，放心吧，我又不是无知少女，怎么可能吃他这一套？他长得跟雷劈过似的，给本大人挑一担黄金来本大人也不可能由他去染指。胸大人嘲笑我说，可你竟然还为他付出宝贵的痛苦，为爱情痛苦那是多么宝贵的体验，你也太不尊重自己了。

胸大人的话叫我无比惭愧。我叹口气再次提醒胸大人，我说他会用强的。胸大人哈哈一笑，说，不怕，我随身带着防狼喷雾剂呢。没想到胸大人这么有胸有脑，我自愧弗如。她果然也看不起我，一会儿对我说，我觉得你心理素质太差了，心里扛不住一点点事……这样吧，这事你就不要过问了，也不要插手，等我把他收拾完了，我再向你报告？

我迟疑了一会儿，最终说，也好。

胸大人很急地把我约到名典，一坐下她就说她最多只有半小时可以耽搁。她公司晚上聚餐，去南澳吃海鲜，一会儿在公司楼下集合，请了旅游公司的大巴来拉他们。去南澳吃海鲜意义重大，她不能不去。她本想过了今天约我的，但因为按捺不住胜利的喜悦和激动，看看时间也还允许，就决定争分夺秒，把情况先向我简单做个汇报。

她说她把肖海军给收拾了。她看着手里的手机，可惜地说，这个号码必须被我抛弃了，花了五十块钱买的充值卡连同号码，用了不到一半，哈哈。

我着急想知道，她究竟把肖海军给怎么了。她莞尔一笑，说，我把他冻在十七摄氏度的空调底下，浑身仅穿着他性感的背心和裤衩。

她把经过娓娓道来。

肖海军今天中午约我去酒店喝茶，我答应了，去了看不到他，我打电话找他，他说在房间，让我上去，我说不去，我让他下来，说跟他谈点事，他就下来了。乘他走开接电话，我在他杯里下了点药，我找朋友事先要的，速效强力安定，相当于麻醉剂，吃下去十分钟之内包管人事不省。我见他把药喝了就陪他回房了，一会他就倒下了，才刚刚脱到外衣……嘿嘿，这种无耻之徒看来不知害过多少人了！

然后呢？我问。

然后我翻他的包了，胸大人说，放心，我没动他一分钱，这点法律知识我还是有的……我从他包里掏出不少东西，假公章就有好几个，别的我不敢说假的，至少公证处的印章不该出现在他包里，你可以想象，他是个什么级别的流氓大亨……工程合同书也有几份，统统让我放火烧掉了，我想的是，撕得多烂都能想办法拼回来，就索性烧了它。

如果这些合同对他很重要，我皱起眉毛担忧地说，肖海军……他能饶过你吗？

越重要越好，他妈的，不重要哪能起到收拾他的目的？这种秃驴，不知他欺侮过多少良家妇女了，我这是替天行道！

可是，我担心你的人身安全，如果他下决心要把你找出来呢？

他找不到我的，胸大人语气也不那么坚定了，我没有留任何真实的信息给他，他就认识我的脸，我跟他一共也就见过三回。

你今天不要去南澳了！我说。

为什么？胸大人眨巴着眼睛，可是我想吃海鲜呵，再说我还没去过南澳呢。

下次我陪你去，我们找朋友一起去，我说，你现在跟我去我们店，我要给你换个发型，和现在完全不一样的。

替胸大人削剪刘海的时候，我止不住一阵心慌。

我问胸大人，肖海军睡在十七度的空调口下面，衣不蔽体地几个小时，会不会冻死？

胸大人想了想，说，应该不会，不是说有人冻在冰箱里五十年，提出来还跟塞进去时一样年轻——那样都冻不死，空调能把他吹死？了不起一场肺炎，那才好呢！

但是，如果他真的死了，我们就成凶手了……胸大人又后怕地说。

半小时后，我们选择了给宇洲宾馆打去电话。电话是我打的，我让前台把电话转到510客房。无人接听。我马上委托查房，谎称自己是510客人的朋友，510客人身体不好，有高血压、心肌梗塞、脑溢血的病症和病史。

两个月后，我辗转从一个认识肖海军的客人口中得知，肖海军患过一场严重的寒热病，住院半个余月。闻此消息，我并没有复仇后的快意。我依然在忐忑，惶恐有一天胸大人会遭到肖海军的报复。而我自己，则已经彻底厌倦了这场游戏。

值得热泪盈眶的是，阿文与新太太合作愉快高效，播种一举成功，明年六月，他将正式坐上阿爹这把交椅。

但为君故，沉吟至今。这是一篇世情小说。自然也有爱情出没。同时也是一场著名雪难的民间记录。

但为君故

1．北上

社会观察家说，过去女人把第一次留给丈夫，现在女人把第一胎留给丈夫。就算新时代把标准降到新低，对冒艳的人生来说，它依然是一个不可能完成的任务。

冒艳的第一胎，六年前破宫出世。彼个时刻，医院产房外的长廊，一贯地如同一口大热锅，团团乱转着一窝蚂蚁。这些焦灼的蚂蚁中，没有一只是即将用来呵护冒艳的。时至今日，当年的新生儿已经正常发育成一名小学生。小学生堪称优秀。尤其，当冒艳的目光聚焦他时，他就是由特殊材料合成的。这个特殊材料，可能是黄金，也可以是钻石。

冒来来，长沙市雅堂中心小学，一年级三班，三排二座，班级海选诞生的小组长。周一至周五，他面貌等同，着校服，别校徽，戴红领巾，背沉甸甸的双肩书包，左上臂挂一道杠的班衔。他是冒艳的心头肉。同他，无论哪一次小别或者相聚，她的形神必要大乱一次。

元旦一过，她就在筹划北上。得知长沙下雪后，她马上调整计划，把行动提前两天。她想的是，冒来来出生深圳，在深圳生活了五年多，从来没见过雪。她想让他对雪留下记忆，这记忆里最好也有她。她准备过去后同他一起堆雪人、打雪仗，那就不能等雪化了。冒艳凡体肉胎。她没有超能力。她的目光此时无法穿透时空隧道照见未来。长沙那边初时被她视为稀罕物的落雪，非但没有迅疾化去，反倒像一个输红了眼的赌徒，一发不可收。

上晚，和冒来来通电话时，她还是忍不住告诉他，妈妈就要来看你了。冒来来则一如先前许多次地问她，是明天吗？她爽快回说，对的，明天你中午放学可能就能见到妈妈了。

冒来来一声欢呼。这欢呼声别人听见势必寻常，却令她心情激荡。好比化学反应，须得在特定的物质与元素间发生。一物降一物。她是贼，他就是贼王；她是蛇，他就是她的七寸。在肉眼不能亲见的天地，他的声音就是她的迷药。文慧就担心过她，说你这样太宠他了。她丝毫不以为意，先肯定后反问，是啊，那又如何呢？

欢呼过后，冒来来又不放心地追问，你这个骗人鬼骗人的吗？

绝对不骗你！她落地有声地保证。

整东摸西地，凌晨一点多，冒艳才躺上床，又是好一阵翻滚，意识的最后一个气泡才告破裂。一觉醒来，她摸出枕下的手机看时间，居然三点还差几分。她醒得却如兜头浇过冷水，困意全无，神清目明，浑身充满了坚定刚毅的力量。

冒艳的原计划是凌晨五点出发，这样，越开天越亮，过了广州，基本就是白天了。再如果一路畅行无阻，预计下午一点左右就可以到达长沙，也许能赶在儿子上下午学之前见上。想到和儿子很快就能得见，她不由得深呼吸，心里太激动了。她有多久没见到儿子了？不用算她就能报出得数，两个月零七天。这在她，已经是和儿子分开最久的一次。

情绪亢奋到睡不着，冒艳索性起床。她记起昨晚临睡前发的一个帖子，贴在天涯网站旅行天下的版面上，征同方向出行网友的。她在帖子里说，本人女性，深圳至长沙方向自驾出行，征同方向女性网友同行，一则分摊汽油高速费用，二则缓解长途疲乏烦闷，有意者请跟帖。

发这样的帖子纯属临时起意。获悉她将自驾去长沙，吴小峰第一个表示反对，之后是文慧。吴小峰故作老成地说，我建议你坐飞机，坐飞机方便、快捷、安全、省事，还能三点五折，最关键的是不用承担驾驶风险；文慧则似乎有意羞辱她，以迫她放弃原定计划。文慧一嘴一个妇道人家、妇道人家地称呼她，说，你一个妇道人家，开那么长时间车也太累了吧？而且马上过年了，长沙那边还下过雪，路上也不知好不好走，一旦车在路上出点状况，你一个妇道人家怎么应付？

冒艳最终没听他们的劝。她觉得要把冒来来和他的大宗行李一块拉回深圳，开车去才是最从容的。出于这样的用心，她对其他困难、不利就在所不惜了。她对文慧说，放心吧，我会活着回来参加你的师奶见证会的。文慧定在这个岁末大婚。那时一切都毫无征兆。见她执意孤行，文慧最后说，你看看有没有认识的熟人朋友跟你一块儿上路的，网友也行，也好有个伴。寝前关闭微机时，冒艳忽然想到这个提议，觉得主意不错，就发了个寻人帖。

对于结果，冒艳并不是很期待的。与一个陌生人猝然结识，再贸然同行，于她内心而言，总是有些不靠谱的感觉。但帖子既然发了，且这帖子时效性极短，一旦她上路，也就失效了，还是看看结果吧。一面翻帖一面她又自嘲地问自己，真的有人要同行，你有胆子载上人家吗？

天涯是一个平地崛起的虚拟社区，网站中的暴发大户，没有噱头的普通帖几分钟便会石沉大海。冒艳需得动用自己的用户名才能把所发帖子捞上来，结果捞起一看，一个男人的跟帖是唯一硕果。跟帖云，过年还早呢，不然我就让我老婆和你一路回了，呵呵。

冒艳看到呵呵二字就牙痒痒，搞不懂怎么就那么多人倾心这两个字的。网上或者手机交流，冷不丁就被人呵呵了。就此悬疑，她诚恳地请教过文慧，她说为什么呢，怎么就能不厌其烦的呢？文慧不假思索地回答她说，所以你是事业有成的设计师而他们不是。

根本没有失望可言，冒艳轻松满意地关了电脑，她决定即刻出发。

冒艳后来不无后怕地设想，如果她不是早了几个小时而是磨蹭上几个小时上路，她将如何面对京珠高速上的沦陷？抓狂？焦躁？疯掉？崩掉？扔了车扬长而去？彼时彼地，大雪封道，南来北往最重要的交通大动脉瞬息沦为等待救援的孤岛，现场如泰坦尼克号沉船一般陷入恐慌。据后来的媒体报道，最不幸的车在那儿被困七天之久。那条线却是冒艳北上的必经之地，纵然她弃车离去又能去哪里？回头看时，冒艳由衷觉得，无论从哪个角度观看，这场暴风雪中，就她个人而言，她得感谢上帝之手的拨弄，让她自一张天灾的灰网边侥幸逃脱。

回深后冒艳迅速在家里供上了佛龛。她没有宗教信仰，对一切神仙概无研究。她几乎不知道供点什么好。最终她买回一尊白瓷观音。观音在她老家又谓送子娘娘，既如此，也应是护子的吧，她由是选择她。在一概福利面前，她首先想到的是冒来来。

实际上，冒艳在向北狂奔的途中并不是一帆风顺的，但因为有巨大的不幸参照陪衬，她的那点小不顺就显得很芝麻绿豆了。冒艳的长途自驾经验并不丰富，又属资深路痴，当她行至一个叫乳源的高速路段，被两个端着大喇叭的交通警驱下高速公路时她是晕的。高速公路结冰了，封住不让走了，天哪她想，走地方路她哪里分得清东南西北？好在她有急智，她迅速咬住一辆挂湘牌的黑色轿车，并且为保无失，她超上前去，打下车窗，按响喇叭，向轿车里的司机喊话，确认他是去长沙方向的后一路尾随，直至再次转上京珠高速。

漫长寂寞的驾驶并没有令到冒艳难耐，她甚至没有动用到吴小峰为她精心准备的音乐——吴小峰为她亲自刻录了一张CD碟，收进去她平常最喜欢的歌。她用自己的方式充实到不需要音乐。她仅仅是比照她方向盘右手跳动的时间表，把每一段数值都换算成冒来来的时间。他上晨读了；他下第一课了；他做眼保健操了；他上第四课了；他回家吃午饭了；他正在看电视吧，还是画画？他上下午学去了；他在上下午的第二课了……她想象着他在这些场景里的面貌，一路飞驰。

是晚，沐浴着夜灯昏黄的光晕，冒艳脚步匆匆行走在一条积雪垒于两侧的水泥路上。她神情疲惫肃穆，却眼神晶亮灼热。她无视呵气成霜的严寒，轻车熟路地出现在一幢老旧的楼舍前。她拍响了标号103门牌下的防盗门。迅速地，她被一片单薄热烈的欢呼声迎了进去。

2. 抵　达

二字当头的最后一个华年，冒艳的身边空降了一名赤胆忠心的追求者。如果不是冒艳一力避让，与他也许二重奏上或者二重奏过了。诚然，有些术业有专攻的人士认为，男女之情，贵乎于犹抱琵琶半遮面，一旦捅破反而失去了兴味。但冒艳不是在亲身实践、检验真理。她的不作为是诚心的。她诚心地不想与吴小峰展开他努力想要奏效的图景。她信奉水能够载舟，也可以煮粥。她只想载舟，不想煮粥。

吴小峰。吴小峰是八零后。八十年代的第一个春天，他脾气很大地来到人间。他后来脾气也不是很好。他比大面积八零后幸运，毕业时遇到赏识他的公司，公司一步到位替他调进户口，配了二居室的公寓。

他是编写软件的工程师，专业过硬，抽烟喝酒成为职业需要。他抽烟喝酒，唯独不滥交。

他对冒艳忽冷忽热，总是在冷淡一阵子后又万分热切地寻上来。他不是诗人，却能编发动人的短信。他也开网志。开在一个隐秘之处，被文慧偶然撞入，又叫了她去看。他的创作里，有些动人的句子，击中过她的心肺。然而，仅仅只是句子，成于偶然或者精心编排的汉字组合，她心动于由此营就的意境，为其震撼，并不管它出自谁人之手。

有一次文慧半夜致电给她，说阿福的博上挂了一首诗歌，看着像原创，看着像说的你和他。冒艳就忙不迭地登录验证。还真是一首诗，题目简直是骇人的——《无名男尸》。诗中曰：

> 她骨瘦如柴
> 气质忧伤
> 却是一条精锐的蛀虫
> 从头到脚
> 爬过我的躯干
> 进入我的胸膛
> 吸掉我的脑髓
> 将我的肉身蛀满洞眼
> ……

冒艳不肯信。跟文慧说，应该不是原创，太有才了，我都被感动了；诗中的她也肯定不是我。我一个中年妇女，他一个英俊少年，套上去看，主体和客体不能成立。可稍后文慧又打电话给她，说，肯定是原创，我百度过了，除了他的博，别无出处。冒艳信了，说原创也罢，他是有些诗才的，但不要把那个她看成我，我是不可能的。

文慧是知道她的，她近年来的足迹所至乃至内心风云。文慧一贯口德欠佳，当然在对吴小峰的后背说三道四时也有微微妒忌的个人情绪掺杂——吴小峰那般抬举冒艳，吴小峰也认识她文慧，对她却很一般，她就那么不得人心？不是她对吴小峰有什么感觉异象，人性化地说，成为大众情人难道不是每一个女人潜藏在内心深处的共同梦想？做梦是天赋人权，完全可以脱离实际，脱离现实。因而文慧对吴小峰的置评往往是刻薄的、冒犯的。她把吴小峰对冒艳的攻坚战形容成蜉蝣撼大树。和冒艳说到吴小峰时，她不是用比比、就是用阿福来指代吴小峰。

几年前开始，冒艳就习惯了风华正茂的青年男女叫她艳姐。出任艳姐之初，她是错愕的。在家，在校，从前的处境里她都是年龄偏小的，只有叫别人哥姐的。来来两岁大时，她一个转身进入三十，如今那个转身都已是陈了四年的往事了。所幸她直面现实，正视年龄，不畏惧岁月的迫害，也不放弃反迫害，稍有空暇便会敷敷面膜、做做运动。如此，她身材依旧挺拔苗条，容颜也不失娇嫩妩媚，加之数年如一日地吃喝有度，穿衣打扮上，无论世风如何轮转，她一贯地清纯大方取向，这些令她常常可以在少女群里以假乱真。但她的气质，又比青涩少女沉稳端庄。吴小峰迷恋她，也不纯粹如港产剧里富婶埋怨儿子为风尘女子迷了心窍时说的，猪油吃蒙了心。就算三十好几了，尤其是隔了一米外的距离扫描，冒艳她仍然是具有可观赏性的。

抵达长沙的第二天一早，天刚微亮，冒艳自一张陌生暖和的大床上醒来。被筒臃肿干燥，略有异味。手腕里是酣如睡神的冒来来。他细皮嫩肉，长长的睫毛覆盖住关合的眼线。踏实感通遍她的全身，她忍不住亲他，亲了又亲。什么叫含在嘴里怕化了，一个女人可能只有在生养过孩子之后才能确凿体会。

记得上一次与来来分别，是十一长假的探访折返。堂姐带来来送她去火车站，起先一直喜气洋洋的冒来来，分手前的最后两三分钟忽然被离愁彻底统治。他手里剥着一瓣新鲜桔子，本来是喂向自己嘴边的，半途忽然改道，喂给冒艳。又上来搂住冒艳的脖子，说哭就哭地滚出大颗眼泪，一面说道，我不想妈妈走。这一幕差点叫冒艳把火车票当场扔掉。

冒艳常常觉得自己的儿子是有些与众不同的。比如，冒来来自小就甚少有号啕大哭的场面，而是把眼泪含在眶里，委屈倔强或者悲伤隐忍的小模样，总是叫她这个为娘的当即崩掉。

她在回去的车厢里不住给堂姐发短信，凡信结尾必言，你要帮我照顾好来来。堂姐的回复总是简单几个字，好的，知道，我知道。冒艳嫌不够，她想让堂姐明白，虽然她把冒来来托付给她增加了她的负担，但这托付又何尝不是巨大的信任？

冒艳又再发短信说，我把比我眼睛更宝贵的东西留在了你那里。堂姐回复了最不招她待见的两个字，呵呵。这回复令她的表达欲猝然受创，她怀抱着无限深沉的母爱一路沉默着回到深圳。回深圳后，文慧约她吃饭，和既往两人宴大同小异，佐饭话题在历经一番无主题变奏之后总能指向私人情感的杂谈。冒艳那天出奇地安静，不针砭不批判，虚怀慈悲得有如观世音菩萨。迎着文慧不解的目光，冒艳说，文慧我跟你说，如果说我也曾为某个男人思念过，那么比起我对冒来来的爱，几乎就是不值一提的。

随着一迭声公鸡打鸣的闹铃奏响，厨房里传来一道浑厚女中声。小艳啊，快把来来拉起来，早饭我给他晾着了，你带他穿衣服、刷牙洗脸。

好的，婶娘。冒艳愉快地回应道。

婶娘是冒艳的嫡亲婶娘。婶娘是个一言难尽的农村妇人。她集纳众多优点于一身，机缘对了，她发挥的就是强项，执行的就是奶牛精神，吃草，挤奶。冒来来由她一手带大，虽然冒艳为此按月付酬，却不会减弱对她的感激。情切之时冒艳甚至说过，婶娘，等你老了，劳不动了，我们还一块儿过。但冒艳又是分明的，几年来的朝夕相处让她深有体会，婶娘的个性就是一把双刃剑，双面峰利。

婶娘在乡下度过她的大半辈子。她本是嫁进冒姓人家为媳，巧的是她娘家也正好姓冒。她的名字散发着时代的芬芳，冒红英。

冒红英一生务农，曾经是队里挣工分的好手，实行生产承包责任制后，她又成了村里的养猪专业户。她省吃俭用、勤劳肯干，家庭建设搞得比一般农户有声色。她对此不加掩饰地沾沾自喜。她为此不那么招人待见。她为人泼辣，与人口角是家常便饭。与自己的男人，也就是冒艳的二叔公，更是方圆几里地的闻名怨偶。公平地说，冒艳的二叔公有不少陋习，更非任人揉捏的软柿子，这对实力派冤家碰到一起，无异钉头碰铁头。冒云常常说自己是含着眼泪水长大的。冒云就是冒艳的堂姐，冒来来此际入读学校的先进教工。

冒艳从冒来来颈项下抽出右臂，麻得都失去知觉了。对此她毫无怨言，她盛着喜悦，她享受着被需要与能给予的安慰。她对未来有充分预见，把冒来来接回身边，生活一定是充实的，也必将是劳累的。

冒艳自被筒里支起身，又俯下身，在冒来来头发里狠狠嗅了一把。味道有点怪，她心里暗忖，这家伙得洗头了。她撩开盖住他的被子，在他屁股上挥了一巴掌，大声叫道，起床，冒来来。

吃过早饭，冒来来拣上书包去学校了。学校就在侧旁，操场粘着冒云家的后院门。冒来来天天由后门进入操场跑道，三分钟就能在属于他的座位上摊开书本。

冒云因为顾着跟冒艳聊几句闲，涉险迟到。本来她平常上班都是走正门先去办公室，今次临了是夹着课本，开了后院门抄近路直奔授教课堂。

冒艳和冒云是有得聊的。可能跟夫妻感情常年不睦有关，冒红英在计划生育成为国策之前也没有多生，就冒云一个女儿；而冒艳的出生更是一个意外，是她双亲在年过半百之后合作出品的。记得她大学毕业时把户口迁到省城的嫡亲二哥家时，为她录档的女户籍警当场警惕地质疑她说，是你亲哥哥么，怎么相差这么大岁数？她当时正被机关办事的各种障碍填了一肚子怨气，冷着脸回答说，这还是我二哥，我大哥比我大三十岁。基于此类与生俱在的客观因素，冒艳和冒云这对相差三岁的堂姐妹，从童年到青春期，几乎就是捆绑长大的。冒艳的亲族中，有不少各种关系转折过来的哥哥、姐姐。在对那些哥哥姐姐的称谓上，她都会加上他们名字中的一个字作标签，以便区分。比如军哥哥、顺哥哥、珠姐姐、美姐姐。唯独对冒云，无饰无缀，单以姐姐相称。

屋子里剩下两个人后，冒艳帮着冒红英一起干家务。冒红英在厨房洗碗、涮锅、备菜，取了红小豆倒出一小塑料钵泡上，说是给冒来来煮糯米肉丁饭用的。冒艳拿着扫把扫地。冒红英一个劲地叫她别干，说让我来，我来扫，厨房收拾好就搞卫生，卫生搞完洗衣服、煮中饭，天天都是这样过的。

冒艳不听婶娘招呼，继续扫地。扫完卧室扫客厅，扫完客厅扫饭厅，又扫到厨房，扫到冒红英跟前，冒红英偏过身子避让，嘴里还在劝她，好了，扫好了你就去忙你的，看电视也好，上网也好，你姐姐这里都是现成的。

冒艳乖巧地说，婶娘，我年轻力壮的，干这点活儿你还怕我累着？

扫完地，冒艳又拎上提桶拖把，准备拖地。冒红英见之大声疾呼，阻止她，几乎要来夺她的工具，道，你不要拖，我拖，我一会儿洗完衣服用剩的水正好拖地。

冒艳怔了怔，定在饭厅通向厨房的玄关处。她怎么就忘了婶娘的一贯作风呢？婶娘前半生用的都是不花钱的河水井水，爱怎么用怎么用，爱用多少用多少，忽然有一天她过上了买水度日的生活，她想不通，却又无法改变，她能做的就是想尽一切办法节约水开销。淘米的水洗菜，洗菜的水冲马桶，漂衣服的水擦地板，洗过脸洗过澡的水也舍不得立刻倒掉，攒在盆里，以备不时之需。有她在，洗衣机这种吃水吃电的家用电器武功尽废，完全可以挪进厨房化身为储备粮油米面等一干物资的箱柜。

冒艳决定服从婶娘的指挥，送劳动工具回原位。这是老太太亲闺女的家，老太太的一切言行有理由获得支持尊重。冒艳想起有一次冒云给她打电话，在电话里痛哭流涕，声称和自己的母亲实在无法相处。那时候冒艳还没有生冒来来，和冒红英没有长期共同生活的经验，在当时她是不能体谅堂姐的，问明原委她还把冒云给狠批一通。及至冒红英加入到她和冒来来中间，她与堂姐也会时不时地通个长途，冒云总是担心自家母亲惹冒艳不快，冒艳表示没有的事，表示冒红英虽然万事都有自己的主张，但最终还是肯听她冒艳的。冒云听了叹息道，因为你是她侄女，我是她亲生的，她带来来你还付她钱，她帮我做家务，她常说的一句就是——我又不拿你一分钱，我可是情愿付她钱，换她也尊重一下我的意见。

冒艳定神看了看自己的婶娘。冒红英敦实的身形依旧挺立在灶台边，费劲地刮擦着一柄形将退休的煎锅。冒红英不算胖，却有典型的水桶腰。冒艳自婶娘身上撤销了对水桶腰的歧视。水桶腰不完全是放纵食欲所致，尤其像婶娘这样的半老妇人，她怜惜食物大过怜惜自己。

这锅还能用吗？冒艳由衷地发问。

嘿嘿，冒红英一声冷笑，你看吧，你姐姐昨天要扔掉的，我给抢下来的，你等等来看，我叫它变成新的。

果然，约莫一顿饭的工夫，厨房里传来冒红英的招徕声，声有得色，唤冒艳入厨房。

果然，那简直就是一口新锅，除了锅身和锅把的接洽处无力回天地即将崩坍，那口锅等于是被冒红英生生地刮掉一层皮，露出崭新的、有光泽的金属内质。

中午，冒云和冒来来自学校同步回屋。冒云带回的消息令冒艳惊诧、庆幸之余又大为后怕，一时充满了劫后余生之感。老少三代四人，围着餐桌好一阵嗟叹。京珠高速从跨段封道到正式双向堵死，几千辆车几万人次滞留其上。冒云家楼上的李老师，其丈夫在冒艳抵达长沙的同天晚上驱车奔赴广州，一如黄鼠狼扑进猎人的口袋，他栽了。现正煎熬在路上，成为京珠线上的一线难民。

虽然未曾算计也无从算计地躲过一劫，冒艳仍然对京珠高速的瘫痪心怀焦急。她原计划只打算在长沙停留五天。当天是周末，接下来是双休，下周一周二冒来来期末考试。她算盘上的账是孩子一考完她就载着他返深。京珠高速是她的必经之地、主要航线，百分之九十的旅程都得在它上面展开。它不能堵。她只跟公司告了一周假。但她又放宽心地想，如果实在要堵也是没有办法的，大环境如此，国家都出动军队支援除雪了，坦克都开上高速压冰了，她却能偏安一隅，静待雪灾成为过去，已属上天垂怜眷顾。

快放晚学时，冒艳拿上一包薯片去接冒来来。电铃响过，诸等形色的祖国花朵，一概地肩背大书包，分批分批地冲出校门，与校门外候着等待接应的家长胜利会师，再相携以各种交通工具翩然离去。人都快走空了，冒来来才和最后几个看样子都像一年级的小童走出来，一边走一边玩一种吹泡泡的肥皂水。其中一人吹泡泡，其余四五人追着泡泡跑，手当扇子把泡泡往天上赶，喊成一团。冒来来看到冒艳，叫了一声妈咪，照玩不误。

冒艳由着他玩，立在一旁监视。俄顷，走过来一个黑瘦小女生，身形显示多半是一年级的。她走过来，认真严肃地对冒艳说，阿姨，陈菲菲（显然是个女生的名字）喜欢冒来来。

冒艳听之一怔，随即又被逗得不行。报料的小女生眼巴巴地望着她，显然在等她给点批示。她忍住笑，把薯片给了这名小女生，并相当有社会责任感地引导说，小朋友当然应该团结友爱呀，你也要跟冒来来做好朋友哦。冒艳回头跟冒云讲述这一幕时，两人哈哈大笑，又笑着追溯了她们童年时的绯闻男友，继而挥发升华，论及各自的情感际遇。笑容就在那时僵住了，平添几声叹息。

是晚，长沙城冰封雪飘。房檐树下，挂满刺针状冰凌。如此景象，对于一个四季分明的城市是不足为奇的。寒暑易节，寒凉暑暖，大自然的手笔。人类要做的无非是应对它，顺从它，过自己的。

冒云家的供暖设备是充分的。晚饭吃的是婶娘做的手擀面。冒艳喝着热乎乎的冬菇青菜面汤，连声称赞好吃，乐得冒红英一个劲要把自己的份子让给她吃。晚饭过后，冒红英陪着冒来来在客厅看电视、写作业。看电视为主，写作业为辅。合用一台风扇状的电取暖器。这取暖器咋进冒艳视线是令她惊诧的。她差点把它当成电风扇，在没有得知它的功用之前，她看到它当厅蠹着就打了个哆嗦。冒云的卧室则是一个温暖的所在。床上铺着电热毯，电热毯是全天通电的，定格在最小功率上，方便随时钻进去找温暖。床边上插着电取暖器，可以烤手烤脚，这些骤冷之下需要重点突击的部位。冒云还有两个电暖手器，半分钟就可以完成充电，小小的，跟手机差不多大，有事揣兜里，没事拿出来焐一焐。

冒云对自己从来都是体贴的。因为爱情，她从老家跑来长沙。又因为爱情，她手起刀落砍断婚姻。离婚后她没有再婚。短暂的婚姻也没有令她生育。她立意做一个潇洒的女王老五。她与自己的母亲合不来，却也不想母亲留在乡下与父亲不时比武，之前几年她也是带着母亲过的。冒红英住一阵闹了别扭就回乡下，在乡下住一阵闹场别扭再回城里。后来冒艳那里需要人手，冒云就乐得把母亲放了过去。一直到年中时冒云经历了一场失败的手术，冒红英老泪纵横地要来照顾女儿。正好冒来来幼儿园毕业，面临择校升学，在冒红英的强烈主张下，跟着一起来到长沙，成为雅堂小学的一名借读生。

外冷内暖，这是此刻长沙城与城中冒云家的气象写照。冒云、冒艳，分坐大床两头，上穿冬袄，臀围以下埋进被子。冒艳腿上搁着笔记本电脑，网上闲逛；冒云托着硬面抄撰写学生期末评语。但她们主要是和对方聊天。这对堂姐妹，曾经的姐妹花，成年后命运让她们分开在两地，但却相知相解如故。

话题转变在冒来来的临时造访。冒来来拿着一张卷子进来问冒艳，红色的水对不对？冒艳大惊失色，问水怎么是红色的呢？冒来来说姨妈喝的水就是红色的。冒艳耐心解释道，那是茶不是水，水就是自来水，是无色的，你要记住，自来水那样的颜色就叫无色，没有为什么。

冒艳再检查他前面的习题，连叫几声天呐。她读给冒云听。组词，用软字组四个词，他组的是软的、软软的、软绵绵、软绵绵的；用我组词是我的；用绿组词是绿的……天呐，这家伙怎么懒成这样啊？冒来来在一边得意地嘿嘿笑，回嘴说，我就懒，嘿嘿。

你这么懒长大会没出息的。冒艳在他头上轻敲一记，蚊子都打不死的那种力道。

没出息就没出息，冒来来潇洒回应，绝尘而去。

冒云定睛对冒艳望了望，忽而单刀直入地问，他爸爸那么有出息，你怎么不让他们父子相认的？

冒艳闻言，蓦然愣怔。

但为君故，沉吟至今。是吗，是那样吗？她忽而就泪盈于睫了。

冒艳一时感慨难抑。对她而言，冒来来，无论他是什么初衷下的作品，行到今日，他所代表的，仅仅是他个人。他不是那个男人的替代品，再也不是。失去当初那个男人，她昏天黑地地痛过。可是，什么样的痛，过个三年五年不会淡漠乃至消逝的？她已经平复了，愈合了，她觉得，在这之前。内心仍然会有波澜，波澜也可谓壮阔，但与爱情无关了吧，理应？

双休一过，冒来来考务缠身，打点书包准点入校应试去了。

双休过得毫无建树。理想中的堆雪人、打雪仗无一得逞。室外风大雪大，寒气袭人。雪又不是冒艳想象中的雪，松软的，片状的，可以轻易手抓成团的。雪是晶体，是颗粒。它们黏合紧密，以至抠起一把都很费劲。它们手牵手占领一切顶天而立的地面建筑。像大陆板块，棱角支离突兀地浮于地球表面。冒云家的近旁，那些雪，囿于地形起伏，不能积滚成球。加之冒艳移居南方日久，对刺骨寒凉多有不堪不适。双休最终过成了双谈。

第一日双谈是与冒云展开的。双谈地点，大床。双谈项目多而杂，概括起来可分为以下几点。她们泛谈了股市、楼市的过去、现在和将来。因为双双无资涉入，由是均以隔岸观火之姿作壁上观。泛谈了娱乐八卦，对章子怡泡上美国名流一番嗟叹，觉得她日后的可泡市场将越来越窄，除非走下坡路，但按她的一贯走势不太可能。她们精谈了老家里亲外戚间的是非争端，各家儿子女儿们的恋爱婚姻与家庭现状。她们还精谈了长沙市的各种小吃。谈到兴起时，冒云当即掀被，翻身下床，离家出走，顶风冒雪，去到五百米外的绝味鸭脖店，提回一袋内容充实、又麻又辣的鸭脖、鸡爪。她们随后就唠啊唠，谈啊谈，不觉就是一天。

双谈时，冒艳腿上依旧搁着笔记本电脑，一边浏览网页，不时与冒云分享即时资讯。冒云则拥被写教案。学期都结束了才写教案，完全是临时恶补给校领导检查用的。冒云工作认真负责，桃李芬芳，她却对自己的职业厌恶不已。当年她作为品学兼优的农村少女，农转非是求学第一目标。她得偿所愿，却在日后对此成功大为置疑。

冒云说，如果我考不上师专，按我们老家的传统，现在很可能是一名出色的裁缝。仿佛她宁可干裁缝也不想干教师。

冒艳说，裁缝？那多累啊，成天脑袋勾着缝缝补补地。

冒云说，你以为我现在就不累呀？你知道小学生有多烦人啊，现在的孩子营养好，精力过剩，直接受害的就是我们老师。这还不算，上面还有领导，好像算准了我没写教案似的，学期都结束了还要来抽查。我当裁缝当然要当个事业有成的裁缝，收一大帮徒弟，徒弟再收徒弟，我就是祖师奶奶了，我自己是不用干活的，都吩咐徒子徒孙们干。冒云说着，手一挥，在眼前画了个圈，代表着威风凛凛的意思。

冒艳笑，驳斥她道，祖师奶奶也不是一天就能当上的，也得熬个五六七八年的至少。你在学校混个一官半职的，不同样可以指挥人干自己歇着？

我可不想猝死，冒云头也不抬地回答，我们学校去年一个副校长，女的，干校长没几天就心肌梗塞了。她一死我们同事就得出结论，珍爱生命，远离官场。我们一个年过五十，曾经艳压群芳的老师说，女人嘛，四十岁漂不漂亮一回事，五十岁当不当官一回事，六十岁有没有钱一回事。我觉得太有道理了。

是呵，冒艳淡淡附和，所有人都将殊途同归，人与人之间，再大的贫富差距，再多的地位悬殊，最后也都一笔勾销了。

所以人生就该及时行乐，冒云说。

适当行乐吧，冒艳依旧微笑，不然婶娘可有得话说了。

切，冒云不屑地喷出鼻息，我花我自己的钱，还得看她脸色啊？

冒艳嘴唇动了动，一副欲言又止的样子。冒云也觉得自己过分了，又解释道，我妈这个人你不能跟她一般见识的，她出生早了，她应该等到共产主义再出生，那时一切都不要钱了，她也就省心了。我不能听她的过，听了她的我死之前会闭不上眼睛的——太遗憾了嘛。

冒艳不愿就这个话题再奉陪堂姐，低下头去翻看网页。看到气象预报时，她面露忧色，同冒云说，明天还有中雪，后天有大雪，大后天还有中雪，这雪倒落得收不住。雪停了起码也得过上两三天路况才能好转，完了，我肯定按时回不了了。

那就多待几天，冒云说，路况不好就不能上路，不然谁放心？

明天我们几个老师约了，先吃饭，再去跳舞，你也去吧？冒云抬头征求冒艳意见。

去哪儿吃，哪儿跳？冒艳问。实际上她对这些项目是不感兴趣的，何况天气还这么恶劣。

吃饭就在村口的胖姐饭店吃，冒云说，那儿的酸辣鱼片味道几好的；跳舞去一个高级一点的地方，陈老师的老公负责开车送我们去。

冒云家所在的村子以教师村冠名。原先住着的大部分都是教工之家。随着买屋卖屋的自由倒腾，居住人口早已复杂化。教师村的房子看上去都灰扑扑的，地处山腰，却不失为一个曲径通幽的去处，内里也是五脏俱全。拔牙的、修鞋的、定做衣服的、卖药的、卖卤水的，流动摊位随处可见，小型超市更是排满了进村的那条巷子。档次统统不高。在这里理发，通常一个头收五块钱，回家一照，用冒红英的话来说就是，狗啃的吧。

教师村村口也有一家大众歌舞厅，每天下午都能定时传出些变调的卡拉OK之音，音量很大，发声源多是些中年男女。

冒艳下午去超市买水果，来回两趟路过该歌舞厅，去时里面在演绎一首《北国之春》，沙哑老暮的男声，隔了会儿变成《小白杨》，显然是连唱。冒艳暗自笑，揣测引吭高歌者定然是那抓住话筒就不撒手的麦霸男。冒艳提着水果回去时，听到的是黄梅戏选段，《夫妻双双把家还》，男女双声的，声音里人为地做足了感情，中间夹杂着尖锐刺耳的电流器叫。冒艳再次莞尔，回家立刻把此幕描述给冒云，语气里满是揶揄。冒云这次没有附和她，而是摆出一副与她探讨的样子，问道，为什么中年人娱乐就该受到这等鄙夷？

冒艳被问住了，继而不确定地反问，谁鄙夷了？我吗？我有吗？

你说你没有那就太不诚实了，冒云温和地说。

呵，冒艳短促地笑了一声，说，可能，只是我自己还没发觉。是呵，我为什么要鄙视他们呢？他们又没有错，也没有危害社会，至多也就是随心所欲了一把。

在双休第二天的双谈中，冒艳终于为自己的心态找到部分出处。第二场双谈发生在冒艳与冒红英之间。移步换景，客厅、厨房、饭厅成为双谈之地。冒艳后来思索，她为何不愿陪冒云出去跳舞，除了她一贯没兴趣，无曾领略过跳舞所能产生的激情之外，婶娘冒红英的逻辑理论也在极大地作用着她，使她无形中受影响。冒红英认为，没事跑出去唱歌跳舞的都不是正经人。

双休的第二天，仍然是漫天的大雪。冒云的计划不受天气影响，一早起来洗了头，化了精致的淡妆，为一条记忆里的深蓝色裤袜翻箱倒柜，直到相约的同事几次来电话相催，她才放弃找寻，带着遗憾出门。冒云外面罩了一件御寒的大外套，里面则是一套跳舞的行头，黑色天鹅绒蓬蓬裙，同色高筒靴。蓬蓬裙是为跳舞时旋转用的，高筒靴是这个冬天女人脚的指定配置。她为何执意要找出记忆里的深蓝色裤袜，就是想打破裙子与靴子之间的寂寞无奇，蓝色可以点缀黑色。

冒云一走，冒红英就开始了她的愤怒声讨。声讨一开始，就波及冒艳的二叔公。最后就算冒红英有节约成性的习惯，眼泪鼻涕仍然打湿了好几张餐纸。当面前的餐纸堆到一定程度高时，冒红英索性去卫生间拿来了毛巾。

冒云为了赶场，早饭也只匆匆吃了几口，碗里的粥剩的比吃的多。冒红英的声讨就是从收拾碗筷时开始的。浪费粮食本就是她的心头大忌，冒云赶赴的又是最不招她待见的人类活动。宿怨一举触发。冒红英又哭又说，哭哭说说，骂骂咧咧，嗓子哑了眼睛肿了。气也许消了，痛苦却被升华了，一直到晚，她没吃什么就洗洗睡了。所幸当天冒云玩到后半夜才回家，而且自带门匙。无知才会幸福，所以人有时候会羡慕傻子。

冒红英的声讨是这样进入的。她先是站在餐桌边收拾碗筷，把一堆空碗垒起来，垒到冒云用餐的碗时没法垒了，她只好先舍下手中的碗，把冒云吃剩的粥用垃圾袋打起包，再扔进垃圾桶。她回头接着干，却止不住地一阵悲从中来。她扯了张餐纸訇訇有声地擤了把鼻涕，眼泪就在那时跟着淌了出来。

她继续干活，一边干一边开始说。像她老子，全像她老子……

冒艳本来坐在桌旁的椅子上看报，被冒红英的声音逗得放下报纸。冒红英声气伤怨地说，一个种头出来的，我前世作了孽，被罚到这家来的。我一世都要受这两个瘟神的害，先是她老子，现在是她，在她这里受她的气，看她成天挥霍，还不能说她，一说就甩脸子。她老子在家也这样，天天把人请到家里赌，叫我煮饭炒菜。怎么我吃苦耐劳一世，偏要跟这两个好吃懒做的人捆在一起过？

……我怀着你姐姐的时候，你二叔他追着打我，一把把我从小木桥上打落到水里，我当时就想死在水里算了。

……我为了挣工分，饭也不回去吃，他拿着年底分到手的钱，换了一扎酒一只猪后腿回来。我把那酒全倒了，猪肉扔进沟里，后来还是你爸爸用篙子拨上来的……

小云她小时候我有多欢喜她，用纱包袋子灌大米煮纯米粥给她一个人吃，自己吃玉米面。那时候的米比玉米宝贝多了；她上师专，我骑脚踏车去给她送咸小菜，屁股都磨肿了……她现在做了教师了，吃国家饭了，哪里还记得我的好？

述完冒云爷儿俩的罪状，冒红英又开始痛斥冒云的玩伴。冒红英说，这些奶奶头（冒红英的老家方言，是对三十岁到五十岁之间的已婚妇女的统称，含有鄙夷之气），经常三个一群五个一伙地跑去跳舞，脸上搽得跟狗屎坨发了霉一个样，骚嘎嘎的。你姐姐就是叫她们带坏的。早先几年我还想她能再结个婚，看看她现在的样子，谁敢要她呀，要了不是自讨苦吃？

后来到客厅看电视，冒红英继续对冒艳说，你看你，比她还年轻，怎么就不想着要去跳舞的？难不成你深圳没有舞跳？……说良心话，我欢喜你，不欢喜她，来来你如果带回深圳去，我还跟着你去。

这句话让冒艳心头一热。她已做好了把冒来来带回深圳上学的打算。她自然想把婶娘一并带走。可是冒云失败的手术留下的后遗症导致她稍有不慎即会发热生病，她无法开口把冒红英带走。

姐姐的身体……冒艳眼含疑问地望着冒红英。

我不同情她，冒红英愤恨地说，她能跳舞还不能煮饭？

3．滞　留

周二上午，冒来来考完数学，十点钟就背着书包回来了。冒艳等在门边接应他，协助他放下书包。

考得怎么样？冒艳问。

不知道，冒来来直扑客厅电视，扭头甩给冒艳一句。旋即又返回冒艳跟前，问道，妈妈，我们要回深圳了吗？

现在还走不了，冒艳回答他，得等到雪停了。

现在没有下雪，冒来来说，不信你到外面去看。

但是地上有很多雪呵，冒艳说，雪又结了冰，冰上很滑，妈妈的车就开不了了。

那我们坐火车吧，冒来来建议。

那车怎么办？冒艳问他，回去没车开怎么送你上学？

我要回去上学吗？冒来来问。

是呵，冒艳说，你想不想？

不想，冒来来毫不犹豫地回答，我想回深圳过年，过了年还回来。

为什么？冒艳觉得这是个问题，不觉严肃起来，认真问道。

因为奶奶说你会找保姆带我，保姆会欺侮我的。冒来来说。

冒艳停止了交谈，定神站了片刻，心下似有所悟。

冒艳跟公司续了假，续了一周。作为公司杰出员工，她的请求轻易即得到首肯。据气象台的预报，未来三天，一天多云，一天雪，一天阴。地面上的雪已经积得老高了，总是有无名英雄自发地出来清扫，把雪往路两旁铲，铲出一车宽的路面，如此交通仍得以继续。

下午学生就放了假，学校一下清静下来。冒艳以为冒云也可以在家待着了，冒云大惊小怪地告诉她，还早呢，学生放了老师起码还得忙上三天。冒云又说，她今天又被加了任务，她同年级一个当班主任的老师，昨晚回家时摔断胳膊，现在在医院打了石膏留院观察，班务工作全由她和另外两个老师分摊。冒云说，算了，我也不嫌苦了，干活总好过吊着胳膊过年，据说医院的纱布绷带都告急了，这几天摔倒受伤的人太多了。

下午冒艳接到文慧电话。文慧在电话里压抑着啜泣声说，我根本就不应该结这个婚，结个屁婚，什么都不顺。

冒艳不知如何安慰她，只反复说，不要这么想，这是天灾，天灾是没法掌控的，还好你自己没赶在这时候往出跑。

文慧激动地大声说，我情愿陷在路上的是我，进不得进退不得退的是我，我侄女，她才多大？她才四岁，在火车上待了三天了，睡觉就睡在我哥哥嫂子的腿上，他们都是要赶过来参加我的婚礼的，我什么时候结婚不好呵，怎么就单选了在这个时候？我有叫他们坐飞机来，他们为了省钱坐了火车，火车开了三天了，开几分钟就停下来，有时一停几个小时，不知还要走多久才能正常跑起来，我也不敢老打电话给他们，我哥哥的手机已经没电了，就剩我嫂子的手机还能用，我刚刚打了一次电话问他们情况，我哥说有吃的，有暖气，都还好，叫我不用担心，可是听他的声音，有气无力的，让他们受这么多苦，我难受极了……我真是不该结这个婚的。

冒艳无语。她像文慧了解她一样了解文慧。这婚，原本就是文慧左思右想难以定夺的一步棋，临了还是冒艳猛踢了她一脚才算有的结果。冒艳当时说，文慧，我可以负责任地跟你说，你现在不嫁给华宇，不是我小瞧你，你将来可能不会再有比华宇更上选的伴侣。冒艳说到此处，眼眶兀自湿润。她在一瞬间被往事击中。

有人会在少女期梦想着当单亲妈妈吗？也许有，但至少冒艳不是。在爱上薛老之前，她从来没有为自己的人生设计上如此一笔。冒来来，他在作为一粒受精卵时并不是因为他是日后的冒来来而有机会来到这个世界的。他是当初深怀爱情又残存浪漫的冒艳，在一段进退维艰的关系中悲壮撤退前的最后一个计划。她成功实施了它。这成功框定她余生的轨迹和一个不变的身份。

文慧向她老实袒露过心迹。下不了决心，或者说舍不得结婚的原因是，文慧觉得她还有爱上别人的能力。比如一个冒艳也识得的中年才俊，文慧觉得自己颇被他的谈吐学识，风姿乃至形象所吸引。

文慧生怕此一坦白遭到冒艳批判，着急补充道，我跟他只是普通朋友，喝过一两次茶而已，什么都没有发生过，这点你要相信我。我对华宇还是有感情的，只是觉得他太平凡了，我可能有点不甘心，对自己的第二次投胎就这么交代了。

冒艳听过之后一锤定音地结论，一切都值得谅解，一切都不值得作为。你也是奔三的人了，这时候平凡的男人还肯要你，耽误个几年，只怕平凡的男人也轮不上你了。嫁给你的华宇，那将是你唯一英明的选择。

文慧素来知道冒艳对华宇赏识有加。比如性情温和、品行纯良、术有专攻、有责任感什么的，她都曾用来加冕过他。但也没有过如此不疑有二地推荐他成为她的夫婿的。

迎着文慧迷惑的目光，冒艳说，别眼热成功老男人的成功，别眼热他们成功表皮下的潇洒英姿、成熟风韵，除了名门、名流、大明星、大富翁家的孩子是嘴里含着金块出生的，任何老百姓家的儿子都是从一无所有混起的。你不要小瞧了华宇，虽然他现在只是公司里的一个小职员，上下班都还得打卡，但他是可塑之才，前景堪优。优秀的优，知道吧？至少我这么认为。

你也太抬举他了。文慧帮着谦虚一句，表情却是喜悦的，明显已被说服。

冒艳不是一个天生的目光长远的战略型人才，她的清醒睿智是用了她的大误失作代价学成的。

冒艳在遇见薛老之前有过几次恋爱，但经过与薛老的一役之后，她把从前的那些恋爱全盘推翻，她认为那些几乎不能算是恋爱，是儿戏，是名副其实的小狗之恋。唯独薛老，让她跌得最深，痛得最久，让她迄今难以真正复原。

文慧、冒云，甚至婶娘冒红英都先后发出过类似疑问，来来的爸爸有身份有地位，你怎么不让他们父子相认？你打算让他们父子相认吗，什么时候？

成长需要经历，成熟需要代价，正确需要错误来垫背。冒艳坚信此时的自己，自己的所为，都是正确的。她将毫不动摇地贯彻到底。她不会让他们相认。她会一直对冒来来说，你的爸爸在美国出差。直到冒来来进入成年。成年之后冒来来可以自由选择。相认，或者无所谓有无。

冒艳读中学时沉迷过新加坡肥皂剧。那些剧里，几乎每一部都有私生子的桥断。私生子与生身父亲的纠葛成为令人牵肠挂肚的情节悬念。冒艳有时会微笑地想，难道自己的人生没能健康合理地发展，就是因为那个时候中了肥皂剧的毒？

无论如何，冒艳尊重薛老在她和薛太太之间做出的担当与辜负。这担当辜负令她的人生一度有如眼下的京珠线陷入瘫痪。但她理解，原谅，认同。她力劝文慧嫁给华宇，仍然是同样的人生观在指导着她。华宇有着无限的可能性。他可能就是下一任薛老。薛老十七岁自高中一年级辍学，二十四岁时他以电容器厂工人的身份迎娶了他的新娘。新娘风华正茂，才色双全，出生在家道殷实的商人之家。她就是日后叫冒艳输得无话可说的薛太太。冒艳见过她，匆匆一面，却留下挥之不去的美好印象。冒艳不想叫冒来来与薛老相认，最大的强心力来自于薛太太。同为女人，有人不可避免地成为前方炮灰，也应该有人留在后方幸福地生活。否则牺牲就显得毫无必要。

春节后的一个夜晚，冒艳坐在自己家中打开电视。遥控走到翡翠台时，她停止了按键。肥姐追思会的现场实况转播吸引了她的目光。她一直看到结束。她看得热泪盈眶。出众的才艺，被辜负的爱情，伟大的母爱，是这个肥胖了一生的女人留下来的无尽话题。她是原配，是结发，是女儿的独立出品人、独力制作人。冒艳觉得，她值得讴歌，值得榜样。

是夜，冒艳关闭电视后迟迟不愿睡去，又转到书房上网。她想干一件事。这事是她挥别薛老之后一般不会满足自己的。这个时候她仍然试图说服自己放弃。最终她没有执行理智的命令。她在地址栏里键入薛老的名字，轻易就捕捉到他的近况。薛老是商界明星，媒体常客。有关他的网页可以翻到手软。他说的话。他表的态。他做的演讲。他演讲中的镜头成像。满坑满谷。冒艳点开一则附有配图的网页。他出现在她的液晶屏上。他衣冠楚楚，理着标准的西装头，半截身子被一张贯见的主讲台遮蔽，台子右手是盛放的花束。他表情庄重，形象稳健，是叱咤风云的标版人物。如果冒艳没有亲身经历过他，她几乎不认为这样的男人晚上也是要展开性生活的。冒艳盯着他细细地看，满意地发现了他试图隐藏的一丝老态。

学校教职工全面放假前的最后一天，校长接上级通知，组织全员对学校周边路面进行破冰除雪工作。冒艳与冒红英作为无关人员也踊跃响应了号召。学校地处山腰，校长下令不能只扫门前雪，要求从山顶的老干所开始干起，直干到一百零八梯下的肉菜市场。冒红英在干体力活方面无疑是一把好手，校长一声令下后，她一马当先，拿上铁锄铁铲，对着冒艳一声唤就出发了。冒红英选择了一条线，带上冒艳一块儿干，她自己先用铁锄破冰，吩咐冒艳用铁铲把碎冰铲至道路两旁。她仿佛干不累似的，冒艳休息她不休息，非锄即铲，非铲即锄，几乎没有停顿过。她干的那条路线，第一个抵达山脚。抵达山脚后，触目所及，她立刻扔了锄头铲子，一头扎进菜市场，等大队人马干到山脚时，冒红英已经率先踏上回家的路。她全身披红挂绿，大葱青蒜拖着长长的尾翼，远望，真如一个走街串巷做小本生意的货郎。

劳动收工后各自散去。冒云回家时还跟楼上李老师有说有笑地，一进门脸就沉了。冒艳大概是知道为什么的，只有冒红英天真如稚子，还当自己劳苦功高，替女儿争了面子呢。

是晚，格局依旧。客厅是冒来来和冒红英的。冒来来看电视兼顾写写画画，冒红英守着冒来来嗑瓜子，间或往他嘴里填一粒瓜子仁。冒云、冒艳踞守主卧大床两头。冒云看书，冒艳上网。床边摆着一盘剥成瓣的蜜柚。两人想什么说什么地聊着。

冒云说，来来的分数出来了，语文八十六，数学九十一。

冒艳说，还可以呀，不算太差的。

冒云说勉强中游，双百分的还有好几个呢。

冒云说帮我登录一下我的QQ，发个通告，请家长们明天不要让孩子来学校取成绩报告单了，教委发了通知，学校一律取消期末典礼。

冒艳依言而行，在冒云QQ的状态栏里写了一行字，最后还周到地加了一句，请得到消息的家长互相转告。干完冒艳又不甚无奈地说，雪什么时候才能停呵，冰什么时候才能消呵，京珠高速要堵到什么时候才能通呵？早知如此就坐飞机来了。

你以为飞机没受影响？冒云说，长沙机场前两天就封了，听说温总理来长沙给大家鼓劲也是先坐飞机到武汉，再从那儿转火车来的。

不容易，冒艳由衷地说，这么一把年纪的人了。一般老头都是在家抱孙子的，他还得在大雪天往出跑。不过京珠高速不得通，再大的领导来也解决不了问题。

那可不能这么说，冒云说，你不知道温总理来了，我们学校那帮老教师有多激动。冒云笑，继续说，看传达室的郑伯，也是学校退休老校工，他昨天坐在传达室把同一句话说了几百遍，逢人就念叨逢人就念叨，总理来了温总理来了，温家宝是个好人呵。

冒艳笑了起来。她说，我朋友文慧说的，中国老百姓素来爱研究国家领导人的面相，温家宝的样子，慈眉善目，有文人气质，根本就是冲着"人民的好总理"长的。

冒云也笑了起来，道，有道理。新中国的每一届总理，威望都不低，温总理可能还会超出平均线。

照我说，冒艳若有所思地说，郑伯才是个好人，仿佛只有那个年代的人才能保持如此热情单纯的心眼，包括……冒艳往客厅方向甩了一下脑袋，说，你妈妈。我们这些年轻的，有时候倒世俗世故得可怕，心灵布满老茧。

正说着，忽然听到冒红英的喊声，叫她们去看电视，温总理在电视上出现了，在长沙火车站慰问受困灾民。两姐妹互望一眼。冒艳当即下床来到客厅，冒云也跟了出来。电视屏上，一身风霜的总理，端着一只大喇叭，站在一个高台上，对着火车站的候车大厅喊话。镜头晃动，一会是总理的特写，间或是站内黑压压的人头，几十万人次的现场，却几乎鸦雀无声，唯大喇叭音回响：请大家放心，我们正在全力以赴实施抢修，大家一定都能坐上车回家……

冒云说，他怎么才一个人呵，保镖呢？

保镖都穿着便衣站在下面呢，冒艳说，随时准备掏出枪来射杀刺客，或者飞起来踢刺客一脚，或者以胸口挡住敌人的子弹。

哈哈，冒云笑，我说呢，据说你们深圳的那个唱《有没有人爱过你》的歌星都用上中南海的保镖了。

是《有没有人告诉你》，冒艳纠正她，快男选拔出来的巨星，人家现在可俏了，深圳说他是深圳的歌手——他出道是从参加深圳的原创歌曲大赛开始的；海南说他是海南的儿子——他老家好像是海南的吧，还有一个什么地方也说他是自己人，哈哈，三年前他还是个骑着脚踏车送外卖的小伙计呢。

嘿嘿，这就叫造化弄人，冒云冷笑地说。

事实上，冒艳在发出心灵老茧之说的第二天，她对自己的言论就产生了相当程度的怀疑。第二天深夜，她接到文慧的电话，电话的内容令她既吃惊又动容。

文慧在下半夜急切地打电话给她，向她索要她家一个陈年的小型煤气罐。冒艳一时几乎想不起来自己还有这么件家当。经文慧提醒，她的脑海里才浮现出与一只篮球差不多大的煤气罐的形象，那是她几年前用来烧火锅备置的。文慧有她家门上的钥匙，她当即指挥她去自取。

文慧，弱质女流，娇生惯养之徒，往日只知在儿女私情中纠缠不休的颓废分子，她以实际行动加入到网友自发组织的送温暖活动。他们自备吉普车、自备干粮、应急药品、童叟生活必需品，自备自行车、自备煤气罐、烧水壶，准备奔赴受灾前线京珠高速实施救援。他们的计划是带上救援物资开车走地方路接近京珠高速的受灾区，之后以步行或骑自行车的方式登上高速公路。他们的煤气罐与烧水壶是用来现场烧水给灾民泡面用的，因为瘫痪的京珠高速上滴水成冰，任何热的东西拎到那里也已经凉掉了。

其时文慧的哥嫂侄女仍在路上受苦，文慧说，与其是坐在家里滋生无用的情绪，不如去大干一场，救助那些与自己的亲人同样失陷在路上的祖国同胞。

回深圳后，冒艳与文慧连夜进行了长谈。文慧对把吴小峰失声尖叫成阿福大笑不止。吴小峰，他竟然是此番网友自发救援行动的发起人。吉普车是他借的，他开的，他全副武装，头脸隐匿在高高竖起的衣领中。前去的途中，他让文慧浑然未觉。倒是文慧的一嗓子尖叫吓得他一跳，他吃惊地问，什么，阿福是谁？文慧尴尬讪笑，又反应神速地顺嘴胡说，我朋友，我把你当成他了。

吴小峰，他在后来的短信中对冒艳说，确实，如你所说，人生有远比爱情重大重要的课题，有研究就会有收获。冒艳阅之，贮而忘神。

她不记得何时把它转述给吴小峰的，她却永远也不会忘记，这是薛老临别时的励志赠言。当时她听他讲完，报之以微笑，一转身眼泪即夺眶而出。

　　冒艳续请的一周假期到限时，京珠高速仍然未获打通。冒艳也不用再续假了，公司已经开始放年假了。冒艳每日数次上网查询气象预报，得到的消息永远是令人沮丧的。京珠未通，雨，雪，雨夹雪，十多天中，只有一个上午太阳若隐若现地浮出过十来分钟，其余一概是阴沉着的。仿佛一个债主，别人借了他米还了他糠。冒艳有次开了后院门在学校操场上仰视天空，就不多的几分钟，她的心就止不住地惶恐起来，天好像有掉下来的迹象。冒红英知道她着急，总拿相同的话安慰她。你就安心在这儿过年吧，保证有得吃有得住，就是住的吃的不如你深圳好，我知道的。

　　学校工作全面结束后，冒云几乎天天下午跑出去跳舞，下半夜才余兴未了地回家，衣服头发里全是烟味，第二天照例睡到中午起床。冒红英在她走后必要大肆数落她一阵才能平息心头愤懑，打定主意跟着冒艳回深圳，行李也在日复一日的数落声中打点好了。

　　长沙城属雪难中的重点受灾地区，每天都会有一些颇为可疑的数据出现在媒体上。比如多少人摔倒了。冒艳想不明白什么人在从事统计工作，又是怎么统计的。不过，这事究竟跟她无关，构不成影响，构成影响的是供电系统的划片限电措施。这天上午十点钟，限电限到教师村。一瞬间，温暖祥和的各居室，一切依赖电能运转的设备都成了残废。

　　冒云家住底楼，房前屋后有浓密树阴，采光严重受影响，平常家里白天也得开灯。冒艳对停电感到不适。冒来来忽然没动画片看了，兴味索然地折了纸飞机在屋里乱飞，忽然大脑不知受到哪根筋的蛊惑，对沙发上坐着正感无聊的冒艳说，妈妈，我想吃西餐。冒红英在饭厅听到了冒来来的声音，立马大言不惭地对着客厅喊话，你想吃什么西餐，我给你做。

　　冒艳明白冒来来对西餐的特殊理解。冒来来个人认为，西餐就是一种美式炸猪扒，蘸炸粉的那种。冒红英也许可以模仿，但想味道正宗可口，选料和做工就都马虎不得。况且现在屋里停电，油烟机无法使用，炸东西就太不方便了。略一思忖，冒艳决定邀请全家去外面吃饭娱乐，好躲过这不知要停到何时的电缺。

冒云还在卧室睡觉，冒艳去把她叫醒了。面对黑暗的屋子和即将下跌的室温，冒云打着哈欠同意了。

一行四人穿戴严实后出发。自换鞋开始，冒红英就在为出行工具作竭力争取。冒红英说，坐公交车好，一个人一块钱，坐多远都成，来来还不用买票。

冒艳说，看情况吧，看哪个方便。的士也不贵，三块钱起价。

冒艳自己的车停在学校操场一角，到长沙十来天了，一次也没开出去过。其表面，积雪覆盖，视觉效果如南极一般。冒红英不知听谁说的，汽车的水箱可能冻爆，所以一有空闲就会对此发愁。说的次数多了，冒艳也受到影响，她又不懂查看，只能在心里存着忐忑。

冒红英不同意冒艳的士不贵的说法，反驳她说，哼，三块钱，几步路就一跳几步路就一跳，看它跳我还不如下来走路呢。

冒云笑，说，我妈看着的士跳表，心脏病都要急发了。

最后还是冒红英得偿所愿。村口等车时，久候的士无果，偶尔有一辆空的开过又被眼神好的乘客抢了先，左顾右盼中，318公交刚好晃里晃荡地摇了过来，机缘就这么凑下了。冒红英为此心情大好，坐在车里不停对着冒艳算账，为此举有可能积累下来的财富欣慰不已。幸而她用的都是方言，冒云就算不陪她攀谈，也没有为此而脸上挂不住。

冒云领着大家去了东塘一家叫哈特波的烧烤店，据说那里的烤排骨有口皆碑。不幸的是，待她们到址一看，却是大锁当家，停止营业的告示挂在玻璃门内侧。原来该家食肆所在地当日也属限电片区。一番合议之后，一行四人准备依照冒来来口味转战肯德基，而冒红英对于能在有暖气的地方不花钱地闲坐也是欣然同意的。然而现实再次令她们饱受沿街流浪的辛苦。

肯德基居然都停止营业了，冒艳难以置信地反复念叨。在她眼里，肯德基、麦当劳都是管理严格的外企，生命力之旺就跟猫有九条命一样，轻易不谈关张的。最后几乎都不抱希望了，只想在商场里瞎转转消磨掉一些时光回家过有电生活。结果下午两点过后，她们又在步步高超市的入口处发现了一家仍在营业中的麦当劳。这一发现令无处可去的她们大喜过望，一头扑将进去。冒艳由此吃到了令她毕生难忘的薯饼。

假如你熟悉麦当劳里的食物，你一定想不到吧，在下午两点过后，能够买到隶属于早餐家族配置的薯饼。冒艳买到了。当时她们一行四人，占领了一张围有四把椅子的狭长桌位。冒艳去点餐。她在点餐的机台前站了约五分钟之久。在要什么没什么之后，她问接待员，那你们有什么吃的呢？

我们有可乐、咖啡……

冒艳打断她，没好气地说，我问的是吃的，不是喝的，好吗？

有……薯饼。

还有别的吗？冒艳问。

没有了。

冒艳就端着一餐盘薯饼回到座上。冒来来对此倒没意见，一连吃了好几块薯饼，回头自去儿童天地玩去了。冒艳间中问店里一个挂经理工作卡的男人，说，怎么麦当劳、肯德基统统关门大吉了呢，照理说你们应该不愁没生意呵？是怕别人来这儿不吃东西光蹭暖气吗？你看你们，也只有薯饼卖，这都怎么了嘛？

男经理一览无余地笑了，看着冒艳，耐心解释了原委。原来，麦当劳、肯德基到店的材料都是半成品，材料需自广州，经京珠高速运送过来。眼下京珠线双向堵塞，所有营业店被迫断供，青黄不接了一阵后就只能歇业了。最后男经理表示，他们与冒艳一样，期待着京珠高速的快快打通。

她们在麦当劳闲坐的中间，还结识了一个老青幼三代的五口之家。看上去这家人出现在这家店的动机与她们相仿，拖家带口、离家出走，避无电无暖气之苦。闲坐太空虚，两家人又挨桌而坐，渐渐地渐渐地，攀谈开始了。主要是冒红英与对家的老头老太聊。冒红英得意地知道了，她那天除雪归家，顺道买回的青葱大蒜是如何地实惠划算。全城菜价暴涨，价位飙升到令冒红英嗤之以鼻的地步。冒红英总是忍不住抬出自己过去的乡下生活作对比，反复说道，我过去种的黄叶菜、菠菜多得人吃不落，都拿去剁了喂猪吃；我们老家没人花钱买大葱大蒜的，都是自己种的；我当年吃不完都送人吃的，我有个侄子住在城里，每次回乡都带个蛇壳袋到我地里拔菜；我不欢喜住在城里，什么都要买。

　　冒艳深知堂姐的忌讳，拿眼几次探询冒云。冒云撇撇嘴，一副无奈又无所谓的样子，说，死猪不怕开水烫，我都习惯了，何况这些人都是我不认识的，我认识的人面前她也没少提过。她跟我们学校一个姓宗的老教师畅谈过多少回了，诸如过去在队里挣工分时她一天能挑多少担粪，详细披露如何伺候一只母猪分娩，一只公猪配种……冒云说着说着气就上来了，我承认劳动不可耻，可作为一个底层也没什么光荣的吧？一个人但凡有点能力还用得着过面朝黄土背指天的生活吗？她好像生怕别人不知我是农村里上来的，一有机会就跟人嚷嚷我的出处。她以为就我虚荣爱面子，听她说话的那帮人都是好人，却不知那帮人个个都是典型小市民，对乡下人有着根深蒂固的歧视。我在这儿生活，上班，还得在这些人当中混，少不了要与他们交往，就不能给我留点面子吗？

　　说到激愤处，冒云说，走，留她在这里跟人狂喷好了，我们到楼上精品店逛去。

　　冒艳看来，冒云的收入与消费是有些失调的。教师应该不属高收入人群，看上去冒云也没有其他经济来源，但她吃的用的穿的可谓档次都不低，名牌认得比她都齐全。冒云自己的解释是，我不存钱的，总共就那么一点钱，存了又如何？有多少花多少。冒红英为此不知急火攻心了多少回了。谈起这事老常挂在嘴边的一句就是，我咋就生了这么个败家子，我省吃俭用一世，她咋就一点不像我的呢？冒云若听到或被人转告，总是要反讽的，有时当面有时背后。败家子？我败她家什么了？过去姑娘出嫁还有嫁妆呢，我屋里可是连只碗都是我上班自己挣的。

　　冒云、冒艳逛精品店回来，拎回来的袋子把冒红英气个半死。她恨不得当场把袋子撕烂扔出去，激动得只说一句，我不要看我不要看，你们买什么给我我也不欢喜。冒艳毕竟是侄女，撇开亲属的关系来说，实际上还是她的雇主，她的言语还懂个收敛克制。冒云就没这待遇了，冒红英一着急，可是不管不顾的。偏生她的脾气又那么容易急。两姐妹提着袋子回来，各个向她展示战利品，她本来只是表现出勉为其难地看一眼的样子，结果当得知都是给她买的时，她的火山一下爆发了。

　　这一吵，倒把话给挑明了，两母女当场翻脸。冒红英说，眼泪挂在腮边，说的却是狠话，我过完年就跟你妹妹一道走，你死也好活也好，我不再来看你一眼。冒云说，你走就走，无所谓，走了我落个清静。

冒艳夹在中间，不便责难其中的任何一方，对自己一念促成的屋里斗懊悔不已。说到底，是她主张给婶娘冒红英买东西的，冒云当时还一再面显犹豫，说这类奢侈品可能会惹恼我妈。冒艳当时动情地说，婶娘她苦了一辈子，几乎没有享受过，我们可以引导她，让她明白物有所值是怎么回事。冒云听了哼哼冷笑两声，说，好，那你试试。冒艳果真就让店员把一条九百八的羊绒围巾给包上了。

刷完金卡回来，冒云提着袋子站在原地等她，冒艳又收不住地开说起来。我原来比你还烦我妈，我求学时最不喜欢她去我学校，她和我爸，谁去一次回头都有同学问我，是不是你爷爷奶奶来了？我上高中时甚至恨他们这么老了还要生我，可是现在，我非常怀念他们。冒艳不自禁地眼睛湿了，我跟故乡的维系就是那两堆坟了……你该从我身上得到教训，我现在好想孝顺他们，侍奉他们的晚年，当面侍奉，而不是烧一堆祭品。

冒艳的样子，把冒云也给感染了。她们同步往出走，冒云叹息道，我何尝不知？其实在我心里，我妈是我最亲的亲人。单说有一次，我做梦梦到我妈死了，我在梦里当时那种难过劲，刻骨铭心，醒过来后知道不是真的，松了口气，可还是难过，好几天都回不过来。彼此重视，却艰于相处，说的就是我们母女。

你妈也是最疼你的，冒艳说，我小时候很羡慕你，特别想你妈当我妈，你小时候她同样节省，会用很多小碎花布给你拼衣服，我那时真是觉得漂亮极了。

正说着，她们路过一家直销店，冒云很果断地给母亲买了一套神奇内衣。内衣和普通内衣差不多厚薄，却号称有三件毛衣的御寒功效。

这天她们在麦当劳耗到快八点才离开。路边等车时，迟迟截不到一辆空的，连一个同方向的拼车也搭不上。冒红英几次要求走回去，可冒来来首先不答应。最后终于有一辆形象破旧、沾满污雪的空车在她们跟前停住。司机打下车窗问她们去哪里，知道是教师村后，报价说要五十块。冒云说太贵了吧，二十块吧，打表只要八块。司机听了作势就要走。冒艳马上叫道，行了行了，五十就五十吧，拉开前车门率先坐了上去。

冒红英自然在心里老大不痛快，坐上去后不住拿眼剜司机的后脑勺。但因为先前吵架时她对冒云表过态了，不适合这个时候再出面还价。恶吵时她对冒云说，你以后就是一天花一万块也不碍我的事，你哪里有哩？冒红英不忘拿话刺冒云。她的意思是冒艳赚钱是冒云的十倍。

这样的话对冒云是有挫伤力的。冒云原本就有点怨天尤人的倾向。恨命运的不公，恨出身寒微，恨双亲失和，恨工作辛苦挣得却不多。冒云离婚不久曾嬉皮笑脸地同冒艳说，丘比特也有瞎了眼的时候，把我爹娘串到一杆箭上是一例，把我和陈刚串一箭是又一例，我要从箭上挣脱下来。陈刚是冒云的前夫，她的火车恋人。他们在火车上相遇，一见如故，缔结了一段短命的姻缘。冒云却由此而被余生地种在了长沙。教书为业。业余跳舞。冒红英问她老了怎么办？她淡定从容地回答，老了进养老院。

4．折　返

宛如积便多日的肠道，京珠高速在临近年三十的最末一天，拉出了顽固盘桓的硬疙瘩块。各门户网站，纸质媒体，纷纷把这一喜讯头条张榜。

冒艳也是欣喜的，通了通了，终于通了。她从网上浏览到信息后马上向冒云报喜。

冒云自被筒里探出头发蓬乱的脑袋，哈欠连天地说，通了你也不能马上就走，再堵就麻烦了。

冒艳立马就被吓住了。她宁愿等待观望，也不能想象被困在路上的艰难。她不由忧愁道，那要等到什么时候才算安全了呢？

过完年再走，冒云说，难得我们两姐妹能凑到一起过个年的，这次算是老天成全了。

冒艳微笑，嘴里不说心里想，你日日跑出去跳舞，哪有一点珍惜姐妹相处机缘的意思？冒艳甚至想过，冒云是不是嫌她给的钱少？冒来来在此借读，冒艳把费用是分开给的，堂姐一半，婶娘一半。婶娘是不会嫌少的，她支配完只会有多的。冒云就不同了，她从不预算，也少有节制，多少钱到她手里，都可以悄无声息地散去。

冒云下午又跑出去跳舞了，这次没等到半夜回来。下午四点不到，冒云脸蛋绯红地被同去跳舞的老师架了回来。回来时的样子与她平常注重的外表严重不符，高筒靴的外侧套着一双旧袜，想来是为防路滑摔倒用的。冒云发热了，体温忽地一下飙到三十九度，不得以从舞场撤退而归。

冒云年中时做过一场手术，胆结石摘除。本是个微创手术，事先的设想是半小时就能被推出来。结果手术进行了六小时之久，微创没能微创，留下一道比剖腹产更长的切痕。手术过程中，主刀医师在夹取胆囊中那枚肇事石头时，石头一下碎掉。碎片分崩离析，对着胆囊近旁的组织、组织液，瞬间完成占领。

这应该算是一起医疗事故吧？但冒云完全不考虑提溜上大夫面官去。她没那个精神气，也耐心有限，她宁可便宜医院便宜大夫，自认倒霉落个清静。她对气急败坏的冒红英说，未必能赢，赢了又如何，能还给我一个健康的身体吗？

大年夜和大年初一，冒姓四人在异常安静中辞旧迎新。冒云有气无力地靠在床头，神情委顿食欲萎靡，吃大把的退烧消炎药。冒红英整日在厨房忙饭菜，做了过年的例牌糕点，工具简陋材料有限，只能马虎凑合。冒艳却一直守在边上表扬鼓励她，给她打下手。当中，冒艳说，婶娘，我打算初二一早走。

冒红英正在和一钵糯米粉，倒了热开水进去用力揉搓，两手沾满粉末。冒艳的话让她一愣，眼泪旋即淌了下来。冒红英说，小艳呀，我跟你说，你姐姐这个身体，我放心不下，她再不好，也是我生的……

冒艳赶紧说，婶娘，我知道，别说你，我也不放心她，你跟我一起走了，留她一个人，怎么都是不行的。等她身体养养壮，我再来接你。

你就不能把来来放在这里上学？冒红英含着眼泪问。

还是带回去吧，冒艳说，一来我也特别想他，他从小没有父亲疼，我应该更多地陪他。他会长得很快的，等他长大点，想陪他可能他都不让了呢。

年初一傍晚，冒艳携冒红英去到学校操场，为她的座驾实施了破冰除雪工作。操场空旷，因为放假而人迹罕至。雪积在上面，保持着最本真的面目，颗粒相依，铺排均匀，一片洁白。冒艳把车里的空调开到二十八度热车，冒红英从热水器里接来热水，一遍遍往上浇灌。里应外合，积攒了二十一天之久的冰块逐渐出现松动，最后以大块小块的不规则块状，从车体剥落，滑到地面，形成一个包围圈。

冒艳坐进驾驶室，试着开出几米。一切正常，水箱没有破。冒艳舍不得多开几米，她不想把大好的雪景给破坏了。

初二凌晨四点，冒艳抱起尚在沉睡中的冒来来，把他丢进后车座，盖上他的小被子，扣上保险带，驱车离去。微光中，敞开的校大门两侧立着两个身影，一个是拎着链条锁等着帮她锁门的婶娘，一个是高热刚退穿戴严实的堂姐。冒艳的心在一瞬间积满感激与流连。走前，她把身上的余款，自留一千，其余全部给了婶娘和堂姐，仍然是一劈两半的相等金额。这一刻她觉得，她与这对母女的情分，远远不是钱所能计量的。她真希望她们能够和谐共处，生活愉快。

毕竟才大年初二，回去的路上车辆稀少。冒艳以一马平川之势飞驰在最高限速的边缘。京珠高速虽获打通，实际上情形并不容乐观。不少路段三条车道有两条车道是用来堆放积雪的，只要行走在这条线上的任何一辆车发生阻滞，后面的车就无法逾越向前，阻塞就将会再度发生。上天保佑，这一路行来，居然没出一点意料中的意外。

冒艳的故乡也是会落雪的。冒艳在故乡生活到高校毕业南下。她对雪并不陌生，然而京珠高速上的积雪对她的记忆而言仍然是盛况空前的。那雪还是雪吗？它们像建筑工地上的水泥黄沙，像待要开泡的石灰粉。一堆一堆，堆堆高耸如草垛。一堆连着一堆，形成波浪，掖于路面两侧。

冒来来大梦初醒时，冒艳已经载着他快要驶离湖南境内了。冒来来揉着小眼睛看到的是京珠线上最为触目惊心的一景——京珠线郴州路段。漫山遍野的植被为积雪覆盖。山成为名副其实的大雪山。地面的一切建筑，一概冰雹度身。倒塌的电网随处可见。此时，此个城市，依然失陷在断电缺水的困境中。仿佛一处遭受天谴的孤绝之地。

冒来来恍然大悟地惊叹道，我在电视里看到过，原来是真的呀！

冒艳从后视镜里看了看他，问他，你喜欢雪吗？

也喜欢也不喜欢，冒来来小大人的样子说，奶奶说大了就是灾难了，好多人被它害苦了。

隔了会儿，冒艳又问他，深圳是没有雪的，你将来会记住它吗？你会想念班里的小朋友吗？

我只有一个好朋友，冒来来说，他叫刘佳义。妈妈，深圳为什么没有雪呢？

因为那里天气热，冒艳说，雪在那儿都化了，落下来之前就变成雨了。

冒来来遗憾地看着车窗外，忽然问冒艳，那我们装一点雪带回深圳好吗？

冒艳说不行，雪到深圳就会化了，变成水了。

那我们可以把它放进冰箱，冒来来献上一计。

冒艳失语了一阵，不知如何作答。顿了顿方说，放进冰箱就变成冰块了，就和放进去的水一样了。

冒艳觉得自己的解释很无力，对一个六岁的小童而言，她不知如何让他更明白自己的意思。转念一想，她又觉得冒来来的建议是可行的，自己的说法是不正确的。带一瓶雪回深圳，纵然它可能不到深圳就将化为水，储在冰箱里也将和其他水无异，可它终究曾经是雪。那是它的经历。它的出身和来路。冒艳记得它，冒来来记得它。它作为雪的形态消失于视线，却将根植于记忆。

后 记

　　我很早就开始了以回忆为生，像一只依赖反刍的食草动物，也可能是我本身的精神状态结合我后面过于风平浪静的生活，以至于我作为一个写作的人，渐渐成了一个曾经写作的人。我曾经的写作，基本上都结集在这里，分十几年——跨世纪地——分散地发表在一些刊物上。这次，得所有星球的相助，我的这些从上个世纪九十年代末开始诞生的孩子们，流离失散多年之后，来了一个小团圆。不容易。懂的人懂的，不懂的就不用懂了，毁三观。最后借星爷的台词（我喜欢这句台词，但其实并不太代表我的心境）——不要叫我死跑龙套的，我有名字——向不幸被我的书误了宝贵时光的读者说一声，谢谢你们。